АННА МАЗУРОВА

ТРАНСКРИПТ

МОСКВА · ВОДОЛЕЙ · 2014

ББК 84(2Рос=Рус)6
УДК 821.161.1
    М13

Художник *Д. Степанов*

Мазурова А.

М13 Транскрипт. – М.: Водолей, 2014. – 328 с.

ISBN 978–5–91763–201–8

Анна Мазурова – москвичка, с 1991 года проживающая в США; переводчик-синхронист. Соответственно и роман являет собой историю толмача, сюжетом и формой уже выделившуюся в последние годы в отдельный жанр. Однако в романе речь идёт не об узкопрофессиональной деятельности и даже не о попытке наладить жизнь как переливание меж сообщающимися сосудами двух разных культур. Перевод с языка на язык оказывается в нём метафорой социальной и творческой реализации: как «перевести» себя на общедоступный язык общества, как вообще «перевести» нематериальный замысел в план реального, и как человеку – любому, не обязательно переводчику, – усиливающему и транслирующему общие мнения через микрофон своей частной и профессиональной жизни, сделаться хотя бы ответственным микрофоном.

ББК 84(2Рос=Рус)6
УДК 821.161.1

ISBN 978–5–91763–201–8

© А. Мазурова, 2014
© Д. Степанов, оформление, 2014
© Издательство «Водолей», оформление 2014

Родившись в 1965 году в Москве и окончив институт иностранных языков в 87-м, я пребывала в скверном настроении в Нью-Йорке 91-го, когда одна американка польского происхождения, видно желая подбодрить и одновременно поставить на место, сказала: «А ты потерпи. Всем начинать очень трудно. Дедушка мой, например, впервые в жизни надел ботинки, когда его сюда привезли семилетним мальчиком». И, задыхаясь от чванства, я подумала: удобно иметь таких дедушек, чтоб без ботинок. А если в ботинках? В университет физике учиться – в ботинках, потом в театр оперу слушать – и снова в ботинках. Куда его деть, такого-то дедушку, чтоб быть счастливой?

И вот прошло много лет. Тяжёлым, но радостным, разнообразным трудом переводчика в ООН, в Госдепартаменте, Библиотеке Конгресса, банках, судах, на производствах, военных базах и очистных сооружениях я уже почти заработала на ботинки, вышла замуж, родила детей – двоих, Нику и Матвейку. Приехал мой папа и стал объяснять им, какая замечательная вещь – школьная библиотека.

– Я, – сказал он, – в своё время от библиотеки даже забыл, что я без ботинок, хотя вообще-то стеснялся.

– Что?! – вскричала я.

– Ну да, надо идти в первый класс, а ботинок-то нет. Пошёл так. Первого сентября говорят: мальчик, в школе нельзя босиком. Мать мне сшила из тряпочки белые тапочки. То есть, до школы я шёл босиком, а то бы они истрепались, а там надевал и ужасно боялся, что в таких тапочках будут дразнить, почему-то, девчонкой. Но речь не об этом, а о библиотеке. Помню... в доме книжек было мало, ну там – полное собрание сочинений Пушкина, Гоголя, Достоевского. Детских книжек не было вообще, Робинзон только Крузо, и к первому классу я всё прочитал раз по тридцать. То есть, я ничего не хочу сказать: «Вий» мне ужасно нравился, «Записки охотника» – бяяяша, бяяяша, – но если ты всё это знаешь уже наизусть?! И не только там бяшу; к семи-то годам я уж и Достоевского знал наизусть. И вот я обнаружил, что в школе есть библиотека. Мне выдали, как сейчас помню, «Приключения Муравьишки». Я вышел на каменное крыльцо, солнце, тепло, я прямо помню, как было тепло ставить ноги на камень (я тапочки снял и читал). Дочитал, возвращаюсь в библиотеку и говорю, а вы не могли бы мне дать что-нибудь другое? Библиотекарша спрашивает: «Что, мальчик, не понравилась книжка?» – «Да нет, очень понравилась, вы извините, я больше так не буду, но я нечаянно всё прочитал». И она поняла, отвела меня в закрома этой библиотеки, и я всё забыл – безотцовщину, голод, ботинки, – я рылся и был окончательно счастлив.

Гляжу на грубые ремесла,
Но знаю твердо: мы в раю...

(Здесь и везде цит. по учебнику Кобылевина)

— Среди моих учителей особо хотелось бы отметить двоих. Первый был, тьфу-тьфу чтобы не сглазить, человек тяжелый, мрачный, специалист в области пищевой промышленности, вообще умница. Его уроки шли гораздо дальше, чем разница между йогуртом и кефиром. Главное я постиг не на уроке, а на перемене, в те ужасные часы, когда, стараясь не выдавать отчаяния, объяснял Чебурашку, Будулая, Василия Иваныча, и что рвало на родину, и что их доллары – это наши баксы. На послеконтрактном пиршестве, не меняя ни позы, ни улыбки, одним углом рта он отчеркнул: «Не надо. Толкай меня, когда смеяться». А я и тут еще не понял и в благодарность, заменяя текст, рассказал ему про паром на Феррис Айленд и двух голубей на крыше Центра Мировой торговли. Я так приноровился, что по количеству букв у меня сходилось, как в кроссворде. Мой пищевик оживал в строго назначенную секунду, будто его действительно толкнули в бок или дернули за веревочку. Пока я вымерял развязки, с меня сошло семь потов, но я искренне гордился их дружным смехом, любовник-инженю совпадением оргазмов. А потом вдруг взглянул на своего специалиста и обмер, как он равноудален сейчас от Мики-Мауса и от Чебурашки. В тот момент, как переводчик и жрец, я раз навсегда усвоил: мое дело курить фимиам, а не вонять над полированным столом паленым рогом подлинной жертвы.

Вторая – министерская дама – сказала: «Да вам не надо этого понимать. Вы просто переводите». Крупная женщина, она попалась в этот самый полированный стол, как жук в эпоксидку. Панцирь, несгибаемый бордовый костюм, позволял ей смотреть и слушать только перед собой. Мое боковое бормотанье ее раздражало. За ящиком костюма угадывались очертания рояля, скрывающего стальные струны. Для тех, кто поважней, она отодвигала и разворачивала стул, меняя угол своего исключительно фронтального восприятия. В остальное время смотрела на руки, сложенные поверх лужи собственного отражения. Единственное, о чем я мог тогда думать (и мне было странно, что кто-то другой мог думать не об этом): что будет, когда она придет в гостиницу и выпустит из костюма эту массу, три промасленных коржа живота, плечи, моментально оседающие без ватных эполет, спрессовавшиеся в туфлях пальцы, измученные, как корни бонсая (держать-то им приходится не бонсай, а настоящий дуб). Отстегивает свинцовые серьги, и уши с наслаждением вытягиваются, как у плывущего слона. Брякают на трюмо кольца, и вся конструкция расползается подобно бочке, с которой сбили обруч. То, что там внутри – износившийся мотор, не знающий иных путей, кроме как в гору и с прицепом, пожалуй, с удовольствием продолжил бы самороспуск плоти, но хозяин здесь не он, и даже перед телевизором вся эта китовая туша продолжает сидеть одним куском, вдыхать, выдыхать, потеть, встрепёныватьcя за орешком, вся эта масса удивительно нанизана на одну-единственную жизнеутверждающую струну: в целях немедленной иррадикации принять за основу проект распределения бюджета, я своим специалистам давно говорю, у меня их по области двадцать четыре, я им говорю, а область у нас большая, что надо, я помню, я сама была молодым специалистом, ну это давно, в шестидесятых, и мы тогда поехали в Калинин, сейчас это Тверь, очень, кстати, красивый город, но ладно, сейчас не будем отвлекаться, хотя я очень хорошо помню эти первые поездки – вообще, если все это порассказать, особенно в нашей профессии...

Крупная женщина, бордовый костюм, но, повинуясь ее совету, я все забыл. Я помню только имя. Людмила Ильинична. Вы спросите, что мне в имени? Всё. Я забываю лица, но никогда не забываю имен. Люблю имена белков и аминокислот (хотя, впрочем, не все одинаково) и в часы досуга гуляю в них, как в лесу: с веток свешиваются сочные, спелые узуфрукты, под ногами перекрестно опыляются hic-et-nunc, мужские лиловые, желтые женские, деловито снуют членистоногие мультипликаторы Ебетды, федеральным экспрессом мчатся белоголовые орланы, где-то вдали заливаются чумовым лаем луговые собачки, и вдруг раздвигаются ветки, и, тяжело поводя боками, на поляну выходит multipara granda. Они нередки в этих краях, но все равно это как чудо, она пятнистая, крупная, с влажными ищущими глазами, в этот сезон им особенно не хватает кальция. Популяции циркулирующих штаммов клубятся сегодня над самой землей, это к дождю, к соплям, к тому, что отныне – и к этому остается только привыкнуть – короче день. Вокруг лысая болдинская осень, и настроение меняется каждую минуту с освещением, влажностью, направлением ветра, вот это – трепетание-мерцание желудочков, а это – усталость металла, и так пока не наступит навигация в условиях полной белизны. Главное, ничего не понимать – переводите и смейтесь вовремя. Эти двое приоткрыли для меня дверь в мир, в котором я теперь живу как переводчик и как человек.

...А, можно, я передам привет? Чтецы, болтуны, графоманы, дорогие гости и участники, ваша честь, прошмыгнувшая у вас в глазах до первой мышеловки, лектор-индус, пронесшийся мимо меня, как комета (я не могу медленнее, мне обещали тридцать минут, а дали пятнадцать) – бедняга, он даже «бизнес» выговаривал как «бизинес», и тогда я хотел его высечь, а теперь высек бы в камне, – надо бы передать патриотический привет Роме, всем загубленным ученикам, экскурсантке из магазина (мне все хочется назвать ее Соня, хотя и надеюсь, что все обошлось), еще не рожденному чуду маленькой княгини борделя, даме без собачки с перевязанной рукой и чахоточным румянцем неизлечимого солецизма, почтовым голубям просвещения, выжившему из ума репетитору моего детства, которого я все пытался уличить: «У вас не сошлось с ответом!», а он отвечал: «Друг мой, это только арифметика, а мы занимаемся физикой. Хороший учебник специально дает неправильные ответы, чтоб научить вас думать», и так я выучил принцип работы со словарями: ищи условий задачи и не надейся, что можно списать ответ, – и вообще много, много народу, други и учители, мыслю: ад есть невозможность более творить иные миры и согласие жить в этом, вместе со всеми.

1

Муравлеев высклизнул из зала, на ходу распихивая ручки и бумажки по карманам, чтоб ни с кем не прощаться и не выслушивать всегдашних «как вы все это ловко» и «главное, быстро так, не думая». Ему, наконец, поперло. Каждый день он вставал утром и ложился по вечерам, то есть, его постепенно отпустил страх. С работы он приходил в темную, как икона, старухину квартиру, от порога лишенную перспективы: казалось, шагнешь и врежешься лбом в стену. Но нет, там, сквозь нарисованный очаг с нарисованной чесночной похлебкой, он научился различать дверь в кукольный театр. Действительно, вертеп, и старуха была очень недовольна – невыносимые окурки в блюдечках, водоворот покинутых штанов у постели, сама постель, зараженная плодящимися словарями, и, главное, бумаги, бумаги повсюду. На подоконнике, откуда они иногда принимались лететь в щель приоткрытого окна, но далеко не улетали, застревали в решетке, встав поперек, как кость в горле, и быстро покрывались уличной копотью, становились не только черными, но и жирными, будто в них заворачивали колбасу. Бумаги на полу, покрывавшиеся совсем другой, сухой и твердой, пылью; бумаги на стуле, которые не столько пылились, сколько мялись (по-видимому, постоялец на них сидел); бумаги на столе, чуть чище и свежей, однако понятно, какая участь ждет и этих, если они не уйдут письмом. Постоялец предоставлял каждой ничтожной бумажонке жить до старости и умирать естественной смертью, уступая молодым свое место сначала в принтере, потом на столе, на стуле, в постели, а уж с подоконника им был один путь смешаться с гумусом под ногами. Но старуха, не растрогавшись, ежедневно готовилась сделать Муравлееву замечание. Когда она решилась и взглянула на него в упор, то чуть не отпрянула: Муравлеев был уже не жилец. Так, по инерции отбывал последние деньки. Сам он ни о чем еще не догадывался, старуха же, с многолетним опытом квартирной хозяйки, немедленно засела за новую партию пригласительных билетов. Жизнь заходила на новый круг.

Муравлеев входил в дверь и на факсе сидела синяя птица с длинным, как банное полотенце, хвостом. Муравлеев пикировал хвост, заправлял картридж новым рулоном – машину, печатающую деньги – и садился ждать прироста. По тону электронных запросов он догадывался, что пора повышать цены, но, покосившись на птицу, решал избегать пока резких движений и аккуратно писал в ответ, ни словом не упоминая прибавки за срочность. Когда звонил телефон, он все более уверенно шел отвечать в коридор, зажав в руке бумажку с цифрами – за день, за полдня, за дорогу – чтобы не сбиться и не начать мямлить. «Так, пожалуй, я и налоги платить начну», – шутил он с собой. Муравлеев обзаводился хозяйством. Он разбивал директории, как грядки, ему работалось как никогда, будто за окном стоял не развязный, раззявившийся март, а прозрачная осень, отпускающая на волю уже одним тем, что больше ничего не попишешь. Рядом, верные, как лопаты, как грабли, большое самодельное сито, неоценимое в условиях каменистой почвы, стояли его словари, справочники, полезные книжонки о том о сем, антикоррозийной защите, генных мутациях. Он с наслаждением откидывался иногда от компьютера на спинку стула, расправляя плечи и до предела заводя руки за спину, всем корпусом ощущая приятное мускульное натяжение, оттягивал назад голову, чтоб насладилась и шея, задирал пальцы ног, выставляя пятку, чтобы размять ноги, и чувствовал себя сильным, здоровым, славно поработавшим, особенно когда внизу экрана скромно стояла цифра сорок четыре – сорок четыре страницы! Хотя, конечно, несплошной текст: там кое-что таблицы. И несмотря на жесткую городскую пыль (а после сигареты казалось, что он этой пыли еще и наелся) и преисподний грохот улицы, он сладостно вытягивался всем телом в длину, под стол, оживая каждой клеткой, будто с полным правом на отдых гуляет по разбитому им цветнику где-то в тиши и прохладе.

И как будто приятно взмокший после садовых работ бежит освежиться на речку, Муравлеев открывал другой директорий, для рыбы. Рыба была упакована плотно, файл за файлом, все, что может понадобиться рабочему человеку – рыбы водительских прав, коносаментов, аккредитивов, всевозможных доверенностей и поручительств. Стоит вставить десяток слов – фамилию, дату, товар – и документ готов. Это тебе не сорок четыре страницы целины. Здесь ему грела душу надежная повторяемость всего сущего, на экране мерцали звездные рыбы судьбы – стандартные свидетельства о рождении, смерти и браке, рыба-кит дипломов об окончании и отличии, жирный, ленивый лещ контрактов, разделанный на удобные в обращении параграфы, послужной Муравлеевский список – певчая рыба, выводящая убедительно и сладко, и, наконец, рыбы доброй надежды – Муравлеевские счета с просторными, незаполненными садками товаров и услуг, как будто Муравлеев еще рассчитывал в этой жизни научиться печь пиццу, менять тормозные колодки или крахмалить воротнички.

Поскольку все это еще было для него внове, рыба в директории была самая свежая, пахнущая еще не рыбой, а чистым живым телом. Взять те же водительские права: он еще помнил вот этого Николая Щелкунова, родившегося в .... году в Каменец-Уральске. Пьяный, застенчивый Щелкунов с черными руками толпился в прихожей, хотя был один, бережно, неумело принял на руки страницу перевода, заглянул в ее белое, наивное, ничего еще не выражающее личико – и влюбился. В другую эпоху предстояло жить этой странице – в эпоху, когда веселый, посвистывающий Щелкунов погрузится на необъятный трак и повезет товар на другой край континента, по штуке за перегон (хотя окончательная сумма зависит от стоповеров), с напарником, сладко храпящим в глубине машины. И в прихожей так сгустился розовый туман, что Муравлеев испугался сглазу, и когда Щелкунов благодарил, едва удержался от положенного в таких случаях больничного напутствия: «Рады, что вам понравилось, но не попадайте к нам больше». Берегись этого храпящего напарника, Щелкунов из Каменец-Уральска! Он может так же захрапеть, когда в глубине машины доверчиво раскинешься ты сам. Он, конечно, тоже поломается, но не так, как ты, когда тебя сбросит с полки и начнет катать, валять и бить об стены внутри медленно, кинематографически переворачивающегося грузовика. И везде, куда ты ни войдешь, если там сижу я с блокнотом – это для тебя дурной знак. Знак, что ты стоишь здесь, закованный, как рыцарь в броню, после семи операций, доказывая, что ту зарплату ты все-таки заработал *своим горбом*. Или знак, что, несмотря ни на что, ты еще празднуешь международное восьмое марта, и потому девятого стоишь в суде по обвинению в террористических угрозах. Что такое террористические угрозы? Переводчик вам сейчас объяснит. Это когда вы гоняетесь за женой по дому на инвалидной коляске, с кухонным ножом в руке, выкривая: «Я на тебя, суку, жизнь угробил!» Так что лучше нам никогда не встречаться, Щелкунов.

Как-то Фима, от скуки не находящий себе места в муравлеевской келье, мельком взглянул на компьютер – и замер, как гончая. Открытый перевод был еще не рыбой, а только человеком. Для того, чтобы проделать его обратную эволюцию, еще только предстояло обобщить и очистить документ от особых примет. Не у всех же, к примеру, отмечен класс Е, с прицепом, а даже наоборот, практически у всех класс В, до 3500 кг и 8-ми мест, включая водителя. Так что оставить предстояло уж никак не частное, а только самое общее: до 3500 кг.

Муравлеев стеснялся работать при госте, но Фима с такой жадностью уставился в экран, что Муравлеев почувствовал – от него ждут действий. Он высветил и одним щелчком выбил из документа фамилию. Фима подскочил.

– Что ты делаешь?! Это же ценнейшая информация!

Муравлеев пришел в некоторое замешательство, не понимая, каким образом слово «Щелкунов» в водительских правах может быть ценнейшей информацией.

– Через тебя же идет весь поток! – мистически пояснил Фима. Однако Муравлеев, хорошо зная Фиму, сообразил, что не тот поток, который в дзене. – У тебя собран... банк! Да ну просто банк полезных людей! Массажистов, настройщиков....
– Экономистов, искусствоведов....
– А что! И искусствоведов, – с вызовом подтвердил Фима. – Ты интирио-дизайн знаешь, нет? Тот же констракшн. Покрасить, оформить... Да что далеко ходить, взять хотя бы нас: Ирка второй месяц учительницу музыки ищет. Потом, педиатра хорошего надо? Надо. Посоветоваться там или что. Причем все *нормальные* педиатры – без лицензии... Ты же сидишь на золотой мине!

– Моя *золотая мина*, – с нажимом повторил суеверный Муравлеев, но Фима, невнимательный к билингвальным эффектам, и тут ничего не заметил, – в том, чтобы заготовить себе болванок побольше и дальше уже щелкать все эти справки сотнями, ни о чем не задумываясь.

– Во дурак! – необидно резюмировал Фима. – Я же тебе советую, как перестать заниматься всей этой хернёй! – И он невольно взглянул на кишащий вокруг бумажный зверинец.

Но, разумеется, Муравлеев, отказавшись от блестящей идеи создать у себя на дому биржу труда, и впредь продолжал пропалывать директорий от дубликатов. На что ему столько Лютых, Ботниковых и Чередниченко, если все они, как один, расторгли брак в ____ году? А уж сколько их родилось и сделалось преподавателями математики и информатики, и сосчитать нельзя. Но иногда фимино предложение сыграть в банчок развлекало его в длинные, трудные, упакованные срочным переводом ночи. Как бьется коммерческая жилка в человеке! Вроде того старичка с мебельными ордерами... Что ж, логично, ведь это только сейчас они ловчат, изворачиваются, изобретают велосипед, открывают америку, а, надо думать, вернется им всем и хозяин (надо думать? или не надо?) и востребует каждого в изначальном профессиональном качестве и состоянии. А тут и Муравлеев с картотекой, и всех на перекличку. «Шишкин, столяр!» «Есть!» «Коноводов, автоугонщик!» «Так точно!» В сторону, хранителю картотеки: «Ты знаешь Фауста?» «Он доктор?» «Он мой раб»...

Муравлеев был счастлив: у него устный перевод чередовался с письменным, как мышечное возбуждение и торможение, и такого физического согласия членов он не испытывал давно. Он настолько обнаглел от благополучия, что к нему вернулись усвоенные с детства привычки роскоши. Так, придя в гости, тут же снимал с полки книгу и погружался в чтение. Спустя какое-то время приближался к столу, наедался, дочитывал и уходил. Правда, в дверях долго благодарил за прекрасно проведенный вечер. На массовых сборищах совсем оставил дурацкое дело улыбаться и отчитываться, кто ты. В общественных местах снова стал практиковать франкловскую методику прояснения смысла – огрызнется кто-нибудь: «Здесь очередь!», а Муравлеев терпеливо проясняет: «Вы хотите войти передо мной?». И терапевтический эффект не замедлял сказаться: с полсекунды больной стоял как громом пораженный, затем лицо его прояснялось, и он принимался усиленно, с облегчением, благодарить.

Только там был один фокус. На первый этаж лифт приходил уже полный, к нему кидалась толпа, и совершенно напрасно. Очевидно, внизу был еще и подвальный этаж, и чтобы попасть наверх, надо было садиться *вниз*. Но никто не решался заставить себя ехать вниз, когда нужно наверх: каждый раз, когда на площадку прибывал идущий вниз лифт, на него никто не смотрел, а через минуту он возвращался уже в восходящем движении, и сесть в него было никак не возможно. Проезжая мимо раскрасневшихся штурмовиков в грохочущем, самодовольном ящике, являющем одновременную метафору карьерного роста, христианского смирения и бахтинского карнавала, Муравлеев думал: какая чудовищная многозначность, не дай Бог в переводе!

Игорь Груздь, записанный в накладной, уже ждал, как девочка сдвинув короткие квадратные коленки. Печальный недокормыш с тревожными глазами, он всегда уже ждал (наверное, поднимался пешком) – в приемной, на светофоре, и в эти лишние пять минут с ним случались всякие неприятности.

– Сколько на ней было миль?
– Уже не помню.
– Больше ста тысяч?

– Конечно!... В отличном состоянии машина была.

В оптимальной кондиции, – переводил Муравлеев.

– Вы ударились чем, обо что?

– Вот этим об эту штуку.

Плечом, – переводил Муравлеев. – О стойку водительской двери.

Так Груздь познакомился с доктором Львив.

– Она говорит... на вашем языке?

– Да!... Замечательный врач.

Доктор Львив надела ему ошейник на шею, пояс на поясницу, повинуясь груздевым жестам, разъяснил Муравлеев.

– Вы носили его все время?

– По ночам. А когда дома никого не было, то и днем. Но когда выходил – снимал. Не хотелось, знаете ли...

– И долго?

– Месяца два.

Доктор Львив назначила массаж, прописала лекарства...

– От чего? Не знаю, я же не специалист... Как назывались? Не помню. Их было три или четыре... Нет, не сохранились. Названия были на бутылочке, я ее выбросил, когда кончилось лекарство. ...Адреса не помню, но могу подъехать и узнать. Там на углу МакДональдс.

«На углу МакДональдс», – тщательно записала стенографистка, а стряпчие продолжали стряпать:

– Была ли у вас постоянная работа на день аварии?

Это как посмотреть. Да, он работал в компании, развозящей продукты, как раз второй день – водить грузовичок, помогать разгружать лотки, – а после этого второго дня работать больше не смог, так как стал не в состоянии поднимать тяжести: заключение доктора Львив.

– А сейчас вы работаете?

Да, вот название компании, произнести не смог, достал карточку, чтобы все списали в бумаги. Скосив глаза, списала и стенографистка. Компания находилась в городе Амстердам, а, может быть, Стокгольм. И далеко ли туда ездить? Да часа три, если нет трафика. Адвокаты тепло улыбнулись на слово «трафик», мелькнувшее в горном потоке варварской речи, but sharks would be sharks:

– И что, каждый день сами ездите?

Он успел – выправился, сориентировался: нет, я живу в гостинице, домой приезжаю только на выходные. Конечно, я не могу столько часов за рулем, каждый день. Доктор Львив…

– А кем вы там работаете?

– Программистом, – скромно отвечал Груздь.

– У вас есть образование программиста?

– Да, я получил его уже здесь.

– И где же вы его получили?

– В компьютерной школе.

– Адрес?

Груздь на мгновение замер.

– На углу «МакДональдс»?... И что же вы там делаете? Как программист?

– Я создаю аппликации для базы данных, – с достоинством отвечал Груздь.

Немедленно вслед за этим его начали теснить: чего вы не можете делать после аварии такого, что могли делать до? Он отвечал:

– Я не могу двигать мебель.

– Отвечайте серьезно. Повторяю: есть что-нибудь, что вы могли делать до аварии, и не можете делать после нее?

Он сказал: «Я не могу брать на руки ребенка», – и заплакал. Адвокаты принялись утешать его. Они сказали ему: «Ничего-ничего, вы отлично отвечаете», как фигуристу на скользком льду.

Стенографистка строчила, не отрываясь. У них аппараты, вроде кассового, ну очень похоже: такие же получаются крючки, понятные только товароведу (еще одна профессия для Фимы) на ленте, тоже очень похожей на чековую катушку. (При случае уточнить: как называется такая бумага? Такая катушка?) Смотря кто клеймал. Это они тоже могут прочарджить? Да не должны больше чарджить. А почему на него биллы шли? Ну и что, что шли? Поезд ушел. Поезд ушел, а биллы приходили. А у стенографистки, как назло, перерыв. Сколько ценного текста пропадает. По протоколу она же, эта же стенографистка, приводила его к присяге. Клянетесь ли вы переводить не щадя своих сил, без пропусков, без запинки, а быстро так, не думая? Или что-то в этом роде. И Муравлеев говорил: «Клянусь».

Иногда она ошибалась и зачитывала не ту присягу: «Клянетесь ли вы говорить правду, полную правду и ничего, кроме правды, да поможет вам Бог?»

Муравлеев прикидывал, поможет ли. Переводил глаза на подопечного. Иногда адвокаты, краем уха слыхавшие о диалектах, предлагали Муравлееву удостовериться, что они с Груздем совместимы. Раз-раз-раз, – бесцветно, чтоб в голос его не прокрался какой-нибудь диалект, говорил Муравлеев, – проверка связи, как слышно? Груздь терпеливо молчал и в конце концов отворачивался, чтоб ему не мешали собраться с мыслью, но звук все равно доходил без помех:
– Мочу варили?
– Варили.
– Выкипела? Во сколько?
– Не знаю точно, спала.
– Зачем?
– Устала после работы.
– Мочу зачем?
– В лечебных целях, по Галахову.
От скуки Муравлеев перелистывал лежащую тут же на столе небольшую подборку оздоровительной литературы. Вот, например, очень дельное упраж-

нение на укрепление позвоночника: встать спиной к косяку двери и обнять косяк лопатками. Отдохнуть, обнять снова. Больше всего потряс *керогель* – затвердевшие сопли, которые, оказывается, все мы носим в голове, до полкило затвердевших соплей, которые предлагается размягчать и выводить серией специальных упражнений (опустите голову в тазик с ледяной водой и, подержав с минуту, перенесите в тазик с горячей).

– Что, пить?

– Да нет, мазаться.

– Везде?

– Нет, только где болит.

– Обязательно своей или любой?

– Ну что вы, ей-богу!

(Убрать из протокола как ответ не по существу.)

– Итак, что мы имеем: ущерб, нанесенный домоуправлению в виде аммиачного запаха...

– Зачем вы сказали, что моча? – перевел Муравлеев. – Выкипело и выкипело. Может, там бульон был?

– Существуют санузлы, которыми должны пользоваться жильцы, вместо того чтоб в отдельных контейнерах и сосудах, в неизвестных нам целях, подвергать термической обработке...

– Бульон! Вы бы слышали запах на лестничной клетке.... Хорошо Галахову на природе – на даче выпаривать, в бане...

Он смотрел, как бесстрастно из-под пальцев стенографистки струится рулон отрепетированных признаний, как подробно, в мельчайших деталях, простыми средствами да и нет, почем и когда, вырисовывается картина. В ней, как в хокку, написанных тушью, стояли деревья, рождались дети, скрипели колодцы, брехали собаки. Каковы последствия травм? Я стала нервной и злой. Я не сплю по ночам. Я плачу. Что прописала вам доктор Львив? Транквилизаторы. Не помогают. Я могу предъявить фотографии той стремянки. Не могу мыть пол, двигать мебель. А раньше вы часто двигали мебель? Ходить по магазинам, носить, поднимать руку, дотягиваться до верхней полки. Еще что? Значит, это... Говорите ВСЕ. Жить с женой. Как вы нашли врача? Врача порекомендовал Павлик.

Pavlik, – старательно записывала стенографистка.

А он все ставил и ставил меня в ночную смену, менять белье, переворачивать тяжелых больных, вкалывать, как в Африке. Так что выкидыш произошел по причине расовой дискриминации. Даже и доктор Львив... А там как раз не горел фонарь. Я вот так наступила... Вы ударились? Чем, обо что? Вот этим об эту штуку. Затылком о подголовник. Коленями о панель управления. И? Рентген, доктор Львив, тяжести, пол, с верхней полки. Вы недоговариваете? Совершенно расстроился секс. Толчок. Меня спасла жевательная резинка. Иначе я тут бы перед вами не сидел. А так я уронил ее изо рта и наклонился поднять. Смещение позвонка в поясничной области. Шея. Вот это плечо. Как бы вы оценили удар по шкале в десять баллов? В десять баллов. Как бы вы оценили боль по шкале в десять баллов? В десять баллов. Как бы вы оценили последствия травм по шкале в десять баллов? В десять баллов. Мой врач, как ее... Доктор Львив, – перевел Муравлеев, не дожидаясь, пока вверх дном перевернут все папки. Уж вам-то не стоило бы вставать в позу, – на прощанье заметил ему адвокат. – Сколько я даю вам работы! А разве я встаю в позу? – искренне удивился Муравлеев. В речи истца со жвачкой был какой-то мелкий дефект, вроде трели, форшлага: затылком-ёбенеер, об, ёбенеер, подголовник. Что бы такое могло это быть? Муравлеев поставил слух на аварийку, стиснул челюсти – Е-Б-А-Н-Ы-Й В Р-О-Т. Sic. Как же быть? Ну ладно, не заикаюсь же я, когда перевожу заику. Впрочем, может и зря. Ведь вдруг это последствие травм? Или вдруг несет смысловую нагрузку? Тьфу, опять вниманье к детали, минимальные пары sic-sick, способность к принятию решений, а ведь специально избрал для себя грязный, потный физический труд, чтоб зато никогда ни с чем этим не приходилось возиться.

Стенографистка все оплетала шнурами, один к электрической кассе, другой к микрофону, откуда ведется запись, плюс пара шнуров, назначенья которых никак не понять, садилась на свой насест, заносила лакированные руки, и сам собой из-под пальцев бежал божественный текст, его бы печатать томами и продавать, тогда не понадобится специально писать книжек, ни по орфоэпии, ни про любовь. И фильмов бандитских тоже не надо.

Мальчик ждал на балконе. Начинало темнеть, и обещанный срок давно вышел. Наконец, он увидел, подъехал отец. Он хотел закричать, но не успел. Нет, они не остановились. Та машина проехала мимо. А отец повис на двери в подъезд. Да нет, ну что вы! – отвечала она на вопрос страховой компании. – Он был маленький клерк, не каскадер, не космонавт, какой там профессиональный риск. Так, случайно застраховался на десять миллионов.

Груздь за столом сидел совершенно бездумно. В такой духоте, тесноте и давке (так и толкают, так и стоят за левым плечом), в безумолчном хоре чужих голосов терялась нить. Только специально обученная парка (вон, за кассой, оплетенная тысячей проводов) все тянет и тянет, как шелкопряд, но, несмотря на разницу в диалектах (машина ткнулась в поребрик... в поребрик?.. ну, в бровку, и у нее отвалились колеса), Муравлеев читал молчанье Груздя, как открытую книгу:

А где компания? – Да, кажется, в Стокгольме. – Вы что, не помните? – Нет, визуально помню, Но я могу подъехать, посмотреть,

Там на углу «МакДональдс»…. В Амстердаме!
Да, точно, не в Стокгольме, в Амстердаме,
Но тоже совершенная дыра:
Искусственное озеро и утки,
Вдоль берега дощатый променад,
Салон для новобрачных и химчистка,
Еще в окне висел такой плакат
Гуашью, от руки: «All Books Must Go!»,
А я тогда совсем ни в зуб ногой,
И, помнится, так даже и не понял,
Что закрывали книжный магазин
И напоследок – все на распродажу.
Я думал, там кружок, ячейка, секта,
Назад к природе, что-нибудь такое…
(А правда, что мормоны – многоженцы?)
Но внутрь туда никто не заходил.
Там вообще, на этом променаде
На доски вылезали только утки
И тишина такая…. Только флаг
Трехцветный разорялся, как трещотка:
Естественное дело, у воды
Плюс на холме – конечно, будет ветер…
Я проработал там всего два дня.

Ничего, без рифмы как-нибудь справлюсь. Но тем временем парка спохватывалась. Пока Муравлеев соображал, сможет ли он сказать правду про нестерпимую боль в пояснице, фонари, аптеки, стремянки, правила уличного движения, по шкале в десять баллов полную правду про секс и ничего, кроме правды, про руки, сцепленные наручниками за спиной (вот кто делает упражнение по Галахову непрерывно) и беременную хозяйку борделя, кутающуюся в себя, как в шаль (массажистки-свидетельницы сбежали, можно, конечно, и просто считать показания по бумажке – не показания, а Овидий! – но прокурорам хотелось прищучить вживую, брала такая досада, она же только сидела, отдуваясь, время текло у нее не так, как у этих мужчин), проходила целая длинная секунда, и стенографистка зачитывала правильную присягу. Муравлеев клялся, и перед ним, прижав палец к губам, возникал блаженный Иероним Стридонский, покровитель всех переводчиков, а Груздю тем временем объясняли:

— Вы знаете, что такое депозиция? Это дача свидетельских показаний под присягой.

В конце *депозиции* неизбежно наступал момент, когда допрошенного информировали, что теперь кассовые закорючки будут переписаны в виде слов, слова переплетены в виде брошюры, и так называемый транскрипт с показаниями будет в качестве доказательства фигурировать на суде – он же давал присягу, верно? Этот момент был всегда равно неприятен Муравлееву и Груздю: прокрутив в голове сказанное, оба одновременно приходили к выводу, что, с одной стороны, наговорили много лишнего, а, с другой, не сказали главного. А тут зато Pavlik, которого теперь не вырубишь топором. Этот Павлик во всех транскриптах. А кто увез вас с места происшествия? Павлик. А кто был свидетелем? Павлик. А как фамилия Павлика? Да как-то я никогда не… Стенографистка держалась уверенно, а между тем она вряд ли успевала записывать то, чего Груздь не успел сказать или Муравлеев перевести, хотя вид у нее был такой, будто транскрипт получился самый исчерпывающий, оставалось лишь поражаться этому неслыханному в литературе самодовольству. Но чего в самом деле не мог ей простить: из-за нее не успел правильно присягнуть.

С течением времени он начинал сдавать. Вы или кто-либо из членов вашей семьи, вы подавали, или вам предъявляли… Но тут уже она ответила да, и стало поздно переводить то, а нужно уже было переводить это. Вы были когда-нибудь стороной по делу… или кто-нибудь из членов вашей семьи? Муравлеев опять не успел. Иск на возмещение личного ущерба? Участвовали? взял быка за рога Муравлеев. Сначала глагол, быстро подумал Муравлеев, являлись ли вы, или кто-то из семьи вашей, одной из сторон в... В следующий раз Муравлеев забраковал «являлись» и сказал просто «вы были...», а потом подумал и добавил «или кто-нибудь из членов вашей семьи был?» и опять бездарно истратил время.

Он прыгал и прыгал, каждый раз задевая барьер копытами, и чем больше примеривался, тем радикальнее сбивал планку. Никому не было до этого никакого дела, шла мирная, будничная вольтижировка, даже неугомонный истец забылся нервным, вздрагивающим сном. Борьба и нахрап ему только предстояли, не следить же, в самом деле, за отбором присяжных, заунывным, как песня в степи. Все они, все до одного, когда-нибудь в жизни предъявляли иски по возмещению физического, морального или материального ущерба. Им разбивали машины, их неправильно лечили, травил начальник, обманывали в магазине. Life is a bitch. Но кто-то же должен за это ответить? Это приходило к ним естественно, как чередование вдоха и выдоха, фазы луны, которую после материального, морального и физического ущерба распирает, пучит, бросает в рост, money commutes, как дурак на работу, с работы, мирная дрема в тепле электрички, пока... Телефон! Вместилище чувства востребованности средой, единственный орган, путешествующий по телу, то оживет в нагрудном кармане, то где-нибудь над бедренной костью, в кармане брюк, а то и в другой комнате, орган, который первое время включаешь и выключаешь, словно бы набрасывая платок на клетку с попугаем, но со временем, приучив к общему (строгому) режиму тела, можешь вполне рассчитывать, что он будет возникать по расписанию, как аппетит, усталость, сонливость, вялость, алкогольное возбуждение и снова усталость, сонливость, вялость, что-то беспокоит меня телефон, что-то он взыгрывает, пойти бы провериться, лечь на обследование, хотя что они мне скажут, из мрачного медицинского юмора? Скажите спасибо, что взгрывает? Если проснулись, и у вас ничего не звонит, считайте, что умерли?

Звонила фимина жена, просила посидеть с ребенком. Вот еще новости! Фимины штучки. Лифт дрогнул, вошел в пазы, и от этого незначительного сотрясения в мозгу у Муравлеева из цветных кусочков сложилась фраза: «Выступали *ли вы или кто-либо из членов вашей семьи истцом или ответчиком по делу о возмещении личного ущерба?»* Он тут же прошелся по ней языком, чтобы склеить на века, поднял глаза и увидел Фиму, курящего на лестничной клетке. В распахнутой двери у зеркала стояла Ира, нервная, злая, юбка сзади оттянута ниже, чем спереди. Железная женщина, даже в невинно плещущейся поверхности зеркала, чуть глубже ее непосредственного отражения – вечно с лихорадочными пятнами какой-то аллергии или чистой злобы, со втянутой шеей, с редеющими волосёнками – стояла красивая железная женщина, и время от времени кто-нибудь замечал это. Фима же, тот вообще видел это отражение непрерывно, только его и видел, только и делал, что, дрожа от ужаса, следил за малейшим движеньем своей Горгоны в лоснящемся боку холодильника или в узкой полоске кухонного крана. Кроме него он не замечал вообще ничего: ни обвисших подмышек, ни того, что эта пятнистая злоба – давно уже не тот праведный гнев и неутолимая жажда истины, которые когда-то так поразили его воображенье, а *просто* злоба и неутолимая жажда крови, не обязательно его, фиминой, но кто же еще подставится? Если бы Фима хоть раз не испугался прямого взгляда на жену, ему так же очевидно, как всем остальным, сделалось бы, что Ира – всего-навсего стерва, плохая хозяйка, человек с тяжелым и мрачным характером, но он решительно не понимал, насколько его ситуация обратна персеевой. Впрочем, почему дурак? По-своему счастливый человек. Романтик. Дрожит, но сидит на своем куске мрамора... Из кухни донесся капризный голос их Ромы: «Любительскую!», и Ира тут же смягчилась, пятна рассредоточились со скул по остальной морде, посветлели, порозовели: Рома вовремя выступил с любительской, как раз к приходу Муравлеева. Ира гордилась, что мальчик знает любительскую, докторскую, вообще слова, один раз даже сказал Муравлееву: «Посмотри, как я ныряю! Ты будешь писать кипятком!» И Ира тогда расцвела и даже сразу оставила идею научить мальчика обращаться ко взрослым на вы и по имени-отчеству. Резко изменила курс на хамскую, непозволительную, высоко идиоматичную фамильярность.

Рома вывалил лего на пол.
– Давай ты будешь человек, и я буду человек, – сказал Рома и подал фигурки без рук. У муравлеевской не было еще и головы, и Рома попытался заменить ее рюкзаком, но рюкзак не подходил. – Теряются, – объяснил он. После рабочего дня Муравлеев понял как нельзя лучше.

На ночь Ира велела Чуковского.
– Я пришью ему новые ножки, – декламировал Муравлеев.
– Где возьмет? – немедленно спросил Рома.
– Купит, – туманно ответил Муравлеев.
А Груздя все же жаль – так слиться с зеленым листком, на котором сидишь! Чтобы узнать, действительно ли вывихнуто плечико у бедного кузнечика, надо взять в руки лупу, а кто возьмет в руки лупу? Доктор Львив? Готовый на все, уехать – уедем, грузовичок – поводим, в аварию – попадем, программистом – а запросто, – безотказен для окружающей среды! А она ему что? А она ему шиш? Не знаю, сварливо думал Муравлеев, по-божески, не по-божески, но уж во всяком случае не по-дарвиновски. Зловредный Рома не спал, он совсем распоясался на своих верхних нарах, совал ноги в лицо Муравлееву и вопил на запрещенном в дому языке:
– Trick or treat, smell my feet!

Муравлеев послушно понюхал. Ромины пятки ничем не пахли. Ира, поднявшая Рому с пола – он все же упал и заснул на полу, а рядом храпел Муравлеев на грудах рассыпанного лего: ноги, руки, строительный материал, колеса, кирпич и длинные балки, – мелкая моторика, пояснила Ира, способствует речевому развитию. Он умолчал про считалку, он умолчал и о том, что весь день разъезжает по этажам, упражняя способность к карьерному росту, бахтинскому карнавалу и христианскому смирению, и открывает объятия каждому косяку. Ты совсем не видишь людей, сказал Фима, дай я тебя свожу. Он отбивался, но не помогло, там как раз очень удачно, у них фирма сгорела, сказал ему Фима, они празднуют новоселье, там будет масса приличных людей, я налажу тебе такой бизнес, им все время что-нибудь нужно переводить.

– Купите Роме солдатиков, – на прощанье посоветовал Муравлеев, – говно это лего ваше.

И увидел, как напряглась Ира. Она была против милитаристских игр.

2

Фима был прав, народу собралась уйма. Обналичка и безналичка, он им за треть, они ему треть, без устали комментировал Фима, шоу-рум, интернет-проект, сорос-грант, – и все же лучше туда не соваться. Там, невзирая на странные деноминации Фимы, вроде Сифа и Фоба, двух героев муравлеевских переводов (куда-то делись в последнее время, и спокойней не узнавать, куда), толпились водители поршей и понтиаков, люди из левого ряда, живущие на светофорах и съездах с шоссе, сто процентов времени, Муравлеев уж знал, мучимые стопроцентной болью. Груздь, без ошейника, втаскивал в дверь тяжеленный ящик с шампанским.

Конечно, их было трудно узнать, раньше он видел их только до пояса, сейчас же им приходилось куда-то пристроить руки и ноги, бокалы, тарелки, и с центром тяжести все справлялись по-разному. Те, что постарше и погрузней, укоренялись пузом вперед, элегантно до жути одетые дамы, балансируя торсом, держались на каблуках, юнцы острили с развязностью, передающей-ся членам. Стоя есть, на глазах у всех, как танцпол, пересечь всю залу, сдержанно засмеяться, поведать интимную тайну, не дыша при этом в лицо – все эти светские упражнения давались им как изощренная пытка, испанский сапожок или подвешение разбойника в наитеснейшей клетке. Выразить удовлетворение, не крякнув, заложить за спину руки, тут же не прогнувшись назад, чтобы размять поясницу (авария все же давала о себе знать), не чесать нос, не дергать себя за бороду, – однако подвешенные не возражали, как не возражают против престижного вида спорта, требующего дорогой спецодежды и готовности выглядеть смешно.

Ближайшая к Муравлееву группа играла в эскимосские палочки. По правилам первый игрок щекочет медведю нос палкой приличной длины, следующий должен сломать ее пополам и щекотать уже с менее безопасного расстояния, а еще следующему приходится щекотать четвертью. В разговоре этой группы палочка укорачивалась ежесекундно. Все уже чувствовали, что верных реплик осталось три-четыре, и торопились их расхватать.

– Вот у Набокова же получилось.

– Набоков не чистый случай.

– А Джозеф Конрад?

Теперь оставалась только одна:

– Как бы то ни было, именно единичность подобных случаев, как исключение, подтверждающее правило...

Круг слегка приумолк, никому не хотелось выставлять себя идиотом, и только какая-то девушка вдруг сказала:

– А что Джозеф Конрад? Его кто-то когда-то читал?

Все деликатно потупились, разве ее молодой человек не мог оторвать страдающего взгляда от того места, где у нее только что была кисть. Он и жалел, и не мог не злиться, ведь она опозорила и его: при чем тут вообще Джозеф Конрад? Разве не ясно, что в этой игре им всегда ходят в паре с Набоковым?

Конечно, молодой человек не узнал его, но Муравлеев узнал прекрасно – когда-то он всех их учил иностранным языкам. Майн фатер ист инженьёр. Майне мутер ист инженьёр. Майн брудер ист инженьёр. И дальше с надрывом: их виль инженьёр верден. Он не успел спросить, удалась ли жизнь. Все ли так, как задумал? Выучился ли молодой человек на инженера? Да и незачем бередить.

Ну-с, еще кон в эскимосские палочки?

– Объездили все: Рим, Венеция, Флоренция, – туповато сыграла первая.
Палку немедленно отломили:
– Пиза, Сиена, Болонья, Ассизы...
– Да..., – коварно вздохнула третья, – Веронезе, Карпаччо, Джотто...
Эль Греко в Толедо, в Мадриде Прадо, безвыездно, как киевский дядька, – дрожа от возбуждения, на острие эскимосской палки им туда просовывали еду, хоть пальцев в рот особо не клали, а что бы было, если бы ночью какой-то шутник поменял местами таблички на клетках? Уверенно говоришь «Лувр», потом смотришь – о Боже! Уффици!
– Хамон двести евро кило!
И выиграла бы, но тут какая-то сволочь вдруг пискнула:
– Хороший хамон и сто грамм столько стоит.
Что ж, продули. Бывает.

После хозяйки борделя Муравлеев старался никому не смотреть на живот, живое напоминание, как все невовремя: только наладила бизнес, отшлифовала детали конкурсного отбора, оформления виз, трудовых договоров, первичный инструктаж, непрерывное повышение квалификации, благоустроила помещение, и тут, как назло... Впрочем, очные ставки, допросы, зачтение прав, предъявление всяких улик ее вроде и не волновали, как будто в массу тела и теплой пуховой шали можно уйти, завернуться, и там никто не достанет, она слушала все как сквозь сон, как сквозь вату, и улыбалась довольной животной улыбкой, когда выяснялось, что все свидетельницы-массажистки разбежались, кто-то со страху дал показания, но и все тут же пропали, то есть конкурсный отбор был все же поставлен правильно, и теперь в зале суда не было ни единой женщины. Следователь, прокурор, переводчик, ее адвокат, пристав, судья, свидетели (несколько клиентов в штатском), даже секретарь судебного заседания был одним из тех непришейкобылехвостных одутловатых юношей с гноящимися прыщами, которых из жалости пристраивают на работу, но потом все равно посадят за смотрение порнографических сайтов, особо гнусных, с младенцами, мальчиками и садистами – за приобщением к делу вещественных доказательств он здесь следил внимательней всех. Среди этих, по самой природе двумерных, мужчин ей было трудно скрывать чувство собственного превосходства, а скрыть как-то надо, чтобы сюрприз удался, когда тяготящая плотность тумана, подпирающего под грудину, ее космологическая сингулярность здесь, сегодня, сейчас, среди этих мужчин, вызывающих жалость уж тем, как капает время и лишает свободы пространство, – когда все это взорвется ни на что до нее не похожей вселенной, – она так и сидела, кутаясь в шаль, испуская характерное реликтовое излучение.

– Как сейчас помню...
– Смотрю в телевизор...
– Сначала думаю: фильм...
– Вдруг звонок: вы там живы?..
– А Илюша-то в школе! Первый день поехал сам на автобусе, я и так издергалась вся, извелась...
Среди выдержанных игроков ни один не покатился. Прием законный. Каждый имеет право поволноваться, живи он хоть в другом полушарии, как вот эта гостья с Илюшей. Однако, пора и приблизиться к эпицентру:

– Подъезжаю: чего это, думаю, там летает...

– П о д х о ж у: чего это, думаю, там горит...

Теперь, когда круг сужался неумолимо, торопились с репликами только дураки. Теперь уже просто посчитать можно было, когда ударить.

– Я там работаю через дорогу. Запах стоял месяц.

– Два.

– Полгода.

Искусственно, неинтересно умножали число ходов. Но вот и оно:

– А я работал прям там. Опоздал на пятнадцать минут.

Что ж, в спорте одна секунда решает все. Сейчас он предъявит визитные карточки всех погибших. Муравлеев тысячи раз наблюдал игру, и тысячи раз поражало, что на этом месте она обрывается. Вперед, не ссы, не корову проигрываешь, надо так:

– Прямо там, ровно в девять, я стоял на самой верхушке...

Но поскольку никто не рискнул:

– Жена названивает, ёвеер! «Я, ёвеер, просто знала, что ты опоздаешь!», – шумно праздновал победитель, срываясь на бабий визг. И хоть были кое-какие сомненья (не перепутал ли адрес и дату?), бестактно не ликовать, что сейчас он здесь, среди нас, и потому ёвеер, захлебываясь, твердил: «Всегда опаздываю! Везде!», справедливо полагая, что изо всех элементов этот – самый правдивый. И по правилам никуда не деться, пощечину от истерики не влепишь, пока сам теперь не уймется.

Наконец, Муравлеев не выдержал.

– Его надо удалить отсюда. Я, конечно, лингвист, и мне все слова хороши, но не все время же одни и те же. И потом...., – Муравлеев остановил взгляд на Их-Виль-Инженьер-Вердене (лицо его побурело, волосы погрубели, шея заматерела, как у взрослой овчарки, но в манере стоять было прежнее, школьное, и на плече болтался ремень той же сумки, которую он не нашелся куда пристроить), – ...здесь дети.

– Ты о чем? – беззаботно спросил Фима.

– А ты прислушайся.

Фима прислушался.

– Мда, действительно.

И неприязненно покосился на Муравлеева. Мог бы так и не вслушиваться, не на работе.

– Его нельзя удалить. У Ебаного в Рот швейцарское гражданство... Ладно, видишь вон ту вон тетку? Она написала книжку. Надо бы перевести.

Повернуться Муравлеев не торопился. Что еще ждало его там? Pavlik? Из постоянных, хотя и заглазных, сношений с вездесущим Павликом он уже знал, что человек этот слишком опасен, много знает, и самой тенденцией подвернуться во всех местах происшествия превращает знакомство с собой в дурную примету.

– И большая книжка? – спросил Муравлеев, а сам уж, подлец, считал, что если там страниц двести-триста (книжка все-таки)...

– Да думаю, немаленькая. Но ты не волнуйся, денег она тебе все равно не даст.

– Тогда нафига мне эта книжка?

– Есть вариант, – со значением сказал Фима.

Тут уж пришлось повернуться и уяснить направление перевода. На фоне прочих гостей было особо заметно, что с координацией у нее все в порядке, и это выдавало в ней уроженку здешних мест: как их ни раскрути, выйдут из незнакомой аптеки и продолжат движение в заданном направлении – на север, на юг, на восток, на запад, – не читая названий, не спрашивая, не мечась, никогда не путаясь в сетке и не сбиваясь, в какую сторону увеличиваются улицы и убывают авеню. Как будто у них намагничено.

– У Матильды есть дом, в котором никто не живет. Я думаю, тебя надо поселить в этот дом, – тем временем излагал Фима. – По крайней мере, пока ты переводишь книжку. Так что переводить особо не торопись.

– А что за книжка?

– Поэма.

Муравлеев внезапно устал. Видеть сны не профессия и не искусство. Он не сомневался, что Матильда, как каждый присутствующий, видит сны. Но в тексте ничего не зависит от качества сна, все зависит от качества перевода. Одним количеством форм – падежей, наклонений, времен, категорий числа, принадлежности, цвета и вкуса, модуляций модальности, степенью памяти, что все это только во сне – язык сновидений в сотни раз превосходит все мертвые и живые, но когда доходит до дела, то все заявляют: «Мне не надо грамматики, мне бы только общаться». И наивно дивятся, что чужой сон невозможно дослушать, не умирая от скуки. Иногда его спрашивали: почему же вы не предупредили, что это непереводимо? Что он мог ответить? Что его тоже не предупредили, когда он поступал в институт? Что теперь он должен поддерживать тайну как в личных, так и в общественных интересах, и не считает переводческое сообщество ни порочнее, ни бесстыдней ассоциации терапевтов или семьи цирковых иллюзионистов? С древнейших времен ремесленники объединялись в цеха, чтобы хранить от лохов единственный свой секрет, тот самый, мистический, чернокнижный секрет Виктории, вату в лифчике: того, за чем вы пришли, не бывает, но есть масса способов быть счастливым...

Уронив наконец-то вилку, Муравлеев нырнул в анонимные ноги гостей, чтоб раствориться там вслед за ней, но ноги уже поспешно разворачивались, формируя новый круг общения, вилку грубо рвали из рук и там, почти на уровне пола, жадно допрашивали, кто такой, чем занимается, как сюда попал, и Муравлеев смирно сидел на корточках и отчитывался в собственном существовании, хотя все внутри вырывалось и кричало: «Я не танцую! Мне жмут ботинки!» Я был экспертом торговой палаты, – говорил завладевший Муравлеевской вилкой, – и всегда считал, что лучше я поделюсь и будет чем делиться, чем не поделюсь и делиться будет нечем. А, скажите, чтоб быть переводчиком, тоже ведь всем, кому надо, приходится сунуть? От удивления Муравлеев встал. И увидел, что тертый эксперт на всякий будущий случай просто сделал ему комплимент.

Но было поздно, Муравлеев уже оказался внутри.

– Он знал его с детства! Даже ходил в матроске. По Английской набережной.

Дался же им Джозеф Конрад!

– Однажды, – сказал Муравлеев, – я видел в Атлантик-Сити, на набережной...

Фима, знавший Муравлеева досконально, вздохнул в сторону. Только те, кто впервые видел Муравлеева, с интересом следили, как в окне появился хобот, еще не подозревая, что через минуту в посудной лавке окажется и весь слон.

– Какие-то сутенеристые мужички притащили на набережную негритянку в одеяле. Развернули одеяло, положили на живот – а у нее ни рук, ни ног. Поставили перед ней синтезатор, подключили к усилителю, подтянули ее поближе, и она, языком нажимая на клавиши, стала исполнять «Историю любви». Знаете: та-та-та та-та...

Муравлеев, собственно, закончил, хотя от него еще чего-то ждали.

– А вот я один раз случайно оказалась в Гарлеме, – нерешительно начала одна дамочка, пойдя по ложному следу.

– И при чем тут Джозеф Конрад? – тут же осадил ее старичок в серебряных очках.

– В данном контексте, – пояснил Муравлеев, – согласитесь, бестактно обсуждать музыкальные достоинства ее исполнения.

– Но именно исполнение, – взвизгнул старичок, – именно в стилистическом отношении...

Однако Муравлеев уже сошел с рельс.

– Гудини, – гудел Муравлеев. – Без рук, без ног, без топоренка, язык и тот протезный. Язык той тетки на набережной описывал все тот же гумбольдтовский круг, – Муравлеев облизал губы. – Почти порнографическое зрелище.

Дом, в котором он будет переводить поэму, стоит за тысячи лет и за тысячи миль отсюда, оттого там никто и не живет. Знаете, почему еще мне так запала та тетка – я ведь сам переводчик и знаю, какое это ужасное ощущение, когда устает язык. Мне тоже хочется чуда, чтоб нарушились все лингвистические законы природы, но отсутствие всяких чудес послано нам как чудо для укрепления веры. Упорное стремление анимировать абсолютную, безупречную тишину литературы, вроде как башенные часы с фигурками – мало молча показывать время, нужно, чтобы по первому требованию из окошек выскакивали какие-то дикие персонажи, каждый со своим фокусом – у одного сифилис, другой педераст, кокаинщик, сноб, граф, образцовый отец, у этого, как вы настаиваете, неистребимый акцент, который проступает, только если подержать бумагу на свече. Чтобы все это как-то кривлялось и пищало на разные голоса...

– Господа, по-моему он назвал нас сутенерами, вытащившими тетку на одеяле!

По тому, как никто не засмеялся, обнаружилось, что Муравлеев со старичком уже некоторое время разговаривают вдвоем, а господ давно уж снесло течением: «ботинки, доски, всякий хлам, и у этого костра они грелись, а уже, знаете, стало темно...»

– Впрочем, это вполне извинительное стремление. Я сам переезжаю сейчас за город, и тишина меня просто убивает. Как глянешь, а там деревья, все черные и все на одно лицо.

– Вот-вот! – подхватила дамочка. – Именно что все черные и все на одно лицо!

Фима тревожно вздрогнул, что Муравлеев и там развалит компактнейший разговор.

– Заходите ко мне, – сказал старичок. – У меня тоже... устает язык.

И отошел. А Фима схватил Муравлеева и зашипел:

– Ты знаешь, кто это был? Нет, ты знаешь, кто это был?!

Хотя он делал возмущенное лицо, он не был по-настоящему недоволен Муравлеевым – его, фимин, слон понравился Филькенштейну.

День начался с воскресной проповеди, освободив Муравлеева от необходимости заходить к Филькенштейну. В репродукторе чистый, красивый мужской голос объяснял, что нельзя провозить, как снять ботинки, без сожалений расстаться с заначенной зажигалкой и держать в руке документ. Прихожане почтительно слушали. Когда-то на каждом шагу враг расставлял ловушки душе, теперь телу, и в школах закон божий тихо мутировал в основы безопасности жизнедеятельности. ... Муравлеев любил этот глухой, будто выстланный ватой, огромный аэропорт. Здесь пересекались все воздушные пути, и два-три часа между рейсами протекали безболезненно и беззвучно. Беззвучно с экранов мелькал бейсбол, реклама прыщей, их разыскивает полиция: красномордая блондинка и тут же лилейно-белая, крапчатый подросток и он же гладенький, или перекрашивается, отпускает усики, опустился, обрюзг, подобрел глазами, но в душе все тот же бандит. Переводя с экрана глаза, он видел, что все они тут, хватай не хочу, слоняются по серым паласам с видом, посторонним для собственной жизни, безразлично глядят на сосиски (а ведь когда-то все это ели), иногда, сконфуженно улыбаясь, покупают себе бутерброд, но сколько ни двигают челюстями, не наступает ни аппетита, ни насыщения, ни вкуса на языке. Хватаются за телефон, но там, на земле, их не всегда могут вспомнить, а, вспомнив, спрашивают только: «Где ты?» и, получив ответ, теряют всяческий интерес: ты сначала прилети. Выходят из туалетов, так же сконфуженно улыбаясь (видно, не вышло и это), блондинка же прислужилась в курительном баре. Доппельгангеры, сам он сейчас свой собственный доппельгангер в клубах сизой вони, в звоне посуды, наблюдая ватные разговоры (он ей «шлеп-шлеп», она ему «шлеп-шлеп-шлеп»), а за окном медленно, волоча брюхо, проползают длинные трубообразные животные. Так по ночам голосят, не дождавшись сына домой: его завезли! завезли! А что, если нас завезли? Ограбили, бросили на обочине... Непомерно оставил блондинке на чай: пассажиры-то, может, еще улетят, а она, в клубах сизой вони, в заложенном ватой пространстве, клацающем посудой за стойкой бара... вот уж точно кого завезли.

С самолета, еще доппельгангером, влажный, полный тумана, спустился в багажное отделение, отодвинулся на край конвейера, чтобы багаж доходил до него отфильтрованный многими парами рук, и всем телом вдруг ощутил, что пятно на другом конце зала сжимается, разжимается, пульсирует:

– Перевести! Перевести! Надо перевести!

Муравлеев метнулся к пятну, затесался в толпу, преобразуясь с той же стремительностью, что в телевизоре, из доппельгангера в единственно верную форму:

– Что перевести?

– Часы!

Но уже было поздно. Он снова уже был собой. День приезда окончился.

– Скажите, а ПЦР вы используете в качестве диагностической методики?

– Используем... – неуверенно сказала администраторша. И, потверже: – Конечно, используем. Мы всё используем. Но вам подробней расскажут сотрудники...

– ПЦР у нас, – перевел Муравлеев, – не лицензирован как метод диагностики.

– Это хорошо, это правильно, – закивал Гришкин.

– Very good, excellent, – перевел Муравлеев, и администраторша тоже вся просияла от удовольствия, глядя в одобряющее, полное энтузиазма лицо Гришкина.

Гришкин вошел в лабораторию на цыпочках.

– Передайте нам, пожалуйста, пробирки, – со значением сказала администраторша.

Гришкин с жадностью уставился на пробирки.

– Мы изобрели новый метод, которым очень гордимся.

Зная уже впечатлительность Гришкина, осторожный Муравлеев перевел:

– Я вам сейчас кое-что покажу.

Переводческое чутье не подвело его. Администраторша вытащила пробирку и подчеркнула ногтем небольшую наклейку.

– Вот тут опознавательный код. Поскольку анализы анонимны, фамилии нет, представьте, как важно не перепутать. Чтоб код на пробирке соответствовал коду в документации. Вот там, где сидят три наших сотрудницы – Анджела Льюис, Берта Шмидт и Ширли Томсон – в офисе оформления документации, где все данные вносятся в компьютер (Ширли потом сделает вам доклад о том, как заносить данные в компьютер) – там должны внести в компьютер код, строго соответствующий коду на пробирке с анализом, потому что в противном случае, если у человека позитивная реакция, а ему объявят, что негативная, или же наоборот, у него негативная, а скажут, что позитивная, в общем это все страшная ответственность! – администраторша драматически развела руками, но тут же с торжеством продолжила. – И тут мы придумали!

Муравлеев не удержался и коротко вздохнул.

– Ах, простите, я могу повторить! – вскричала администраторша.

– Спасибо, не надо, – поспешно ответил Муравлеев, и, повернувшись к Гришкину, произнес: Методы диагностики такие же, как везде: половину материала на иммуноферментный анализ, другую на блоттинг Вестерна. Попозже надо будет зайти в регистратуру, поздороваться с девочками приличия ради – Анджела Льюис, Берта Шмидт и Ширли Томсон.

Услышав знакомые имена, администраторша согласно закивала.

– Но вот что интересно, – продолжил Муравлеев. – В последнее время стали выявлять не только ВИЧ-1, но и ВИЧ-2.

Глаза у Гришкина загорелись.

– А я думал, здесь...

– Что же вы придумали? – милостиво перевел Муравлеев администраторше.

Довольная произведенным эффектом, она постучала ногтем по наклейке, и Гришкин прилежно уставился на пробирку.

– Мы придумали использовать самонаклеивающийся ярлык: снимаем сверху полоску и переклеиваем ее в медицинскую карту, причем один опознавательный код остается на пробирке, а другой, точно такой же, наклеен теперь в документ. Таким образом, ошибка исключена! Вот такой научный метод работы придумали у нас в лаборатории.

– Да, представьте, попадается. Проверяем штамм, если место рождения в Африке, – не поморщившись, перевел Муравлеев. – Таким образом, выявлено несколько случаев. Вот какие интересные данные удалось получить в нашей лаборатории!

– Да, здорово, – сказал Гришкин.

– Very impressive, – похвалил и Муравлеев.

Гришкин уже налаживался повыяснять, а сколько именно случаев, но администраторша, прикрывая спиной нехитрое эпидемиологическое вуду, карту города с воткнутыми в нее булавками СПИДа, рвалась к выходу, очень кстати для Муравлеева, который чувствовал, что практически исчерпал свой словарный запас по предложенной теме.

– Нас ждут в офисе оформления документации, – объявила администраторша.

– Буквально на минутку заглянем в регистратуру, – сказал и Муравлеев, пропуская Гришкина вперед, чтобы тот не застрял в лаборатории.

Ширли Томсон сидела перед компьютером на вертящемся стульчике, и ее зад лежал вокруг нее, как юбочка.

– Вы знаете анекдот про Людмилу Зыкину? – мечтательно спросил Гришкин, не отрывая взгляда от Ширли Томсон. – А интересно, можно спросить, сколько она зарабатывает?

Муравлеев послушно и тут перевел, что фиксировать данные так блестяще не наука, не должность, а прямо искусство. Под восхищенным гришкинским взглядом Ширли Томсон вся зацвела.

В конце концов вышли на улицу.

– Это школа, – кивнула администраторша в сторону детской площадки и плоского скучного дома, обнесенного сеткой. Дети, отборные боровики всех мастей, волочили по мягкому полу площадки свои рюкзаки. Вот так скоро и Рома. Администраторша кратко обозначила на лице умиление. Делегация остановилась у сетки.

– Нда, – сказала Людмила Ильинична, – диабет обеспечен.

– Не факт! – возразил вечно ищущий Гришкин, – Поглядите, какие плотненькие!

– И при достаточно смуглой коже, – туманно добавил Алексей Степаныч.

– В общем, генетическое уже перерождение, – подвела итог Людмила Ильинична, и консилиум двинулся дальше.

За меню возникла классическая перепалка, кета это или горбуша, нерка или кижуч. По аналогии вспомнились калуга, белуга, севрюга. (Раньше считал, что калуга – скорее город). А также омуль, хариус, таймень. (Нет, города – омск и тюмень.) Речной тигр, – монотонно переводил Муравлеев официанту, – рыба между щукой и лососем, обитает в Сибири в пресной воде. А юкола? – забавлялись иностранные гости. – Какой же ты переводчик? Юколы не знает! Муравлеев мстил официанту целенаправленно, планомерно. Когда стоишь за ужином, навострив утомленное за день ухо и тщательно запоминая особенно заморочный тост, чтобы во избежание международного скандала не перевести его слово в слово, к столу приближается человек с бутылкой: «Вам красного или белого?» Ты машешь ему: отойди, не сейчас! Он заходит с другой стороны, наклоняется и повторяет. Чувствуя, как уплывает конец анекдота, как на секунду снопом искр вспыхивает и гаснет десяток фамилий и должностей, как растворяется в воздухе цитата из «Детской болезни левизны в коммунизме», а ты не успеваешь подложить в колыбель Шекспира, машинально еще раз ныряешь в сторону, и тут он теряет терпение. С ненавистью, вплотную приблизив лицо и выплевывая каждое слово, в абсолютной тишине, наступившей для перевода, он произносит: «Сэр! Я говорю с вами. Извольте ответить, что будете пить». Похожие как близнецы, оба во фраках, склонившись под тем же углом в позе почтительного внимания, исполнители самых интимных вмешательств в чужие физиологические процессы, официанты и переводчики ненавидят друг друга. Толмачи и халдеи, война мышей и лягушек, до XVIII века приписываемая Гомеру.

Но в обед – то ли он не так устал, то ли официанты не так безобразят – звук доходил до Муравлеева без помех:

Я человек военный, должен быть в форме,
Солдаты в окопах, в окопах змеи,
Они привыкли, едят их,
А ведь там и почва, и блохи,
Света нет, а если б и был – нельзя, перестрелки,
Так что я должен быть в форме,
Организм говорит: в твоем возрасте
Доходишься в тренажерный зал до инфаркта,
В двухкомнатной квартире, а у меня их трое,
Плюс племянник, но он такой... сложный,
Хочет водить, я даю ему свой «Жигуленок»:
Пусть водит, лишь бы учился...

Гришкин, видимо, чувствовал, что его не совсем понимают, и он их – не очень, изнемогал от желания пообщаться запросто, перейти с ними на ты, в эту минуту он собирался вернуться домой и пойти на курсы. Муравлеев мог бы разочаровать его. Пока они там едят бутерброды с желе и ореховым маслом, получают зарплату таинственными опционами, строят на зиму дом из фанеры, молятся по воскресеньям и коллекционируют фарфоровые шарики для игры в гольф, кажется, могли бы многое порассказать. Но чем ближе подходишь к возможности их расспросить, тем меньше вопросов. Чем больше читаешь в оригинале, тем они менее оригинальны. Пока, захлопнув учебник грамматики, не обнаружишь, что не осталось ни тайн, ни текста, выходящего за пределы лингафонного курса. Не сдаваться, искать аберраций, слепящий солнечный зайчик отчаянного солецизма, – и, разумеется, находить: живет в лесу, работает даром, книжки читает, селедку ест. А потом так перелистнешь, а там еще приложения, все исключения списком, пронумерованные по темам: нестяжательство, экологизм...

После обеда встал вопрос телефонных карт. В аптеке? Во дурак. Какие же телефонные карты в аптеке? А еще переводчик. Только одна делегатка ловила муравлеевский взгляд и едва заметно кивала на слове «аптека». Чувствовалось, еще минута, и она ему все расскажет – а чего стесняться, переводчику практически как врачу. Вот у вас, например, какой размер? Мой муж такой же, только выше, стройнее, спортивней и лучше в постели. Почем на вас брюки? Мне бы тоже что-нибудь простенькое, подешевле. Ну вы, наверное, плохо искали? Наверное, и нормальную работу можно здесь было найти? И, кижуч всех вопросов, королевский лосось: по родине не скучаете?

Встречались старорежимные: «Зачем вы перевели про змей? Вас что, не учили в советском вузе, что змей не надо?» Встречались современные, чернушники: «А что же вы промолчали про змей? Редактируете нас, лакируете?» И те и другие считали, что он завербован. Правда, первые чаще и чаще махали рукой, очевидно, припоминая, что образ большого, но брата, который заботится обо всем, тоже изжил себя, теперь можно лепить что угодно. И если нам этого не поручали, зачем хлопотать о представлении всего в выгодном свете?

Гулять по городу было не сахар. Чтоб зря не носить, им спешили воспользоваться для перевода любого печатного слова, от осторожно окрашено до типовой таблички у входа в церковь: «It is strictly forbidden to feed/ harass/ bother/ frighten or enter designated restricted areas», только Плюша бодро переводил, самшит on the left, самшит on the right, подмигивая Муравлееву: «Растение такое». Изо всей галереи прекрасных образов им больше всего импонирует образ рачительного хозяина: тут у нас мэрия, публичная библиотека, по алфавиту помойка, бак для стекла и жести, ящик для благотворительных сборов и избирательных бюллетеней, в нише законодательная, над камином исполнительная, в простенке судебная – гарнитур-тройка, мебель заказа отцов-основателей, если кто сомневается – чиппендейл.

Вы нас не щелкнете? Мы вот там вон встанем. И на этот фотоаппарат тоже. Последние уже ни о чем не просили, молча нанизывали фотоаппараты Муравлееву на распяленные руки, как на вешалку для зонтов. Наушники сбрасывали ему же – не в наушниках же фотографироваться. Еще раз: не было вспышки. Вы разве нажали? А, по-моему, не нажали. Кто же так нажимает? Палец из объектива уберите.

– Здание, кстати, старинное, 1902-го года, – подкрадывался Принимающая Сторона. – По фасаду аллегорические фигуры сельского хозяйства с лицом внучки главного архитектора, железнодорожного транспорта с лицом неизвестного, у фигуры массового потребления согласно проекту отколот палец, что в традиции протестантского зодчества символизирует несовершенство человеческой природы, отсюда система сдержек и противовесов. Лестница, шотландский известняк, завезенный на сумму восемьдесят две тысячи долларов – по тем временам огромная сумма. А вы сейчас попробуйте, хе-хе, на деньги налогоплательщика... История у нас недлинная, но по художественному значению, как видите, не уступаем.

Пока разбирали фотоаппараты, тут же (рачительный хозяин) удостоверялся:

– Вы перевели мою шутку про известняк?

А чего же тогда никто не смеется? Смеривал Муравлеева холодным, нешуточным взглядом: не забыл ли толмач за развлечениями, что надо и дело делать? Это такой народ: им сто слов, а они... три.

И, все еще капельку дуясь, вводил в кабинет, где представлялись по кругу: Вильям Пенн, губернатор, можно просто Билли, Джек Гуд Шепард, по работе с населением, Патриция Блек, интересы отдельных групп, юрисконсульт Джон Маклер, Сузи Хоммейкер, по хозяйственной части, Стефани Хукер, пи-ар, Дуку Юмореску, бюро ликвидации последствий, Ричард Браунинг из спецслужб... Тут дама пугалась, прихлопнув ладошкой рот, но Муравлеев кивал головой: да пожалуйста, хоть еще две дюжины, – и хладнокровно перечислял, ведь для переводчика все фамилии говорящие, Мерлины-Кречетовы и Цукерманы, назвать при переводчике свою фамилию – все равно что рассказывать при психоаналитике сны, – представлялись и гости из лучников, кравчих, черемисов, жучков и крючков (Муравлеев знал, что забудет все лица, и никогда – имен), «обособленное подразделение-филиал», ответно интриговал Муравлеев принимающую сторону... «А, можно, я буду называть вас просто Алекс?» – простецки улыбался губернатор всем Алексеям и Александрам. Выдвигался...

– Юджин Храбарчук, скажи что-нибудь гостям!

– До побачинья! – басил Юджин и пояснял: – Это я им сказал «добро пожаловать».

И тут выяснялось, что губернатору приятно было пообщаться, а теперь надо идти, и только Александры и Алексеи оставались в легком недоумении, когда же Билли будет звать их просто Алекс.

Принимающая Сторона, шипя:
– Поблагодарите их за содержательный доклад.
Делегация, пожав плечами:
– Благодарим за содержательный доклад.
Принимающая Сторона, решительно:
– От лица делегации позвольте поблагодарить за теплый прием, за время, внимание, щедрость при передаче опыта, за гостеприимство и чипсы, от которых мы почувствовали себя как дома...

Озираясь сквозь слезы, обнаруживал, что группа ретировалась в уголок и судорожно роется в пакетах, переругиваясь на варварском языке.
– Четыре, шесть, восемь...
– Давайте так как-нибудь...
– Десять, двенадцать... Не сбивайте меня.

– Давайте так как-нибудь: вы старайтесь мужчины женщинам, а женщины...

– Пятнадцать. На всех не хватит.

– А женщины мужчинам.

– Пятнадцать ложек и восемь матрешек.

– В гостинице у меня еще три ложки и два значка.

– «В гостинице!» Размножьте эту матрешку.

Хлеб, соль, Гжель, ручная работа, золотая осень, усадьба Тургенева, это вот м-а-т-р-е-ш-к-а, по-вашему русская красавица, по-нашему... Растиражированная матрешка отправлялась по рукам – много их, принимающих – маленькая, побольше, средняя, еще больше, и, наконец, губернатору, большая, внутри которой уже ничего не гремит.

Сменившись с Плюшей, Муравлеев отсаживался в уголок (хорошо, когда там были колонны) и погружался в книжку. Книжка была большая, страниц на шестьсот, там и так было трудно что-либо сообразить, а они все пытались выяснить у Муравлеева, кто здесь главней кого – сувениры вышли столь градуированные, что боязно ошибиться. Ему то и дело совали под нос жестянки, чтоб он как-нибудь экспертным взглядом оценил их достоинство, причем окажись у него в руках лупа, не эти значки с покорением космоса, а бесчисленных секретарш проверял бы на пробу, совершенно в них не разбираясь. (Как, бывало, затаскивают в ювелирный магазин и требуют показать, что сейчас модно и что имеет смысл брать.) Кажется, в книжке враги взяли восемьдесят гражданских заложников и нашему герою дали в руки автомат: расстреляешь одного партизана, и всех отпустят. Расстреляешь? По идее должны же быть макроспособы с ними работать: по одежде, по полу, прическе, названию должности, а не только под лупой, и Муравлеев вполне разделял недовольство клиентов и принимающей стороны, он хотел бы стать лучше, но как? Рыб, допустим, я выучу, но вот как выучишь этих? Кто матрешка, а кто всего лишь значок?

Плюша, вечный напарник, отличавшийся от него только тем, что в свои тридцать минут не читал, а звонил по мобильнику и проверял электронную почту, как раз заступил, и если сразу же не открыть книгу, тридцать минут кончались в следующую же секунду. Хотя так читать все равно что ночью в лесу ориентироваться при вспышке молнии. Вот на мгновение небо сделалось голубым, он встрепенулся, и все погасло. Мелькало все время в разных местах, то прямо под носом, то где-то в кустах, будто кто-то очень быстро показал кукиш, но быть уверенным в этом нельзя. И все же из этих вспышек постепенно сложилось если не знание, то ощущение местности. Расстрелять одного, а выпустят восемьдесят. Чистая арифметика.

Рачительный хозяин никогда не спускал с него глаз (так потом жалуются: знаешь, во что мне обошелся этот ремонт? пришлось взять отпуск, чтобы за ними *смотреть*! ведь за ними нельзя не смотреть – то перекур, то запой, то цемент не подвезли, – не оставишь же на самотек!): в любой перерыв, будто они придуманы для переводчиков, а не для тех, кто работает, Муравлеев мог углубиться в книжку, в любой момент сцепиться с официантом, точнее с тарелкой, которую, совершенно нетронутую, официант пытался вырвать из рук, а Муравлеев (наивный! что же, весь стол теперь будет молчать, а он кушать?) пытался ему не отдать, мог пойти в туалет, еще что-нибудь отчебучить, и хотя контролировать сложно (поди узнай, что он там мешает в ведре), можно хотя бы по мелочам – громкость, скорость, энтузиазм – руководить переводом, подсказать, а когда и подправить – нет, курить там нельзя (и с чего переводчик решил, что они спрашивают про фраки?)

Нет, не в смокингах... Они что, взбесились? Пятый раз читал все ту же страницу – сначала длинный абзац в середине, потом короткие по бокам, потом – убедившись, что ни шиша не понимает – имена собственные и, наконец, целенаправленно, все буквы «а» с кружочком. Читать так все равно, что читать при неверном свете: «партизан» – безыдейный бандит, известный убийца еще с довоенных времен. Или: партизан едва держится на ногах, изувеченный пыткой, в нем жизни на полчаса. А тут восемьдесят человек. Расстреляешь?

– А сколько сейчас времени? – вдруг спохватывался кто-то (казалось, стоит узнать, где находится стрелка, и все войдет в фокус: где мы по карте, по алфавиту, отсчитывая от династии Минь), и, что самое поразительное, к той минуте, что этот вопрос созревал, времени было всегда ровно столько, что невозможно было не крикнуть:

– В Петропавловске-Камчатском полночь!

И опять заводить канитель про одиннадцать часовых поясов и одну шестую суши. (Или теперь уже меньше?) При возникновении пинг-понга приз остроумия срывал тот, кто успевал первым крикнуть, что давненько не брал в руки шашек. После обеда пассаж, произносимый для лучшего пищеварения: «спасибо этому дому, пойдем к другому», а, входя в помещенье с морозца, знал, что выражение «одна – но пламенная! – страсть» переводится фразой «скажите, пожалуйста, где туалеты». И если один уже машет анкетой, а другой еще мучается (добить партизана? ведь ясно, что все остальные и так донесут), и первый поддразнивает «что, Данила-мастер, не выходит каменный цветок?» – это значит, что первый, между питанием и гостиницей, уже оценил качество перевода. Там есть графа: транспорт, содержание лекций, приветливость обслужперсонала, в целом удовлетворительно, однако (нужное подчеркнуть) некомпанейский, непочтительно дерзок, от культурной программы по магазинам хронически уклонялся, в зале сидел спиной. (Не в силах простить, что при переводе про прапорщика и сесть-встать смех ни разу не задушил Муравлеева)... Попадались и те, кто острил часами. Нам грубиянов не нужно. Мы сами грубияны. А вы – идите назад в

Арбатов. Там вас с нетерпением ждут хозяева гуся. И часами все хохотали. Это был тот завораживающий прием, когда эскимосская палочка тает в руках одного игрока, как бенгальский огонь, без передачи другому, хоть и тут находились спортсмены с железной волей к победе – такой перебьет и закончит цитату, вырвав ее из чужого рта. Соревнование становилось физическим, становилось вдруг важно, кто где стоял, проигрывал замкнутый, тихий (пискнет и раньше другого, да не расслышат), суетливый проигрывал тоже, пока придерживал дверь, рылся в портфеле, снимал-надевал шинель... Уж сказали! крикнули! победили! А мог бы и ты блистать в обществе, дело нехитрое.

Постепенно Муравлеев научился кое-чего не уметь. Вы нас не сфотографируете? Я не умею. Как это можно не уметь? (Скромно, опустив глаза). Да как-то само вышло. Я покажу, где нажать. Не надо! Я не хотел бы напортить. Фотоаппараты передавали сопровождающему, Муравлеев знал, что тот никогда не простит – ему и так приходилось всюду таскаться с группой, на заседаниях рассматривать ботинки, в микроавтобусе ложиться на самое длинное сиденье и храпеть громче всех, припахать его было весьма соблазнительно (ведь за ними нельзя не смотреть, управлять, контролировать по мелочам – подсказать, а когда и подправить, и написать на него можно раньше, чем он успеет написать на тебя), и когда Муравлеев подкрадывался... но тот смотрел так, что хотелось ему объяснить, что я-то как раз хороший, никогда за глаза не зову *фасилитаторов* сифилитиками – только в глаза. «Ты не умеешь строить социальные отношения», – говорил ему Плюша, и Муравлеев краснел от удовольствия: все же не зря копчу небо, научился кое-чего не уметь. Шестьсот страниц, а все ведь гораздо проще. В таких ситуациях умствовать нечего, положись на глазомер и твердость руки. Положись на свою никчемность, а по никчемности я ворошиловский стрелок: как иные в монету с восьмидесяти ярдов, так я хоть в упор, хоть с оптическим прицелом, хоть полдня, не попаду ни разу. Не умею. Давайте сюда автомат, я за себя спокоен. Что вы, ей-богу, у вас голова седая, а вы не выучились таким простейшим вещам. И он запросто подходил к *фасилитатору* и говорил ему:

– Я в гальюн, а ты им расскажешь, не скучаешь ли ты по родине. Через минутку вернусь и сменю.

И фасилитатор так же запросто отвечал:
– А пошел ты.
Вот что значит глазомер.
Вот как вопросы гуманитарных расстрелов решаются сами собой.

Оставалось лишь с удивленьем смотреть на книгу – как проник туда фасилитатор? Какая-то очень открытая книга. Автор, умница, замечательный собеседник, в любую минуту готовый отказаться от домашней заготовки и заговорить о том, что действительно интересует других; когда-то этот сюжет был ему дорог, он всю жизнь ждал минуты, когда ты раскроешь книгу, но теперь, в миллионный раз столкнувшись с простейшей истиной – читатель эгоцентричен, как любой смертный – он уступал, менял тему, впопад отвечал, почти без сожаленья (хотя у воспитанных разве скажешь?) смотрел, как труд его жизни, который когда-то хотел высечь из камня, из мрамора, становится легче и мягче пыли, налета тончайшей пыльцы, золотящей лужу стола. Уже никогда Муравлеев не вспомнит всех перипетий, разве в толпе подпивших гостей, примериваясь по плюшиному совету построить социальные отношения (так, будто это почему-либо может удаться), вдруг заметит в чередовании реплик шахматы, педофилию, инцест и все виды насильственной смерти (странно, когда он читал, ничего такого там не было), походя удивится, что король был, оказывается, маньяком – читал ты, Муравлеев, книгу, а видел – фигу в кадке над кожаным лежбищем кресел, средь их гладких блестящих спин, наблюдал между ними тюленью возню (от сквозняка они тихо вращались на ножке, подталкивая друг друга), и за горизонтом их спин, обращающихся в валуны, набегающие волны жалюзи цвета взбитых сливок в тени, от зари до зари толкающие друг дружку догнать и осалить в игре chiaro-scuro. Муравлеев то хмурился, то улыбался, следуя чередованью полос на странице, а вспыхнувший клок фиолетовой сахарной ваты вдруг выхватывал в тексте абзац, и, склонив голову, он наблюдал, как светится фраза – это солнечный луч зажег фиолетовую шевелюру сидящей напротив дамы. Это – было; маньяка, вообразившего родину – не было.

С годами проходит необходимость оправдываться. При разрыве тому, кто бросает, все ясно, а бросаемый пишет записки, звонит, добивается встречи, произносит «нам нужно поговорить», происходящее кажется недоразумением, кажется, стоит лишь внятно себя объяснить, и все станет как было – так когда-то и автор спешил объясниться с жизнью. Показать ей, что в чем-то не разобралась, предостеречь от пригретых у нее на груди, вызвать пронзительное сожаление такую россыпь сокровищ – вдруг и по собственной дурости – потерять. Но после смерти у всех, должно быть, происходит переоценка ценностей, и то, что представлялось единственно важным, как-то теперь уж не волновало. Хотелось теперь одного. Только жить. Не быть любимым жизнью, а жить, смотреть из их глаз, как из окон электрички, на поля, по которым он никогда не пройдет. Не настаивал больше ни на героях, ни на сюжетах, ни на призыве все бросить и куда-то бежать, и Муравлеев читал, а на стенке метелкой ходила по циферблату стрелка, сметая с лица его всякое выражение, и на флагштоке на одной ножке громоздился вздорный орел, расставив в стороны руки и вывернув голову в профиль, как горбоносая балерина, колосились панели светлых, под дерево, стен, раздавался вздох делегата «Парилово чистой воды!» (хорошо Галахову в бане), урчит в животе и хочется супу (неужели на ужин опять бутерброды с ореховым маслом?!). Так читать все равно, что читать при неверном... нет, очень верном свете, вон он льется во все щели жалюзи, и нет нужды, что не понял – зато все видел. Выйдя на улицу из помещения, он озирался:

– Мне показалось, была гроза?

– Гроза?

– Ну да, все сверкало, гремело, я ничего не понял.

– Я вам скажу откровенно: у меня методы, у вас штаммы. Штаммы, с которыми мне тоже хочется поработать.

С показным равнодушием, притушенной искрой в глазах (наркодилер, напавший то ли на лоха, то ли на особого извращенца, а скорее всего и то и другое), он взвесил ответ:

– Пусть даст денег, и я найду ему штаммы.

Заметались тени во рту, не пломбы, а крошки железного хлеба:

– Как ему понравится штамм, который не лизируется чумой, но лизируется псевдотуберкулезом? А я уверен, что это чума.

– Как это?!!

– А вот так. Я найду этот штамм. Я знаю где. Пусть только даст денег на новый проект.

За столом разыгралась привычная батрахиомахия, что неудивительно, ведь самые бесчеловечные войны ведутся между близкими родственниками. Сейчас не будем соревноваться, чей род древней, признаем лишь объективно, что переводчики многим обязаны официантам. Ведь по преданию именно в кабачке открыт Куртом Левином секрет нашей сногсшибательной памяти, наводящей ужас на непрофессионалов. Там, наблюдая, как хладнокровный кельнер манипулирует десятком блюд, выставляя шницель именно там, где его заказали, Курт Левин подозвал жонглера к себе и узнал, что попросили вон те верзилы (кельнер без запинки ответил), а что вон те, от первых неотличимые. В кабачке царила типичная атмосфера того времени: пили пиво, ругали правительство, в частности тех, кто позволил ходить по себе ногами, обсуждалось, кто держит рынки, кто понаехал, кто... ты пройди по улице, ни одного человеческого лица. Мясистые красные рожи, гнилая вонь изо рта, шницель из собачатины (кельнер сделал вид, что не расслышал), воображаю, чем обжираются норовящие нам диктовать свою волю через океан под предлогом якобы выигранной холодной, горячей, первой, второй... История – перечень блюд, которых мы никогда не съедим, только щелкнем зубами, а я фронтовик, – завизжал вдруг старик, – я кровь проливал, и, направив свой взгляд под стол, Курт Левин обнаружил, что там нет ног, и заскучал смертельной тоской. Проклятая сила привычки! Сколько, дескать, сосисок: две? четыре? десяток? Что здесь можно еще заказать?! Все невовремя, все не о том, и в тысячный раз подумал, пора подаваться отсюда, уже надо, уже бьют посуду, но кельнер решительно не замечал, что творится в подвальчике и за окном, лишь декламировал: браткартофельн, вюрстхен, шинкен, – доставляя клиенту заказанное удовольствие (к их странностям быстро ведь привыкаешь). «А за тем вон, откуда ушли?» – кивнул Курт Левин на покинутый столик, чтоб как-нибудь отвязаться. «Там не помню, там уже расплатились», – беззаботно ответствовал кельнер, и в ту же секунду, забыв мизантропию и подкатывающую тошноту, Курт Левин открыл эффект незавершенного действия – ту феноменальную краткосрочную память, которая действует лишь до тех пор, пока с тобой не расплатились. А не открой он ее, как бы мы сейчас переводили? Но никакой благодарности официантам, выступившим в этом деле застрельщиками, переводчики почему-то не испытывают.

– Достал Гришкин этот. Такой дотошный, – пожаловался Плюша.

– Если хочешь, Гришкина я возьму на себя, – равнодушно сказал Муравлеев, занося надо ртом ложку супа.

Гришкин, словно подслушав, вежливо развернулся корпусом:

– А вы что думаете про страну, про людей? Все-таки у вас же тоже должно быть какое-то мнение.

Можно я лучше про ПЦР? затосковал Муравлеев, но взял себя в руки, положил ложку обратно на стол и пожал плечами. От себя ему было нечего сообщить. Он ведь мог только повторять, что они скажут. Как трамвай, ходить лишь по рельсам заданной темы, жить ее радостями и печалями. Вот вчера с директрисой огромной сети гастрономов увлеченно переводил про стратегии продаж: как мы работаем с их аппетитом, с каждым разом фасуя в брикет чуть больше мороженого, как формируем спонтанный спрос и с психологами просчитали, где, в какой точке торговой площади возникают те блики на глянцевой пачке, что создают мимолетную, но гениальную иллюзию съедобности – и, как ребенок со взрослыми браконьерами на рыбалке, вместе с нею страстно желал, чтобы в сеть гастрономов уловлялось как можно больше, гордился, что в рекордном росте ее оборотов, рейтингов, дивидендов, успеха у акционеров и просто приятных мужчин будет его, хоть и детский, но искренний вклад, частица его труда. А сегодня уже диабет, и глоссарий к этой теме хранится совсем в другом файле. Да и Гришкину трудно затормозить: еще минута, и по инерции он попытается впарить Муравлееву штамм, что-нибудь уникальное, не лизирующееся чумой. Но, приглядевшись, как жадно, как из голодного края, Муравлеев все-таки исподтишка хочет отведать остывшего супу (все остальные давно приступили к десерту), Гришкин четко увидел, Муравлеев не завербован – так, несчастное, жалкое существо, способное лишь повторять, что скажут, наборщик, превращающий в монстра любое иностранное слово, особенно если в нем есть надстрочные знаки... И Гришкин, вскочив со стула и озарившись тем грозовым свечением, что предваряет bon mot, громко крикнул:

– Как говорится!

Утирая сухие губы салфеткой, Муравлеев тоже привстал, тоже празднично улыбнулся, готовясь к «спасибо этому дому», но услышал:

– Попили-поели, можно и честь потерять!

– За что люблю свою работу, – покойно излагал Муравлеев в кухне, где Ира драила красного коня, – это непредсказуемость. Всегда услышишь что-нибудь новое.

Фима скептически посопел:

– Ты просто плохо искал. Наверняка и нормальную работу можно здесь было найти.

Рома ютился тут же, с рабочей прописью. Он писал буквально как курица лапой, зажав ручку как курица лапой насест, но каждый раз, поймав ирин взгляд, перекладывал ручку на палец, только никак не помнил, какой: указательный? средний? вообще безымянный? Ручка падала, Ира купала посудной щеткой коня, Муравлеев сидел, ни о чем не думая.

– Чтение! – сжалилась Ира.

Она, видимо, знала текст. Потому что Муравлеев, сколько ни слушал, не понимал ни слова. Перегнувшись в ромину азбуку, он подсмотрел: Л.Толстой. Ворона поймала рака. Рак ей льстил: знавал твоего отца, он умен, только ты умнее. Ворона молчала. Рак подпускал турусы: знавал и мать, красавица-птица, но ты... На каких-то кузинах ворона сломалась, рот открылся, и рак сбежал. Заподозрив ромины «хры», Ира вдруг потребовала: «Перескажи!»

Рома заплакал. Правда, тут же утешился, узнав, что «перескажи» значит «расскажи», а не «прочитай еще раз», и бодро начал:

– Ворона поймала краба, приносит его в гнездо: «Мама, приготовь мне этого краба!» А он говорит:

отпустите, я вам всех родственников приведу. Ему поверили. А родственники так и не пришли...

Муравлеев слушал завороженный. Даже утихомирил Иру:

– Когда он вырастет, раков уже не будет.

Переводчиков, видимо, тоже. Жаль: у мальчика есть задатки.

Рома выполз из-за стола, взял коня...

– Готовься, я буду тебе читать! – крикнула Ира. – Дай ему высохнуть!

В перерывах между снарядами Ира садилась пить чай, и за чаем она излагала теорию. Бедный Фима! Здесь было все, даже притча о семерых злейших бесах. Муравлеев припомнил, как Рома, ошалев от подарочной неспособности Муравлеева себя поставить, с верхних нар ему тыкал ногами в нос. Ромины пятки ничем не пахли. Ровно ничем. Какие там семеро злейших бесов! Закончила Ира пошлейшим образом, что «природа не терпит пустоты», и Муравлеев снова сдержался, не стал делиться своими открытиями. Закончив, Ира вскочила, труба звала, а Муравлеев остался размышлять о правилах духовной гигиены для взрослых вонючих душ, пораженных трихофитией, микроспорией и прочими дерматомицетами, и о стонущем на весь дом «ма-а-а-ма, мне ску-у-у-ушно...», – пустоте Торричелли, внутри которой творятся большие дела.

Не давая Роме забыться, Ира коварно и неожиданно прерывалась, чтобы спросить, что хотел выразить автор.

– Смотри, смотри, как она его, – (с восхищением? ужасом?) шептал Фима. – Это не женщина, это английский бульдог...

Ира снова садилась пить чай (крикнув Роме: «Готовься клеить гербарий!»), язык у нее, слава богу, уже не ворочался, она потусторонне смотрела перед собой, слабо, рассеянно улыбалась, словно после сдачи донорской крови. Не пустоты, боялась того, что пустоту, упреждая ее, уже чем-нибудь напихают – Рома должен был скоро отправиться в школу, оставался минимум времени быстро его обучить читать и писать с наклоном, так, как надо, пока не научат они. У Иры был сильный соперник, чуть ли не каждое «новое слово» – Ира несла, как пирог на блюде – приходилось на место, где уже что-то стояло, ведь он ходил в детский сад, на площадку, смотрел мультфильмы, соперник вел большую работу по заполнению пустоты. В Роме все готовилось затянуться, как теменной родничок, и при словах «Осторожно, двери закрываются!» Ира страдала спазмами клаустрофобии, снова и снова бросаясь на дверь в порыве, обратном александроматросовскому. Эти действия стали привычной формой безумия: «гербарий», заметил Муравлеев, вырезался с каких-то открыток – и впрямь, где здесь взять листья липы, осины, рябины? (Из природы Рома лучше всего знал ежа, троллейбус, рябину и дворника, которых, к сожалению, нельзя было предъявить ему даже в зоопарке.)

И все же зима недаром злится, скоро будут и листья и все, так мечтал Муравлеев, стоя над чаном, в котором по кругу вращалась жижа, закипая бороздками пены. Все утро шли деревянным настилом вдоль водовода – старинного, без затей, лотка, направляющего поток под уклон, – а вокруг стояли сосны, пронизанные голубым лишайником в складках кожи и глыбы камней, меж которых просвечивала голая земля с редкими остатками травы. Шли молча, лишь иногда, с унылым кряхтеньем показывая друг другу пальцем на стыки, и это кряхтенье, то восклицательное, то буднично-деловое, непереводимое, как хруст ветки под ногой, быстрый шорох взбирающейся по стволу белки, отрывистый стук падающих шишек, намекало на непостижимую тайну чужого существования гораздо откровеннее, чем список параметров, учитывающихся при выборе фильтрующих материалов, как то: попадание пенетрантов, возможность неравномерного распределения подстилающего слоя..., – список, вызубренный Муравлеевым наизусть еще в самолете, и все же позволивший ему определенно уловить только одну тонкость ассенизаторского дела: когда расселись по камням слегка перекусить (на секунду Муравлеев вообразил, что будут давать калачи с отрывной ручкой), начальник очистных сооружений принялся безудержно хвастать, что выше по течению нет ни одного сколько-нибудь примечательного города, а вот ниже по течению... – и начальник увлеченно перечислил целый ряд довольно известных географических пунктов, в то время как присутствующие захлебывались от хохота.

Вот эту-то профессиональную шутку понял даже Муравлеев, и стал было соображать, где находится он сам, ниже чего по течению, но бросил: род занятий не позволял дать волю впечатлительности, как, бывает, после практики на колбасном заводе до конца своих дней избегают – почему-то только одного, определенного – сорта колбасы. От жизни не убежишь, а при его профессии подобная впечатлительность могла бы убить последнюю тварную радость: пить из крана, дышать асбестом, кормить с руки луговых собачек... Специалисты вздохнули, плотней завернулись в куртки и запрокинули лица, вытряхивая из банки коричневую струю «Кока-Колы». Взяв себя в руки, дошли по лотку до самого водозабора, где гулял пронизывающий ветер. Вода повторяла пейзаж, но не так, как на самом деле: ярче, сочней и все вверх ногами, сосны тянулись вверх плаунами, изображение подрагивало кожей чуткого животного – оленя, лошади – под укусами насекомых, и по воде расходились внезапные круги, а расселины между деревьями вели уже не в сухой, по-своему спортивный, подтянутый лес, а в черные и довольно склизкие подводные гроты бессознательного.

Он хотел уточнить термин, но это были уже другие специалисты, хотя так же в чане по кругу вращалась жижа, и, постояв над чаном, снова шли к истокам, на ферму, где во тьме, переступая ногами, дышали огромные шершавые животные. И тут тоже пахло парами весны.

– И сколько у вас работает человек? – поинтересовался технолог, одержимый идеей продвижения кефира (он считал, что кефир не хуже балета или Достоевского должен способствовать культурному обогащению прочих наций, и что вопрос с мировым распространением йогурта должен решаться как-то конгруэнтней, по модели ОСВ).

– Я, – сказал фермер, воткнув вилы. – Моя жена. Мои два сына. Жены моих сыновей. А летом, в сезон, нанимаем двоих.

– Это значит... восемь человек! – посчитав, воскликнул технолог. – А по нашим нормам должно шестьдесят!

– Это было бы хорошо, – наяву грезил фермер, воткнув в пол вилы. – Можно было б по очереди не работать в воскресенье или вечером съездить в кино, сходить в гости. Поспать до восьми. Да что там! Можно было б устроить ОТПУСК! – и, мрачнея, выдернул вилы. – Только боюсь, что зарплату ваши шестьдесят человек получали бы рублями.

И где-то между лицом этого фермера, опирающегося подбородком о черенок, и лицом начальника управления коммунального хозяйства втискивался Фима, бубнящий: «Что же ты? Что же ты?», и Муравлеев, привлеченный запахом блинов (в это время года вдруг однажды с утра страстно хотелось блинов, и Муравлеев безотчетно шел туда, где дают их с медом, сметаной, икрой), все не мог понять: о чем это он? Сомневается, что Муравлеев правильно перевел акры в гектары? Так тот не по акрам считал, а по поголовью скота. Опасается за водоочистные сооружения, понастроенные по спецификациям Муравлеева? Зря.

Достаточно засесть выше по течению с топором, как Генри Дэвид Торо... Чего ж он тогда придирается? Что может Фима понимать в переводе? И хотя какая-то заноза все-таки саднила, отирая рот от блина, Муравлеев ринулся в аэропорт и вылетел, не опоздав.

Он не любил читать на ходу, как иной на ходу не любит курить, но и, как иной курить, уже не на ходу не умел. Прочитанная внимательно, от слова до слова, книга казалась нудной, медленной и, в отрыве от прочих событий рабочего дня, бедной сюжетом и каждой мыслью повернутой на себя. Нет, в монологичном формате всякая книжка была нестерпима. Сегодня она оказалась незаменима как никогда: пока один переводил, другой с быстротой наперсточника отыскивал в ней цитаты и подкладывал коллеге под нос. А между цитатами очень легко:

Позвольте мне привести вам пример. На земле живет шесть миллиардов. Сколько у каждого глаз? Правильно, два. Сколько ушей? Тоже два. У каждого нос, две ноздри, один рот. На лице они располагаются одинаково. В верхней части глаза, в середине нос. Рот под носом, уши по бокам. Так устроено у всех людей, азиатов и африканцев. То же самое видим у кошек, у собак, у жирафов и львов. Сколько ноздрей у слона? У слона длинный нос, но ноздрей у него тоже две. Устройство лица животного в целом то же, что у человека. То же у птиц, насекомых. Бывают отличия, но в большинстве своем все одинаково. Большинство живых существ ест ртом. Что подтверждает нам этот факт? Дамы и господа! Этот факт подтверждает, что мир создан единым творцом по единому замыслу.

Погрузившись в роскошь готовых цитат, Плюша занялся эстетством: выделывал «о» в слове «ибо», вместо «это» и «эти» совсем перешел на «се» и «сии» («о чем говорит нам сей факт?»), а в таких оборотах, как «ходить на чреве своём», пользовался исключительно «е» – своем, говорил Плюша, и с удовольствием всех зверей называл гадами.

Сегодня с вами произойдут великие чудеса. Надеюсь, что те, кто еще не получил ответа на свои молитвы, получат его сегодня. Бог решает проблемы в семьях и на работе. Вы хотите стать богатым человеком? Хотите славы? Власти? Здоровья? Или, может быть, знаний? Или чтоб ваши дети добились многого в жизни? Для Господа нет ничего невозможного!

Да, ничего невозможного не было – как раз такой текст стоит давать начинающим переводчикам для укрепления веры, когда они бьются, что это в принципе невозможно, переводить синхронно, когда шушукаются (и не вполне исторически точно), что синхронный перевод придумали коммунисты, в III-м Интернационале, а в Лиге Наций переводили последовательно... Одним словом, текст – наливай да пей, – но и тут оказалась своя специфика. «Если ты, сволочь, еще раз переведешь евангелизационную кампанию как крестовый поход, я задушу тебя», – безо всякого выражения и акцента сказал кореец-евангелист доктор Ли. С каждым новым сломанным костылем, с каждой парой очков, хрустнувшей под каблуком прозревшего, с каждой вандализированной инвалидной коляской приходила мысль – на какие шиши? На какие шиши исцелившимся завтра все это вернут? А они все перли и перли на сцену... Может, платит телеканал? Но зачем? Жертвуют эти же люди? Он с сомненьем глядел на них в прорезь окошка кабины – что с них взять? Они согласились-то только затем, чтоб нахаляву сюда прилететь из убогих своих городишек, чтоб погулять, поглазеть, поваляться в гостинице... На улице раздавали билеты бесплатно – Муравлеев видел, подростки хватают билеты, не веря счастью попасть внутрь «Мэдисон Сквейр Гарден» ни с того ни с сего, задаром. Во что же все обошлось? Или это городские власти вносят в бюджет гала-мероприятия по укреплению нравственности? Уму непостижимо. А и не надо, чтоб было уму постижимо, – вдруг разозлился Муравлеев, слушая, как Плюша, на секунду оставшийся без цитаты, заплетается «....и другого имени нету... такого, чтоб было данным... такого, чтоб все мы могли спастись...», теряя не только ибо и се, но и следующую фразу. – Занимайся своим непосредственным делом! Сиди и стыдись, что на память мы ни шиша не знаем! ... И без труда тут же вспомнил: не корысти ради, а токмо волею пославшей мя жены.

Но и это его настроение в формуле «деньги-товар» сосредоточить внимание на штрихе, делать дело и перестать бесполезно гадать, где учился пастор церкви Манмин Джуанг-анг из Сеула – настроение быстро прошло, усыпленное ритмом работы: «Я был свидетелем многих случаев исцеления в Конго – Уганде – Кении – Филиппинах – Индии – Гондурасе – Перу – и РФ». Стало уже все равно. «Когда я провожу служения за рубежом, Бог воспринимает факт прихода на них как доказательство веры и исцеляет пришедших. Властью Божьей рассеивается тьма, и люди исцеляются от рака, СПИДа, трофических язв, бросают курить...» Да, кстати. Муравлеев кивнул Плюше, что отойдет.

Но еще один раз их все же побеспокоили. Подошел кореец повежливей и попросил: «Больше чувства!»

– Что?!! – вскричали Муравлеев с Плюшей.

– Больше чувства, – умильно сказал этот новый кореец, сложив руки и кланяясь в намастэ. – Служба вещается на Дальний Восток в прямом эфире, надо не «аллилуйя, хвалите господа», а вот так: «Аллилуйя! Хвалите Господа!»

Плюша с Муравлеевым переглянулись. Нашел лохов! «При переводе отсутствие интонации, – могли, разбуди их ночью, продекламировать оба, – предохраняет от сглазу, от порчи, от типуна на язык, от болезней рассудка и, в особенности, от стыда». Над главой, разъясняющей, как культивировать ровный машинообразный гул, какой вы никогда не услышите в жизни, а только в дублированных боевиках, еще, помнится, был эпиграф:

Ибо раз голос тебе, поэт,
Дан, остальное взято, –

(знаменитый автор учебника, Кобылевин, любил выразиться цветисто), и Муравлеев с Плюшей (не очень хорошо учившиеся, но уж что вдолблено, то вдолблено) свои права знали: голос в контракт не входит. Не продается.

– Представляешь, сейчас над Дальним Востоком, нашими голосами... – развеселился Плюша. – Вот бы Димитрий здесь развернулся!

Всеми любимый юродивый и добросовестнейший переводчик, Димитрий бы именно развернулся, – вдруг отчетливо понял Муравлеев, – и пошел бы домой. Он же верующий человек.

После этого случая Муравлеев совсем посерел, весь зарос какой-то паршой, нехватало, видимо, витаминов, редко (только на пересадках) бывал на солнце. И все же зима в корчах таяла, тут же, практически на полу, замечал Муравлеев, глядясь в лужи чужих ботинок, лужицы шелковых галстуков, озерцо лэптопа, где все четче на дне прозрачного водоема вырисовывался устав и учредительный договор, которые он уж с неделю таскал с собой на все заседания в надежде поработать в перерыве. Тем более общество регистрировалось на Кипре, в Никозии, а там-то уж точно весна, и оттуда должно быть намного удобней управлять деятельностью дочерних предприятий, консультировать их по вопросам разработки и обустройства нефтяных, газовых и нефтегазовых месторождений, осуществлять научно-методическое обеспечение участия в конкурсах на получение права пользоваться недрами и делать многое другое, чем собиралось заняться молодое общество.

Между тем приближался прощальный вечер, на котором особенно трудно читать, делегация бродит, цепляясь за подвернувшиеся стулья в стремлении сохранить душе равновесие. Сесть бы ей, сесть бы за стол, а не циркулировать ей с бокалом, удерживая весь свой нелегкий духовный багаж на весу! Что за странная здесь манера, пригласить, подать мягкие, маркие, жидкие блюда и поставить три шатких столика – на сорок-то человек?! Принимающая сторона то затевал всем опять представляться, то... было видно, он ждет. Он смотрит и ждет.

– Что же делать? – спрашивали у Плюши.

Как «что делать»? Не надо окопов. Змей не надо. Кефира. Трехчленных таких анекдотов, где *a* – у меня вилла, машина, жена, любовница, *b* – у меня две виллы и две любовницы, и, соответственно, *c* – вилы у меня одни, но сплю я со всей деревней. Вечная вариация на мужика, прокормившего двух генералов. ... Хорошо, а что надо?

– Они хотят, чтоб вы пили водку.

– Так что же делать?

– На вашем месте я пил бы водку. Я и на своем сейчас выпью.

– А что говорить?

– Как «что говорить»? Хвалить им.

– Что хвалить?

– А вы не догадываетесь?

– Ну вы бы хоть намекнули.

– Значит так, – деловито сказал Плюша. – Во-первых, вот мы все думали-думали, страна небоскребов, каменные джунгли, а тут природа такая красивая! И так берегут ее! Запомнили? Во-вторых, да, конечно, нам до такого уровня компьютеризации пока... Дальше, третье, и это желательно со слезой: демократия-то какая! (Я конспективно, вы сами придумаете.) И последнее, основное, богатство страны – ее люди. Ну, тут можно по-разному. Можно такой же троп, как с небоскребами: дескать, был стереотип, стереотип оказался неправильный, ну, толстосум там, работоголик, дядя Сэм, господин из Сан-Франциско, тридцать два зуба, ноги на стол... Только не переборщить. ...Пожалуй, так лучше не надо. Просто скажите, принимали как дома, симпатичные, милые такие, совсем почти не жадные... Вот еще, забыл: у нас общего больше, чем разного. Это обязательно.

Но вместо какой-никакой благодарности уже до самого конца на него смотрели, как на гадюку в траве. Не раз порывались сказать что-то доброе, теплое на прощание, спикера выдвинули, но... случайно задевали взглядом Плюшу и только плевали. Да, отравил он им всем поездочку.

Правда, телегу потом накатали на Муравлеева, они их не очень-то различали, то один, то другой покурить из будки, а голос тем временем льется, и все время один и тот же. Без чувства. Запомнили только, что один был вроде поприветливей, как-то даже сказал, что в «Волмарте» то же говно, но дешевле, а другой все книжки, сволочь, читал... И это правильно. Муравлеев даже ничуть не обиделся. А то это не сближение двух народов, а какое-то... разобщение двух народов.

Со своей стороны, Муравлеев доделал все до конца, вплоть до просмотра последней метаморфозы, происходящей с ними в аэропорту. У стойки, где он с ними прощался, стоило сдать багаж, как с лиц их мгновенно сползало то сахарное выражение, с которым они всю неделю таскались по улицам города N, семенили за принимающей стороной, выслушивали доклады, восхищались в музее, благодарили за теплый прием, пропускали вперед себя дам и вели интересные разговоры. Все наивные каламбуры, анекдоты и детская впечатлительность (мы же впитываем, как губка!) сдавались там, в чемодане. Едва отвернувшись от стойки (обошлось кое-как с перевесом, уже гора с плеч), они разгребали толпу с совершенно иным, искаженным лицом, какого Муравлеев, проведя с ними неделю, не узнавал. Брезгливо крича бывшей даме: «Смотри куда прешь!», мыслью и разговором они находились уже далеко отсюда. «Ну что, отдохнул?» – говорил вдруг один другому, и голос Муравлеев тоже не узнавал. Одновременно будничный и глумливый, он так менялся интонационно, что Муравлеев не то что голос, почти не узнавал язык, будто тот вариант, что подсовывали на перевод, в реальности адаптирован для средних школ автономных республик. «Отдохнул пора на работу?» – продолжал этот новый, глухой как из бочки, голос, и другой, тоже неузнаваемый, не то что с почтением, лебезя, заискивая, нет, с простым откровенным страхом отвечал: «В принципе все готово». Глупо, но отчего-то страх передавался Муравлееву и, спеша себе объяснить (у людей своя жизнь, накопилось столько всего за неделю, пора включаться в рабочий режим, пора – а как вы хотели? – вернуться к нормальным иерархическим отношениям после недели каникулярного, демократического панибратства), продолжал подслушивать, не столько стремясь разведать их тайны, сколько из лингвистического любопытства – хотелось все-таки знать, как этот язык звучит в оригинале. «В понедельник, значит, летишь, там все должно быть нормально. Пятипалов, конечно, упрется, но если чего, совет ему яйца вырвет...» Тут они замечали, что рядом Муравлеев слушает так, как сосед, полезший чинить проводку, прилипает намертво к батарее, и никаким усилием воли отцепить ее от себя, оттолкнуться уже не может. Лица их опять мгновенно менялись, снова приобретая прежнее приторное выражение, однако теперь как будто чуть-чуть ото всех леденцов начинает ныть зуб, и как будто хотели сказать: ну, чего тебе, мальчик? А-а-а, попрощаться! Ну что ж. Передавать привет отечеству? – и, так как эта последняя метаморфоза была самой непрочной, едва обозначенной, тут же она расплывалась, и последнее слово произносилось уже предыдущим – глумливым и страшным -тоном. Однако, спустя полминуты

Муравлеева вдруг догоняли и молча совали ему зажигалку с надписью «Сто лет г. Боровичи», а также хлопали по плечу.

Случалось такое и в парикмахерской, где он был последний клиент, за окном сгущалась зимняя тьма, Муравлеев, замотанный до подбородка, в том полуобмороке безволия, когда берут за ухо, поворачивают за подбородок и к горлу подносят бритву, а ты всему отдаешься, смотрел приготовления к ночи. Смотрел будто не изнутри парикмахерской, а снаружи: в освещенной витрине, словно на сцене, вспархивали плащи, это звезда парикмахерской, бледный и стройный гей, весь в черном, взмахивал простыней, чтоб стряхнуть с нее волосы; очаровательная статистка из глубины к просцениуму мела метлой; пожилая усталая дива, одетая с тем же черным минимализмом, великолепно поставленной сценой движения красила в зеркале губы – так, что движения не мельчились, а доходили красиво и внятно до зрителя на противоположной стороне улицы; маститый гобсек за кассой считал купюры. Крепыш в черном свитере, стригший Муравлеева, тоже молчал, тишину парикмахерской нарушал лишь вечерний звон – грустный гей опускал инструмент в тазик с дезинфицирующим раствором.

– Во, – говорил вдруг гей, приподняв и показывая зажим, – Это пора бы выбросить.

Благообразная парикмахерская преображалась. Вдруг выяснялось, что все в ней говорят на муравлеевском языке, и, торопясь расшнуроваться из корсета дневной мучительной речи с клиентом (а деспотичный гобсек требовал не молчать! гобсек требовал впаривать средства от перхоти и рассуждать о бейсболе), задолодонили все, задолодонили разом: крепыш объяснял, как хитро он сейчас поедет, минуя все пробки, «жадный такой», жаловалась статистка, «смотри не заработай чего», двусмысленно ей отвечала ехидная дива. До последней минуты немая до звона ножниц в ушах, парикмахерская оживала, и, странное дело, их лица, их руки и ноги изменялись от этого так же, как в переводе меняется текст. Дива щелкала сумочкой, убирая помаду, и на него смотрела теперь продавщица сельмага, помада впилась в морщины у рта и по ним ручейками пробиралась все дальше и дальше, гобсек запах лекарствами, а статистка едва застегнула на толстой икре сапог. Достаточно еле заметного сдвига языка, ложащегося поудобней, и вокруг все необратимо меняется.

— За что люблю свою работу, — покойно разглагольствовал Муравлеев, распивая на кухне у Иры чай,— никаких устойчивых связей, интриг, продвиженья по службе, нынче здесь, завтра там, дают бери, бьют беги, а при письменном переводе я многих из них никогда не увижу. Конечно, за это я делаю скидку, но, согласись, эту льготу можно вполне приравнять к медицинской страховке.

— И что ты все ездишь? — вставил тут Фима. — Сидел бы дома, переводил по судам.

Муравлеев хотел сказать правду (от этого я спячу), но постеснялся и только ответил:

— Жаба душит.

И, вспомнив, что завтра как раз очень рано вставать, поднялся, поднял свой портфель... но поднял неудачно, вниз головой, и все разлетелось по кухне, Фима что-то схватил и громко прочел:

— Апастыль! ...Что это? — в панике выкрикнул он.

— Что ты, ей-богу, просто бумажка, — проворчал Муравлеев, засовывая белорусские свидетельства о рождении назад в папку и ежась под фиминым взглядом, пронизанным болью за друга. Фима молчал, но лучше б уж он разразился пламенной речью, что есть миллионы занятий, должностей (которые Фима называл «позициями», как в балете), можно устроиться, что-то придумать, нельзя же вот так... сплошной апастыль. Даже молча Фима звучал как с амвона: переквалифицируйся, Муравлеев! Но, поняв, что не убедит, не исправит горбатого и не напоит голодных, Фима, как вечный скитающийся Дон-Кихот, ушел к себе в спальню и вернулся с часами:

– Вот хочешь, возьми. У меня лишние образовались.

Муравлеев, не имевший плебейской привычки носить часы, объяснил:

– Спасибо. У нас это как-то не принято. Ведь часы нам почти без пользы, мы считаем время в других единицах. То есть, можно, конечно, пользоваться и часами, но неудобно, как мерить простуду фаренгейтовским градусником.

Открытие Курта Левина подтолкнуло его к другому, не менее важному, открытию. Однажды он почувствовал, как почва уходит у него из-под ног, и он проваливается в бесконечный туннель. Дна, казалось, и не предвидится, снаружи никто ничего не заметил, и Муравлеев решил не тратить зря время на панику, а подумать как следует – может, это как-то и переводится. Когда, неизвестное время спустя, он вынырнул из туннеля с нужным словом в зубах, никто не удивился паузе – никто даже не пошевелился, за это время ничто в так называемой действительности не изменилось, не было произнесено ничего нового, все будто замерло ровно в той точке, в которой он их покинул. И тогда Муравлеев понял, что время, проведенное в туннеле, снаружи не засчитывается. Постепенно, попав в переплет, он стал безошибочно находить то место, где подается почва, удалившись куда можно не торопясь все обдумать, пока – главное не поддаваться инстинктивному страху – ты проваливаешься, проваливаешься и умираешь тысячею смертей. Продолжалось все это ровно секунду, сколько бы времени ты ни болтался в туннеле, и наконец-то стало понятно, *как* они все переводят – провалившись в секунду, можно найти единственно верное слово, полистать словарь, поработать над фразой, все хорошенько обдумать, а еще – почему из кабины выходят как пьяные. Со временем он стал секундой злоупотреблять. Уже не на слова, не на фразы, не на осмысленье их речи он тратил туннельное время, он сразу юркал туда и дальше переводилось само, а Муравлеев летел в безнаказанном и безвоздушном пространстве, где не зазвонит телефон, не вспомнится срочное дело, не кончится выходной, не встрепенется с детства заложенное, как бомба, «что же это я сижу и ничего не делаю!» – эта ложка дегтя в бочке меда подаренной нам бесцельной, бессмысленной жизни. Там, пока все снаружи стояло на прежних местах, удавалось пройти бесконечно длинные мысли, на которые никогда не хватило бы времени *в жизни*, и, оглядываясь вокруг себя, он стал замечать, что не только коллеги в поисках нужного слова, а независимо от профессий – губернаторы, судьи, официанты, приемщица в химчистке – многие люди при исполнении обретаются вовсе не здесь. Заметить их было легко. Блудника, говорит Толстой, можно узнать по лицу, как пьяницу, как морфиниста.

В судах же (отчего он решился когда-нибудь спятить) в секунду беспардонно вторгались. Очередной бесплатный адвокат, круглый, жирный, чисто промытый, часто встречался с Муравлеевым насмешливым взором – ни дать ни взять два приятеля, заглянувших после службы в бордель. Вывели арестантку. Она вышла сонная, злая, и казалась кривой, косой, полупьяной, косноязыкой – язык застревал у нее в зубах.

– Прокурор предлагает непреднамеренное убийство, – с энтузиазмом сказал адвокат. – Пять лет.

Она засмеялась, посмотрела ему в умные глаза, уже не кривая, не косая, не сонная и не пьяная, и сказала, что хочет процесс.

– Зачем? – спросил адвокат. – И, вообще, – кивнув на приятеля, – говорите по-своему, вам тут переводчика вызвали.

Она сделалась кривая, косая и шепелявая, дернула плечами, заведенными за спину (руки сзади в наручниках) и принялась голосить, но встретилась с муравлеевским взглядом, опять потеряла кривой и косой задор и спокойно сказала:

– Здравствуйте.

Повернулась к адвокату и так же, спокойно и улыбаясь, повторила:

– Зачем? Зачем мне переводчик. Объясните мне это.

Вместо того, чтоб честно ответить: чтоб тебя, дура, мучить, чтоб ты взяла себе эти пять лет и оставила меня в покое, – он сказал так:

– На процессе это будет непреднамеренное с отягчающими обстоятельствами, что по раскладкам то же преднамеренное, можно запросто получить двадцать пять.

– Так сделайте так, чтоб я не получила двадцать пять. Вы же адвокат, не я.

– Не надо было делать полиции противоречащих одно другому заявлений. А то сначала вы поехали к Джонни, а потом и не к Джонни вовсе, а к его сестре...

– Я не убивала Джонни, – сказала она монотонно.

За восемнадцать месяцев в предварительном заключении она привыкла на эту тему не бесноваться, не рыдать, не объяснять, не доказывать, не настаивать и уговаривать, а откровенно скучать. Тема надоела.

– Я теперь не плачу, я теперь смеюсь, – объяснила она Муравлееву.

И, действительно, смеяться ей как-то вроде более свойственно – закидывать голову, обнажая нежную, тонкую, сметанную шею и запрокидывая огромную копну волос, схваченных в черный хвост со свежей, густой сединой, ровесницей сроку отсидки, как мужская щетина – ровесница отпуску или запою. Когда смеялась, язык переставал застревать в мелких жемчужных зубах, его не путал больше бес инакой речи и борьбы за свое достоинство с надзирателями, конвоем, однокамерницами, одноблочницами, когда не следует ничего просто говорить, следует цедить сквозь зубы и сплевывать, кривляясь и кривясь всем телом.

Глаза – крупный южный изюм, хотя, если вглядеться, зеленые. *Лицо в тюрьме не разбухло: не круглое, не овальное, а как-то более сложно и внимательно вылепленное, чтоб было красиво и необычно, а не просто лицо приделать.*

Адвокат рассказал ей, что она сделала:

– Джонни решил вас уволить, что вас разозлило и расстроило.

Она сделала досадливый жест, но он перебил жест.

– Есть свидетели.

Она засмеялась, запрокидывая голову.

– Ваши же отношения с Джонни, как вы мне сами сказали, не вписывались в рамки строго служебных.

Хмыкнула презрительно, но в то же время и одобряя ход истории.

– Итак, вы поехали к нему, открыли дверь своим ключом... А ключа не было ни у кого, кроме вас и Джонни. И Джонни, как все знают, человек очень замкнутый.

(Джонни – наркодилер? – догадался Муравлеев.)

– В доме никого не было. Вы...

– Я достала из холодильника пиво и шампанское, – вдруг оживленно включилась арестантка. – Включила телевизор, выпила... Я вообще пришла к нему отдохнуть. *Я* так *туда приходила.*

И лицо ее на минуту стало мечтательным, а потом на него легла тень. *Красивый лоб прорезала морщина.*

– А потом решила постирать.

И торопливо добавила, не дожидаясь расспросов:

– Я у него всегда стирала... Пошла в подвал, а он там лежит.

– Но почему, почему вы вообразили, что обвинят вас?! Я вот, например... Представьте, что я пришел...

– Объясняю же, я была пьяная, – ответила она дерзко и шепеляво. Язык опять попал в ловушку.

– И тогда...

– Да, и тогда, – перебила она заносчиво, – я пошла и выпила еще. Много. И поднялась наверх, легла в его постель и заснула.

Она не продолжила. Ей хотелось бы, чтобы на этом месте и вообще все остановилось. Или хоть на какое-то время остановилось. Побыть там еще... Но нет:

– А потом вы проснулись, – сказал адвокат голосом гипнотизера, и она проснулась к рассказу, который теперь не склеивался. Оставалось только кроить заново.

– Я приехала за машиной. Мою белую поменять на красную, которую он мне отдал. Позвонила механику, механик сказал, что будет готово после часа. Тогда я открыла холодильник, там пиво, шампанское...

– Вот-вот, – удовлетворенно сказал адвокат, – опять по-другому рассказываете?

Она взорвалась:

– Опять двадцать пять! Опять «по-другому»! О, боже! Боже! Вы же меня не слушаете! В тюрьму ко мне не ходите. Материалы дела со мной не обсуждаете. Какой вы адвокат, если вы ни разу меня с начала до конца не выслушали!

Злилась, но говорила чисто и внятно. Адвокат повернулся к Муравлееву, на всякий случай. Хотя сказал как бы ей:

– В тюрьме я у вас был. Все, что вы меня просили проработать, я проработал. Вы обещали, что сын даст банковские бумаги, где сын?

Она молчала, позволяя вопросу раствориться, сделаться риторическим довеском, но не тут-то было:

– Где сын?

– Не знаю, – ответила она резко. – Вся беда в том, что некому мне помочь.

И, как белогрудая птичка, отводящая подозрительных от гнезда, сексуально пришепетывая «боже,

боже!», откинулась назад, откинула великолепной лепки лицо и волосы с сединой-ровесницей непредумышленного убийства.

(«Где сын?», – скажет она Муравлееву, когда адвокат на минуту выйдет. – Он мой адвокат, но я его боюсь. Откуда я знаю, что у него на уме. Зачем я буду ему говорить, где мой сын».)

Итак, когда проснулась, время уже было ехать за машиной, так что поехала за машиной, и только потом, сильно потом, решила заехать к сестре, как-то сначала хотела сказать, а потом решила, что пусть лучше они вместе съездят к Джонни домой и как бы вместе найдут труп. И они поехали, и вместе нашли труп, и вместе вызвали полицию, но дальше уже все не вместе.

– Одним словом, я вам предлагаю так, – резюмировал адвокат. – Вы пришли озлобленная тем, что Джонни вас увольняет. ...Кроме того, он же сказал, что там будет новая девушка и просил вас ее обучить, ведь так?

Она засмеялась презрительным грудным смехом. Муравлеев взглянул под стол, где стояли ее ноги в плетеных сандалиях, скрепленных цветными ленточками, одна зеленая, другая красная – разваливаются сандалии. А если ей дадут двадцать пять лет? Хотя там, конечно, казенные...

– Джонни не увольнял меня. Я сама решила уйти. Он мне надоел. Мне все это надоело.

– Но есть свидетели, которым он...

– Ему было просто неловко. Все знали, как хорошо он ко мне относится. Все для меня делает. А я все равно ухожу, потому что он мне надоел.

И она пристально, соблазняюще посмотрела в глаза адвокату, и настала ее как бы очередь крикнуть: а потом вы проснулись!

– Тем лучше! – встряхнулся адвокат. – Тогда предлагаю так. Вы пришли, он начал к вам приставать, вы сказали нет, он не понял, вы стали защищаться, превысили... То есть вот, собственно: превышение необходимой самообороны в ответ на сексуальные домогательства. ...А перчатки ваши резиновые, которые там нашли – ну, в которых вы работаете...

Она распрямляется. Она и кривится, собственно, оттого, что затекают сведенные на спине руки, а время идет, капает в бесполезных разговорах, и надо экономить силы, чтобы распрямляться в самых ответственных местах. Как вот это. Чтоб из глаз искры брызнули. А брови у нее, между прочим, выщипаны тщательно, ювелирная работа. Тоненькие черные брови, а под ними – выщипанная синева. Что еще делать в тюрьме? Наверное, щипать брови и вплетать в сандалии ленточки... Тут выяснилось, что Джонни – не романтический герой. Совсем. Она искрила и фыркала, как кошка.

– Пффр! – сказала она презрительно. – Я молодая здоровая женщина, неужели вы думаете, что он – инвалид – мог сделать со мной что-то, чего я не хочу? И потом, почему в подвале? Или я – животное, чтобы ко мне приставали в подвале?

– Но вы же сами...., – оправдывался адвокат.

– Да. Но не в подвале. И не насильно.

– Так вот я же и объясняю: вы решили уйти, все, покончить с этим, а Джонни пустился к вам приставать, вы стали защищаться.

Она запрокинула голову и засмеялась. Отсмеявшись, заявила:

– Нет. Это неправда. Я этого говорить не буду.

И забормотала что-то про себя, где разобрать можно было только «неживотное», множество раз.

– Что это вы его так защищаете? – с искренним недоумением поинтересовался адвокат.

А она и не его вовсе. Джонни, значит, инвалид, а она – надомная уборщица (резиновые перчатки), но не животное, нет, и что деньги переведены (всего-то тысяч пять-шесть) – это старая задолженность, он сам и перевел, а машина – что машина? Он мне ее отдал, подарил. Как обещал. (Да и машина тоже, по-моему, дрянь).

Его задело «неживотное», он что-то при этом почувствовал и, чтоб осадить ее, упомянул вдруг монтировку, разбитую голову и стены подвала, забрызганные кровью. Она же смотрела на него равнодушно – туда, куда его доставало «неживотное», ее не доставала кровавая монтировка. Когда вышла в зал суда, не смеялась, не запрокидывала голову, но и не кривилась и не шепелявила. Просто сидела.

– Какая гадость. Какая гадость приехать за тысячу верст, чтоб хлебать... вот это.

3

Началась страшная метель. Он то въезжал в горку, то спускался, и наверху каждый раз шел то дождь, то снег, то плещущая в стекла грязь, а внизу всегда лежал туман. Где-то здесь, в тумане, ютился, наверное, домик Матильды, но об этом еще рано думать. А так пока что ж – случайно заехал в какую-то глушь перевести депозицию про клевету.

Явились две разряженные пары, маленькая смотрела только в пол, мужчины по сторонам, лишь бы не друг на друга, тетка в костюме с меховым воротником – на маленькую, и не оставалось никаких сомнений, что плюнет, если улучит момент, разве что адвокаты смотрели, не отворачиваясь, и практически сразу и маленькую, и Муравлеева завели внутрь. Она ему очень понравилась. Все началось, рассказывала она, с того, что она устроилась уборщицей. В первый же раз, убирая предбанник, услышала разговор за дверью: «У нее что, мужа нет? Я не послал бы жену на такую работу». Что дальше? – спросил адвокат. Я заплакала, сказала она, села в машину и уехала. Вы хотели… уволиться? Нет, я хотела посмотреть жену. Зачем? Ну, какая это жена, такая цаца. И что, посмотрели жену? – спросил тот, не скрывая насмешки (Муравлееву захотелось дать ему по морде и спокойно отметить: вопрос не по существу). Я знала, знала, – рыдая, ответила маленькая, – я знала, что нехорошо дружить с его женой, но он говорил мне: «Я так люблю, когда ты бываешь у нас. Я сразу весь успокаиваюсь». Они так плохо жили, но я же ничего не рассказываю, что он мне сам рассказывал, это только он рассказывает, что я ему рассказывала. А я так не хотела с ней дружить! Она сама набивалась ко мне в подружки.

Он попытался представить, как все это было. Как каждую среду (он машинально пошарил глазами, а где же собачка) в течение пяти лет она приезжала в один и тот же мотель, брала ключ, шла по коридору. Не знаю, как встречал ее тот, но я бы сидел нарочно спиной, редактировал текст, мечтая про Кипр, делал вид, что совсем не заметил, как щелкнула дверь – лишний раз насладиться, что каждую среду, пять лет, как бы я ни сидел и о чем бы ни думал... Когда развязный адвокат спросил, а удовлетворял ли вас господин Чалочкин в постели, дама без собачки задумалась. То есть она, как ребенок, всерьез задумалась, стала припоминать и анализировать, а, действительно, удовлетворял ли, и когда, внутри всех своих членов, вспомнила, стала опять думать, как бы это получше выразить, будто спрашивал не адвокат, а человек.

– Я всегда понимала, – наконец, отвечала она, – что мой муж на голову выше Якова. Что как человек он гораздо лучше, достойней, понимаете? К сожалению, он уделял мне мало внимания. Как он потом объяснил, не умел показывать чувств. Яков давал мне то, о чем мечтает каждая женщина. Мы встречались не только, чтобы... для секса. Как мужчина, он не был особенно...., – дама замялась, – во всяком случае, муж гораздо...

Врет! с негодованьем подумал Муравлеев.

Она давала ему много ценных советов, так как в вопросах практических была гораздо умнее его. Помню случай. Однажды в поисках нужной бумаги девочки не оказалось, и он перерыл ее стол. Когда секретарша вернулась, он извинился, что пролил кофе. Кофе-то бог с ним, – сказала она, – но вот часы вы мне разбили. И хорошие были часы? – поудобней устраиваясь, переспросила тут дама его, без собачки. Он взорвался: я что, разбираюсь в часах? Она же как раз разбиралась в часах, в ботинках, учила его, как вести себя с сыном, он рассказал ей и то, что когда его будущая жена пригласила его показать подружкам, ему дали открыть какую-то банку, он покрутил и вернул: «Я таких открывать не умею». Подруги ей тут же сказали: неужели ты не замечаешь, что он прикидывается мудаком? Даже ненатурально. Зачем бы? – спросила она. Как зачем? Не хочет жениться! Но я не прикидывался, – объяснял он потом, в мотеле, и она вздохнула: лучше бы он прикидывался. Семену сейчас тяжело, и она не могла его бросить, она понимала и то, что у него самого не та сейчас обстановка, чтобы уйти: трагедия с сыном спаяла его с женой, им идти сейчас нужно в связке. Может быть, жена полузнала об их романе. Его беспокоил мениск, ложиться на операцию он боялся, не самой операции, а простая, его предупредили, что несколько месяцев он не сможет водить, и он опасался, что будет с бизнесом, если он, пусть короткое время, считай что прикован. Она не понимала, почему он не хочет нанять шофера, и в чем бизнес, старалась особенно не вникать, она очень недолго там мыла предбанник, и что-то ей говорило, что с этим он справится сам, там не часы, не ботинки, не банки, а природный дар Якова в сложных цепочках, в немыслимых алгоритмах сразу выбросить лишние звенья, те, с которыми он не умел, как с консервным ножом.

Ему казалось, уже довольно давно его голова покойно лежит на коленях у этой женщины, он слышит их голоса уже как сквозь вату. Нехватало заснуть за рулем! Он скрутил стекло и зажег сигарету. Стало холодно. Печку. Сделалось жарко. Радио. Скучно.

Когда же кончится эта дорога! В ветровом стекле курились клубы снежного дыма, машины то и дело всплывали вверх пузом в фонарном молоке. Текучая тьма вдруг останавливалась скопищем красных глаз, шоссе превращалось в парную, и лишь впереди мерещилось голубое мерцание. Но в тот момент, когда, перебрав все догадки, Муравлеев решал, что это душа Джона Донна, выяснялось, что мерцание исходит от снегоуборочной машины, перегородившей густой, медленный ток машинной лавы. Все движение сосредоточилось теперь на одной колее, по которой след в след, одна за другой, осторожно ступали машины. Он вспомнил, что есть ближний ад, дальний ад и ад одиночества. Первые два – это местности или миры, последний – только области, спонтанно возникающие где угодно, и в такую область можно попасть при жизни. Он нередко свисает клочьями с дерева, как гнездо, и, сунув руку, вынимаешь ее холодной и влажной, а на дорогах лежит в низинах, куда попадаешь, спустившись в туман.

Она уже спала, когда ее разбудил пришедший с работы муж. Волосы у него на голове буквально стояли дыбом, как наэлектризованные, и он был совершенно белый, будто увидел привидение. Как выяснилось позже, он именно увидел (точнее, услышал) привидение, а потом только узнал об измене, и в тот момент первое произвело на него более сильное впечатление.

Умная в практических вопросах женщина (но Муравлеев сразу все понял, подсознательно ей хотелось, чтобы все это как-нибудь кончилось) опаздывала на работу. Она все-таки сняла трубку, уже после того, как включился автоответчик, и разговор записался на пленку. Стирать запись не было времени, она подковырнула кассету ногтем и перевернула ее на другую сторону. Вечером, после долгой, изнурительной дороги, вернулась и сразу легла спать. Чуть позже домой пришел муж Семен. Снимая пальто, он машинально нажал на кнопку автоответчика и остолбенел. Приятель, которого похоронили полгода назад, как ни в чем не бывало договаривался с ним о рыбалке. Семен покрылся холодным потом и присел на пуфик тут же у телефона. «Все-таки, – вдруг подумал Семен, – он тупой, непроходимый идиот. Я тогда еще сказал ему: сеть оставь дома. И все равно все могло обойтись, если б он не принялся в последний момент мыть машину прямо из реки. Тут как раз и подъехал патруль». Тут же Семен опомнился, сам заметив «тогда еще», вскочил с пуфика, влез в автоответчик, перевернул кассету и прослушал уже другие голоса.

А Муравлееву хотелось и дальше смотреть фильм, который закончился. Он-то думал, что фильм про любовь не может больше его взволновать. Но вот что значит хороший режиссер: отыскал, где Муравлеев слаб, романтичен, и нагло так, цинично ущипнул его за это ахиллесово место. Муравлеев раскачивался на холмах вместе с метелью и беззастенчиво мечтал о вечности. Уходя, он взглянул на мужа Семена («Я уважаю его как человека. Он целеустремленный, трудолюбивый, отдыхать вообще не умеет. Возьмет выходной, кофе попьет и сидит за столом. А потом вспомнит что-нибудь, оживится и бегом на работу».) – и в глаза ему бросились уши Каренина. У Семена, однако, они были губы (ведь уши Каренина существуют в огромном числе деликатесных своих разновидностей), два способа их кривить: первый (например, когда он ел суп-харчо), складывать их поудобнее в знак довольства, и второй, когда что-то коробило (скажем, курящая женщина). Стоя в роддоме с цветами, стоя условно-досрочно, так как всем уже было известно, как она нашкодила, и оттого не решаясь гулить, ворковать и тянуть руки со всеми, молча отметила, что у новорожденной племянницы, еще не научившейся орудовать такими непомерными губами, они заваливаются на сторону. Борьба с клеветой («Как он мог! Как мог! Пять лет, плача, боготворил меня!») объединила их так же, как Якова объединил с женой сын-героинщик.

— А что, я и всегда думала, что женщины лучше мужиков! — неожиданно заявила Ира. — Что ни мужик, трепло и сплетник.
— Что? — переспросил Муравлеев, очнувшись.
— Говорят, бабы сплетничают между собой. А баба на самом деле могила.
— Могила распускает сплетни.
— Что?
— Жена его. Разве не ясно.
Муравлеев плюнул от злости.
— Ходит по знакомым и мстит и мелет поганым своим языком.
— С чего ты взял?
— А как ей еще поквитаться?

Утром проснется, выпьет кофе и сидит за столом. Представил себе эти чудовищные выходные, праздники, отпуска.

Китеж-град, нисколько не напоминающий собственного отражения, поразил его с лету. Он шагнул из зазеркалья и пересек паспортный контроль. Чуть позже, вставляя в замочную скважину ключ, услышал снизу знакомые голоса. Слов было не разобрать, но для этого разве нужны слова? Он галопом ринулся вниз (как быстро узнали, что я прилетел!) и на бегу чуть не кричал «Я здееесь!», а сердце во рту колотилось как бешеное. Две женщины разговаривали у почтовых ящиков.

Он погрузился в троллейбус, как в аквариум, и когда этот аквариум тормозил, казалось, что нечто, наполняющее его объем, съезжает вперед, но вот что это было? Что наполняло объем? Уставившись в поролон рваной спинки сиденья, он сам не заметил, как на минуту вздремнул. Приснилась пустыня, развалины, камни, он сидел, прислонившись спиной к обломку стены, и думал: где они брали воду? Конечно, все здесь было не так, изменился и климат, и грунт, и рельеф, и все же, в пыльном сплошном поролоне, где брали воду? Воздух извивался перед глазами в танце струящегося живота, площадь... а это ведь площадь! стойла бутиков, кольца для вьючных животных, яма открытого очага, – оставаясь, как прежде, пустой, наполнилась говором, звоном металла, шелестом ног, перестуком посуды, глухими шлепками тюков, кашлем, хрустом зерна, словно бы в раскаленный эфир ворвался другой канал. И тут же все смолкло. Женский голос на задней площадке отчетливо произнес:

– На что ты переводишь свою жизнь?

Он быстро обернулся. Женщина равнодушно раскачивалась над невидимым собеседником. Никто не подмигнул инфернальным глазом.

У киоска он было замедлил шаги, чтобы купить сигарет, но, выдернув голову из окошка, покупатель сгреб сдачу и продолжил на полуслове:

– С переводом опять обманули, хотя реквизиты...

Муравлеев зарделся и шмыгнул мимо.

Он не понял, кто это был, его школьная нянечка или кассирша из булочной, но на всякий случай кивнул. И (профессионал) тут же вспомнил. Хорошо прошла мимо, иначе пришлось бы голубчику объясняться, как он все запустил, ни разу, ни одного упражнения, ни обнимать лопаткой косяк, ни выводить керогель... Да, решительно ничего обидного, что она не здоровается – здесь, где Галахова знает каждый, злополучный случай с мочой можно просто вычеркнуть из биографии, и правильно она глянула на него, как на сумасшедшего. Пора, пора применить внутреннюю дисциплину: знакомые звуки зовут не тебя, совпадения не намекают, не со всеми прохожими ты ходил в секцию плаванья и первый раз пил портвейн.

На эскалаторе ему сделалось дурно. Да, конечно, аутотренинг, ни на что не обижаться, не принимать на свой счет, но когда снизу двинулась армия лиц, одно за другим в вертикальном строю, он почувствовал возмущение, как будто для аутотренинга ему создают специальные, экстремальные условия. Ему некорректно ставили пробу на вменяемость: а вот сейчас мы посмотрим, удержится ли от того, чтоб, заходясь в приветственном крике, не приняться размахивать шапкой всему эскалатору. Да и шапки-то не было, позабывал все. Может, в этом рисунке мимических складок не родство, а то, что им всем, от рожденья до смерти, приходится артикулировать «ы»? Может быть, по весне депозитчиков тянет сюда поправлять здоровье, метать икру, – он ступил с эскалатора и обернулся, путина спин, защищая живот и неся драгоценную внутренность, из метро попадала в тузлук (даже снег здесь не таял, а испарялся), по вечерам, отметав свое, тряслась в вагонах метро, обессиленная, вытянувшись во весь рост, в лице ни кровинки... Может то, может се, но глаза у них были точно такие, как видел в зеркале, чистя зубы, в них плескалась такая тощища, что в самой густой толпе, когда ему велено было встречать у багажного отделения, они безошибочно подходили к нему со словами: «А вы, наверное, наш переводчик?». То же точно расположенье хрящей, кожа цвета батона, манной каши в детском саду, блинов, пирогов с капустой...

Он прошел бульвары походкой слепого в поисках старых мехов, который эти старые, меховые меха ощупывает, отмечая, как хорошо поработала моль, задрал голову и проверил: до каторжных нор доходило бесперебойно (с какой акустикой строили!), а другой почернел и осунулся, нос, и так уже острый, еще заострился, болезнь прогрессирует, но – хоть жив, и то слава Богу. Там, где на углу были «Ткани» из «у нас матерьяльчики обхохочешься» и «Сберкасса» из «застрахерьте меня», шевелились стеклянные двери, мерцали стеклянные буквы, внутренность тоже была из стекла, как какой-то химический агрегат, и Муравлеев понял, что те анекдоты подписали контракт с управляющим, доверив ему право закладывать их квартиры, чтобы брать ссуды на капитальный ремонт, и оказались теперь на окраинах. Расстояние, дорогостоящее, как здоровье, воспитанье детей, время и уважение – он сам с трудом одолел расстояние в сердце Китеж-града. Мечтал обойти все его закоулки, как в разлуке мечтают до всех закоулков перецеловать любимую женщину, а, встретившись, утоляют желание в тридцать секунд и только потом замечают, отпрянув, о боже! да это же не она! Выйдя из дома, Муравлеев в первые тридцать секунд напивался, и дальше уже все равно, она, не она. Вино было дрянь, поехали лучше ко мне, сказал Сева, наконец-то я справил себе квартиру, где Муравлеева поразил черный эллипс ванны с побережьем из морской гальки. Как же ты моешь пол? – уставившись в гальку, спросил Муравлеев. Элементарно: опрыскать, пролить душем, там стоки, – но по тому, как терпеливо усмехнулась его новая девушка, Муравлеев понял, что эту гальку она перебирает руками, перемывает и раскладывает по местам. Девушку хотелось звать «девушка-девушка» (девушка-девушка, как вас зовут? девушка-девушка, а вы учитесь или работаете?), но когда она заговорила, раздался грудной неожиданный бас, и Муравлеев подумал, что, должно быть, со сверстниками она разговаривает нормальным тембром, а в их компании понижает голос для солидности. Девушка желала знать его впечатления, и Муравлеев послушно докладывал, как все с тех пор изменилось: так, создатель Бородинской панорамы оказался французом...

А на старом (мог бы и быть готов) месте он увидел знакомую надпись «Вся наша надежда покоится на тех людях, что сами себя кормят». Троллейбус, наполненный звуком умолкнувшей эллинской речи – Муравлеев поежился, это шершавый язык вселенского пса описывал вокруг него круг. На драповой ткани ворсинки дыбились от слюны (так кенгуру пролизывает новорожденному детенышу дорогу в сумку), язык все облизывал круг, будто Муравлеев – на письме марка, адресуй хоть на северный полюс, хоть в преисподнюю, его сорвать теперь с этого письмеца можно только с мясом. Радуйся, отправитель! За доставку отныне и присно уплочено. Звук умолкнувшей эллинской речи, на которой здесь думают памятники, и троллейбус, развесив усы, видит сны по ночам в троллейбусном парке, прорывался везде сквозь обшивку пространства:

– Только бумагу переводить!

А ты думал услышать что-то другое? Нахвататься новеньких слов? В стране изучаемого языка? (Почему все наши рассказы о возвращении напоминают скверный глоссарий? Где-нибудь еще не забыть, вставить, как все изменилось в размерах...) Отрезвись: вся наша надежда... Пространство отлучило его от груди. Язык, всосанный из поролона троллейбусных уксусных губок, он должен теперь находить в себе. Пространство больше не будет его кормить.

– Ты что, ходил в Бородинскую панораму? – в упор уточнил приятель.

И Муравлеев признался, что был. Но не совсем настоящий француз, родился и вырос здесь... Теперь в ресторанах французы чувствуют себя как дома, по крайней мере пока с соседнего столика не рявкнут на официанта: «Chiotte!», а он не отпарирует: «Chiasse!»

– Девушка-девушка, вы не психолог? – он стремительно пьянел: вот оно, вино молодое, незнакомое, тонко переливающееся под атласной кожей лба. Она смотрела на него, как на заморское чудо-юдо, пытаясь что-то сообразить, и по лицу невозможно понять, вызывает ли он гадливость или экологическое любопытство. А ведь те, другие лица на эскалаторе он читал, как открытую книгу. Ездит ли молодое вино на метро?.. Да, приятелю явно повезло. – Вот вам тема для диплома: «Бородинская панорама как символическая кастрация отца».

Вырастет Рома и смастерит панораму холодной войны.

Народ прибывал, Муравлеев садился в лужу, он барахтался в ней, как свинья, когда, не узнав четверых, решал, что пора, наконец, узнать пятого. После длинных объятий оказывалось, что это муж, с Муравлеевым ранее не знакомый.

– Ну что ты? Ну как? – спрашивали все, и Муравлеев начал:

– Сегодня я встретил на улице женщину красивую, как Кармен. Ее присутствие на улице, без наручников...

Гости разразились хохотом. Начало неплохое. Что же, пусть гастролер исполнит, как наших девок расхватывают и развозят, пусть предложит гусарски, с локтя, за дам-с, а следующий... ну это ежу ясно! За душевность деликатесную, как черный хлеб, и если бы в тот момент он попробовал им угодить в обмен на тепло человеческого общения, то похвалил бы им а) экологию, б) технологию, в) демократию, г) народ такой открытый. Но толмач в нем расслабился, забыл за развлечениями, что блаженный Иероним не прощает отсебятины. Что ты, Муравлеев, давно на Библии не клялся?

– Подождите, не перебивайте меня. Это очень важно. Потому что тогда я мучился, что не так перевел.

Адвокат оставил меня с ней наедине. Он сказал: «Ну объясните же как-нибудь. У вас арифметику в школах проходят?» И я повторил ей четыре, пять раз: только что в заседании ваш адвокат заявил, что показания ваши получены под принуждением, и судья запретил использовать их в процессе, дав прокурору право обжаловать это решение. Вы следите? Теперь прокурор пойдет в другой суд, вышестоящий, обжаловать это решение, на процесс без этой главной и лучшей улики они не пойдут, там все будет рассматриваться около года, и весь этот год вам сидеть, и только потом снова начнется процесс. Вы следите? Там вам дадут...

В этом месте Муравлеев четыре, пять раз – каждый раз, как произносил эти слова – игнорировал ее легкое движение и продолжал:

– ...Ну хорошо, пять за непреднамеренное. Или десять, пятнадцать. А вдруг двадцать пять?.. А теперь слушайте: прокурор предлагает сегодня, сейчас, признаться в непреднамеренном и взять три года. Вам останется год, ведь два вы уже отсидели. Одним словом, если сейчас вы скажете да, то к тому моменту, как процесс бы только начался, вы уже освободитесь, вы поняли?

Ничего она не понимала, смотрела, как тупой ребенок карточный фокус, снова и снова, так что Муравлеев даже обиделся за ненавистного ему адвоката:

– Ваш адвокат гений! Какое там принуждение! Но всем сейчас лень возиться. Этот год вам сидеть и так, и эдак. Только сейчас вы пойдете сидеть его бесперспективно, а если признаетесь, он у вас будет последний.

– А что скажут все? – растерянно спросила она. – У меня знакомые, родственники... Если я признаю?...

– При чем тут знакомые родственники? – грубо оборвал Муравлеев. – Они, что ли, будут сидеть четвертак?

– Нет, я не могу, – сказала она решительно. – Ведь я не убивала.

– При чем тут это сейчас? – простонал Муравлеев.

Арестантка смотрела на него с сожалением. Он ждал, что в какой-то момент, как все они, она скажет:

«А что вы мне посоветуете?», и расплачется. Тут он не станет кокетничать, и уж тем паче блюсти кодекс судебного переводчика. Но она смотрела сухими глазами, непреклонно, будто сама колебалась, не дать ли ему совет.

– Она чего-то не понимает, – опять заявил вернувшийся адвокат. – Объясняйте еще раз. Понимаете вы, – вдруг взвизгнул он с пафосом, – что судьба этой женщины зависит от вашей способности объяснить?

Муравлеев поник и сжался. Теперь арестантка смотрела с сожалением на них обоих, на приятелей, заглянувших со службы в бордель. Гости тоже смотрели неодобрительно: мог бы выбрать что-нибудь поэкзотичней надомной уборщицы и инвалида. Поинтересней тюремной лирики, от которой и так тошнит. Муравлеев им был как в Туле, даже не с самоваром, а с каким-то дырявым ситечком. Он что, запугать нас решил ужасами лапландского правосудия? Да у нас и по телевизору круче, и в газетах, и на рынке каждый день. Рассказал бы лучше, почем там мерсы, бензин, как там быстро возводят дома, тут бы на радость всем подзабыл словцо (а по совести и не знал никогда, потому что не было), они бы ему объяснили (пластиковая вагонка, Муравлеев), на удивление в технический разговор оживленно включились бы женщины, у всех дачи, всем это близко...

Да, размеры. В раннем детстве он жил у бабушки, и все метонимии той квартиры воспринимал буквально: календарь на стене зимним садом, книжный шкаф собранием всех сочинений, балконную дверь ходом на зиккурат, кухню горячим цехом, особенно в праздники. Тогда он нырял то под стол, то бежал по дивану за спинами родственников, а когда на минутку садился, то стол доходил ему до подбородка. Заскучав, отправлялся в ванную комнату, где можно было залезть и ходить ботинками в ванне, взад-вперед. Квартира была однокомнатная. Расти он со временем перестал, но сворачивания пространства это не приостановило. Теперь ему жали целые города. Он сидел как когда-то, подпертый застольем под подбородок, и мечтал, чтобы что-то упало. Тогда он нырнул бы с жизнелюбием Ж.-И. Кусто (тут ведь можно и задохнуться, а там все-таки выдают акваланг) и, сидя внизу, чуть не обнял бы за ногу, чисто, совсем анонимно, уцепился бы, как за колонну, подумал и правильный тост пришел бы ему сам собой. Он бы даже не покривил душой. Общего у них, действительно, больше, чем разного.

– А от вашей способности объяснить? – вдруг взвился Муравлеев. – Если даже в обмен на свободу она не хочет признать себя убийцей? Может, это оттого, что она не убивала, а?

Пыхтя, адвокат оттащил Муравлеева в сторону.

– Где вас таких делают? «А»? – задышал он страстно. – Я адвокат ее, я не знаю, убивала она или нет, и знать не хочу. Рассказать на суде, что она отказалась признаться в обмен на свободу, я не могу. УПК не позволяет. Потому потрудитесь прекратить истерику и объяснять до тех пор, пока она не поймет условий задачи. Или просто и тупо запомнит решение.

Повернулся идти. И тут Муравлеев схватил его за пуговицу.

– Я не буду ничего от себя объяснять, – вдруг вспомнил он. – Я обязан только переводить. На язык, который она знает лучше меня.

И в скобках понял, зачем адвокат его вызвал.

Он буквально схватил этого прощелыгу за руку в собственном кармане, когда тот воровал секунду. По правилам, я ничего сейчас не должен чувствовать, я вообще должен быть не здесь, у меня своих дел по горло – падежи, наклонения, пусть глаза боятся, а руки делают, меня вполне устраивает это разделение

труда. Между прочим, у многих народов табу на буже-
ние спящего: вдруг не успеет вернуться? А вырванный
из секунды? Тоже еще вернется ли? ... Гражданин, вы
мешаете мне работать. Не будите меня, я занят. Я
перевожу.

– То, что эта женщина свободно ходит по улице,
означает, она согласилась, что жизнь дороже истины.
Он прав, что никто никогда не узнает, убивала она или
нет, и не это та истина, которую я имею ввиду. Когда я
видел ее в последний раз, она не считала возможным
покаяться в том, за что не испытывала раскаяния. Но с
тех пор жизнь сделалась ей дороже. И такую женщину
я встретил на улице не одну.

Его приветствовал строй ощетинившихся лиц.
Вначале он подумал, что его не поняли, но его отлично
поняли.

– Послушай, Муравлеев... Чего ты доебался до
женщин? Ты хочешь что? Гибель в Помпеях? Чтоб нас
залило тут лавой, а тебе достался музей родного языка под открытым небом? Никто не рвется всю жизнь
сидеть ни в тюрьме, ни в жопе...

Гости торопливо надевали пальто. Они для себя
все выяснили. Собственно, так они и думали еще до
встречи, хотелось только подтвердить. На чужбине он
не просто выжил из ума, он вызывал дополнительную
гадливость тем, что выжил из ума как-то очень удобно
для себя, наподобие буйного, который вроде и буй-
ствует, да головой норовит долбануть куда помягче.

Возвращался он на такси, отдавая отчет, что,
будучи пьян, второго натиска на эскалаторе не вы-
держит.

Несколько дней спустя Фима допрашивал Муравлеева в кухне, как он съездил, про общих знакомых,
цены на мерсы и на бензин, про вообще политический

климат, и, глядя на беспомощные пассы, которые тот описывает руками, на его все больше стекленеющие глаза, сам примирительно объяснил:

– Конечно, такой перелет, разница во времени… Только перестроился, а уже назад. Конечно, ты просто ничего не соображал.

– Плюс языковой барьер, – с благодарностью подхватил Муравлеев, и Фима расхохотался шутке.

Над столом, над пухлыми желтыми папками, как запах массажного масла, витала опять доктор Львив, наша добрая фея, исцеляющая уже одной своей аурой, без ошейников и направлений на подслеповатый рентген. Муравлеев любил ее как все знакомые термины. Он даже налил себе кофе и откинулся на спинку стула, приготовляясь к пассажу про Павлика, но что-то во всем этом было не так. У Груздя зачем-то с особым пристрастием выясняли, что там было. Физиотерапия? А сколько массажных коек? А были ли тренажеры? А гантельки давали, на укрепление мышц? По скольку фунтов? А были ли там ассистенты помимо доктора Львив? Какие? Опишите внешность. И что, каждый понедельник? А по часам вы засекали? И так далее. Странные вопросы.

По всем меркам (а хронометр на эти дела работал в Муравлееве безошибочно) пора было приступать к личным характеристикам Груздя. Изобличать его и доаварийную несостоятельность на рынке рабочей силы, переходить к особенностям его половой жизни (сколько раз в неделю вы вступали в половой контакт с женой до аварии? а после? сколько времени продолжался акт до аварии? а после? в какой момент акта наступает, как вы говорите, нестерпимая боль в пояснице, которую ранее, позвольте я процитирую, вы квалифицировали как боль в девять баллов на шкале интенсивности от одного до десяти?) Вместо этого адвокат продолжал описывать утомительные круги над кабинетом доктора Львив.

– Ну и где это все? – теснил Груздя адвокат. – Где рентгеновские снимки? Где заключение рентгенолога? Где рецепты? Где томограммы?

– Не знаю, – беззаботно отвечал Груздь. – Наверно, в моей карте.

– А карта где?

– Как где? У доктора Львив.

– А где доктор Львив?

– Как где? Я ж объясняю: там на углу «МакДональдс».

И дальше, сколько б ни бился, не узнал ничего, кроме классики: откуда же у меня рецепт, если я получил по нему лекарство? откуда же у меня лекарство, если я его выпил? и откуда мне знать название, если я не специалист? А если вам так уж неймется, спросите у доктора Львив.

Но, видимо, что-то мешало спросить им у доктора Львив, и, скосив глаза, Муравлеев, наконец, удосужился прочитать, что написано на визитной карточке, предложенной ему «адвокатом». И только тут неясные подозрения окончательно оформились: доктора Львив простонародно брали за зебры.

В последний раз, озирая Груздя, надевающего легкий плащ – жара стояла невыносимая, но Груздь боялся, когда сифонит по ногам, боялся неприглядных лихорадок на губах, простудных чиреев и ячменей, межреберной невралгии, кондиционеров, всего такого, от чего потом приходится натираться звездочкой – в последний раз озирая Груздя, «адвокат» громко фыркнул, а Груздь невозмутимо толкнул дверь и вышел. Они принадлежали к разным школам – той, где болезни от сквозняков, и той, где от вирусов, – и потому «адвокату» было, увы, не понять, зачем этот Груздь врет с таким стоическим упорством. Муравлеев быстро собрал блокнот и ринулся вдогонку.

– Господин Груздь! – окликнул он на улице.

– Гвуздь, – поправил тот.

Вот незадача! Остается надеяться, что стенографистка списала фамилию с дела, а не со слов Муравлеева. И, действительно, взглянув получше, Муравлеев увидел, что это был вовсе не Груздь: Груздь был в пальто и в шапке. Невнимательность к людям! – упрекнул себя Муравлеев. Не хотим мы учиться у великих мастеров! Взять хотя бы того, что всю жизнь потратил на поиски минимальной пары для доказания разности фонем [з] и [ж]. Весь словарь переворошил, пока не обнаружил "Aleutian-allusion"! Налицо смыслоразличительная функция – значит, разные звуки. Как разные люди, методом минимальных пар. А я... Хорошо все-таки, малодушно решил Муравлеев, что я прикладник. Пар-то вокруг достаточно, но уж настолько минимальных, что спятить можно присматриваться к каждому Груздю, чтобы убедиться, что он на самом деле Гвуздь...

– Я хотел спросить, – запыхавшись, изложил свою просьбу Муравлеев. – Что, физиотерапия и вправду помогает?.. А то вы видели, работа у меня... с большой нагрузкой на тазобедренный сустав.

(О том, что не делал упражнений Галахова, он решил по-умненькому смолчать.)

– Да какая там физиотевапия! – отмахнулся Гвуздь, с недоумением глядя на Муравлеева. – Но не подставьять же ховошего чевовека!

Эх, мне бы таких клиентов! – с тоской подумал Муравлеев, глядя в спину удаляющемуся Гвуздю. Он знал, что как только он исчезает из поля зрения пациентов, те принимаются деятельно катить на него бочки. Нет, ну вы только поглядите! Все работают, а он книжки читает!.. Интересно, какая она, доктор Львив? С мягкими, душистыми подушечками пальцев, с ходу нажимает туда, где чешется, увлекательно говорит о наболевшем и, как выяснилось, к бесполезной физиотерапии не склоняет. Безусловно, она заслуживала большей лояльности, чем Муравлеев Дойдя до угла, Гвуздь в последний раз оглянулся на странного переводчика. Ненормальный? Агент? Провокатор?

Жаловаться на тазобедренный сустав Муравлеев забрел к Ире с Фимой: огурцы, три товарища, две подруги. А Вася ничего не сказал, читала Ира, Вася молча разломил бутерброд пополам и отдал товарищу.

— Так нельзя! — пораженный, вскричал Рома. Ира даже удивилась, что удалось так расшевелить. — Запрещается школьными правилами!

— Что запрещается школьными правилами? — опять ей расставили в школе какую-то западню.

— А вдруг бутерброд with peanut butter? And he is allergic to peanuts? Что тогда? Меняться едой нельзя! — чуть не плача, доказывал Рома.

Ира покрылась пятнами. Как она будет выпутываться? — мимоходом посочувствовал Муравлеев. Но Ира быстро нашлась.

— С ореховым маслом! — вдруг взвизгнула она так, будто ее режут. — Повтори! Слышишь: с ореховым маслом, арахис, аллергия... Говори: «аллергия на арахис»!

Рома вжал голову в плечи. Он уже знал, что его ругают не за незнание дикого татарского слова «арахис», а за что-то другое, действительно жуткое, режущее его маму как ножом по горлу, и ему было ее очень жаль, но вместе с тем Рома был тертый калач. Он ходил в детский сад, в нулевой класс, в первый, навидался и задыхающихся мальчиков с аллергией, и свирепых учительниц, отсаживающих за отдельный стол при попытке, поковыряв колбасу в завтраке, всучить ее кому-нибудь другому. Он знал, что ни в чем не виноват, и истерик этих — аллергия, ореховое масло, арахис — говоря откровенно, навидался тоже достаточно и сформировал к ним определенный иммунитет. Кто там режет ее ножом, ему никогда не узнать, но как же надо нашкодить в этом другом, взрослом, мире, чтоб потом тебя так корежило?.. Страх и жалость в его глазах сменялись на любопытство.

Когда пригрело солнце, Фима отдёрнул занавеску и сказал, что пора идти за продуктами.

– Фима, мне сегодня нельзя за продуктами, – краснея как девушка, признался Муравлеев.

Фима не понял.

– А вдруг там эта? Львица? Встану в очередь и узнаю голос? Что тогда?

– Какие шансы? И, потом, ну и встретишь – и дальше?

– Наверно не удержусь, шепну.

– Что?

– «За вами следят».

Муравлеев подумал.

– «Вы под колпаком».

– Ну, ты меня удивил! Расстроил и удивил. А как же отстранение? Личная психогигиена переводчика?

– Это только при переводе.

А тут, Фима, не перевод.

– Сколько вам сыру?

– Полпаунда.

– Сколько вам докторской?

– Полпаунда.

– А охотничьих сколько?

His heart began to pound. Кивнув Фиме, что подождёт на улице, он вышел. Под нещадно палящим солнцем текла шелковая патока черных голов, *лился густой шоколад кастильских наречий, неспешным уличным током продвигалась вперед реконкиста*, и на углу возник Филькенштейн со стопочкой книг. Одну он читал, другие он нес, заложив на нужных местах пальцами. Упершись в Муравлеева, Филькенштейн встал и начал с красной строки:

– Поскольку я никому из них не доверяю в отдельности, читать все приходится одновременно, сверять мемуары одних с дневниками других и с романами третьих...

– Конечно, – подбодрил его Муравлеев. – Имея в руках варианты, примечания, комментарии, нервическое воображение и рукописи, непоправимо испорченные морской водой и цензурой, можно уже восстанавливать текст.

– А вы тоже интересуетесь серебряным веком? – обрадовался Филькенштейн. – Какое приятное совпадение!

– Н-н-нет, – замялся Муравлеев. – Я слушаю новости.

Филькенштейн с сожаленьем захлопнул книгу.

– По работе.

Филькенштейн пошевелил в книгах пальцами.

– Например, вы слыхали, сегодня тронулся лед? – поспешил объясниться Муравлеев.

Филькенштейн промолчал, хотя не удержался и глянул по сторонам. Городской человек, он считал, что везде уж сухой асфальт.

– И каким-то образом там, на льду, оказалась корова, отчалила вместе со льдиной. Ей вызвали девять-один-один, прибыла команда спасателей, но при отличнейшей подготовке у них все-таки такелаж, не рассчитанный на корову – спасжилеты, противогазы, – хотя они не сдавались, а я все слушал – должны же быть международные новости. Минут через пятнадцать ее уцепили, накинули трос на рога, и я дождался: «Суровая зима в столице северной империи бывшего зла. Подгулявший гражданин, поздно вечером возвращаясь домой из таверны, решил облегчиться близ автобусной остановки, но чересчур приблизился к поручню. Набежала толпа, пока кто-то из жильцов ближайшего дома не принес кастрюлю теплой воды. Новости спорта...». И все. Вот такая новость спорта для мальчиков, никогда не пытавшихся лизнуть дверную ручку в мороз.

– Это что же, юмористическая какая радиостанция?

– В известном смысле. WNBC, – продолжал Муравлеев, машинально, в беседе, делая два шага. (Филькенштейн с удовольствием тронулся с места, и, взяв его под руку, пошел рядом.) – У всех свой глобус.

– Конечно, – подтвердил Филькенштейн, – совсем необязательно «врут», просто они так видят.

– Естественно! Для получения полной картины нужно слушать их всех и сверять: средства ухода за кожей, страхование фьючерсных страхов и, где-нибудь между ними, с граммофонным шипением – Асишшша – вы не слышали, что за мифический край? Сверять критиков с родственниками, любовные письма с записью актов гражданского состояния...

– Непременно сверять! – подхватил его собеседник. – Закрыть белые пятна на карте мира...

Вынырнув из магазина, Фима встревоженно глянул налево, направо и тут же увидел Муравлеева с Филькенштейном. Подхватив свои сумки покрепче, он бросился догонять, с уваженьем кивнул Филькенштейну (тот увлеченно тряс головой и ничего не заметил), Фима сунулся в разговор, но, услышав «стереофония информации», деликатно пошел рядом.

– Эффект полного погружения! – говорил Филькенштейн.

– Терпеть не могу примечаний на той же странице, – говорил Муравлеев.

– Да, ради комментариев следует потрудиться.

– Полистать.

– Полазить, – все больше влюбляясь в нового друга, подхватывал Филькенштейн. Он давно вынул пальцы, пожертвовав всеми местами, и теперь нес книги просто подмышкой, повиснув другой половиной на локте Муравлеева.

– Полистать, поискать, полазить, это даже спортивно, при нашем образе жизни.

Фима вздохнул и поменял тяжелые сумки местами.

– Щелкать и щелкать, со станции к станции, иначе ведь можно заснуть за рулем...

Фима плюнул, еще раз кивнул и пошел быстрее. Пусть Муравлеев нагонит.

Муравлеев явился лишь через час, утомленный и красный. Фима хотел ему сделать внушение, но – хрен с ним, хотя бы он у меня пообщался – вслух сказал:

– Ты с ним дружи. В академических кругах, там знаешь сколько перевода? Тонны!

– С кем? – очнувшись, спросил Муравлеев. «Проверяй ее, проверяй!» – улюлюкала Ира, загоняя гласную в корне. Рома хлопал глазами, как на физкультуре, заранее зная, увалень, рохля – упустит. Среди всех этих книжек, тетрадок в косую линейку, развивающих игр он все бы отдал за один ржавый гвоздь.

4

После секундной неловкости двух незнакомцев в купе, Муравлеев с партнершей обустроили каждый свой уголок, налили воды из графина и выложили по блокноту.

– Я начну? – спросила Карина. – Милостивые государи!..

Муравлеев, уткнувшийся было в книжку, насторожился и поднял голову.

– Да будет мне позволено для начала – то есть, прежде чем говорить с вами о предмете сегодняшнего нашего собрания...

Муравлеев слушал.

– ... воздать должное международной комиссии директоров, которая рукой, одновременно твердой и мудрой, ведет ладью нашей еще очень молодой организации среди всех бесчисленных опасностей бурного моря, умея уделять должное внимание...

Муравлеев успокоился и вернулся к книжке.

– Повсюду новые пути сообщения, пронизывая, подобно новым артериям, тело государства, устанавливают новые связи, – без запинки гнала Карина. – Возобновили свою деятельность наши крупные промышленные центры...

Краем уха уловив «утвердившаяся религия улыбается всем сердцам», Муравлеев снова насторожился, уж не вздумала ли Карина издеваться над почтенной публикой. Но нет, она сидела, всем телом подавшись вперед, и губы ее шевелились, а глаза неподвижно смотрели в зал, помогая голосу гипнотизировать спины. Муравлеев снова опустил глаза в книгу, успокоенный, даже умиротворенный ее наивной сосредоточенностью.

– Где, в самом деле, найдем мы больше патриотизма, больше преданности общественному делу – словом, больше разума? Я имею в виду, милостивые государи, не поверхностный разум, не суетное украшение праздных умов...

И хотя Муравлеев честно взглянул на внутренние часы, ему совсем не хотелось, чтобы все это кончилось. Однако, длить наслаждение становилось уже некорректно, не по-товарищески, и он только дослушал про глубокий и умеренный разум, который прежде, превыше всего умеет преследовать цели полезные, содействуя выгоде каждого частного лица, а следовательно, и общему благосостоянию и прочности государства, и, как экзекутор, протянул руку к кнопке, стараясь попасть в поле ее бокового зрения.

Но Карина, упоенная собственной песней, ничего не видела, не замечала и, набрав в грудь нового воздуха, начала было про уважение к законам. Муравлеев, решившись, тронул отлаженное плечо, Карина вздрогнула, Муравлеев вздрогнул и на секунду забыл, что он собирается делать. Целую ценную секунду голос его звучал один, в то время как сам Муравлеев еще только вспоминал, как он списывал тексты с магнитофона, кивон, требьян, ансамбль, поступил в институт, подписал контракт и оказался здесь, в этой будке, с Кариной, на той стадии вспоминания, где окончательно нагнал свой голос и присоединился к нему на «четкой и адаптированной к рыночным условиям политике».

Карина встала и вышла из будки. Неожиданно для себя Муравлеев затосковал.

Спустя полчаса она вернулась и день продолжился, исподтишка он разглядывал лиловое кружево, выбившееся из рукавов, запотевший браслет. Впервые за многие месяцы слушал внятную человеческую речь. Туфли ее опирались на мысочки, два каблука надолго застывали в воздухе и с силой вжимались в пол только в самых критических местах, где голос шел от бедра. Даже отвернувшись, он ни на секунду не переставал ощущать ее присутствия.

– Политические бури поистине еще гибельнее, чем атмосферные волнения, – с нажимом заявила Карина, и одна туфля слетела у нее с ноги. Муравлеев деликатно отвернулся к стене.

– Только тот, кто до такой степени ослеплен, кто до такой степени погряз, – рассеянно продолжала Карина, до упора откинувшись на спинку и сползая все ниже, ниже, нашаривая ногой потерявшуюся туфлю, так что Муравлеев уже не знал, что приличней – продолжать делать вид, что ничего не замечает, или обернуться к ее бесстыдно распластанному телу и послать спокойный, дружелюбный взгляд.

– Я не боюсь употребить это выражение! – с досадой отрезала Карина, видимо, нащупав, но в последний момент упустив туфлю. Даже упорно глядя в стенку, он не мог не улавливать каждого движения, доносившегося до него с колебанием воздуха в ограниченном пространстве кабины.

– ... в предрассудках прошлых веков, – упорствовала Карина, тонкой, гибкой ступней выгребая из-под стола ком бумаг. Тут он решился, развернулся и встретился с взглядом, исполненным ненависти. От страха он немедленно нырнул под стол, ухватил туфлю и поставил на стол перед Кариной. И Карина, не замолкая ни на секунду, начала заливаться тяжелой свинцовой краской, и Муравлеев, уже вообще не понимая, что ему делать, сунулся в микрофон, вклинился на полуслове, а Карина схватила туфлю, наклонилась, пристроила ее на ногу и выбежала из кабины.

Из-за спин, сбоку сцены, виднелось лицо председательствующей, пораженное ужасом, как безглазая маска трагедии. Тех, кто в зале, это лицо должно бросать в пот, что не просто вздремнул, а всхрапел на весь зал, докладчика – что беззаботной халтурой, сам не ведая как, наступил на больные мозоли собрания, переводчик же, нервный, пугливый, как вообще все жвачные, должен послать панический взгляд на кнопки, а в тот ли канал он сейчас переводит. На самом же деле она смотрела в лэптоп – приоткрытый рот, выпученные глаза поверх очков, внимательный ужас, – и думала только о том, какими словами объявлять следующее выступление. Это буддийское упражнение на не принимать на свой счет Муравлеев, как большинство здесь, проделывал множество раз, и, как большинство, серьезно продвинулся, так что ему почти не казалось, что он окружен подсадными, которые все понимают, все языки. Или уловят в наушниках шорох, возню и сопенье.

– Прошли те времена, когда гражданские раздоры обагряли кровью площади наших городов, – уверяла Карина.

– Но хотелось бы обратить внимание на следующую опасную черту региональных конфликтов, – вносил трезвую струю Муравлеев.

– Когда собственник, негоциант и рабочий, засыпая ввечеру мирным сном, трепетал при мысли, что проснется под звон набата смутьянов, – нагнетала Карина.

– Однако определенные тенденции позволяют говорить, – снова выравнивал весы Муравлеев, не любивший истерии и паники.

– Отвратившись памятью от этих мрачных картин, что я увижу? Возрождается доверие! – соглашалась и Карина.

– Гарантируя прочные деловые отношения для инвесторов, – наконец, поставил точку Муравлеев, и всех распустили на обед.

В графинах позвякивал лед, пальцы мерзли на заиндевелом стакане, после душной и тесной кабины Муравлеев рассучил рукава и опять влез в пиджак, кондиционер работал нещадно, и даже креветок подавали холодными, с кетчупом. Но от каждого слова Карины дышало полуденным зноем, свежескошенным сеном, седельной кожей и новехонькой амазонкой прелестной спутницы:

– А все же хотелось бы верить, что свободно вздохнет инженерный состав и станочный рабочий, – и, помимо желанья, он любовался ее неопошленной речью, ведь ни разу за целых полдня она не сказала «равные права пользования экономическими правами», ни разу «выявление культурных влиятельных сил», и встретить ее посреди конференции не в папильотках, не опустившуюся и не бранящуюся с ключницей, офицеру (Муравлеев приосанился), расквартированному в глуши... (а для охотника все – глушь и дичь).

Они вернулись в альков, задрапированный стеганым одеялом. Каждый раз, когда, задыхаясь, кто-то из них пытался отогнуть со своей стороны хотя бы угол, вскакивал звукотехник и отгибал этот угол обратно. Они разморились, вспотели, порозовели, на смуглых скулах Карины появился румянец, ресницы отяжелели, браслет сполз на кисть, оставив на коже влажную выемку. Оба они начинали засыпать. Когда она выходила, продолжать ворочать языком становилось еще трудней. Он пытался встряхнуться, но ему безостановочно снились сны. Когда выходил Муравлеев, он протискивался у Карины за стулом, стараясь ничего не задеть, но отмечал ее острые плечи, неизменно выдвинувшиеся вперед, к людям, будто она и впрямь поверяла им что-то важное. Он возвращался, протискивался назад, Карина сдвигалась со стулом, еще больше наклоняясь и убыстряя перевод, под глазами размазалась тушь. Задний ряд дремал. Вероятно, не только задний, но тех было не видно. Впрочем, каждый раз, протискиваясь мимо нее, он все меньше думал о корректности своих движений, а, сидя вместе, они откровенно кренились друг к другу, ища в полусне, куда преклонить голову. Сменяясь, они уже не стеснялись не просто тронуть, а растолкать другого, как будто в этой палатке прожили ровно тридцать лет и три года.

И так они полулежали, объединенные общим стеганым одеялом, отделенные ото всего остального мира, по очереди продолжая посылать в космос слабые звуковые сигналы, без особой, впрочем, надежды на разумную жизнь вне одеяла. Каково же было изумление Муравлеева, когда вечером Карина возникла из своего номера совершенно новая, с полностью восстановленными чертами лица, и, очевидно, готовая снова и снова обсуждать любые области общественного и частного блага, мир и войну, торговлю и промышленность, земледелие и изящные искусства. Впрочем, он и сам принял душ и держался вполне вертикально, в банкетном же зале теснились члены жюри, муниципальный совет, именитые граждане, национальная гвардия и вся толпа. Прижимая к груди маленькую черную треуголку, господин советник.... ах нет, этого уже не было, это он за день начитался Карины.

– Почему эта конференция привлекла внимание к ней, – прокашлялся Степа, сгребая Карину за локоть и ставя рядом с собой. Все смолкли. Со Степой Муравлеев уже познакомился днем, подойдя в перерыв и постаравшись обиняками узнать, как быть с affirmative action. «Не понимаю, о чем вы говорите, – поежился Степа. – Но если вот так покрутить колесико, там вам все скажут». И Муравлеев смолчал, не решившись признаться, что колесико – это он. – Потому нам все очень нравится. Тут все вопросы решаются очень фундаментально. Очень емко. Нет лоточников, рыбу рыбкомбинат дай, швейная фабрика пошивочные изделия, а там пойдет и пойдет. Рыночная экономика выглядит хорошо. Нам она импонирует. Сейчас у нас конверсия. В связи с тем, что нет четкого перехода с конверсии к рыночной экономике, рабочий класс угнетен бесперспективностью работы. Рост цен на энергоносители, всех это все затрясло. Упаковка у нас непривлекательная, неэтичная упаковка. Но, скажем вот, международная помощь, и многие рассуждают – ничего, пусть помогают, все прожрем, но ведь и вы можете ставить свои просьбы, а мы будем вас ориентировать, чтобы вы находили пути. Я буду помогать и в то же время учиться, набираться опыта. Мне нравится, когда это делается солидно, красиво, глобально. Вы знаете выход на мою квартиру, со своей стороны я найду выход на вас. О контактах с вами я доложу, поэтому всю полноту предложить не могу, но помогать вам я буду. Поэтому фамилию мою не упоминайте. Меня многие знают. Но в вашем святом деле, как человек, как гражданин, я буду делать все, что в моих силах. Желание заключать контракты идет через нас. Со своей стороны, у меня есть маленькая просьба – помогите мне приобрести две пожарные машины, сорок пять и шестьдесят метров. Форма оплаты какая скажете: деньгами – деньгами, чем другим – чем другим. Спасибо за внимание.

Карина быстро пробежала глазами сделанные в блокноте заметки, кивнула сама себе, одарила собрание ясной улыбкой и начала так:

– Се конференция, се обитель, врата отверзающая к пространному ристалищу, коего конца око не дозязает...

Толпа одобрительно заулыбалась в ответ, Карина сияла, умытая, как алмаз, сережки горели, губы блестели, край жемчужных зубов... В общем, Степа остался доволен.

И только спустя полчаса, привыкши видеть Карину мелькающей посреди делегатов и гостей, веселой, оживленной и непрерывно лопочущей, он неожиданно заметил, что, заливаясь красными пятнами по смуглым скулам, блуждая по залу растерянным взглядом и чуть не плача... Муравлеев стремительно бросился на выручку.

– Полоний? – переспрашивала Карина. – Полоний! – слава богу, знакома хотя бы одна фамилия.

– Полоний–210, – на ходу перехватил Муравлеев. – Уже точно установлено. Теперь весь вопрос в том, кто мог бы...

Карина с облегчением отошла и взяла себе новый бокал.

Когда они снова остались одни за столиком в баре, Карина продолжала рассказывать, что программы будут реализованы, осуществляется перекрестное субсидирование, характерно, что соответствующее финансирование и развитие инфраструктуры еще только предусмотрено, а регион уже дышит свободно, и, чувствуя себя сброшенным бальным платьем, постепенно отходящим от чужих форм, он дивился, что за охота в столь поздний час менять пронзительную пустоту на чужие животы и груди. Помолчи, Карина, отдохнем немного, но, заглянув в бокал, она принималась за виноградники и возрождение сортов, скользнув глазами по стенам – за успехи деревообрабатывающей промышленности, и иногда он краснел от стыда, так как не мог не понять, что все это для него. И, признаться начистоту, так хотел еще раз услышать: милостивые государи!

После полония он – в перерывах, в обед, до и после вечерних мероприятий, каждый раз, как Карина принималась болтать о политике, – уже знал, что если взять и спросить, что же такое перекрестное субсидирование, или где находится край, охарактеризованный

Степой как «не край, а жемчужина нашей страны, развивающаяся вдоль железнодорожного полотна», она вряд ли ответит на эти вопросы, и ни в одном из кроссвордов государственного устройства не сумеет подставить нужного в мелодичное определение «наши законодатели». Впрочем, ни разу с благоухающих уст не сорвались «основные актеры современного рынка», ведь она пела, как птица, без нот и почти что без слов, одаренная от природы великолепным инстинктом звучания, и когда, после некоторых выступлений, он говорил ей «ты изменила его речь до неузнаваемости», она розовела и улыбалась, скромно, достойно принимая этот заслуженный комплимент. С каждым днем все больше тянуло спешиться с ней за кустами, дрожащими в каплях дождя, и не пришлось бы ходить с визитами, писать в альбом, слушать из ложи и есть ножом и вилкой – он никогда уже не приезжал в этот город. Не расквартировывали больше. Но... В перерывах надо было закончить устав и учредительный договор (добравшись до уставного капитала, Муравлеев с умилением перевел, что составляет он десять тысяч рублей, причем последний, самый, видно, убогий из всех учредителей, вносил всего два процента, то есть двести рублей, и, переводя, Муравлеев чуть не пощупал в кармане мелочь, но на страницах устава, как положено всякому обществу, они несколько даже надменно заявляли, что, хоть и в пределах названной суммы, гарантируют ею интересы своих кредиторов), и, за полдня наупражнявшись между лэптопом и кабиной, к обеду он так уставал, что был уже не офицер, а денщик или кучер: на все каринины речи он лишь дипломатично кивал, в реальности растянувшись на шубах в передней, до разъезда оставалось еще полчаса, и он успевал стариковски вздремнуть, чем глазеть, вставая на цыпочки, в залу (насаждают они или не насаждают, рассуждала Карина, а если и насаждают, то пусть, зато люди съездили за бесплатно, расширили свой кругозор). По вечерам, на минуту нащупав в себе офицерское, он спохватывался, но Карина успевала уже распроститься и уйти к себе в номер, и так наступила суббота.

Больше всего мучило безымянное мельтешение фауны. Вокруг квохтало и крякало, чесало под крылом, стояло на одной ноге и возилось в кустах, проводник неохотно раздал крохотные кусочки пастилы приманивать аллигаторов, тут же, впрочем, и объяснив: он не того жмется, что аллигаторы и отвечай потом за вас. Аллигаторы, в основном, мелочь, опасности никакой, но дело в том, что изо всех живых тварей у них самый медленный метаболизм, и этот кусочек пастилы они переваривают сутками, завалившись где-нибудь в кустах, и таким образом чуть ли не на целую неделю выпадают из туристического оборота. Поэтому, объяснял проводник, рассчитываю на вашу порядочность: конечно, пастилу раздавать приходится, иначе они не подплывут, но не закармливайте совсем уж, помните, что вы не одни, другим тоже хочется. А вот у птичек, – продолжал он, светлея, – у них все наоборот, метаболизм мгновенный, клюют и гадят одновременно, совсем другая история, кормите лучше птичек. Переводя, Муравлеев мял в пальцах свою пастилу и сам не заметил, как съел. Обратите внимание, буки, – переводила Карина.

Муравлеев смотрел на птичек, на аллигаторов: он давно пытался назвать то неуловимое, что отличает адвокатов по возмещению личного ущерба (ДТП, паденья ничком с дефективных лестниц и тротуаров, косо вживленный имплант) от адвокатов убийц. Немногословие? Тяжелый и мрачный взгляд? Тот поворот головы, при котором кажется, что голову поворачивает танк? Все не то, все случайно, поверхностно, индивидуально, а разница все же была – метаболизм! Муравлеев чуть не заулыбался подкованному проводнику. Как все же приятно – найдешь слово, и жизнь становится проще, понятней...

Проводник сыпал выпями, выхухолями, и Муравлеев со временем впал в тот особый столбняк, в котором по хохолку, по звериному инстинкту, по словарю Даля безошибочно, как акценты, расставляют номинации «кряква», «лысуха», «шилохвость», «широконоска», «чирок», хотя если в этот момент тебя разбудить, сможешь выдать разве что «утка», как все нормальные люди. В этом обмороке становилось не страшно, не больно, и, главное, исчезали все посторонние для перевода вопросы. Например, зачем он лезет вон из панцирной кожи, все же не семинар по пневмоэнцефалиту, а силы экономить надо на вечер – похоже, степина речь возымела успех, молодец Карина, Степу приватно позвали на ужин, кое-что обсудить поподробней. Принимающая сторона (у него, заметил Муравлеев, глаза были пронзительно голубые), поморщившись, предложил: «Я куплю вам, что ли, какой-нибудь дринк», и Муравлеев, опять проявив себя тряпкой, не сказал, что пусть ему лучше заплатят, сверхурочные, а дринк он себе купит сам. Все эти мысли он теперь замечал не больше, чем струи пота, в изобилии катящиеся по лицу над парным, густо настоявшимся в полуденном зное болотом. Воздух плавился от испарений, экскурсанты, начав какой-нибудь жест – почесать ногу, сбросить пальцем с носа соплю – так и застывали, на полпути забывая, что делают, наушники посползали на шею, раздражая, что в них неумолчно, цикадой, весь день продолжает жужжать.

В сувенирной лавке он вспомнил примету, загадать желание между двух тезок, и ему сделалось любопытно взять в оборот Степу и Стива и заодно проверить, одно это и то же или нет. Не успев задумать, он вдвинулся между ними, и тут же в глаза ему бросился алый заголовок определителя птиц, и Муравлеев, забыв обо всем, шагнул к прилавку и взял этот определитель. Шагнув, он едва не сбил с ног Карину. Карина показывала из окна («Вон еще один бук!»), но подвернулась как будто специально, чтоб он вспомнил – желание! – но он не вспомнил, так как жадно листал и даже не поднял лица, и Карина решила, что накануне, сидя с ним в баре, обозналась в потемках.

После обеда она сделалась злой и нетерпимой.

– Да замолчи ты, тебя никто не слушает! – заявляла она раздраженно.

– Да посмотри ты по сторонам! – требовала она в следующий момент.

– Ты вообще когда-нибудь расслабляешься? – дерзила она снова и снова, и Муравлеев, по-прежнему рыцарски берущий на себя львиную долю работы, только недоумевал, чем она так недовольна, и какой бес в нее вдруг вселился. Еще вчера вечером они, казалось бы, так дружили...

Наконец, проводник замолчал, и в наступившей вдруг тишине – такой полной, что выпадала в осадок в виде тысячи разных звуков: кваканья, щелканья, чавканья, – он развернул страницу...

– Смотрите, цапля! – встрепенулась Карина, и все подняли головы. Прошло минут пять.

– Как летела эта ваша цапля? – внезапно спросил Муравлеев, отрываясь от определителя.

– Она летела совсем низко, вот тут, – с упреком сказала Карина, – разве ты не заметил?

– *Как* она летела? – еще раз спросил Муравлеев. – Втянув голову и вытянув ноги? Или вытянув и то, и другое? Тут пишут, что, вытянув шею, ваша цапля – не цапля. А журавль.

Однако, к его удивлению, поздно ночью они опять сидели в баре, и Карина говорила:

– А где же грабы? Помнишь, в природоведеньи, буки и грабы? Но что-то, куда я ни езжу, буков полно, а грабов не видно. Ты встречал когда-нибудь граб?

И Муравлеев к ней даже и потянулся, тем более она сидела так, что он не брал при том никаких обязательств, не рисковал почти... Но она то ли не поняла, то ли этот минимум риска ее не устроил, только как-то опять ускользнула, и Муравлеев потом, растянувшись на покрывале в ботинках, анализировал: как она шла? Втянув шею? Вытянув? Вытянув, она журавль, а цапля – это я...

На следующий день по программе отправились на аттракционы и пиво начали пить с утра.

– Как им сказать, что я боюсь? – спросила у Карины делегатка.

– Чего же вы боитесь? – участливо спросила Карина.

– Да вон они предлагают скатиться на горках.

– Айм эфрейд, или можно еще...

– Не надо, Айм Фрейд как раз подойдет. Я так лучше запомню.

Муравлеев не верил, что плотное облако визга исходит от развлекающихся. Скорей эти адские параферналии записали на пленку и с тех пор запускают в аттракционе. Отчего же иначе, пока стояли, он раз двести узнал этот тембр, эту ноту и этот текст: «Боже, боже, какой кошмар!»?

– Чего ж тут бояться? – наконец, сказал он. – Ну, потрясут маленько. Бояться надо не этого.

– А чего? – спросила Карина, и в голосе ее звучало презрение.

– Ведь это же бешеные бабки, – с тихим, почтительным изумлением двигаясь вдоль стальных тросов, вслух размышлял Муравлеев. – Как подумаешь, как все это можно преподнести...

– Да что тебе хочется преподнести? – сказала Карина и в досаде чуть не притопнула каблучком.

– Парк культуры, – тут пояснил Муравлеев. – Организованный выброс адреналина. Личная жизнь с ее чертовыми колесами хорошо изучена и малоинтересна. Там мы знаем себя наизусть. Настоящие стрессы, такие, чтоб волосы дыбом, нужно искать на работе. Я бы каждой профессии дал оформить свой павильон...

Каждый раз, когда рядом играли в эскимосские палочки, ему хотелось – чесалось – узнать лишь одно: каково это, быть тобой? Но они никогда не рассказывали, что делают на работе. То ли он не умел расспросить, то ли им было стыдно.

– Ну и как ты оформил бы наш? – неохотно спросила Карина.

– Запросто, – отвечал Муравлеев, и голос его прозвучал глухо, как из бочки...

– Давайте вы будете как-то активней участвовать! Спросите их, что они будут на ланч. Здесь очень большой выбор. Во-первых, сосиски. Во-вторых, можно пиццу. В-третьих, если не сосиски и не пиццу, то гамбургеры. Или пиццу. На любой, в общем, вкус.

Муравлеев оглянулся по сторонам, ища кого-нибудь из группы.

– Посоветуйтесь, обсудите, – наставляла принимающая сторона, – можно разделиться. Одни, к примеру, пойдут есть сосиски, а другие...

Муравлеев заприметил Степу. Степа стоял под пальмой и вертел в пальцах пластмассовый мундштук с цветной лентой, пытаясь определить, что это он купил. Муравлеев с облегчением ринулся к нему, всем согбенным станом демонстрируя готовность помочь, но было поздно – Степа уже поднес мундштук ко рту.

Предлагают пообедать, – поспешно сказал Муравлеев. – На выбор: сосиски, пиццу...

– А, один хрен, – успел сказать Степа, прежде чем дунуть, и выстрелил Муравлееву в лицо бумажным языком. – Один хрен! Я уже не замечаю. Туда доллар, сюда доллар, я и считать перестал. Хрен с ним! – и Степа с надрывом захохотал.

– Они веселятся, как дети, – умиленно отметила принимающая сторона. – Я так за них рада! Так что он выбрал? Можно пиццу, здесь очень хорошая пицца...

– Можно пиццу, – тупо повторил Муравлеев.

– Я же объясняю, мне по барабану, – огрызнулся Степа, не понимая, почему привязались именно к нему. – Что все, то и я, – и дунул в мундштук так сильно, что язык порвался по шву. Степа в неверии дунул еще раз, из лопнувшего шва брызнули пахнущие пивом слюни, но язык не встал. – И что, и всё? – разочарованно пробормотал Степа, рассматривая поникшее жало, но тут же взял себя в руки, с ковбойской небрежностью бросил язык в урну и залихватски подмигнул принимающей стороне.

– Это брак, – заволновалась та, – его нужно обменять. Спросите, где он покупал, мы сейчас обменяем.

– Хотите другой попросим за те же деньги? – сказал Муравлеев, инстинктивно отодвигаясь на шаг, чтобы не получить по морде. Степа перевел глаза с него на принимающую сторону – по ее серьезному, встревоженному лицу невозможно было заподозрить, что Муравлеев перевел правду. Но и тут Степа сдержал себя, соглашаясь, что ему не надо знать больше отмеренного переводчиком.

– Ну что, пошли? Обедать там, туда-сюда... Где все наши? – хмуро спросил он, переводя разговор. Наших уже тащила Карина. Увидев перемену в настроении Степы, принимающая сторона смутилась и опечалилась пуще прежнего, настаивая на немедленной смене языка, но Муравлеев ловко положил конец этой пытке:

– Он говорит, что не сохранил чека, – коротко отрезал Муравлеев, и она почему-то сразу успокоилась. Подошли дамы.

– Как вы?

– Мольто аллегро, – ответила делегатка.

– Проголодались?

– Модерато, – отвечала она же, на зависть товаркам, не умевшим связать двух слов.

– Сосиску?

Анданте, пойдет и сосиска. Убедившись, что делегаты прекрасно обходятся без него, Муравлеев вернулся к Карине:

– Аттракцион на раздвоенное внимание. Аттракцион на то, чтобы, проговорив два часа, ничего не сказать... Но это все ерунда. Так, тренировочные, чтобы размяться, а жемчужиной нашего павильона будет Стенли Милгрем.

Карина порылась в памяти. Вот Шампольон, Франсуа де Соссюр, братья Гримм с верхненемецким передвижением согласных. И никакого Стенли Милгрема.

Между тем Стенли Милгрем – звезда современной науки. Пусть сейчас нас уволят на месте, я обязан тебе рассказать. Он изучил эффективность физического наказания при научении. Вот вас пришло двое по объявлению, один (скажем, вы) будет ученик, его пристегнут для страховки к стулу, приставят к руке электрод, а другой (скажем, вы) будет учитель: вы будете читать ему пары слов, а он их воспроизводить, и каждый раз, когда ошибется, вы будете бить его током, сначала слегка и почти не больно, но, разумеется, увеличивая силу тока. Вот здесь написано: пятнадцать вольт, тридцать, сорок пять и так далее до четырехсот пятидесяти, а потом три креста – садитесь, устраивайтесь поудобней. А мы будем смотреть, как он – учится или нет. Ну, все понятно, поехали, и они принимались читать слова и жать, читать и жать, такой это был эксперимент. Повторявший слова был подсадной, никаким током его, конечно, не било, хотя он очень натурально вздрагивал и морщился, вольт с семидесяти пяти начинал постанывать, на ста двадцати – жаловаться, что больно, а со ста пятидесяти – вообще требовать, чтоб отпустили. На эту роль взяли актеришку из захолустного театра, там как раз было межсезонье, и что он устраивал на отметке 285, это просто любо-дорого посмотреть. Скажу по секрету, и эксперимент был вовсе не на физические наказания. Ведь рано ли, поздно, но каждый из них возмутится, эксперимент был столь явно дурацкий, столь явно жестокий, что каждый... Вопрос в том, когда и как он это сделает. Ведь неловко все же: явился по объявлению, кругом сидят солидные люди, что-то меряют, вот генератор – что ж, сорвать теперь эксперимент? Неудобно, нескромно, как будто ты тут умней прочих.

Поначалу задумка не всем ученым понравилась. Кто и зачем вообще сядет бить других током? Вот если б за это платили, или армейская дисциплина, или «боялся, ведь дома семья, дети», тогда да, а так нет. Но тут как раз заминки не вышло. Раз уж, как говорится, пришел, за аппаратик садились все. И довольно бойко первые двести вольт нажимали. А потом одни жали дальше (сказали же нажимать), а другие вдруг говорили: «Перестанем? Ему же больно!» А им отвечали: «Эксперимент продолжается». Нажимая, они обиженно бормотали: «Надеюсь, вы знаете, что делаете. Надеюсь, вам уже ясно, что толку не будет. Глупый эксперимент». Сказать, чтоб всем нравилось, врать не буду. Жали, однако, все. Кое-кто, сердоболь-ные женщины, называя слова, так и подсказывали ответ, но «ученик» тупел на глазах и получал свою порцию. «Отпустите! – кричал он, корячась. – Не хочу больше эксперимент!» Они вопросительно взгляды-вали. И слышали: «Продолжается». Наконец, дойдя до крестов (кресты все же были красные), уточняли: «Вы берете ответственность на себя?». И лупили по трем крестам.

– Я бы не стала, – с присущим ей легкомыслием заявила Карина.

Пришлось объяснять заново. Пятьдесят, сто два-дцать, сто восемьдесят человек, один за другим, почта-льоны, учительницы, бизнесмены, старые холостяки, многодетные матери, инженеры, инспектора, – в общем, не людоеды. Потом говорили, учить надо лаской, любовью, вот я такая чувствительная, никогда не шлепала, даже по делу, я, смотрите, вся взмокла тут с вами. Но никому не пришло в голову... не нажимать. Отказаться. Аттракцион не в том, что «я бы не стала», а в том, что... стала.

На время их разлучили, а когда пути их снова пересеклись (Муравлеев спускался с водных процедур, а Карина поднималась на них же с другой половиной группы), Карина так сразу и заявила:

— Интересно, зачем это Милгрема к нам в павильон? Мы-то причем? Я не психолог и не электрик, я даже не знаю, где пробки!

— А я тебя к рычагу и не посажу, — объяснил Муравлеев. — Я тебя посажу переводить.

— Что переводить?

— Да что угодно. Устав. Учредительный договор. Беседа степина, кстати, перенеслась на сегодня. Найдется что переводить. Ведь у генератора их не может быть двое. Как их может быть двое, если они говорят на разных языках?

— Почему они говорят на разных языках? — спросила Карина, окончательно сбитая с толку.

— Ну ты же умный человек, — сказал Муравлеев великодушно. — Вот ты столько лет работаешь, ты хоть раз видела двух человек, которые говорили бы на одном языке?

Да, действительно. Даже странно, что это элементарное наблюдение она не сделала сама.

— Так что, конечно, там был переводчик. Один дал команду, другой ее выполнял. А третий... только переводил. Ты следишь?

— А в других павильонах? — вдруг как-то чуть не взвизгнула Карина.

— Что «в других павильонах»?

— Там — кто?.. Там — как?.. Я имею ввиду, почему только мы? Почему только трое?

Потому что сподручно рубить только сук, на котором сидишь. Ведь надо же совесть иметь. А не воображать, что, добыв глоссарий, ты изучил чужие производственные процессы. Пусть сами оформят свой павильон. Им виднее, какие там аттракционы. А мы к ним придем.

— Вы совесть совсем потеряли? — дернула его за рукав принимающая сторона. — Щелкните их. Они вон там вон встанут.

Там, где встали, была инсталляция, семеро злейших бесов, возвращающихся домой с работы под известное произведение Шумана. Семь маленьких тарелочек, семь маленьких кроваток... Наведя объектив на Степу, Муравлеев подумал, до чего же похожи Степа и Стив — голубые глаза, нос картошкой, приземистые, крепенькие, как два плюшевых медвежонка, только один новенький, как вчера из магазина, с блестящей шелковой шерсткой, другой же заигранный, обтерханный, каша засохла у рта, и жить не хочется. Проследив его взгляд, наблюдательный Стив усмехнулся:

— Я по происхождению чех.... И необязательно посвящать во все это ваше начальство, — продолжал он, уже обращаясь к Степе. — Это ведь наше с вами детище. А, как говорится, у семи нянек...

— Четырнадцать сисек, — мрачно закончил Степа, погрузив Муравлеева в размышления, что бы такое парное могло быть у поваров. Он на секунду взглянул в чешское стекло бессовестных голубых глаз. На радостях от удачной сделки Стив приобрел Степе бифштекс-фунтовик, и, дождавшись, когда Степа отправит в рот первый кусок, спросил, понравилось ли, хотя сам знал точно — еще бы ему не понравилось, пятнадцать процентов!

— Гора мяса — это да, — презрительно сказал Степа. — Но приготовлено скверно. Смотрите, сверху горелый, внутри сырой.

— Бифштекс должен быть с кровью. А рыбу едят вообще сырую. Называется...

– Он будет мне говорить про рыбу! Свежая рыба святое дело! У меня нож есть, острый жуть, вот когда я этим ножом, свежую горбушу так берешь, и так тоненько-тоненько... – Степа изобразил, как тонко он нарезает горбушу, и как это прекрасно.

– Ну да, – раздумчиво сказал чех, – у вас же Япония рядом.

– Япония, – сказал Степа, длинно цыкнув застрявшим в зубах мясом. – Японский городовой у нас рядом, а не Япония.

И опять у одного глаза как блестящие голубые пуговицы, а у другого такие же голубые пуговицы, но матовые, исцарапанные, что случается с медведями, если долгие годы волочить их по полу головой.

– А потом кто-нибудь придет и скажет: как-так вы столько заплатили? Как-так это столько стоит? – волновался Степа Муравлееву после встречи, но уж больно хотелось разбудить Карину и выпить в баре, так что он только сказал:

– Да успокойтесь вы, никто не придет и никто не скажет.

И сам испугался: он только что пообещал доверчивому Степе, что Бога нет. Хотя в парке тогда, поиграв с объективом, вернул камеру принимающей стороне и сказал:

– Извините, я не умею.

– Как можно этого не уметь?! Вы только нажмите.

– Не хотел бы напортить.

Степа, тогда еще, в парке, не потерявший невинности... Впрочем, конечно же, потерявший, тысячу раз, по тысяче разных подъездов, и все-таки в тысячу первый – как в первый, как в единственный. Встать и уйти? Не положено вроде, какой же я после этого переводчик? И ведь тысячу раз уже не ушел, так что... Степа, еще не потерявший невинности, хотелось бы вставить, резвился. Но он вовсе не резвился: он смотрел в объектив серьезно и строго, как надо в его родном языке.

В темном зале их всех пристегнули к креслам, Муравлеев наклонился к Карине:

– Да, кстати! Еще надо этот поставить... детектор лжи.

– Зачем?

– Ну что ты, я его очень люблю...

Склонившись к уху Карины, чтобы перекричать начавшееся жужжание (благородный мужской голос, явно родственник аэропастора, заводил, как безопасно вести себя на протяжении космического путешествия), он объяснил Карине про три контрольных замера. Например, три карточки:

– Это какая?

– Черная, – не задумываясь.

– А эта?

– А эта... Черная с желтым пятнышком.

– Отвечать только «да» или «нет». Какая карточка? Черная?

– В целом, да.

– Просто «да» или «нет».

– Ну... да.

– И без «ну». .. А эта?

– Желтая.

– А вы скажите, что черная.

Итого, полная правда, полуправда и вовсе вранье. И все датчики замеряют – потоотделение, скорость дыхания, сердцебиение...

– И какой в этом аттракцион? – устало спросила Карина. Ей хотелось визжать с остальными, уклоняясь в полете от крупных кусков, отколовшихся от астероида, упираться ногами в невидимые тормоза, чтоб не вмазаться в кашу кипящей оранжевой лавы, праздновать труса под метеоритным дождем, – а тут Муравлеев. Обложенный бык, только вокруг не плащи, а черные карточки с желтым пятном. Аттракцион в том удушье, в котором елозишь по креслу, вроде того подсадного, которого током не били, вроде стенографистки, опутанной проводами (в двух словах «да и «нет» изготовить транскрипт всего, что с нами случилось) – интересно, в реанимации рвут из себя провода в тот секундный проблеск сознания терминов «жив» или «мертв», да и нет (дышит? бьется? стало быть, жив, какой ему еще жизни?). Обнаружил, что не на пленку – стабильный, лающий вой, что окутывал кресла, издавал, оказалось, он сам. А, выйдя на улицу, тут же заставил себя найти положительное: все же вот получается, я не совсем пессимист. У меня везде желтое пятно. Только это трудно выразить, когда отвечать можно только «да» или «нет».

– Давайте теперь что-нибудь облегченное, – предложила принимающая сторона, косясь на музыкальную делегатку, которая вышла из туалета, промокая салфеткой позеленевший рот. – Как вам покажется «Страна грез»?

Погрузившись в лодки, чтоб никого не обидеть, по тросам отплыли под скользкие своды поливинилхлоридной пещеры, по берегам канала разевали рты белые вентиляторы, и из обнажающейся сердцевины орали вслед проплывающим бесстыдные, разухабистые песни. В этой сердцевине – содрогнувшись узнаванием, понял Муравлеев, – у них установлен громкоговоритель. Проплыли Африку, Северный полюс, Муравлеев дивился, какие несовременные, лоутековские грезы, болтал рукой в воде (вода, надо отдать им должное, свежая) и, наконец, решил:

– Нам тоже понадобится что-нибудь облегченное.

Карина вздохнула.

– Фольклорный зал. Страшные истории, которые переводчики рассказывают друг другу под одеялом. Все эти сказки об Италии, о потерянном времени, о сглазе, порче, об оборотнях и утопленниках, Вий, Рип Ван Винкл, про слова, которые могут послужить человеку лишь однажды... Не помнишь?

– Не помню, – сказала Карина.

– Ну как же!

Вот однажды звучат такие слова, и переводчик, сопляк желторотый, поднимает глаза – все смотрят и ждут. Был он тогда очень молод и смертельно боялся уже в первый год все эти слова израсходовать. Но на него смотрели и ждали, когда он их произнесет. И тогда, единственно по молодости, он повернулся и сказал: «Есть слова, которые могут послужить человеку лишь однажды», и тот бизнесмен сказал: «Ну и в чем дело? Вы разве человек?» И молодой переводчик успокоился: он же не скажет, он только переведет. И во второй раз, на другой уже встрече, он произнес эти слова довольно смело, а в третий раз – еще смелей, и дошло до того, что другими словами он уже не выражался, и все утешал себя, что говорит их не по-настоящему, а на работе, и отвечать за все будет автор слов. А через год он встретил того, первого, бизнесмена, и когда тот произнес заветные слова, посмотрел на него в упор и спросил: «В который раз вы произносите эти слова?» А бизнесмен усмехнулся и ответил: «А вы?» И молодой переводчик провел рукой по лицу и наощупь определил, что щетина у него на щеках – седая.

– Действительно, сказки народов мира...

– А на западной стене мы напишем миф переводчика о загробной жизни. Так принято в павильонах. Фактор края...

– Какой еще миф о загробной жизни? – тревожно перебила Карина.

Муравлеев искренне удивился:

– Разве тебя не приглашали?

– Куда? – еще тревожней пискнула та.

– В Уткинск, – пожал плечами Муравлеев. – Они туда обязаны возить переводчиков еще по старому соглашению ОСВ-2. Штука в том, что ты должен сидеть там безвылазно, на территории, не выходя за периметр и не вступая в контакты. Зимой сплошная пурга. Остается разве что квасить. Восемнадцать недель. А потом бац, вторая смена. Могу сказать, куда позвонить...

– А что, если поехать только на одну смену? – подавив жадный огонек в глазах, поинтересовалась Карина. – Восемнадцать недель, отгулять положенный отпуск и все? А? Так, для общего... развития.

– Это вряд ли. Туда один допуск оформить – целый год. Хотя текучесть там колоссальная... Тебе обязательно так радикально? Можно еще львицу слушать...

На всякий случай запомни, что первая смена лучше второй: по утрам Львица спит. А проснется, тут только держись, со всех телефонов трезвонят то муж, то любовники (один из которых на стенде, над монитором, лучший агент года), неумехи-девочки из кабинета (ничего сами не могут), гонец, который к ней водит клиентов: «Мы получили за триста, а не за пятьсот» или «Давайте сначала посмотрим, сколько на мировую за полцены», и все это не считая подружек, а Львица треплива (сколько народу наплачется через ее разговор!), если ей не звонят, набирает сама: «Мурзик, душ принимай, я еду!» На одну бабу пятеро слухачей, и все строчат, ни минуты свободной, ведь надо же все записать. Приходит сменщик и, еще не снимая пальто, в монитор: «Ну что, трахнула она его?» «Погоди, – отмахивается коллега, в реальном времени списывая рецепт фаршированных перцев: Львица-то поди хохлушка, небось перчики у нее объедение. Вообще, все в бонвивантном здесь настроении: беден, убог, да зато на свободе. Все с жадностью смотрят один сериал: как в предрассветных классических сумерках уже вывели и ведут, а он огибает лужи, чтобы не промочить ботинок. Ботинки, воображаем мы по телефону, итальянские, но и его, человека импозантного, сдержанного, делового, растащило поныть нашей Львице, что мениск, что можно, конечно, шофера, но надо, чтоб был глух и нем, что вчера вот приходит домой, а сын веселый-веселый, и кровь носом хлещет. Вызвать скорую? Да ты что, батя! Охренел? И эта веселость страшнее, чем кровь из носа, сегодня с утра послал на серьезную встречу – пусть работает, счастье в работе. (Львица морщится, как бы он там не напортил). Что любимая баба, с которой встречался пять лет, подала в суд на... клевету. Клевету! И оба смеются. Смейтесь, голубчики, ты уже знаешь, а он еще нет: вот эта минута, когда жизнь ему немила, каким идеалом свободы и счастья она покажется через год, когда все будет иначе, жить бы да радоваться, а он – не радовался. Это урок нам всем.

Однако, бонвивантность исчезала в обед: сидели здесь плотно, все пять мониторов, без окон и с единственной дверью и вешалка тут же, бесцеремонных соседей (тех, кто приносит обед и съедает его из коробочки) здесь ненавидели люто. Ведь обед воняет, какой бы он ни был. Мог бы выйти на улицу, сесть где-нибудь, но стоило выйти наружу, начиналось какое-то наваждение. Улица, вся, от старух до младенцев, вдруг начинала изъясняться цитатами. Двое, прошедшие мимо, талдычили про мениск. Девица ворковала «Мурзик!». Носом кровь! – долбила дебелая баба. Клевета! – возмущалась такая же. И, мгновением позже, чтоб был глух и нем – обсуждали два брокера с Уолл-стрит, распущенные на обед. Театральный эффект: покурить в антракте, и каждый случайный прохожий, судя по тексту, ждет то же Годо. Страшно войти в магазин: а вдруг узнаю голос? Однако, наученные чужим опытом, находили и радостное: что чеки присылаются регулярно (большая редкость в нашей работе), что там дождь, а здесь все же тепло, что здесь люди, а там одному надо как-то, и что от сумы, от тюрьмы... а все же приятно, что он – не я. «Как перцы?» «Да, знаешь ли, пресновато. Она не кладет помидорчики для кислинки». Опомнитесь! Радуйтесь, что не за нами (пока), отличные перцы, и лучше не надо! Не сомневайся, Карина, с твоей квалификацией тебя возьмут.

Заметив, чем занят Степа («Бандану взяла, плавки с Симпсонами взяла», – проверяла по списку музыкальная делегатка), Муравлеев в очередной раз подивился недюжинной жизненаправляющей силе своих сравнений: Степа рылся в коробке с плюшевыми медвежатами, терпеливо откладывая желтых, лиловых, розовых, пока на самом дне не раскопал коричневого.

— Вот медведь! — сказал он довольно. — Не розового же брать?!

И тут же брезгливо сморщился:

— А бывает, чтоб сделано не в Китае?

— Вот в Bildung-романах, там всегда отказываются нажимать, — говорил Муравлеев. — А в Fach-романах, там другая динамика, там просто так из-за рычага не встанешь, ответственность большая. И потому павильон...

— И у тебя всегда такие мысли? — спросила его Инезилья. Инезилья зевала. Муравлееву сделалось стыдно. Так случилось, что лучший аттракцион, «Убей человека», остался, увы, нерассказанным.

Обрисовываю условия задачи.

— Позвольте предъявить? — кричит защитник и машет записной книжечкой.

— Предъявляйте, — кивает судья, а в голосе: предъявляйте, не предъявляйте...

Защитник приближается и кладет на стол замызганную синюю книжечку. Подсудимый смотрит на книжечку мечтательно, там еще и алфавит кириллицей, не открывая видно: Арт. 1546-27,011р Ц. 66 к., ОСТ 81-48-82. Смотрит, но в руки не берет — за последние пару лет здорово вышколен, не делает резких движений, которые могут быть неправильно истолкованы охраной, на все ждет указаний защитника и ни на чем не оставляет отпечатков пальцев.

— Можете взять в руки, — улыбается адвокат. — Это ваше?

Он кивает, берет трясущимися руками, на первой же странице натыкается и забывает обо всем на свете. Что там, вам не видно. Из 1-го вагона направо? Телефон мастера из ЖЭКа? Так или иначе, защитник возвращает его к действительности:

– Это ваш дневник?

Он опять кивает и листает страницы, причитываясь то тут, то там, пока не отняли.

– Когда вы в последний раз видели этот блокнот?

– Тогда, – говорит он просто.

– У вас конфисковали его при аресте?

– Да, – говорит он.

– Два года назад? – уточняет защитник.

– Наверное, – отвечает он.

– Попрошу занести в протокол, что мой подзащитный последний раз держал в руках блокнот еще до ареста.

Подзащитный читает так, что даже присяжные чувствуют себя лишними. Все, только не адвокат.

– Вы ознакомились? – спрашивает он.

– Вкратце, – криво усмехается подсудимый.

– О чем там? – тепло спрашивает адвокат.

– Обо всем, – естественно отвечает подсудимый. – О жизни.

– О том, как жена называет вас подонком, мудаком, швалью, паскудой и паразитом? Вынимает из ведра половую губку на палке и, не отжав, вам в зубы? Вы притаскиваетесь ночью со смены, а она в кухне с бутылкой водки, и в воздухе хоть топор вешай? И как вам счет из больницы подложила, вы смотрите – аборт, а вас она уже год, как не подпускает? И как, наконец, замок сменила, выметайся и все тут? – в хронологическом порядке диктует адвокат.

– И это тоже, – раздумчиво говорит подсудимый.

– Почитайте нам, – душевно просит адвокат.

Подсудимый принимается судорожно листать, чтобы выбрать лучшее, самое показательное, самый совершенный свой литературный труд. И Достоевский не стоял перед такой задачей: за полстраницы спасти мир от электрического стула. Отчаявшись, он останавливается, где придется, и начинает читать. Адвокат делает вам едва уловимый знак головой: позволить ему читать, не прерывать переводом, пусть слушают без слов, как пение птиц, симфоническую поэму Скрябина, неоцифрованный бас Шаляпина – бессмысленно, но гениально. А вы потом возьмете у него и с книжечки в переводе и зачитаете. И таким образом у вас высвобождается масса времени – у вас вечность высвобождается – чтобы во всех деталях ужаснуться, что же теперь вам делать. Он читает про день рождения дочери: внутрь его не впустили, но она, умница, вышла сама, сидела с ним в машине, он гладил ее по голове, вечером засыпал счастливый. Только она, – писал он в дневнике, – только она удерживает от Дурного Дела, сколько еще продержит – не знаю.

Когда вы приходите в себя, уже даже и судья орет: «Переводите!», и вы проклинаете все на свете, проклинаете адвоката за то, что он дал вам всю эту вечность – в своей секунде вы уж как-нибудь разобрались бы, сообразили, заодно перемыв пол, посуду, занявшись хозяйством, когда вернетесь весь из Флориды, не то чтобы загоревший, но вполне распаренный, красный, и обнаружите, что ваше место занято, а словари, перевязанные веревочками, выставлены в коридор, поскольку старушка-хозяйка, уже и глухая и ненаблюдательная по возрасту, не заметила, что не далее как позавчера вы заезжали домой за рубашкой, а буквально неделю назад торопливо рылись в бумагах, а еще какой-нибудь месяц назад – проспали полные семь часов в постели. Вы возьмете свои словари и почти без обиды выйдете с ними на улицу, и не такие измены пришлось разжевать в переводческом хлебе, да-да, в секунде бы вы – как дома, сейчас же – уже успели понять, что, с больших букв, Дурное Дело, вписанное в дневник за полгода до осуществления – это предумышленное, подготовленное, намеренное, в здравом уме и памяти и в состоянии кристальной трезвости. Это вышка.

Вы откашливаетесь, неторопливо берете в руки блокнот, пробегаете глазами текст, откашливаетесь еще раз, но перед смертью не надышишься. Тем более, что вы и так уже успели все передумать. И что в зале тысячью глаз, как античные фурии, требующие мщения за кровь, пожирают вас добрые люди – подружки, соседки, тетки, ваша собственная напарница, ну вылитая пушкинская дама (чем же она пушкинская? а тем, что всем своим обликом – стоптанными копытами, привычкой к скудости казенного пайка и казенного ухода – напоминает *почтовую лошадь просвещения*), и единственное, чего они не видят и не могут знать – это большие буквы. И что эти глаза будут преследовать вас, как пчелы, и жалить, а вы будете скитаться по храмам науки, дворцам правосудия и кельям переводческих будок, но избавления нигде не найдете. Да и вообще – почему это решать вам?! Почему вам? Там только отредактировать слегка, запятые там, туда-сюда, а текст простой: казнить нельзя помиловать, – ну что, возьмешься? Я никого не хочу казнить, я никого не хочу миловать, вы понасажали тут судей, присяжных, родственников, юристов, приставов, подсудимых, деревьев, развесили звезды, вывели сушу, заселили тварью, она плодилась и размножалась, разбирайтесь теперь сами! И вот сегодня я стою здесь и не могу уйти от решения. Либо так, как клялся на Библии – слово в слово и зуб за зуб – тогда отчетливо, для протокола, Д-У-Р-Н-О-Е Д-Е-Л-О, с больших букв, а там, в конце концов, пусть придумывает адвокат (самоубийство, к примеру). Либо так, как взывают ко мне его запахи – я привык наклоняться, когда он шепчет, и уже не отличаю его запахов от своих: изо рта запах старости, из подмышек – страха, от волос запах зверя, живущего взаперти и гадящего под себя, от униформы запах подвала, где их, доставленных связками по двое, расцепляют и лифтом, обитым войлоком, конвоируют в верхние этажи. Он сидит и пахнет мне так, как кричат накрик, эти запахи – тот материальный субстрат, которому я дал свой голос, неужели сейчас я своим голосом их – убью? Механизм лучших аттракционов, Карина, в том, чтобы выбить тебя из секунды, в которой ты неуязвим. А пафос профессионала – в том, что не даст он себя из секунды выбить. Это всегда инстинктивно чуют родители, заставляя детей хорошо учиться – что ни одна анестезия, ни запой, ни бабы не работают так эффективно, как секунда настоящего профессионала. Секундочку! – и ты уже оторвался, тебе не страшно, не больно, не жаль. Подумаешь тоже буддизм! Как избавиться от страданий? Элементарно. Стать программистом, врачом, адвокатом, переводчиком на худой конец. Самый дорогостоящий, но и самый действенный наркотик. Пойми же, детонька, без профессии ты пропадешь!.. Совсем забыл, ведь от меня, кажется, еще чего-то ждут? Ах, да... Только она, умница, красавица моя, все понимает, все видит, только она удерживает меня от плохих поступков, господин судья.

5

Озираясь вокруг, Муравлеев увидел, что здесь не Флорида. Лето кончилось. Ветер безжалостно драл обочины за буки и грабы. Какими нарядными, глянцевыми, недоступными вспоминались аттракционы, которые он напустил для Карины! Ехали на двух машинах. Фима взял выходной. Он вздрогнул и затормозил, заметив с краю мигалки мента, но мент уже кого-то поймал, и, зная их метаболизм, можно было спокойно проплыть, Фима опять наступил на газ, а за ним Муравлеев. Съезжая с большого шоссе на шоссе поуже и поплоше, Муравлеев опечалился. Но съехали и с этого шоссе, на этот раз на проселочную дорогу, ведущую, казалось, прямо в лес, и тоска забилась и заклокотала в Муравлееве, как кукушка в часах, предчувствуя урочную минуту.

Вокруг дома забором стояли стебли садовых ромашек с обуглившимися сердцами, мельтешила белая россыпь выродившихся, некормленых хризантем. Мелко тряслись деревья. Ровное, гладко-синее небо лежало надо всем этим, как запертая дверь на чердак.

– Вы еще успеете насладиться хорошей погодой! – вскричала Матильда, отпирая дверь.

Во всем доме не было ни одного прямого угла. Стены, пол, потолок продвигались каждый в своем направлении, здесь хорошо кататься на велосипеде. Матильда с любовью смотрела по сторонам, на ходу обдергивая паутинки. Фима прорвался в кухню, повертел плиту, обнаружил кастрюли, тарелки, остался доволен и ринулся в спальню. Такой дом мог сослужить хорошую службу молодому человеку, ищущему себя. Это был дом на характерные роли, личности в нем вполне хватало на двоих. Муравлеев зевнул. Но надо же где-то спать...

– А ты, братец, привередлив, – недовольно заметил Фима, намекая всем своим видом на то, как Муравлеев ввалился в ночи со стопкой связанных словарей. Муравлеев пожал плечами. Фима носился по дому, как неугомонный ангел-хранитель – не из тех, что в белых перчатках, скорей маленький домовой с носом, испачканным в саже. Распираемый любопытством, он выбежал и во двор, чтобы там находить новые дармовые сокровища. Муравлеев покорно потрусил вслед. Матильда осталась в доме, очевидно предавшись сентиментальным воспоминаниям.

Не найдя ни урожая картошки на зиму, ни завалящей канистры машинного масла, Фима нисколько не приуныл, а показательно, для Муравлеева, потянул носом воздух и сладострастно зажмурился. Остальное предстояло добрать здоровым образом жизни, мирным сельским пейзажем, что в придачу к вилкам не так уж и плохо.

Каждый лист ходил из стороны в сторону (как показалось Муравлееву, не столько приветствуя, сколько предупреждая), все вокруг билось в ознобе. Налетал ветер, и зуб не попадал на зуб, ветер стихал, и даже без куртки бросало в жар. Солнце поминутно включалось и выключалось, как нагреватель. Даже бесстрашный первопроходец Фима, постояв с минутку, ненавязчиво поворотил оглобли к дому. Было тихо. Когда-то

Муравлеев работал в пустыне и обнаружил, что в ней нет покоя, который, по его мнению, должен там быть. Мир в пустыне стоял на паузе, но это была кошмарная пауза – экран пылал и бился в конвульсиях, все стонало и выло, и Муравлееву захотелось нажать поскорей на старт: пусть какой-нибудь городской сериал, глупейшая мелодрама, чем случайно уловленные и усиленные тишиной животные шумы.

– Что такое ЛДП? – вдруг спросил Фима.

– Это что угодно может быть, – отвечал Муравлеев, ненавидевший, когда вот так выпрыгивают, без контекста. – Процессор лингвистических данных. Насос для обнаружения течи. Местные точки распределения. А зачем тебе? Это может быть даже литовское движение за перестройку или сокращение титула «лорд, леди», но скорее всего – линейное решение задачи.

– Да нет, вот здесь, – сказал Фима, подбородком кивая на переносимую им стопку журналов.

– Ах, это...

Откуда-то раздался слабый звук железа, шаркающего об асфальт, так сильно напомнивший невидимых зимних дворников, шаркающих в предутренней темноте за окном, что Муравлеев отчетливо ощутил, до какой степени он этот звук забыл. А звук приближался, пока на улице не появились двое – согбенный, дряхлый старик, толкающий перед собой ходунки, и другой старик, чуть покрепче. Дряхлый с трудом переставлял ноги, опираясь на ходунки – это была специальная ортопедическая конструкция для опоры при ходьбе, на привалах превращающаяся в кресло; шарк-шарк, – заводили ноги старика, а металлоконструкция ставила точку: звяк. Шарк-шарк-звяк, шарк-шарк-звяк. Другой шел рядом, с профессиональным равнодушием дворецкого, который и в лучшие времена был на голову выше хозяина, а сейчас возвышался над сгорбленным тельцем, как монумент. У почтового ящика через дорогу они остановились, дряхлый уселся в конструкцию, как в детский стульчик с отверстием для горшка. Дворецкий молча высился рядом. Минут через пять они продолжили путь. Теперь шарк-шарк-звяк удалялся, пока не пропал совсем.

Фима поторопился дать этому случаю объяснение. «Моцион! Не сдается старикан!» – в положительном ключе вскричал Фима, а Муравлеев прислушивался. Как по силе воспоминания догадываешься, насколько крепко забыл, этот из небытия проскребшийся звук снова заставил его услышать, как здесь тихо. Муравлеев почувствовал, что перестает существовать для толпы, как будто шапка тишины, напяленная глубоко на уши, оказалась еще и невидимкой. Теперь ни одно такси не ткнется носом в ноги, ни один прохожий не заденет плечом, ни одна витрина не вспыхнет фальшивой золотозубой улыбкой при его приближении. Даже Фима, пока стоящий на расстоянии вытянутой руки, находился уже по ту сторону тишины, и когда он, наконец, усадив Матильду, выехал со двора, Муравлеев не попытался ни крикнуть «Возьми меня с собой!», ни даже помахать вслед. Через дорогу, за деревьями, пропел петух. Муравлеев развернулся и преувеличенно бодро зашагал вверх по лестнице.

6

—Ну, как ты устроился? – спросила Ира.
Муравлеев прислушался к себе и с приятным удивлением обнаружил, что устроился неплохо. Еще с самолета он поразился, как много деревьев. А деревья сейчас золотое руно и медное, нестриженые стада, багряные кущи, среди которых затесались отдельные домики, стадион с двумя недреманными циклоповидными прожекторами и золотой змейкой струящееся шоссе. Такси правил развязный негр, Муравлеев достал сигареты, негр поморщился, мимо проносились деревья, кудрявые, пышные, щедрых и зрелых форм, негр порекомендовал никотиновый пластырь. Еще с полчаса Муравлеев молча изводился, а негр читал лекции по пульмонологии.

В гостиничном номере первым делом бросился к окну и попытался его открыть. Герметично впаянное в стену, окно не открывалось. Он бросил окно и увидел кровать с четырьмя резными шестами в стиле кого-то из Людовиков. Спустился вниз, в «один из пятидесяти лучших баров мира» (согласно заметке «Лондон Таймс», приклеенной к двери), заказал себе, как это в переводе называется, *чего покрепче*, и погрузился в созерцание природы. В баре тоже наступила осень: бутылки, увитые ветками, бокалы, заткнутые плодами. В колючих облезших зарослях за матильдиным домом, зарослях, неясных уму, он не узнавал ничего, ни ягод, маленьких, черных и твердых, как крупа, ни орехов, дырявых и полых, как шарик пинг-понга, зато в баре уверенно различал листья клена, плюща, чудесно подделанный виноград за спиной бармена и гроздья отборной рябины, драгоценно дробящиеся в зеркалах. Все это, вместе с бурбоном, тоже прекрасных осенних тонов, успокоило подозрения, возникшие с переездом в матильдин дом. Если б сейчас передали запись соловья или кукушки, он узнал и их бы.

В баре не было никого, кроме Муравлеева и бармена. В сотый раз перетирая бокал, бармен смотрел в телевизор, скучая в позе плаката «Не стой под стрелой» (уцепившись ножкой за жердочку, тюльпанные клювы всех винных, шампанских, коньячных и прочих калибров с подвесной бокальницы целили в голову). По телевизору показывали толпу в космических скафандрах, катящуюся по полю и сваливающуюся в отдельных местах кучей. Муравлеев отпил глоток. *Жизнь прекрасна! Как будто бы я – наемный убийца, меня прислали заранее, чтоб я осмотрелся, вычислил обстановку. Делать сейчас ничего не могу, только спать, пить, есть – вычислять обстановку. Могу рассматривать декорации* (взгляд так и ищет ленточку, от кого)*, гадать, не опустится ли топчан, поставив бармену банки* (воображенье и память, целый день соловевшие по самолетам и пахучим южным такси, приведенные в бар, как две девки, подобрели, отяжелели и не подсунули Муравлееву образа кафкианской бороны) *– а больше ничего пока не могу. И это при всех оплаченных расходах.* Он блаженно бросил пачку на стол и вытащил сигарету.

Бармен, не считаясь с опасностью, тут же пришел в движение, и Муравлеев сунул пачку в карман, одним глотком прикончил бурбон, расплатился и вышел. На прощание обернулся: по полю бегали люди с крысоловкой на морде (внутри сверкали глаза, будто крыса уже попалась), бармен с открытым ртом перетирал бокал... «Лондон Таймс»! Лучших среди кого?

Мерцающие в медленно наступающих сумерках роскошные здания банков, торговых центров и госучреждений соединялись стеклянными галереями, пустыми, как стрекозиные глаза. Швейцары в зеленой бархатной униформе... нет, стриженые можжевельники в каменных урнах стояли по струнке. Приглашая что-нибудь отрекламировать, сияли просторные незанятые щиты, весь город белел в опускающейся темноте, carte blanche из хорошей, плотной бумаги, зияя незаполненными сотами многоэтажных гаражей, разлинованный тротуарами, полосатыми канапе и подробнейшими меню, вывешенными у входа, как словесный портрет в золоченой раме. Эхо носилось по каменным плазам, предназначенным для уличных кафе, совокупившиеся стулостолы, задрав ножки, дремали, расставленные, как фигуры в доме, где не играют в шахматы. Он катился, как шарик в желобе, и с точки зрения физики в идеальном мире – параллелепипеды, пирамиды, все новенькое, все с иголочки – движение это должно продолжаться вечно, но навстречу в желобе... сколько ни пяль глаза, ни подыскивай рациональных объяснений, навстречу в желобе несся всадник без головы.

Плащ его развевался, в недрах гремела постель, припасы, посуда, и Муравлеев отчетливо ощутил, что они одни на всю зачарованную страну перевода с ее зачарованным этносом и зачарованными ритуалами *размозжить этому громиле голову* или хотя бы *основательно* намылить шею. Можно было свернуть, встать за урну, прижаться к двери (стеклянная дверь заперта, но за ней уютно белели столы, покрытые свежими скатертями, пустота за столами в любую минуту готова сгуститься фигурами ужинающих, таков был рекламный эффект интимного освещения, специально оставленного на ночь). Муравлеев ждал, всадник несся, торчком стоял капюшон, но внутри капюшона ровно ничего не было, и, наконец, когда он приблизился, в капюшоне сверкнули зубы – негр удивился не меньше, чем сам Муравлеев, он ведь тоже считал, что кроме него в городе нет ничего живого. Муравлеев с облегчением выдал ему сигарету.

Он все шел по прямой, и пейзаж изменился. Маленькие, но такие же необитаемые домики были сплошь обсажены деревьями, тротуар испещрен кляксами ягод и мелкой, разбившейся в падении китайки, из-под ног катились зеленые грецкие шары, хрустели буковые орешки, в палисадниках исступленно цвело розовым и лиловым, качались подсолнухи, воздух был упоен собой, но внезапно, ледяной струей, он ощутил совершенно иную осень, пронизывающую до костей, будто в приторном яблоке бритвой привкус антоновки. Негр плелся за ним и вел разговор, непонятный, туманный, мол, сам должен знать. Наконец, он уперся в шоссе и, незаметно для негра, свернул. Эта улица шла параллельно первой, и на первом же перекрестке негр вынырнул снова, подождал, получил сигарету, проводил его долгим взглядом. Он вернулся туда, где столы, километры костюмов, пальто и ботинок в коробках, экраны компьютеров в верхних, офисных этажах, все расставлено для игры в шахматы, и ведь – чудо! – явятся двое любителей, все тогда оживет, запоют двери, забегают клерки, из стойл гаражей будут смотреть прямодушные фары, широко, наивно расставленные во лбу, пешеходы потянутся в банк перезаложить дом или посетить фестиваль вер – вот большая перетяжка через улицу, вызвавшая в памяти довольно маргинальный параграф грамматики, употребление неисчисляемых существительных во множественном числе. Классический пример: чаеводы и чаеведы говорят «чаи»; очевидно, вероведы и вероводы говорят «веры», как Степа и Стив, две девушки Веры, если сесть между ними, все сбудется. Перед ним сидел негр и пил из термоса кофе, прислонясь спиною к стене, отхлебывая и не глядя, протянул руку за сигаретой. Снова прошел двух швейцаров в бархатной униформе, уходящих корнями в искусственный мох, впереди негр укладывался на ночлег – у него, оказалось, с собою был плед, там, в плаще, негр уже завернулся, Муравлеев склонился и положил сигарету у пледа.

У гостиницы выстроились фонари, как дюжина бледно-зеленых лун. Воздух гас, а фонари наливались, насасывались светом, и в этом бледно-зеленом освещении над урной, в курительнице мерцал дзеновский садик: крупный белый песок, разровненный грабельками и, на песке, рельефный штамп гостиницы – и кто этим занимается? – который он разрубил, вертикально воткнув окурок. И чуть не вернулся смотреть, как сами собой, без руки, поползут по песку грабельки, и как на песке восстановится штамп – все здесь было из «Аленького цветочка», дремота и недреманность. Непереводимо под ногами вился ковер, вились чугунные лозы под стеклянными столешницами, ножки кресел и канделябры. У входа в ресторан стоял манекен жениха и манекен невесты, оба без головы. Не верю! Видал я свадьбы, видал и карту рассадки гостей, по которой они увлеченно двигают фишки, квадратики с именами (с новой женой его отсадить на конец, чтобы не было неприятно, но на другой конец тоже нельзя, там бабушка). Они всегда знают, что делают, у кого-у кого, а у них всегда голова на плечах. Итого – таксист, бармен, бомж, а эти двое не считаются. Итого, если я наемный убийца, скорость обретения полезных знакомств вполне удовлетворительная. Входя в лифт, он заметил, что держит наготове не карточку-ключ, а посадочный талон.

На казенном белье в голову лезли полчища мыслей. Завтра, чтобы не выглядеть лохом, следует помнить, что венерические заболевания теперь ЗППП. С Венерой, наверно, звучит как все болезни от нервов, и только одна.... Кстати, почему одна? Хламидиоз, кандидиоз, трихомоноз, проверил Муравлеев себя. Малакия, люэс, почечуй. То геморрой, то золотуха... Передающиеся половым путем? Или «передаваемые»? Как лучше? Никак не лучше. Все равно венерические... Завтра, чуть что, говорить «проект» – он теперь не имеет ни малейшего отношения к архитектуре, программа – к партии, надо просто запомнить, поучал себя Муравлеев, что слова «проект» и «программа» не переводятся, а транслитерируются, как улу, эскимосский тесак, или менеджер (писать этого менеджера не через «э» Муравлеев научился только после того, как исписал им три проекта и пять программ), резюме (а не биография) или, как его тут научили, не ежегодная аттестация, а апрейзел. От перевода должно пахнуть жвачкой. Вспоминал, как сел в лужу на шеф-монтаже. Вы наймите на месте, а мы оплатим. Заказчик быстро и хищно спросил: «Из расчета?». «Сколько потребуется человек?» – попробовал Муравлеев, но оказалось не то. Выслушав ответ, тот поморщился и повторил: «Из расчета?» «В какие сроки предполагается завершить работы?» – еще раз попробовал Муравлеев, и опять не то. Откровенно раздраженный, заказчик в третий раз повторил: «Из расчета?», и только тут до Муравлеева доперло, что отрывистое «из расчета» переводится таким же отрывистым «хау мач», и нечего тут городить огород. Фразы летали вокруг него в перерывах, «выскочил из иномарки и дал в морду», и Муравлеев тут же, довольный собой, вспоминал, что в описываемом месте находится Ленком, а значит выскочил некто *из кассы театра*, классическая синекдоха... Нет! То – контрамарка, а это... Идиот! Машина! Зато помнит никому не нужную синекдоху. Те же синекдохи, анахронизмы и варваризмы – а он, между тем, замечал, что в языке шуруют уже другие, пока неназванные, модели. Скажем, слово, обозначающее то, чего еще нет, а, возможно, и не будет. Что это? Инохронизм? Варваризм понятно, а как назвать слово, перед которым варваром чувствуют не его, а себя?..

От некурения перед сном, как всегда в таких случаях, мысль не укладывалась на ночлег. Каждая мелочь впивалась в нее, как репейник: гул за стеной, который в нормальном состоянии он не услышал бы, насосавшийся бледно-зеленый фонарь, переместившийся к нему в окно, желтые штучки на ковре, глядящие во все глаза, запах мокрой и пыльной шерсти от пятна, оставленного протекающей кофеваркой. Он еще раз триста подергал окно, но оно не поддавалось, значит спать самому, причем если задернуть штору, ее рисунок, насыщенный фонарем, поставит перед мозгом еще более неразрешимую задачу, чем инохронизмы и иномарки. А когда разговор за стеной оборвется, на столике рядом с кроватью забарабанят часы. А находят ли французы у Льва Николаевича грамматические ошибки? А не на фестиваль ли вер приехал он сам? Но там были еще и другие перетяжки, и наверняка этого знать никто не может. Завтра... Все завтра... Вот только одно: как называется слово, которого нет и нехватает? И вправе ли он его... просто придумать?

– Язык – царь природы, – сказал из угла Филькенштейн. Муравлеев вздрогнул: там, в темноте, ад одиночества выпал в осадок, в живого вполне Филькенштейна, ведь ад одиночества сделан из капель – слов, которые кто-то разделял, которыми кто-то дышал, а теперь они взвешены в воздухе в виде непроницаемых капсул, и этот туман он каждый день, хотя б ненадолго, по долгу службы, трогал рукой, вдвигался в него то локтем, то коленом, а иногда, как вот сейчас, погружался всем телом, как в ледяную баню. – Язык, царь природы, в неволе и ест, и пьет, и гадит, и выглядит почти как настоящий, и утратил всего ничего – способность размножаться. Ну, сдохнет чуть раньше. Ну, внукам не передастся. Ну, никогда ничего не создаст. К чему пессимизм? Ведь лежит же, грассируя царственным телом от усов до кисточки хвоста, лежит и делает кассовый сбор – чего больше?

– Но мне нужно слово! – возразил Муравлеев. – Я без него не могу обойтись! Я ж не могу каждый раз выговаривать «дача свидетельских показаний под присягой»!!! Почему б не сказать «депозиция»? Или «транскрипт»?!

Филькенштейн покачал головой.

– Нам нельзя. Вы не замечали, что слово «модем» с ударением на втором слоге звучит вам как «портфель» с ударением на первом? А чего стоит одна иномарка? Поздно, теперь уж придумывать будет кто-то другой.

Забывшись, Муравлеев опять подбежал к окну и подергал. Черт знает что! Эти аленькие цветочки делают из него наркомана: озарения, паника, светлая грусть и неудержимая активность быстро сменяли друг друга и, главное, совершенно напрасно. Жалеть было не о ком, сами во всем виноваты, стрематься рано (вот когда уже надо будет произносить «ГБДД», тогда и стремайся), гениальное озарение оказывалось буквальным – просто бледно-зеленый фонарь заглянул на минуту в окно и поклонился, и все стало ясно, – а та исступленность, с которой он бегал по номеру, не стыдясь Филькенштейна, тоже в итоге ни к чему не вела – ему только казалось, что вешает брюки, гладит рубашки, выложил пасту, а завтра все будет вверх дном...

– Черт знает что! Не курить перед сном – в этом есть что-то от наркотического опьянения...

Филькенштейн кивнул.

– Закончив свой перевод, Иероним Стридонский ушел в Халкидскую пустыню. Там, имея себе спутниками лишь скорпионов и диких зверей, он жил, погрузившись в «яркие сексуальные галлюцинации». Разумеется, нам, как прямым потомкам, должно быть понятно, что персонажами галлюцинаций после такой колоссальной работы могли быть только слова. Хотя я отнюдь не настаиваю, что такие галлюцинации не сексуальны. Соблазнение словом, грех Паоло и Франчески...

Муравлеев слегка покраснел – Филькенштейн намекал на Карину.

Разговор за стеной, как вдруг стало ясно, был вовсе не разговором. И за левой стеной, и за правой жилец был только один. Небось, прилетели на тот же, что он, фестиваль. Но оказались умнее, Муравлеев же только сейчас, все в том же порыве бешеной деятельности, выдвинув все ящички поочередно, приоткрыл створки шкафа и обнаружил в нем... Муравлеев представил тихий опиумный притон – за каждой дверью, сидя и лежа, руки как плети, пуская слюни, чем-то съедобным хрустя и бессмысленно улыбаясь, каждый глядел в бездонный экран пульсирующих галлюцинаций – сафари, десантов, митингов, многоликих и великолепно смонтированных, с эффектами, трюками и первосортной компьютерной графикой. Куда там Муравлеевскому малобюджетнику! Он благодарно взглянул на пришедшего друга – кто знает, быть может, оставшись один, он бы тоже заказал себе в номер «МакДональдс» готовых галлюцинаций?..

Засыпая, он не забыл двух вещей: завести будильник и заказать по телефону побудку. Wake-up call, эта маленькая роскошь гостиничного быта примиряла с миллионом других неудобств: с тем, что чай, сваренный в кофеварке, пах жженой пробкой, что на компьютер, проверять электронную почту, стояла вечная очередь, и подчас приходилось обегать всю округу, чтобы найти человека с печатью, способного нотариально заверить перевод. В чемодане не оказывалось предметов первой необходимости (сканнера, например), в аэропорту проедал плешь конферансье, исполняя слова своей маленькой роли: «Удалите ботинки с ног! Соблюдайте порядок!» (он захлебывался от восторга, лоснились с пылу с жару каштановые щеки) и обязательно образовывался затор. Ах, вот оно что! Нога в гипсе! И правильно остановили. Внутренней же безопасности. Конферансье, дождавшись новой волны вдохновения, кричал: «Помещайте лэптопы в отдельный лоток!», очередь злилась, но трусила, про себя рассуждая, что лучше сегодня ему снять ботинки, чем завтра – кошелек или жизнь, пусть лучше работает конферансье (а голосище-то! голосище!). Муравлеев всегда оставался неудовлетворен результатами досмотра: неприятно думать, что внутренне безопасен. Внешне понятно, клопа не обидит, язык в жопу засунул и переводит (и если кто-то здесь усматривает contresens, знаете, где у пчелы жало?), но – внутренне? Хотелось верить, что внутренне он способен тут все взорвать. Но... мирился, так как два этих звонка, будильника и телефона, никогда не раздавались вполне одновременно, и, засыпая, он с нетерпением ждал той блаженной минуты, которая проходит между первым и вторым. Первый звонок приводил его в состояние бытия, второй в состояние бытия переводчиком Муравлеевым на задании в городе Л., но, боже, какие возможности заключались в той драгоценной минуте, когда он уже был, но еще не был собой. Какое бездонное счастье просто побыть, хоть минуту. В предвкушении он засыпал счастливый, последнее, что запомнил – то ли сам Филькенштейн, то ли Иероним Стридонский поцеловал его в лоб и сказал: «Ничего, завтра все словеса, яже горьки во чреве твоем, в устах твоих будут сладки».

В незашторенное окно било пронзительное солнце.

Каштановые молодцы в черных брюках и красных майках расставляли в конференц-зале стол президиума, работали сосредоточенно, как в операционной, монтируя негнущуюся гармошку белой скатерти, которая всё не доставала до пола: когда сходилось у левого, задиралось у правого. Интриговало остервенение, с которым каждый тянул на свой угол. Что, по их мнению, происходит на конференциях под столом? Пожимание дамам ножек? Парад-алле дырявых носков? Оргия, специально заказанная для президиума (а если выдашь лицом, из президиума сразу выкидывают)? Цинизм гостиничных молодцов не ведал предела. Подоспел старший хирург, тоже черный низ, красный верх, но фрак и брюки, отладил гармошку в момент, разослал расставлять графины. Подошел и совсем главный – тоже брюки и фрак, однако теперь черный верх, черный низ – Муравлеев с интересом наблюдал эти различия, как, бывает, склонившись над муравейником, пытаешься по челюстям угадать, кто здесь рабочие, кто солдаты. От созерцанья его оторвал чернофрачный.

– Сидеть будете здесь, – сказал он кратко.

– Здесь не могу, – сказал Муравлеев. – Мне бы надо их видеть.

– Хорошо! – сказал чернофрачный.

Муравьи ниже рангом забегали со столом.

– И здесь не могу, – сказал Муравлеев. – Я буду всех отвлекать.

И здесь не могу, спиной к экрану. И здесь не могу, в отдельной комнатке для бас-боев. И здесь... Чернофрачный побежал выяснять у скрытой для постороннего глаза муравьиной матки, не часть ли Муравлеев задуманной оргии – тогда понятно, чего он выпендривается как девка, в противном же случае засадить за колонну, пусть там переводит.

День начался как всегда. Он позавтракал, в терминологии Плюши не сумел построить «социальных отношений»...

– Люди впервые столкнулись с идеей синхронного перевода, видно невооруженным глазом.

– Зачем ты даже смотришь на них невооруженным глазом? – брезгливо сморщился Плюша. – Это такой народ...

Целый день Муравлеев торжественно заявлял, шел навстречу, принимал во внимание многочисленные факты, говорил с уверенностью, пресекал с использованием авторитета, подчас нуждался в наше непростое время, с осторожностью относился, нацеливал осуществление на, успевал за короткий исторический отрезок привести в движение чудовищные имплементационные механизмы, тенденции не позволяли оратору говорить, а Муравлеев выкручивайся – не молчать же, не менее значимым представлялось, особо хотелось подчеркнуть, подтвердить приверженность, объединить усилия, обеспечить такого рода мероприятий, идей, пожеланий, задач и в заключение выразить организаторам в лице. Выразив, он распластался среди четырех шестов в гостиничном номере, ни гулять, ни в бар под стрелой у него не было сил дойти, это вам не день приезда и отъезда, насмотрелся, дружок, пора убивать.

За неделю бесплодных скитаний по улицам города Л.... Из гостиницы больше не вышел ни разу, и скитался лишь взглядом по черным асфальтовым крышам, расстилавшимся ниже, и ниже, как мальчик, читающий книгу, в ней мальчик, читающий книгу, в ней мальчик, читающий книгу, и, если взять лупу – там мальчик, читающий книгу. Напротив фасеточный глаз такого же небоскреба, богомол на охоте, обзор триста шестьдесят пять градусов, лучше не рыпайся. Позвольте! – струсил Муравлеев. – Вчера мы здесь были вдвоем! Нехорошо кивать на других, но если ты хочешь знать, богомол его тоже видит. В какую бы щель ни забился, под какие газеты сейчас ни заполз, богомол сейчас его тоже видит, следит фасеточным глазом – за бомжом защитной черной окраски и за голым Муравлеевым, спрятавшимся у окна, – мифическая креатура, несущая вахту на вышке ада одиночества.

Оказалось, он приставлен к делегации писателей, и в перерывах его поразило, что эти люди ничуть не стесняются откликаться, подходить, вставать и раскланиваться на слово «писатель», более того, сами пишут его на визитных карточках, будто в этом нет ничего такого. Так что к концу он сам устыдился своих непроходимых средневековых понятий о писательстве, почерпнутых в основном из «Королевы Марго». Прекрасный, но устаревший образ мэтра Кабо, «я не взял бы у вас этот туго набитый кошель, если б вы согласились пожать мне руку» (ведь любой честный бюргер бежал палача как чумы) – история грехопадения мэтра Кабо могла многому научить. Ведь впоследствии он расплатился за амикошонство профессиональным преступлением, учинив Коконнасу поддельную пытку... Да, время от времени – в нашей профессии – приходится пересматривать устаревшие понятия, – мотал себе на ус озадаченный Муравлеев. Он зря опасался – зря ему казалось, что работа с писателями потребует сатанинской изысканности выражений: на самом деле, она требовала того же, чего и все. Наша главная проблема, – говорили писатели, и Муравлеев замирал от ужаса, что сейчас, когда это будет впервые произнесено вслух, и ему придется взять себя в руки и за какую-то долю секунды изобрести в другом языке слова, которые, должно быть, вынашивались и селекционировались на протяжении всей истории литературы... но тревога оказывалась напрасной, – в том, что решения принимаются на уровнях не совсем понятных и совершенно недоступных, чуть ли не на уровнях силовых структур, а вовсе не как должно быть..., – Муравлеев снова нечеловечески напрягался, чувствуя, что вот сейчас оно и грянет, – ...а вовсе не так, как должно быть по законам рынка. Рыночной экономики нет! – сетовали писатели, и Муравлеев совершенно успокоился, поняв, что терминология вся привычная, знакомая, как «Юкос», как «Газпром», что ровным счетом ничего страшного и, вообще, какой он убогий, старомодный, как телевизор с лупой, золотушный и малохольный школьник, кладущий в штаны при одном слове «литература».

А, может, и не писателей.

– Эк, какой ты сегодня неформальный! – упрекнул старший аналитик Григорий старшего аналитика

Михаила. Муравлеев взглянул: тот явился в дорогом благородном костюме, хрустящей рубашке, но без галстука.

– Пятница, – коротко отвечал Михаил, доставая из папки бумаги и раскладывая на столе. В сущности, и Михаил и Григорий были совсем мальчишки, и, по праву гордясь своей памятью, Муравлеев все же не мог не отметить, что иная память тянет ко дну, как камень на шее, а вот у них другая, цепкая память здорового крепкого организма: открыть на любой странице глоссарий и с одного прочтения выучить наизусть, будь то дресс-даун по пятницам или ермолка по субботам. Здорово! – восхитился Муравлеев, – я бы уже так не смог. Еще бы! Ему приходилось натужно зубрить фри-флоут, своппинг и хеджинг, чтобы в самый ответственный момент не облажаться и не брякнуть первое, что придет в голову: свободно обращающиеся акции. В них двоих он узнавал молодцов, что когда-нибудь не за горами тактично возьмут его под локотки и сведут со сцены (а кто-нибудь третий встанет за микрофон), они умели легко размножить сингулярию тантум, где менее опытный театрал говорил всего-навсего «реквизит», и в беседах с инвестором часто Муравлеев жалел, что талантливый авангардизм тратится на него одного – не хватало уже ни задора, ни кисти, ни краски на «беда! тогда все будет так, как мы... м-м-м... не хотим». ...Вдруг услышал, что старший аналитик, Михаил, о чем-то его спрашивает, хотя, судя по тону, скорее из жалости, чем по делу.

– Наверно, давно, – ответил он, тоже стараясь быть вежливым.

– На родину не тянет? – машинально спросил аналитик, углубляясь в бумаги.

Старший аналитик, Михаил, был явный татарин, да и второй, Григорий, тоже, хотя и другого типа. Несмотря на довольно приплюснутую и квадратную голову (на нее так и тянуло что-нибудь поставить, стакан воды, и посмотреть, удержится или нет), остальные черты поражали деликатной тонкостью, особенно шелковая бородка и в тончайшей золотой оправе очки, напоминающие пенсне и совершенно поставившие бы Муравлеева в тупик, если б он не подумал вовремя про эту вторую, а скорее и первую, молодую цепкую память, берущую чего не клала, и жнущую чего не сеяла (а из-за стекол ласковый, интеллигентный взгляд, каким, должно быть, влюбленный Кирибеевич смотрел на Алену Дмитревну). Умел слушать инвестора: слегка подавался вперед, закладывал складками лоб и прижимал к щеке палец, будто всем существом силясь вникнуть в неординарную мысль собеседника. Иногда (а вдруг не будет либерализации цен? а вдруг уголь?.. а вдруг совет директоров?..) крепко зажмуривался, качая, как уж, плоской ухоженной головой, и в офисе создавалась тишайшая, интимнейшая атмосфера приобщенности к тайнам.

И совсем другого склада был его товарищ: дикий, степной, с лицом неровным, бугристым и волосами тоже какими-то неровными, говорящий ерунду и невпопад, но не все так просто, и Михаил, проводивший, собственно, презентацию, каждый раз корректно прерывался, едва с григорьевского стула раздавалось покряхтыванье, давая ему возможность произнести: «Как ты сказал? Три процента?», – и надолго задуматься. Михаил почтительно ждал, ждал и акционер, пока Григорий, эффектно исчерпав паузу, не соглашался: «Ну да, примерно так». От этих реплик не только у акционера, но и у самого Григория, а подчас и у Муравлеева складывалось впечатление, что Григорий только что существенно скорректировал направление беседы, и это лишний раз подчеркивало и глубокий ум Михаила и, вероятно основанный на чем-то другом, но бесспорный авторитет Григория. И, вообще, наверно эти акции имеет смысл приобретать, думал Муравлеев с беззубой приветливостью старой собаки, которую новым шуткам не выучишь.

По-пятничному smartly casual, в красных сапож-ках, в костюмах от Ив Сен-Лоран и с кривыми топо-риками, спешившись, гуляли по базару, перекликаясь между рядами и со смехом вытаскивая мануфактуру из-под юбки у глупой бабы, – но, тотчас поняв, что в мыслях его есть что-то паскудное, покраснел и ответил со всей возможной неопределенностью:

– Это сложный вопрос.

Михаил, все так же роясь в бумагах, разложенных на столе, вслушался было, нахмурил лоб, но, вероятно, решил, что пустое, и только кивнул головой.

А дома.... – вот и обжил! и свыкся! – ждала при-сяга на Библии, но, чтобы перевести, ему нужно было, чтобы она остановилась хоть на секунду. Муравлеев тут же понял, в чем дело: она не умеет закончить фразу, в ее опыте до этого ни разу не доходило – всегда было кому перебить, осадить, передернуть, большая семья, первобытнообщинный уклад (вся ее речевая манера формировалась в усилии перекричать телевизор), рот откроешь, а надо на стол, отжимать, к телефону, и даже младенец у них понимал, как разинешь, так тут же заткнут какой-нибудь сиськой. Без тормозов (а судья равнодушно ушел в поворот на первом же свето-форе) она начинала заговариваться, задавать вопросы и тут же на них отвечать по ролям (к несчастию, много ловчей, чем сделала бы противная сторона, на заседа-ние не явившаяся). В последнем ряду что-то слабенько верещало, какой-то аккомпанемент, и Муравлеев туда перегнулся – не с кем дома оставить? – но там сидела старушка и младенчески лепетала, кто знает о чем. С определенного возраста даже иммиграционный кодекс освобождает от знания языка, признавая гря-дущее гражданство вечной жизни. Так и *его* старики с ходунками, – тот, что повыше, был никакой не дворец-кий, он был home attendant, социальный работник по уходу за престарелыми, и, наверное, тоже, если надо сходить по делам, брал второго с собой, беспомощно-го, как младенец... Наконец, судья утомился.

Это вялое, не удовлетворительное ни для одной из сторон решение Муравлеев правильно приписал собственной неспособности вовремя ставить точку. И со следующей было не лучше. Муравлеев раздражал ее всем. В самой фразе «дело гражданское» она, видимо, слышала «дело житейское», и это так оскорбляло ее веру в правосудие и справедливость, что хотелось Муравлеева выгнать за дверь. Ведь она-то совсем не считала его гражданским, а считала вполне уголовным, с таким торжеством говорила тогда «подаю на развод!», чтобы первый раз в жизни как следует испугался (доигрался, голубчик, теперь тебя будут судить!) А теперь капитал его преступления разменивали на копейки, но за это мало capital punishment, мало! Вот мани? Вот мани? – голосила она, не доверив драгоценную фразу Муравлееву на перевод. – Вот мани? Пенис ай гот! Шелкопряд за стенографическим аппаратом на секунду замер, Муравлеев чуть не прищелкнул от удовольствия языком, но и тут же сообразил, что не penis, а pennies, и это надо как-то внести в протокол.

И снова Муравлеев остался неудовлетворен решением – плохо выполнил правку, зажирел на белых хлебах конференций, где можно переводить и ни о чем не думать. Пора бы уже осознать, что из пафосных вестибюлей, расчищенных под перевод, он вернулся домой, в коммуналку, где при каждом слове на голову падают лыжи и детские ванночки судеб, как в анекдоте «заведи козу», где думают на суржике, а говорят междометиями (целят между, а попадают в штангу), пора осознать, встряхнуться и жить иначе, ибо именно с этой козой, точнее с козлом вонючим, он и допустил отвратительную ошибку.

Он смотрел, как идут заключенные в оранжевой униформе, пятерками скованные по ногам, и у каждого что-то поддето под униформу, для тепла фуфайка с начесом, так что совсем не думалось, за какой подлог, поджог, распространение он так идет, а думались мысли мелкие, праздные: вон тот, кругломордый, в тюремной майке на голое тело, он что, закаленный, или из дому не прислали? Может, он один как перст, все от него отказались, или свитер у него отобрали другие, нехорошие, заключенные... Впрочем, с такой мордой это вряд ли. Муравлеев пригляделся и нашел среди них своего: вон тот, последний, с лицом хныки, хмурится, ежится, и понятно, чего он ежится – цепь ему сбилась на голую щиколотку, а ты носки повыше, мудак, заворачивай!

– Вы бы сказали ему, чтобы он помылся, – недовольно буркнул охранник.

Муравлеев расхохотался.

– Это не смешно, – строго сказал охранник, живо поставив Муравлеева на приличествующее ему место подельника уж во всяком случае по языку, а кто знает, по каким еще преступным помыслам.

Но от заключенного пахло не телом. Или он совсем потерял чутье по белым домам и лакированным залам? От заключенного пахло, как скипидаром от маляра, химией от дезинфектора... от него пахло, как от нового линолеума. Неорганической гаммой.

– Меня зовут. Я ваш бесплатный, предоставляемый государством адвокат, – в рассеянии перевел Муравлеев. И тут разразилась ошибка.

– Я хочу настоящего адвоката, – сказал заключенный, и Муравлеев это перевел.

В ту же секунду, осознав, что заснул на посту, он обрушил себе на голову целый шквал упреков и обвинений – это вам не семинар по точности перевода, не благообразный мирок совершенствования операциональной совместимости и не центр управления полетами, где можно месяц с утра до ночи долбить «дальность, дальность, скорость сближения», чувствуя полную мученическую безнаказанность, как майор Том из песни Дэвида Боуи. Это вам не мелочь по карманам тырить. Но было уже поздно. Ущербный, и оттого особенно злой, штамповщик из управления госзащиты уже приосанился. И оскорбленным, но вкрадчивым голосом произнес:

– Как хотите. А я, между прочим, мог бы сказать вам, в чем вы обвиняетесь, и что сейчас будет решаться.

Любой согласится, предложение звучало заманчиво. Муравлеев вообще заметил, что после ареста и пары недель в сизо заключенные любят узнать, за что их взяли и что, собственно, происходит. В зале суда они озираются, как дикари на улицах города, напряженно вслушиваясь в латынь судебных песнопений, тут вычленя словцо, там выражение лица, ориентируясь по нахмуренным бровям или поощрительной улыбке местных и пытаясь грести в кофейной гуще множества примет, вроде мужчина или баба прокурор. Ища предзнаменований, они напрочь забывают о том, что явления природы вообще бессмысленны, как число шагов (плиток, трещин паркета, квадратов паласа) от скамьи до двери.

Человек-линолеум не был исключением. Он восторженно вскочил на задние лапы – железо, холодящее кожу на запястьях, некий резкий звук, сочетание четырех шипящих, про который они думают, что это твоя фамилия, и как догадываешься, что надо встать и идти, по тому, что дернули и потянули за цепь, – вся эта эмпирика, в которую, как в туман, заключена собака, и в которой, как в тумане, совершенно неспособен пребывать человек, пока не поймет, где он находится по карте, по часам, по алфавиту, отсчитывая от династии Минь, от того ее момента, где взяли за руку в варежке, а ты выдернул руку и над головой сказали: «Ему три года». В этом тумане человек может ориентироваться только по вешкам, не воспринимаемым ни на глаз, ни на слух, ни на вкус, ни на ощупь – ничто так не укрепляет на местности, как мнение людей, не подозревающих о твоем существовании, воспоминание о том, чего больше нет, и воображение того, чего никогда не будет.

Он вспомнил свои блуждания по темным улицам города Л. и, в тон им, упоительный внутренний мрак, в котором так же, как и снаружи, методично вспыхивали и гасли витрины безумных мыслей, неизвестно что рекламирующие и неизвестно кому предназначенные. И ему стало стыдно. Бодхисатва и чистильщик нечистот, они все же сыграли ту партию в шахматы, не зря же для них расставили город. Чистильщик нечистот бегал от бодхисатвы с тяжелым кувшином, чтобы не оскорбить его обоняния, а бодхисатва снова и снова возникал на каждом углу, пока не встал так, что не обойти, так что чистильщик – догадался и, бросив кувшин, ушел вслед за ним. Только теперь Муравлеев сообразил, как все было на самом деле. Чистильщик нечистот убегал не из уважения к святыням! Сын, внук и правнук ассенизатора боялся соблазна уйти в монастырь и бросить город в дерьме. Вот от чего он бегал с кувшином. Крепкий линолеум, как нашатырь, вывел его из глубокого обморока конференционных амбиций, из соблазна стать всадником без головы, бодхисатвой, бомжом.... Муравлеев, ты дома! Tuum est, вот твой кувшин, вот твой Китеж-град. Ад одиночества – непозволительный рай. Вот так и обжил он матильдино помещение. Вот так, бывает, мы спим, а дело делается.

Он запорол линолеума в момент. Извернувшись ужом, Муравлеев устроился так, чтоб губы его шевелились, лицо сохраняло бесстрастное выражение, а рука писала: «Не бойтесь! «Депортация» значит всего лишь съездить в тот штат, откуда вы заявились, и заплатить там штраф». Но линолеум обезумел. Он оттолкнул муравлеевскую записку и на вопрос судьи: «Ну-с, будем депортироваться добровольно или сначала желаете заседание с целью установления личности?» ответил: «Заседание!» Муравлеев встретился глазами с госзащитником, и тут увидал такой пример бесстрастности лиц, в сравнении с которым его была дрянью и жалким любительством. «Вы что, не согласны, что вы Иванов?» «Согласен! Хочу заседание!» «Чтоб они прилетели оттуда и доказали, что вы тот самый?» «Чтоб доказали». «Но вы – тот самый?» «Тот самый. Но пусть заседание». «Все это время вы будете здесь, в тюрьме». «Пусть, – сказал человек-линолеум. – Пусть сидеть. Хочу заседание». Муравлеев написал записку защитнику, что клиент его, линолеум, ни шиша не понял, не устроить ли перерыв? Защитник столкнул ее локтем на пол. «Вы все это время собираетесь здесь сидеть? Вместо того, чтоб уехать и там заплатить? (Это только так называется – д е п о р т а ц и я, – в отчаянии шепнул Муравлеев). Месяца два в тюрьме, и все это для заседания, на котором установят вашу личность, от которой вы и сегодня не отпираетесь. Зачем это?» «Заседание, – твердо сказал тот. – Я Иванов, вот моя личность, и я хочу заседание». Его увели, а госзащитник ехидно сказал: «Через два! Держи карман шире! Они будут в бешенстве, и раньше чем через полгода за ним не прилетят! Это ж надо же быть таким идиотом...».

Еще издали по коридору он заслышал отчаянное квохтанье, приближаясь к хозяйственным службам, где собралось полдюжины женщин с именами, на которых мы выросли – Исидора, Марго, Мерседес, Долорес. Там было душно и пряно, как в пироге с корицей, он пошарил глазами – найти б поскорее бланк, заполнить счет и уйти отсюда. Мерседесы, Марго, Исидоры, Долорес стояли, сидели, диагонально закинув ногу на ногу и посверкивая клинком каблука («ни одно железо не входит в сердце так леденяще» в учебнике Кобылевина), скалили в зеркальце зубы, болтали по телефону (там, на другом конце, такая же мельница рук), ни одна из них не подвинулась, не посторонилась, не привстала со стола – самый востребованный в судебной системе язык! – пока он выдвигал какие-то ящички и шарил под телефоном. Расстегнув оборки на волглой груди, чуть рябая красавица-мексиканка обмахивалась журналом, глаза устало горели сквозь челку, рядом, скосив к переносице брови, товарка изучала стрелку у себя на чулке. Того и гляди развесят по спинкам лифчики для просушки. Вот дворницкая! ...Нет, извозчицкая – почтовые лошади просвещения... Один раз (как пишется «quot linguas calles, tot homines vales», изречение вашего Карлоса I-го?) он увидел: пошел по рукам блокнотик... Они не умеют писать! озарило его. Вот чистый случай поэзии сердца! Ежедневно многие сотни Хозе переводят через дорогу, бесстрашно ступив с тротуара в грохот колес и визг тормозов, не умея, заметьте, при этом писать! (Разве что в туалетах, предупреждение «piso mojado», создавая неверное впечатление, что mojado по-испански пол). Так что не лошади даже, почтовые мустанги просвещения, дикие, необузданные, каблуки, вороные гривы, не боятся ни черных кружев, ни красных платьев, ни хорошей дозы шанели нервно-паралитического воздействия, – ни малейшего представления о записке, свернутой в трубочку и засунутой в расщелину над копытом! Не подозревают, но несут, как ген, через леса, через моря, из поколения в поколение. Напористый южный язык волновался, как море толпы на базарной площади, его голова выныривала там и сям, ища бланк, и снова окуналась в волну. Как гениального фильма не портят титрами, он смотрел и видел, о чем они говорят.

Обсуждалось только что переведенное изнасилование, и мнения разошлись. Какое же изнасилование, мигом вскочив со стула, вскричала самая молодая – rapado? rapado?! – чтоб потом пойти в душ (по темени забарабанил поток равноударных, как в пытке, слогов), одеться (прямо смотреть неудобно, но, скосив глаза, он все же в общих чертах проследил пантомиму), уложить волосы (в дьявольски-острых ушах покачивалось и звенело), накрасить глаза (вроде

Герники), губы, ногти, выпить кофе – и только потом позвонить в полицию?! Да, и так тоже бывает, – возразила товарка постарше. – Называется шок. В шоке душ, в шоке шелковое белье, кремы, пудры, лосьоны, фен, машинально заученные движения, маникюр, чашка кофе, модный журнал, липосакция, вены, куриные лапки, мешки под глазами, усы, борода, безобразные родинки, пятна... И тут вдруг дошло! Тут только дошло: изнасиловали! Следы избиения? Да любая из нас к сорока – батальное полотно... Муравлеев выдернул из-под скрепкосшивателя бланк, не глядя заполнил фамилию, дату, номер дела и приготовился дать стрекача.

– Все в порядке, дружок?

Перед ним стояла начальница факсов, телефонов, наушников, бланков, всех вызовов и запросов, прикрывавшая и сама амбразуры, когда некого было послать, все «а» она произносила как «о» («лов», «говернмент», «контри»), и в лице этой Марфы сквозили черты безошибочного фамильного сходства с Марией.

– Все в порядке, дружок?

Муравлеев поколебался. Вот ей бы, на мягкую разодетую грудь, разящую духами, как чужая несвежая подушка, упасть бы и все рассказать. И хоть он не упал, она поспешила утешить:

– Не расстраивайтесь, дружок, со всеми бывает. Тут, на днях, говорю адвокату: вы бы подали на психиатрическую экспертизу. (Вдруг, думаю, ему *не слышно*?) Что б вы думали, в зале он объявляет: «Господин судья! Вот эта переводчица, сертифицированная административным управлением, заявила, что мой подзащитный– психованный. Попрошу занести этот факт в протокол». И оба они, адвокат и судья, с жадностью смотрят, как я буду ему это переводить... Не расстраивайтесь, дружок.

Она всех называла «дружок»: подсудимых, коллег, адвокатов, – вроде клички собаки: да вы не волнуйтесь, дружок. Посмотрите на этот снимок, дружок. Объясните, дружок, отчего у нее на шее *две* резаных раны? Одна – случайно, а как же другая? Подсудимые смотрели ей в рот и были готовы идти за ней на край света. Муравлеев затравленно озирался: перед ними он был бесталанным. Молодые, они приносили в тюремный застенок дыханье весны; беременные, вызывали снисхождение присяжных; пожилые, располагали поверить, что как-нибудь перемелется.

> *En el invierno, te doy calor,*
> *En la primavera te allegro la vista,*
> *En el verano, te refresco,*
> *En el otoño, te alimento,*
> *¿Quién soy?*

В общем, жить было можно. Жить можно везде, и Муравлеев так и сказал Ире, чтоб она не волновалась зря. Вон в окне старики с турникетом: сначала, за кадром, железо, скребущее об асфальт, затем в кадр вдвигается металлоконструкция, следом шаркающее пальто и, наконец, на расстоянии двух шагов, почтительно согнутый, вышколенный дворецкий. Темза, сэр. ... Дом что! Кишащий мышами, термитами, осами, прогнивший каждой своей половицей, со свистом тянущий воздух, дом на днях упадет, а традиции останутся...

– Мы приедем к тебе за грибами, – все-таки продолжала волноваться за него Ира.

Во все время дискуссии (что если здесь много южнее, это значит грибы собирать надо раньше? или позже? подобно тому, как два раза в год переводят часы, и все спорят, в нашу ли это пользу) Муравлеев прислушивался к ветру за стенкой. Беспокойный сосед, что он там делает? Собирает пустые бутылки в рюкзак? Рвет простыни на тряпки? Они прикатили вдвоем, без Ромы: «Ему теперь неинтересно с нами».

Муравлеев порылся в носильных вещах и извлек великолепную познавательную раскраску о рыцарях, а Ира почему-то засмеялась: «Ну ладно, кому-нибудь отдам».

Войдя в лес, Муравлеев тут же узнал уходящую вдаль аллею. Только где это было? С ассенизаторами? В гостиничном баре? Ира с Фимой ушли вперед, а Муравлеев соображал: до боли знакомая местность, но чего-то все-таки не хватает. Вот тут левее под деревом должны быть иконки Microsoft Word, Excel, PowerPoint, Internet Explorer… И, прояснив, откуда он знает этот пейзаж, бросился догонять. Из тех грибов, что ему светят, бывает два, мухомор и поганка, но «поганок» оказалось столько, что Муравлеева взяла оторопь. И резные высокие пагоды, и гнилые избушки, и гладкие голыши, – сколько мира, не названного в голове! Не могут же все быть «поганки»! Порывшись в памяти, обнаружил гриб Карла-Иоганна, который любил Карл-Иоганн, мельтешила какая-то кантарель… Надо принять меры, пока не взяли за жопу в официальной фунговедческой обстановке. Или кто-нибудь скажет в теплой беседе:

– А вы собираете вешки?

И Муравлеев даст петуха. Или, в том же суде, где всегда инсценируют бородатые анекдоты: оттого померла, что грибков поела. А прокурор возьмет и спросит: каких?

Мимо прошел человек, вперившись под ноги с совершенно муравлеевским ужасом и вниманием.

– Это кто-то из наших! – шепнула Ира. – Другие здесь так не ходят.

И верно, тот собирал ингредиенты для почечного чая по рецепту Галахова. Ира с Фимой набрали каких-то эквивалентов, рыхлых, сырых и бледных, но тут и болото, оправдывались Ира с Фимой, немножко другой окрас, чуть иная консистенция, а в принципе все то же самое, и Муравлеев понял, что все это придется ему съесть, и что это даже справедливо – побыть в шкуре реципиента своих переводов. А вот мухомора не оказалось.

Загрузив грибами багажник, поехали прочь, и Муравлеев, наполненный кислородом, рвался, как шарик под потолок. «Диес ире, диес илла», – мурлыкал он вместе с радио, пока Ира не обратилась к Фиме:

– Представляешь, что он понимает каждое слово?

– Да, Муравлеев у нас молоток! – легко согласился Фима, но Ира взглянула на него уничтожающе.

– А ты можешь хоть иногда перестать? – вдруг спросила она.

Муравлеев, задумавшись, бросил руль, и Ира пожалела, что спросила. Впрочем, он тут же выправился.

– Перестать зачем? – уточнил Муравлеев.

– Так же жить невозможно.

Что-то в ее словах было, какое-то рациональное зерно. Стоило выучить греческий алфавит, и там, где раньше с волнующим чувством неполноценности пожирал глазами каждый космос, теперь за волшебным забором (скорее лишь тень на плетень) видел всего лишь космос, стал даже подозревать, что подпрыгивающие точки, которые всегда рассматривает, если переводить случается на синтетическом ковролине, тоже не несут никакого такого уж важного эзотерического сообщения, если выучить соответствующий алфавит…. Да, должно быть, Ира права, в этом стремлении всюду сунуть свой нос (в его случае, ухо) есть какое-то нарушение вавилонской конвенции, незаконная конвертация белого шума в смысл. Как в каждой гадалке, в нем иногда шевелился суеверный страх поплатиться за свой voyeurism-entendism – видеть больше, чем полагается, слышать больше, чем полагается (и, как той же гадалке, никогда уж ему не узнать, что в переводческой дворницкой обсуждалось вовсе не изнасилование, а маринад адобо: чилийский

перец поблано, лук, чеснок, зеленый лимон, пять ложек уксусу, мед и корица, щепотка тмина и – только
не миксером! – взбить все вилкой). Муравлеев резко
затормозил и нырнул на обочину.

Пусть порадуется. Городские жители обожают
домашние распродажи селян – ветхий скарб, вынесен-
ный на обочину и разложенный на шатких столиках,
где, по преданию, попадается антиквариат, да и просто комплект тарелок за пять долларов – плохо, что
ли? Ира выбралась из машины.

Платья, блузки и туфли «зачем, мне и этих уже
не сносить» (разве та, что любила, покупая, порисо-
ваться, хоть секунду верила в эти слова?), горы солон-
ок, половников, ржавых сережек, по пять центов за
штуку в коробках сложены книги, пухлые, желтые,
опирающиеся друг на друга, чтоб не упасть в строю
(и Муравлеев, конечно, сразу ринулся к ним). Романы
из писчебумажной секции гастронома, пляжное чтиво
(какие когда-то загорелые, глянцевые, молодые), пособия по освоению компьютера системы «Макинтош»,
как воспитать детей по системе доктора Спока, поте-
плее принять гостей и спастись от депрессии, – чья-
то старательная, чистосердечная попытка жить, ибо,
Муравлеев давно заметил, стремление подчитать по
предмету всегда говорит о чистосердечности намере-
ний. Муравлеев проверил, как там справляется Ира,
и увидел, что Ира стоит над фаянсовым тазом и пере-
живает бытовое откровение №1.

Есть целый список таких откровений, и у лиц, не
склонных вообще к откровениям, они протекают в той
же дежурной форме, что и у малохольных: стоя у клетки и глядя в глаза орангутангу с радужной задницей,
подумать «боже мой, боже мой, я ведь брат твой!»,
или из электрички взглянуть на галопом скачущий
мимо пейзаж и вдруг затосковать: «Я здесь никогда
не пройду!», или, вдевая нитку в иголку, заметить, что

с годами день становится все короче, а секунда – бездонней, или, вернувшись в родной свой город, обнаружить, как все изменилось в размерах. Или бытовое откровение №1:

С похорон одинокой старушки все возвращаются с непреклонным решением выбросить: пишущую машинку, резиновые сапоги, вырезки из газет, талоны на сахар, предыдущие занавески, которые можно порезать на тряпки, смородиновое варенье, еще то самое, но его можно переварить, рефераты и выписки на разные темы (дыхательные упражнения, календарь удобрения плодового сада), некоторые рукой отца, сумки, ремешки, кошельки и зонтики, с которыми почти все в порядке, дерматиновую телефонную книжку, из которой еще отнюдь не все умерли, кофты, штаны и рейтузы, которые абсолютно прилично носить, но на даче, шарф, проеденный молью, но незаметно, поздравления с 8 марта, 1 мая и 7 ноября... Форма сонатная, первая часть аллегро: «Дорогие ребятки! Давно вам не писала. У нас все по-старому». Со следующего абзаца анданте: «Говорит мне, что я лентяйка. Не верит, что я делаю зарядку. Не понимает, что я из-за операции не могу ходить. Думает, что я смогу волевым решением побежать. Совершенно ничего не понимает. Часто просто со мной не разговаривает. Говорит, что я тиран и будто бы не давала ему жениться, хотя это клевета, я никогда не вмешивалась в его личные дела. Просто вырастила эгоиста, иждивенца и неблагодарного человека». И снова аллегро, даже кон спирито: «Я от всей души поздравляю вас с днем Победы! Желаю, чтобы вы никогда не пережили войны». ...Голенища сапог (уж больно хороши), пуговицы, гвозди, шурупы, детали и гайки от всяких нужных вещей (стоит выбросить, окажется, что от мясорубки), крышки, банки и камень-гнет, чтобы квасить капусту, ключи от старой квартиры, ракетку, гитару (и то и другое без струн), журналы за разные годы, совершенно целый аквариум, платок, который в смятеньи забыла соседка и больше не пришла никогда, учебник для женских гимназий – метода, пожалуй, и устарела, но столько насеяно доброго, вечного, что подло не дать достоять на полке – ведь так же и с нами, господа... Однако лучше своими руками сейчас, чем чужими и несколько позже. Неизвестно когда, но они придут – не вникая, сгребут в мешки и снесут к бакам, да еще ужаснутся: такая маленькая старушка, а сколько говна.

Вот это сейчас происходило с Ирой, и Муравлеев поторопился отсюда ее увезти, но из коробки с книжками глянул на него корешок «Niederländische Konversations-Grammatik, Heidelberg, 1923». Он знал, что это сентиментально, как на ночь сажать игрушки лицом друг к другу, чтоб им было не скучно, как многие женщины расставляют книжки на полке по принципу мнимых симпатий их авторов, к тому же его ждала Ира, которую срочно надо отсюда убрать, и, помимо всех откровений, ему самому не нравилось, что с каждым последующим переездом он таскает за собой все больше и больше хлама – и все же..... Можно на всю жизнь застрять на каких-нибудь выселках, притерпеться, забыть, потерять интерес ко всему, но каждый раз, проходя мимо кладбища, ежиться – ну и компания! Да, конечно, лежать. Да, конечно, практически... скоро. Но не с этими же! «На всю жизнь» это временно, лечь же сюда уже бесповоротно, так чтоб словом перемолвиться не с кем – в веках! Какой нечеловеческий ужас, и, хмурясь, сердито постукивать палочкой – нет, домой, домой, писать последнюю волю, пусть вывозят как знают, хоть урну! За пять центов Муравлеев эвакуировал книжку, макинтоши и споки в коробке ей явно не пара, пусть еще постоит на краю – со своими...

– А жаль у тебя нет камина! – заметил Фима, и они все втроем сдвинули пышущие лица, захрустели пальцами, завозились в тепле, задвигались и хряпнули еще водки. На раскаленном фимином лбу выступил пот, как масло на сковородке, Ира сияла всеми оттенками слюды, двуцветный питон, скалистый змей, scales, scaly skin... Запретить себе всматриваться в слова. Что я, ей-богу, как дебютантка в зеркало, вместо того, чтобы под ноги и не разбить себе нос. Все трое сидели, жарко дыша, nel mezzo del камин de loro vita, и Ире, как всегда, хотелось говорить только о Роме, но, видимо, сводки с фронтов были настолько неутешительны, что хоть на один выходной притвориться хотелось, что нет войны, что над нами мирное небо, вот хлебаем грибной супец, и выдавала ее только легкая меланхолия, рассеянный свет абстрактного гуманизма по путешествующим и болящим:

– Как там твоя беременная хозяйка борделя? Отпустили?

Ему очень хотелось Ире помочь. Кому-то другому он предложил бы перевести свидетельство о рождении и браке, диплом (и не просто, а со вкладышем), изготовить заверенную нотариусом двуязычную доверенность на представление ее интересов и интересов ее несовершеннолетнего сына в БТИ и РЭУ или съездить вместе к врачу, но ей он просто не знал, как помочь. (Когда при мне заявляют «он не говорит, но все понимает», меня передергивает – как о собаке. Неужели я доживу сказать эти слова о собственном сыне?)

– Нет, все ходит. И будет годами ходить. Нельзя же ее отпустить? И нельзя ничего доказать.

Однажды ее поразило, что в приемной на процедуру сидят восемь женщин, восемь душ – а на самом деле, не восемь, а шестнадцать как минимум, да еще у каждой за левым плечом, и у каждого в ней, за левым плечом, размером, в пропорции, с канарейку, и с такой же, игрушечной же, косой... И она потеряла сознание от духоты. А когда на нее помахали журналом, очнулась, и сквозь полдюжины лиц, склонившихся к ней с дружелюбным участием, разобрала всю толпу, проступающую друг сквозь друга. В приемном покое было яблоку негде упасть. Зная эту женскую слабость (когда кажется, только внутри беременных женщин есть существо, не причастное к их массажному кабинету), Муравлеев поспешил перевести разговор:

— А еще я вчера разводил. Как они слушали! Во все уши, будто впервые знакомились. Вот же он, весь тут, вслушаться б раньше – и сто лет назад все бы выяснилось. Но на свадьбы меня почему-то никто не зовет, только когда уже надо платить алименты. Целоваться, обедать, спешить поскорее в роддом, чего-то хотеть друг от друга – все это можно и по контексту. А тут им впервые понадобился переводчик. Как тот немой мальчик из анекдота, у которого раньше все было в порядке, за всю совместную жизнь единственным делом, в котором желательно поточнее, оказался раздел имущества. Здесь они слушают так, что мне, как лингвисту, приятно: вот человек впервые за жизнь задумался над феноменом речи и его ролью в общении...

Но по тому, как ни Ира, ни Фима не рассмеялись, он понял, что как-то опять вступил в запретную зону. Видимо, разбирать слова в семейной жизни – такое же извращение, как разбирать слова в опере, и многие вещи видятся искаженно, если смотреть на них как-то иначе, чем ночью, при свете холодильника.

— Вот что, – вдруг убежденно сказал Фима, – тебе надо написать пособие.

— Да таких пособий миллионы, – вяло ответил Муравлеев (как и Фима выступал с этим предложением уже миллионы раз).

— Я имею ввиду конкретно. Скажем, если просто в нетрезвом, то лишение прав на семь месяцев, а если еще отказаться дышать... То намного хуже. С цифрами, понимаешь? Адвокат сколько стоит, напиши. Ходить туда напиши. Чтоб люди знали. Никто ж ничего не знает.

— И ты думаешь от этого кто-нибудь перестанет пить? Разводиться? Жениться? Попадать в аварии? Лечить зубы? Не платить по счетам? Покупать? Продавать? Выполнять работу, какая б она ни была? Мечтать, чтоб ее не было вовсе?

– Чудак, я тебе говорю конкретно, как заработать денег. Ты что, всю жизнь собираешься заниматься этой фигней? ... Или нет, не пособие, а ГУЛАГ-2.

И эта эврика вспыхивала уже не однажды.

– Это не так-то просто, – тут всегда вмешивалась фимина теща. – Нужен особый дар увлекательно изображать.

– Пустяки! – отмахивался Фима. – Ну, потратить месяца два, конечно... Главное – раскрутка.

– У вас все «главное раскрутка», – обижалась теща.

А Ира в это время обычно долбила:

– Не позволяй душе лениться, ты согласен с автором?

– И да, и нет, – осторожно отвечал Рома.

– Как это?! – с такого рода *свободомыслием* она еще и не сталкивалась.

– Лениться давать, конечно, не надо, – степенно объяснял тот. – Но надо когда-то давать отдыхать, – и смотрел выразительно на свой *лэптоп*, призывно мерцающий тут же.

– Оставь его, – грубо въезжала тут фимина теща. – Зачем ему книжки, когда они и так получают столько информации! Буквально отовсюду.

Теща надувалась, припоминая словцо:

– По интернету.

И с уважением косилась Роме в экран. Там мельтешили какие-то штучки, и, воспользовавшись перерывом, Рома уже методично их щелкал, одну за другой. Очевидно, фимина теща считала, что это они и есть – гигабайты и микрочипы, несущие страшную силу: щелкнешь такого, и информация считай твоя. Муравлеев в ромином возрасте тоже лучше всего находил общий язык с бабушкой: «и не одно сокровище, быть может...», как говаривал старик Кобылевин.

На диване валялось «Детство Темы», много читанное перед сном. Ни слова не понимая в наемных дворах, волчках, сочельниках, свайках, воспринимая сцену порки как чудовищную карикатуру, мельком подсмотренную во взрослом журнале («мягкие, теплые ляжки отца, в которых зажалась голова мальчика»), Рома с тревогой следил только за модуляциями материнского голоса: он то дрожал, уча жалости к Жучке, то обволакивал парным и млечным, но стоило Роме задремать с открытыми, все понимающими и сопереживающими глазами, прикорнув к теплому боку и закутавшись в плед, голос крепчал, бичуя, и с горькой тоской он понимал, что не избежать той минуты, когда выяснится, что из последних двадцати страниц он не вынес, ни кто куда пошел, ни зачем, ни что такое гимназия, и голос будет его бичевать хуже, чем ту бессловесную Жучку. Он прощал ей все за ее страдания. Вот если бы у него были деньги и не надо было ходить в школу, он никому не позволил бы помешать себе быть счастливым. Ира читала так, как Муравлеев на службе. Поглощенная делом, занимающим руки и мысли и, главное, рот – воспитанием Ромы – она прыгала с пятого на десятое и забывалась на абзацы и целые главы, иначе бы не пропустила *каторгу непередаваемых мелочей*. Возможно ли вообще читать кому-то? Джоконда, безвозрастная и бесполая, глазами всегда следит за тобой, не за Ромой, не за японцем с камерой, для этого даже не нужно быть шедевром – простой оптический закон жанра...

Оскорбленная теща, выскочив из туалета, говорила, не глядя на Фиму:

– Так нельзя бачки чинить. Так можно только... романы писать.)

Но Муравлеев тут же придумал, как Фиму подбодрить – что советов его он, в принципе, слушается и, вообще, ценит...

– Я тут на днях говорил с Филькенштейном, – небрежно сказал он, зная, что Фима обрадуется этой сосватанной им дружбе. (Правда, при этом он тут же без удовольствия вспомнил, что Филькенштейн звонил буквально вчера, приглашал – а зачем бы? Ведь так хорошо пообщались уж в городе Л., нельзя же так часто. Мы должны хоть чуть-чуть измениться, накопить, стосковаться, и странно, что сам Филькенштейн, человек очень чуткий, глубокий, как стало Муравлееву ясно из беседы в городе Л., странно, что сам он этого не понимает. Что ж, пришлось сослаться на занятость, не объяснять же пожилому интеллигентному человеку.)

– Да? – с каким-то сомнением в голосе переспросил его Фима. – И что?

Ира мыла на кухне посуду, и щепки, летящие с кухонных ящиков и подоконников, щели за краном и раковинный пластилин гнели ее больше обычного. Думаете, пригодится? – часто спрашивали знакомые. Представила, как сами они воспитывают детей, словно собирая в лагерь по списку: трусы – 6 пар, носки – 6 пар, свитер теплый – 1, представила и место, куда они их собирают, и на секунду стало жутко, ибо в то место, куда они их собирают, Рома, в общем, едет туда же. А она то читает, как автоматон, то плачет вслух над любым шрифтом, как Горький, не столько от литературного совершенства, сколько каждый раз заново пронзает напрасность и чтения, и письма, и нищеты, и сытости, и в свете своей обреченности все попытки вдруг приобретают красоту неземную, как мыльный пузырь, оказавшись в луче... И голос у нее срывался, испуганный Рома подсаживался на диван, совал голову подмышку и уверял, что Серая Шейка поправится, а она, пытаясь сладить с собой, всхлипывала только пуще, пока Рома, внезапно не похолодев, не отходил: ну невозможно же так слушать... Но это было давно, Серая Шейка, сейчас же вот то, что он не читает, «Всадника без головы», сколько книжных и букинистических перырыла, даже залезла на волшебно богатый информацией интернет, и не нашла. Пришлось дать в переводе – Майн Рид, Сетон-Томпсон давно потеряли прописку в здешней литературе, никто и не слышал этих имен, даже ушлые продавцы за компьютерным каталогом. Столкнувшись с тотальным забвением, начинаешь сам сомневаться, а не мистификация ли весь этот контрабандный товар, а, может, и вправду все эти корали, мачете, серапе строчились в дерибасовской мастерской? И с остановившимся сердцем как бросишься к полке, проверять... Нет, «Три мушкетера» на месте...

Впервые – какая тягучая, нудная боль в мозжечке – усомнилась не в цели, но в тактике самопожертвования. Ведь пока они с Ромой надсадно долбили подлежащее и подсказуемое (не мучай меня, подскажи), кто-то сделал карьеру, поднялся, выстроил дом и насадил целый сад – нагнал мексиканцев и насадил. И, может быть, Роме принесли б больше пользы частные школы? Изучать оригами в Японии, а ренессанс во Флоренции – Рома ей вдруг показался сироткой. Наверное, можно б уже дослужиться до старшего менеджера? Взять себя в руки, прийти и сказать: «Дайте прибавку, иначе уйду»? Рискнуть, одним словом. .... Тьфу! Фима, заметив, что что-то не то, сам поставил на тихий огонь греть котлеты. Какая прибавка?! Тут надо или иначе родиться, или быть другим человеком, или..., – она нехорошим, из-за голенища полоснувшим взглядом коснулась Фимы, – ... или иначе совсем выйти замуж! – а Фима уныло спросил:

– Будешь? – как пьяному в подворотне, и ведь никогда не узнать, какую атмосферу там разрядил, в подворотне-то, чиркнувшей спичкой.

Ира вернулась в комнату.

– Не морочь мне голову! – говорил Фима. – Вот что ты здесь пишешь?

Он наклонился над открытым экраном компьютера, где висело очередное начатое письмо: отдавая себе отчет, что конкурс на выполнение данной работы закончился месяц назад, я тем не менее...

– Ты бы лучше учился у грамотных людей! – сказал Фима. – Помнишь, ты мне объяснял про «Ложный друг переводчика», ваше периодическое издание? Я уверен, там все написано. Ты просто не умеешь отобрать нужное.

Он много чего еще говорил, что надо следить за здоровьем, *сделать экзамен* (он так называл медобследование), больницы, как на войне, именовал *госпиталями* и (не стремясь вложить обидного смысла) врачей – *херопракторами*. Критиковал муравлеевское *резюме*, упорно резюмирующее лишь облик Григория Отрепьева:

– знал грамоте;
– оказывал много ума, но мало благоразумия;
– скучал низким состоянием…

– Ты, действительно, плохо выглядишь, – вставила Ира. – Надо тебе походить к доктору Львив.
– Чего-то в последнее время устал, – согласился Муравлеев. – Вчера был в школе, с работниками системы образования. И вот иду я по коридору… Линолеумный такой коридор, стены, выкрашенные блестящей масляной краской, режущий свет, среди бела дня электричество, да и то, коридоры-то без окон, запах какой-то… специфический, стальные ящички для личных вещей, – и тягостная мысль, что где-то, когда-то я все это уже видел. И я перевожу, а сам утираю пот со лба, жарко, и думаю: нет, эти тюрьмы меня доконают, вот уж… знаешь, бывают такие ложные дежа-вю от переутомления?.. Школьницы бегут, болтают, вдруг заметят нас, подожмут как-то уши и в сторонку. А директор не ленится, подзывает: «Не бежать! Не кричать! Пропустить делегацию! К стенке!» и с умиленной улыбочкой, нам: гигиена, как видите, дисциплина, много здесь из трудных семей… «Вот ты, как тебя зовут, учащаяся Смит, поди сюда, расскажи нашим гостям про комитет учащихся». «У нас есть комитет учащихся, – покорно говорит

учащаяся Смит и искательно смотрит на директора. – Еще что рассказать?» «Ну, чем, скажи, чем вы там занимаетесь?» – поощряет директор. «Ученическим самоуправлением», – чеканит девочка, с тоской глядя вслед ушедшим подругам. «Молодец! – говорит директор. – Иди!» и, для закрепления, раздельно и внятно, делегации: «Ученическим самоуправлением». Вообще, хорошо переводить учителей – они все повторяют по три раза. Заходим на урок. Девчонки сидят группками человек по пять, судачат о чем-то, учитель книжку читает. Я опять взмок: сейчас таких пенделей получит, и все из любознательности делегатов! Подставили человека. Но нет, смотрю – ничего. Мы пользуемся новейшей, прогрессивнейшей методикой – недавние исследования показали, что женский мозг оптимально усваивает материал в общении с себе подобными. Им не надо вещать с кафедры, им надо дать возможность тихо, мирно обсудить в своем кругу. Пусть, скажем, часть времени они потратят на посторонние темы... «И что же они обсуждают?» А я смотрю и понимаю про трудные семьи – шоколадные такие бабцы, от молочного до швейцарского горького, в красных косыночках, так и ищешь глазами передник и вспоминаешь базар в Арканзасе: помидоры, ну с тыкву размером, и местный лубок на прилавках – дядя Том, негритята, матроны с корзиной белья, восемь долларов за фигурку, пятнадцать за группу. «Они обсуждают формы государственного управления».

Линолеум, режущий свет, большое насильственное скопление людей... Муравлеев припомнил и это дерево за окном, на котором он столько в свое время сосредоточил желания быть не здесь, и пролеты, по которым ходили с внешней их стороны, ставя ногу меж прутьев, кто на спор дальше пройдет, как перила липли к рукам, то ли от жирной коричневой масляной краски, то ли руки потели от страха (если сорваться, успеешь ли зацепиться на каком-нибудь этаже?), сколько раз эта лестница снилась, в кошмарных своих вариантах, то поднимаюсь, а некуда ставить ногу, то надо попасть в кабинет географии, а весь пролет отошел от лестничной клетки, как разводной мост. Он подумал, что просто бы умер, если б его заставили обсуждать что-нибудь в группе. А, впрочем, может, и выжил бы – задним числом всегда недооцениваешь запас прочности, дети вообще... И Муравлеев не рассказал Ире, что там, в коридоре, утешился в трусливой мысли: а, может, женские когнитивные процессы и впрямь непостижимы, как арабские переводчики? Что он, в конце концов, может знать об их парках культуры? На каких аттракционах им страшно? На каких весело? С каких лучше видно? Ира согласно кивала, почему-то считая, что Муравлеев ругает местные школы: и правда у них вместо головы задница, как показали новейшие исследования. Не помогает и тело, предназначенное природой для – чуда освобождения, горами двигать – это про тазовые кости.

– Так что там Филькенштейн?
– Филькенштейн... Филькенштейн... Дай Бог памяти... – (или не дай? где-то через дорогу разливисто, громко крикнул петух). – Вот, как-то так: и да будут тебе словеса сия, и да накажеши ими сыны твоя...

Рома наказан достаточно, седяй в дому, и идый путем, и лежа, и восстая, выпустить бы из линолеумного коридора со спертым запахом принудительной грамотности, выключить свет круглосуточной лампочки Ильича, вернуть ту свободу, за которую он так орал, когда ты двигала горами, как лестничными пролетами, со стоном и скрежетом расходящимися над головой...

Наутро он вышел в стеклянный утренний холод и сразу заметил янтарный прозрачный дуб. Дуб был очевиден, а под ним толпились, должно быть, и все остальные: птичья гречишка, тысячелистник обыкновенный, ярутка, пастушья сумка, пижма – где-то здесь, в толпе, без определенных лиц: Муравлеев знал из них только клевер и подорожник. Может быть, цикорий, но не точно. У меня еще будет золотая осень, – пообещал он себе – и машинально перевел Болдино как Лысогоры.

Но не успел. К вечеру поднялся ветер, шумно и жадно дышал, дичая с каждым часом, на секунду останавливался, набирал в грудь воздуха до треска в легких и обрушивал удары на крышу, в окна, в двери, сначала вскользь, потом все тверже, точнее, что-то хватал, крушил, катал по крыше и вдруг взвизгнул так пронзительно, что волосы на руках и ногах встали дыбом – должно быть, точил нож. И наутро Муравлеев увидел, как он терзает деревья. Берет за глотку и трясет. Шарит за пазухой, уверенно, непристойно разводит в стороны ветки, прощупывает складки ствола. И все, что нашел, швыряет на землю и топчет, как цыганка сережки, убедившись, что не золотые, и бросается снова искать, зверея все больше и больше, доказывая, что осень – не игра в фанты в приличном обществе. В этом мочилове не осталось никаких иллюзий мирного увядания.

Но уже следующим утром, запрягая во дворе машину, чтобы ехать на конференцию, Муравлеев лишний раз понял, как он вечно торопится с выводами. Румяная, сияющая стояла вокруг роща, распустив свежепрочесанные волосы – кровопускание пошло ей на пользу.

7

Он выпал из будки с лоснящимся лицом и рас-ширенными порами, кинулся было прощаться с устроителями и тут же получил свою шайку холодной воды. Уже пять минут как для них он перестал суще-ствовать. Его смели с прохода: он мешал волочить провода, сворачивать будочный шапито, грузить скарб в повозки и кочевать на другую ярмарку под дождем, почти под снегом. Словом, он напрасно пытался де-лать вид, что он есть, когда любому ребенку, засыпаю-щему сейчас у себя в кроватке, было ясно, что цирк уехал. Обижаться на них, в сущности, нелепо: они тоже поденщики, уже занятые мыслью, как завтра снискать себе хлеб насущный. И, как они, гонимый куда-то, он побрел на улицу, где ветер схватил его и потащил. То, что гнало Муравлеева в ночь, была скорей всего жадность, ресторанные цены в гостинице включали ненужные виды на город, он шел, и его окружали закрытые двери, благородные черные лужи стекла, внутри пусто, тихо, темно, секрет Виктории заперт в сейфе, хотя Муравлеев пытливо, как днем, читал вы-вески, и, как днем, все гадал, что внутри, как вообще это может быть – ассоциация учителей труда и физ-культуры? – не имея обычной дневной возможности заглядывать в замочные скважины чужих профессий и видеть такое... такое! А оно не «такое», оно изнутри совершенно нормальное: мягкие, теплые ляжки отца, в которых зажалась голова мальчика... С той только разницей, что за травму подсматривания за чужими профессиями ни один терапевт по головке не погладит. Завернув за угол, он уткнулся в гостиницу, где уже останавливался. Он узнал ее по белым перистым буквам названия. Такие же буквы лежали у него на столе и во многих карманах – с неутолимой страстью к гостиничным канцтоварам, включая портативный шампунь, там он особенно поживился. Швейцар, будто знал, недоуменно-надменно смерил взглядом его согнувшуюся от ветра фигуру. Под этим взглядом он поспешил перейти дорогу к вокзалу – единственному, что светилось во всей округе, не считая Капитолия. Не в Капитолий же было идти.

В здании вокзала людей было все-таки больше, чем на улице. Книжный стенд... Накануне, в обеденный перерыв, Плюша прыгал на мягком кресле, но, убедившись, что Муравлеева ничем не проймешь, тоже достал книжку и буквально минут через пять с облегченьем захлопнул:

– Хочешь, отдам? Страшная чушь, но очень захватывает. Как раз отдыхать, ни о чем не думать.

Муравлеев оторвался от страницы.

– Бери, не думай! Не домой же везти.

Муравлеев невольно скосил глаза на свою: столько лет по карманам, с рукой, по чужим углам, заложенная зажигалкой, засиженная чашкой чая, практически стриженая под горшок... Плюша думает, что он бедный. И все же, как он это себе представляет? Ведь мне не подойдет его книжка. Пойти, что ли, купить новую? Чтоб он не думал. Сделал движение к стенду. А впрочем, откровенно-то говоря. Мне и этой уже не сносить. Успел уловить запах кофе и поджаренного хлеба, но опоздал на зов, в глаза уже бросились глянцевые картинки со сластями, надежно отбивающие аппетит: пенопластовый шлем мороженого с подплавленной резиной шоколада и целлулоидной вишенкой наверху, бутерброды из папье-маше, сдобренные пластилиновой горчицей, кетчупом и майонезом, яблоки, апельсины, бананы хорошего крашеного воску, – и все же купил кофе и сел. Золотые вращающиеся двери, не просыпаясь, изредка поворачивались на другой бок, пропуская кого-нибудь внутрь. Рядом с урной сидел человек с газетой. В беспорядке сваленные на полу те газеты, что он уже прочитал, доходили ему до щиколотки. Еще Плюша говорил, что у всякого уважающего себя переводчика в каждом городе должно быть по семье. Флаги у входа поникли в полном безветрии, газеты выросли до колена, – не дожидаясь, пока они погребут чтеца, Муравлеев допил и вышел на улицу.

Снаружи, как голова крепкого белого сахару, по-прежнему светился Капитолий. У Муравлеева временно появилась цель, ему так захотелось в тепло, что, понятное дело, нужно было поторапливаться в гостиницу, а не по улицам шататься. С неприятной легкостью достигнув цели, Муравлеев сказал себе, что постоянная работа все-таки хороша тем, что тебе не приходится кончаться каждую неделю. Или каждые три дня. Или каждый день к вечеру. Со вторника что-то перетекает в среду, со среды в четверг, и, уцепившись за это что-то, можно переползти в грядущий день одним куском, не развоплощаясь с наступлением темноты ввиду того, что устроителям выгодней трансгрессировать тебя в новое место по частям.

Он сел все в том же холле и, наслаждаясь теплом, открыл книжку. Странное это было тепло – внутри знобило, и рассказ странный, взял и кончился, оставив героя на улице, обманув надежды несчастного пусть не на смысл, хотя б на мотив посреди тоскливого перебора клавиш. Он не любил читать на ходу, как иной на ходу не любит курить, но и, как иной курить, уже не на ходу не умел. Прочитанная внимательно, от слова до слова, книга казалась нудной, медленной и, в отрыве от прочих событий рабочего дня, бедной сюжетом и каждой мыслью повернутой на себя. Читая ее просто так, не на работе, он плавал в ложных дежа-вю – вот и этот абзац уже где-то, казалось, встречался...

– Да где ж ты? Мы ждали-ждали! – лживо, но пьяно и весело (так, что, по крайней мере этому, хотелось верить), прокричал у него над головой Плюша, очевидно вываливший из бара.

За ним, застегивая сумочку и натягивая перчатки, выходила Принимающая Сторона. По-видимому, она не сразу узнала Муравлеева, а, может быть, и вообще не узнала, хотя минутная близость между ними и возникала: «Трудно?» – спросила она как-то раз, почему-то довольная этим, рачительная хозяйка. Муравлеев, весь взмокши, вылазил из будки: «Не столько трудно, сколько... длинно». И, избегая двусмысленностей, пояснил: в таком направлении коэффициент расширения текста два к трем, еще декабристы жаловались, приходится волочить за фамилией целую фразу, «государственный преступник, находящийся на поселении», в то время как в Англии сказали бы коротко: «член оппозиции». Принимающая Сторона помолчала, очевидно беря на заметку – этот чуть-чуть не в себе, и теперь она только кивнула, а Плюша тактично воздержался от того, чтобы его представить. Между собой они распрощались довольно тепло:

– Ну вот и отлично! Мы на вас сразу пришлем запрос – через месяц рабочая группа!

– Спишемся! – крикнул Плюша. – Спасибо за все! – чтобы она при Муравлееве еще что-нибудь не брякнула, и тут же переключился: – Где ж ты гуляешь? Я обыскался!

И снова ему хотелось верить.

Внезапно Муравлеев вспомнил, что Плюша – местный, а продолжает рабочий день в баре и не торопится домой и сразу лечь. Откуда у людей энергия?

– Ты когда едешь-то? – спрашивал Плюша.

– Да, думаю, завтра – неохота ночью.

– Пошли! – по-товарищески распорядился тот. – Сегодня все-таки пятница!

И Муравлеев пошел.

Плюша привез его в оживленную пятничную компанию. Были все те же: ебаный-в-рот, эксперт торговой палаты, вдова бандита, их-виль-инженьер-верден... Как и Принимающая Сторона, они не узнали его, и он не настаивал, здесь Плюша охотно представлял его на все стороны, и Муравлеев зачем-то навеки, как резцом, запоминал новые подставные имена: на этот раз ебаный-в-рот хотел называться Русланом.

После них пришла бойкая рыжая тетка с черными, как зверюшки, бровями.

– Я поражаюсь, как вы умудряетесь так сохраняться! – вскричала фимина теща, обозначив в воздухе грушу.

Та каркнула во все воронье горло (звук показался Муравлееву смутно знакомым) и отвечала напевно:

– Та ж Елизавета Дмитревна, та ж я ж как тот мужик в анекдоте, которого жена пить отучала.

Заинтригованные гости придвинулись ближе.

– Ей говорят, ты налей ведро коньяку, да брось туда дохлую кошку. Вот она приходит домой, а муж над пустым ведром выжимает: «Ну кисанька, ну еще сто грамм!» Так то ж так и я! Просидишь три дня на капусте, а потом на весы и – кисанька ты моя, ну еще хоть сто грамм!

Муравлеев похолодел. Вокруг гоготала непритязательная аудитория. Тогда, в магазине, он хотел предупредить... Подойти, сказать? И у него внезапно опустились руки. Сказать – что? Не трепись по телефону? Не доверяй любовникам? Не жидись, наконец, обставься мебелью – рентгеновский кабинет, компьютерная томография, мануальная терапия, – в этой партии в веришь-не веришь с жюри, придирчивым, как Станиславский, the God is in the detail... Поучи жену щи варить. Мадам, вы под колпаком? Ваши дни сочтены? Какая бестактность! А то доктор Львив без него не знает цены и своим диагнозам, и каждому дню уходящего бабьего лета. И Муравлеев скосил глаза на дымящуюся сигарету: вот она, известная каждому курильщику последняя мера чужой бестактности, вот эта лакмусовая бумажка, при участии милейших людей вдруг окрашивающаяся в цвет густой беспардонности. Они же знают, что меня неприлично спросить, собираюсь ли я бросить пить или жрать, воровать, встречаться с кретинкой, знаю ли я, что это верная гибель, знаю ли я, что ни по какой статистике не проскочу, а тут – пожалуйста... Он с облегченьем заметил, что доктор Львив хотя бы не курит. Значит, в общем балансе шансы ее на безвременную гибель выравниваются до шансов любого нормального человека, и тем более незачем подходить.

Здесь все были свои, на тренировочном поле, и одни, как прежде, валились с ног, другие, постарше, норовили с тарелкой сесть (им уже ни к чему такие нагрузки), а у третьих получалось совсем неплохо, но заметно было, что это они только здесь – обнаглели, расслабились, а выпусти их с игрового поля на настоящее, развихляются, скрючатся, так же, как первые.

– А давайте играть! – крикнула девушка с перевязанной кистью, очевидно от прошлой игры в эскимосские палочки. Муравлеев соображал, прилично ли вынести на лестничную клетку бокал вина, и вдруг его остановило разительное сходство черт этой девушки с чертами Дамы без собачки, которого раньше он как-то не замечал. Он понял, что их роману по чужим городам и чужим квартирам продолжаться еще очень долго, почти как у Плюши, в каждом городе по семье.

– Играть! Играть! В преступление! – кричала девушка, и с этим он сразу смирился. Он мог только идти вместе с ней к печальной развязке – вот сейчас она хочет играть, а потом обвинит в клевете, он уж знал, а она еще нет, – но при всем своем жизненном опыте не мог ее удержать, и в него уперся палец.

– Я не умею играть в игры, – попятился от нее Муравлеев, кивая на Плюшу как на свидетеля недавней сцены с Принимающей Стороной, но ему объяснили: это как раз такая игра, в которой нужен свежий человек. Мы придумываем преступление, а вы его отгадываете по вопросам, только вопросы должны быть такие, на которые можно ответить «да» или «нет»....

Муравлеева выпроводили на лестничную клетку, всучив бокал вина. Поставив на пол бокал, он задумался. Вчера в Киеве повесился очередной переводчик Виктора Степановича Черномырдина, но это, наверное, шутка, и вряд ли они загадают.

Его скоро вернули. Все смотрели в радостном предвкушении. Отгадывать было скучно и совсем ничего не фантазировалось. Допустим, то дело об изготовлении детской порнографии, по которому привлекался переводчик банковского договора. Вот бедняга-то, – думал тогда Муравлеев, – ну, сколько они ему платили, двадцать центов за слово? И вот теперь Бог знает сколько лет впаяют, а он сидел и печатал буквы. ...А вдруг не двадцать, а, скажем, сорок? От нерешительности у Муравлеева зачесались ладони. Это уже следовало подумать... Надо написать петицию от лица переводческого сообщества, тиснуть в «Ложном друге» и собрать подписи. Безобразие! Разве может пишущая машинка, микрофон, рупор человеконенавистнически прогрессивных идей – отвечать за автора? Только вряд ли кто подпишет такую петицию – побоятся. Да и если подпишут, что с того? Петиция петицией, правосудие правосудием. Скорей всего, «Ложный друг» ее и не возьмет – за недостатком материала. «Его роль в деле, – скажут они, – нам не ясна. Вот сейчас мы вступимся, а потом докажут, что ваш переводчик – основной зачинщик и главарь. Мозг, так сказать, всей операции». Да какой переводчик мозг? – возразит Муравлеев и рассмеется, но это не поможет. Трусы. Перестраховщики. И ему-то, пожалуй, лучше не связываться – скандал будет, от судов отстранят, и будешь сидеть такой высокоморальный, без работы. И если тебе так приспичило исполнить свой долг, – сурово отчитывал Муравлеев собственную совесть, – учти, этот долг не в самоубийстве, а в облегчении страданий: принести заключенному карманный словарик за 5.99, свежую газету на понятном ему языке, с риском для жизни позвонить по тайком переданному номеру и страшным голосом сказать: «Вася просил перевести двадцать долларов на ларек», и когда там, испугавшись провокации (тоже не дураки), взвизгнут: «Какой Вася?! Я ничего не знаю!», все понять и героически, анонимно, самому перевести на васин счет в тюрьме двадцать долларов, – вот твой долг, паскуда (ср. у Кобылевина: «Признак незрелости – готовность умереть за правое дело. Признак зрелости – это готовность ради него жить».)

Он очнулся: вокруг резвились подвыпившие юнцы и фимина теща (откуда здесь фимина теща? вдруг обалдело подумал он), не давая додумать, – просим! просим!

– Что, если в преступлении обвиняется переводчик? – наобум сказал несуразицу Муравлеев, полунадеясь, что сразу, с первого вопроса, забракуют его как гадальщика. Игроки согласно закивали. Какие сволочи. Они придумали преступление специально для него.

– Он что, один его совершил? – криво усмехнулся Муравлеев, чтоб им было неповадно.

Тут мнения разделились, одни кричали «да», другие «нет», и в конце концов снова выставили Муравлеева за дверь, чтобы посовещаться. Его вызвали и дали коллективный ответ, «нет», но Муравлеев сам уже понял, что вопрос неоднозначный – а чего он, собственно, ждал?

– Он сидит в тюрьме? – спросил Муравлеев.

– Нет! – хохоча, отвечали они.

– В сизо?

– Нет! – еще радостней, а доктор Львив переспросила у соседа: «Что такое сизо?». (Может быть, все-таки предупредить?)

– Где же он – на свободе?

– Нет!

– А! Под следствием, но дома, под подписку о невыезде, – пробормотал Муравлеев.

–

Это заявление тоже вызвало небольшое смятение, но кто-то со значением повторил: «А! Под следствием!» – и ответ был дан «нет».

И это тоже правильно, – неохотно отметил про себя Муравлеев. – Пока все правильно. Ни рыба ни мясо, ни жив ни мертв. Что ж, любопытно, посмотрим, сколько они выдержат верный тон. Ведь где-то они должны проколоться, не могут они в таких тонкостях знать тайны чужой профессии.

Дома как-то открыл емелю и увидел петицию в пользу арабского переводчика, находящегося под судом. Он нервно ходил по комнате, пока не понял, что не может эту петицию подписать. Я же ничего не знаю! А вдруг он – организатор, мозг всей операции? Кто вообще знает, что в голове у *арабского* переводчика? Грамматические категории принадлежности? Он живет в мире, где, скажем, «сумка» она только если моя, а если она твоя – то это уже «сумок», а если она его – то... еще как-нибудь – и как я могу подписываться за его жреческую неприкосновенность, если у него в языке моя судьба – совсем не то же, что его судьба?

– Сколько можно думать! – кричали недовольные игроки.

– Можно ли судить винтик за то, что делает машина? – поспешно спросил Муравлеев, чтоб им тоже было интересно.

– Нет, – ответили игроки.

– А если это очень жадный винтик?

– Нет, – естественно, повторили они.

– А если – трусливый?

– Нет.

– Как же быть? Разобрав преступную машину по винтикам, увидишь, что судить-то – некого.

Тут ему напомнили, что только такие вопросы, где «да» или «нет». Ладно...

Что же они загадали? Во-первых, какое же изготовление, если этот типовой набор крутится на «Интернете» уже много лет? Во-вторых, какая же там порнография? Там только позы, без действий, эротика. В-третьих, не только не порнография, но еще и не детская, так как в стране, где сайт, возрастом совершеннолетия считается не двадцать один год, а восемнадцать. Вы бы видели этих детей. В-четвертых, его они просто украли, вывезли из страны, чтоб теперь здесь судить. По местным законам – виртуальное вторжение в юрисдикцию. В-пятых, он же не владелец, ничего там не вешал и даже не смотрел, поскольку оттуда сайт заблокирован – кто там будет за деньги смотреть такую фигню? В-шестых, все, что он сделал, перевел договор о платежах через карточки, и договор этот теперь фигурирует в деле как главная детская порнография. В-седьмых...

Он давно перестал слушать их исступленные «Нет!» (а некоторые буквально катались по полу от смеха). Все эти ответы ему были не новость. Точно так же реагировал адвокат. Где теперь, ветра в поле, искать тех журавлей? А синицу нельзя теперь не посадить на количество лет, соразмерное бюджету следствия. Ее срок сейчас подпадает под такие расчетные формулы, что тебе и не снились. Они снова были похожи на приятелей, заглянувших со службы в бордель, вполне по-человечески адвокат поделился, что жизнь его тоже не сахар, жена ждет, прости господи, двойню, и то он молчит, а мешаться в политику, где там и чья юрисдикция.... знаешь, лучше б ты просто переводил. На всю жизнь! – не сдержался Муравлеев и думал, навязчиво думал: по случайному совпадению у того тоже беременная жена... Впрочем, все это столько тянулось, что наверно уж кто-то родился, но для него время остановилось – стоп-кадр – для него она за океаном и беременная на всю жизнь. Не драматизируй, – сказал адвокат. – Не на всю жизнь, а на двадцать пять лет.

Что ж, нет так нет. Что же все же они загадали? Махинации их со страховкой, какое же это – преступление? Просто выкинули лишние звенья, пару-тройку ритуальных танцев с рентгеном, и судить-то их будут, в общем, за то, что не поделились. Неуплаченный штраф, за который грозит д е п о р т а ц и я?.. Столько всего, а зацепиться-то не за что! Думай, Муравлеев. Как говорил Дон-Кихот, настойчивость – мать удачи... Хоть изначально играть не хотел, мало-помалу его разобрал достоевский экстаз: в комнате прибавилось света, в бутылках вина, в лицах сообразительности, хотелось уже самому взять зеро, докопаться до истины... Где же оно, преступление? Кто?! ...Эх, Родион Романыч, Родион Романыч....

– Я знаю, какое преступление вы имеете ввиду.

И они, хохоча, ответили: «Да!», хотя на этот раз он, кажется, ни о чем и не спрашивал.

– Две девчонки, студентки, приехавшие по обмену.

– Да? – оживились они.

В аэропорту их никто не встречал, однако в наследство от предыдущих им достался один адресок, и там им сдали фанерную комнату на шестерых (правда, немного дороже, чем предыдущим). Унылые улицы их изумили, барак за бараком, забитые досками окна, земля, шелудивая, как штукатурка, и все шестеро, без разрешения на работу, нанялись подавальщицами к китайцу. Только это было некуда вставить, так как уже понесся транскрипт:

– Вы явились июля месяца, года, в магазин (название, адрес)?

– Вы забрали померить в кабинку предметы (и далее опись)?

– Вынесли их из магазина, не заплатив?

В который раз, простейшими средствами «да» или «нет» (да и «нет» им ответить было решительно не на что) разматывалось преступление, как в хайку выли собаки, скрипели колодцы, плакали дети, подавальщицами задержались лишь самые безответные, эти же две, скучая по студенческому обмену, забрели в магазин – и пристрастились. Здесь рядами висело шмотье и, казалось, никто не считает, зеркала, как в комнате смеха (они умирали от смеха в каком-нибудь шляпном отделе), курьезный, как кунсткамера, разносторонний вроде университета, магазин почти полностью им заменил тот культурный обмен, на который мамы и папы сюда отпустили студенток. Ходили они каждый день. Здесь, совершенно бесплатно, они выучили запахи всех духов, включая запах свободы: их никто не смеривал взглядом, не делал им замечаний, что надо потише, поаккуратней или поднять с пола, что надо что-то иметь или кем-то там быть, только все улыбались, и этим шампанским во льду иностранной улыбки они не заметили, как надрались. Мало что коварней и слаще гражданской свободы быть всем безразличным, эти дуры решили, что вправду пройдут мимо кассы Христом по воде, здесь же этих кофтенок как грязи, кто считает, такие богатые люди! Когда взвыла сирена, то суд оказался таким же выцветшим, пыльным, унылым, как длинная улица, где они квартировались. Наконец, Муравлеев, дорвавшийся перевести (что за мука, когда льется в уши, в поры, в ноздри, в глаза, а сказать невозможно!) с отвращеньем услышал лишь сумму штрафа, вылетевшую из собственного рта. И такой была эта цифра, что сам от себя отшатнулся – повернулся ж язык! Ведь он знал, где они эти деньги достанут.

Во все время игры понимал, что ведет себя как-то незрело, как большинство декабристов на допросах следственной комиссии. Характер и род его деятельности им, безусловно, известен, но это не значит, что надо сознаться по каждому эпизоду. Так не делается. Трудно спорить, что переводчик, выползающий из-за стола и с уваженьем глядящий на собственные руки – сколько уставов и учредительных договоров стачали за день! – почему-либо вдруг не заметит, что текст, где он с любовью вставлял запятые, ненавидел его и *любил*, многие годы кормился с него, испытывал вдохновение, правил, убирал длинноты, работал над образом – это всего лишь нефтяная, офшорная, грязная порнография. Трудно спорить, что, когда ему платят из фонда помощи нищим за памфлет по борьбе с нищетой, он не знает, что вместе с кривыми, косыми, прыщавыми клерками, с прокаженным сбродом госслужащих и получателей грантов явился на паперть отобрать у слепого стаканчик. Трудно и Бог с ним, но зачем он сам сообщил им, что не только пустомеля, порнограф и вор, но еще сутенер? Зачем? Когда можно легко упираться, что, дескать, думал, они, наплевав на все штрафы, просто сядут себе в самолет. Еще пусть докажут, что он прекрасно все знал – что такие круглые дуры скорее торгуют собой, чем рискуют «попасть в компьютер» (что это, точно им неизвестно, но тем страшней омрачить свое светлое будущее). Притворись хотя бы перед собой, что ты им не адвокат, не судья, не закон, что, может быть, так им и надо… И несказанная ярость вдруг овладела Муравлеевым. Я же узнал вас. Это только вы никогда не узнаете меня, а у меня память, я кормлюсь ей, и рад бы, но если что и забуду, то лица, и никогда имен.

И, не решаясь, конечно, показывать пальцем – вот Е… Руслан, который, рассказывал Фима (все стремясь исправить то первое, невыгодное, впечатление), придумал себе синекуру, студенческий обмен (и делать-то ничего не надо, – хвалил комбинацию Фима, – только визы добыть им, а дальше они уж сами), вот доктор Львив, вот то ли Груздь, то ли Гвуздь, вот Их-Виль-Инженьер-Верден.... Как-то Муравлеев не выдержал: «Перестаньте паясничать! Ведь кем-то же вы хотите же быть?» Хорошенько подумав, молодой человек – впрочем, тогда еще мальчик – осторожно спросил: «Как сказать «сотрудник отдела вневедомственной охраны?» ...Что у него сегодня с лицом? Что у него сегодня с лицом?!!

Ах да... Он водил прицеп, цистерну с серной кислотой (заодно: повторить кислоты и таблицу Менделеева), стал продувать шланг... Сейчас, после двух косметических операций, утверждает, что технология розлива не продумана. Это *лицо* (не говорите мне, что операции делала доктор Львив!) Муравлеев впоследствии видел еще раз, в классическом особняке недалеко от Центрального парка, где располагалось генконсульство.

С внутренней жизнью таких особняков вас ознакомит Эдит Уартон: джентльмен с подагрой, дворецкий, жена (интересная женщина, алкоголичка)... Только на этот раз внутри оказался реввоенсовет, ведущий оперативную работу среди по возможности игнорируемых каминов, негосударственных гербов, пола, плывущего в лаке, как заливное, окон с театральными занавесями, среди золоченой лепнины, розовых фресок и отчаянных сквозняков, которые тоже немедленно узнаешь (особняк конфисковали, а дров не завезли). Сдвинув в угол рояль, посредине поставили стол, краем уха Муравлеев услышал реплику завсегдатая: «Кто здесь не разбирается, попадают сначала в другой зал». И вправду, в другом зале было накрыто горячее, и кроме бефстроганов там ловить было нечего, здесь же с билибинским изобилием сервировали закуски: длинный язык под бордовым хреном, остроносый копченый осетр на ювелирном прозрачном поставце, икра черная, красная и, для юмора, баклажанная...

Вообще, казалось, что повар большой остряк: к сожалению занятый в кухне и потому лишенный возможности выйти к гостям рассказать все свои анекдоты, он вложил их под шубу, под майонез, на дно холодца, в румяные пирожки, в окорока и грибки – гость грибки безошибочно узнавал и смеялся до колик. Узнаваемы были и фрукты на заднем плане, у стенки – хорошая, сочная копия дачной клеенки нашего детства. Узнаваемо было на стенах (три гиганта, гласила надпись, аккуратно переведенная для посещающих генконсульство иностранцев), и все это, вместе с невероятным количеством прекрасных до дрожи и абсолютно статичных дам, уверяло все чувства Муравлеева, что он дома, на своей государственной территории, как плошка воды, подвесной насест, равномерные прутья и гильотина подъемной дверцы уверяют чувства заблудшего попугая, что вот он и снова дома, в тепле, со своими.

Быстро стало даже и жарко, хотя механизм согревания помещений тоже был традиционный, от испарений множества тел, вызванных страхом за жизнь или младшей его невинной сестричкой «кто и как на меня посмотрит». Через час прекрасных миледи, обнаженных в вечерние платья с плечом, клейменым оспенной лилией, перестало быть жалко – согрелись. Однако в определенных точках подводных течений и через час было лучше все-таки не стоять.

И вот там он увидел это лицо. Рассмотреть как следует было, увы, невозможно: циркулируя в лифте между первым и вторым этажами, он утыкал его в угол, и следующей степенью камуфляжа могла бы быть только железная маска. Однако после двух-трех проездов Муравлеев все-таки углядел, что лицо не несет ни шрамов, ни оспин, ни ожогов... Тогда что же? Мороз-то по коже – отчего? Глядя в его напряженную спину, вспоминал китайцев и негров, водящих лифты естественно и беззаботно: первым легко дается отсутствие всякого выражения, вторым отсутствие всякой мысли, здесь же даже по тем отдельным вылазкам, что лицо позволяло себе из угла, было понятно все, что он думает о каждом сотруднике консульства, каждой жене, каждом госте, и званом и приблудившемся только пожрать. Так что, конечно, начальству, хоть внешне это вроде бы и негуманно – поставить пожилого человека в угол, как мальчика коленями на горох – ничего больше не оставалось. Не занимать же ставку ценного сотрудника китайцем? Ты вот стоишь и не можешь понять, в чем дело: ожоги? шрамы? дескать, мороз чего-то по коже, нетоплено тут у вас…. А он твоего лица и спиной никогда не забудет, мельком глянул и мерку снял, ибо еще сойдешься ты с ним на узкой дорожке, и вот тогда он тебе припомнит, как битый небитого вез. Сознайся, Муравлеев, хотелось же рухнуть перед ним на колени и пропищать, что ты не нарочно, что тебя охранники не пускают шляться по лестницам в учреждении, а так разве б ты его затруднил?

На лифте каталось умение отделять вечное от невечного, приевшийся афоризм о не путать первого со вторым, и уж этот, видели вы, первого со вторым не спутает, в горячий зал поперед осетрины не сунется. Сегодня здесь, завтра там, было написано на его обезображенном лице, когда в лифт втискивались расфуфыренные господа и дамы, и все же за этой мыслью стояла глыба – нечто вечное, что *никогда* не изменится, и, в отличие от миллионов мечтателей, он это знал. На улице зажглись фонари. Район, как уж сказано, был отличный. Проходили высокие джентльмены в кашемировых черных и серых пальто, те самые, эдит-уартоновские, подчас с тростью, или с дамой, или же с тем и другим. Тихо плыл в мягких сумерках аромат хороших сигар, духов и бензина шикарных автомобилей. Муравлеев курил, затягиваясь воздухом большого города, он боялся вернуться туда, где добрые шутки незримого повара, заделанные в пирожок, стучали в висках, как камерная морзянка, отбиваемая в подполе кухни. Он боялся съесть в пирожке какой-нибудь лобзик или веревочную лестницу. В темноте смягчились все контуры, только лифтер, по мере того как пьянели гости, становился трезвей, вырисовывался все четче – видимо оттого, что с темной улицы входишь в ярко освещенную кабину, – будто начиналась его настоящая, теневая, ночная, жизнь, в которой философу снится, что он бабочка, а Абадонне, что он лифтер. Зато уж и искренне каждый проехавший, выскочив, мямлил: «Спасибо!» Он же ответствовал каждому так:

-Пжшст.

Как там у Камю? С определенного возраста каждый несет ответственность за свое лицо? Немножко несправедливо, а? А что тогда несет генконсульство? Поставщики серной кислоты? Взыскать с них, взыскать! Депозицию! Я же не из удовольствия быть таким кроил это лицо – а чтоб им понравиться. И вот теперь, когда мне говорят, что я урод, пусть те, кто уговорил меня, что это красиво и современно – пусть они мне заплатят.

– Нет способа это преступление не совершить.
– Да.
– Хотя есть... Перестать делать то, что ты делаешь...
– Да.
– Правда, тогда ты будешь делать что-то другое...
– Да.
– И результат будет тот же.
– Нет.
– Нет? Нет?! Приведите хотя бы один пример!
– А потому, – продолжал он, не дождавшись иного ответа, кроме истеричных всхлипываний эксперта торговой палаты. – Как же вы можете утверждать, что я совершил преступление, не заплатив за тех девчонок и не написав этой несчастной петиции в «ЛДП», которая все равно ничему бы не помогла – ведь должны же мы кого-то сажать, в том числе на электрический стул,

а за это по всей длине этапа добрые бабы угощают их калачами, ибо каждый, в ком осталась хоть капля совести, понимает, что винтик сидит за машину, в которой другим каким-нибудь винтиком подвизаюсь я...

– Нет, я не могу так играть, – простонала дама с перевязью, без собачки. – Это черт знает что такое. Я не запоминаю и не знаю, что надо говорить: «да» или «нет»...

Муравлеев посмотрел по сторонам. Е... Руслан, забившись в угол, смотрел по телефону, кажется, «Аиду» – лаСкальная запись, похвалялся Руслан, недавно ездил и все заснял телефоном – тыкал трубку, экран пищал, дюйм на дюйм, все восхищались, но отдавали назад, и смотреть пришлось самому. Доктор Львив, это меццо-сопрано из другой оперы, доказав, что есть у нее сила воли, успокоилась и наложила в тарелку колбас, пирожков, винегрета и во все это ушла с головой. Озабоченный Павлик, дав отбой, тут же засобирался – видимо, надо бежать, засвидетельствовать там, на месте... Одним словом, тут же все согласились, что игра зашла чересчур далеко.

На прощанье к нему приблизилась девушка с перевязью.

– А что, это очень омерзительно, переводить про разные преступления? Я заметила, вы принимаете очень близко к сердцу.

Муравлеев поколебался. Не оправившись от предыдущей игры... Нет, его дама неисправима. Но уж играть так играть:

– А я не слышу, что они говорят. Для меня это падежи, идиомы, порядок слов, тема, рема, пословицы и оговорки, адреса, калибры, статьи, модели и марки. В общем, есть чем заняться. Мое дело язык.

Но в этот раз почему-то прозвучало как «мое дело труба».

Поздно ночью Плюша подвез его к гостинице.

– Они правы, – сказал Муравлеев на прощанье. – Твои друзья, конечно, жестоки, но правы. Я вечно потел, возмущался законами, экспериментами, чьей-то жестокостью, глупой железной машиной, исписал тонны бумаги уставами новых, утопических обществ, но ни разу в жизни не встал из-за рычага... Каждый день приходя и садясь за свое преступление, как за работу...

– Да не было никакого преступления! Ты что, не понял? – уставился на него Плюша (они ничего не придумывают, они отвечают по букве в начале вопроса – пол-алфавита «да», пол-алфавита «нет» – а ты сам, получается, закручиваешь какие-то немыслимые истории! это такая игра!), но Муравлеев не слушал, торопясь оправдаться:

– И их хотел в это втянуть! Дескать, чего вы, врачи, адвокаты, бухгалтеры, программисты – я один, что ли, за рычагом? Нет, Плюша, помнишь тех дур в деканате, что всегда угрожали: «Учитесь в идеологическом вузе, а позволяете себе... прогуливать»? «Учитесь в идеологическом вузе, а позволяете себе... сдавать курсовую работу в таком неопрятном виде»? Они оказались правы, мы с тобой вляпались в такое дерьмо, что порядочным людям и не понять. Я тут видел (на чашке? в витрине?): «The most important decision you will ever make in your life is who you are going to marry». И позавидовал этим... блаженным. Хорошо решать между красным и белым, между республиканцем Додж Караваном и демократом Фордом Уиндстаром, между Машей, Ларисой и... Дженнифер, в какой стране жить, куда пойти учиться... А, между тем, единственный значимый выбор, как праздник – выбор-рычаг, который всегда с тобой...

Разыскать бы эту обменную организацию и вырвать ей яйца. Даже искать не надо: вот сидит и играет с тобой в преступление. Однако так просто яйца не вырвешь; чтобы заставить организацию заплатить, надо создать другую организацию по борьбе с той, первой, пустить подписные листы, взимать членские взносы, учредить пару-тройку оплачиваемых должностей, снять помещение, организовать рекламу, предостерегающую граждан от обмена, широко вести просветительскую деятельность, печатать листовки, брошюры, давать интервью, выступать по телевизору.... а там и перевод можно бросить. И среди решений юродивых тут же мелькнуло одно нормальное: ничего не надо делать. Этим мы сразу решаем много задач. Вдруг, сегодня празднуя труса, идиотика, бюргера и безответственную шестеренку, я их завтра спасу еще больше? Если мой бордельный приятель будет каждого защищать, а львица лечить, разве их хватит надолго? И, может, на двух несчастных дур приходится тысяча девушек умных, студенток, сумевших и подзаработать, и утолить познавательный интерес?..

– Да брось! – поморщился Плюша, растирая грудь. – Нельзя так мрачно смотреть на вещи. Ты же слышал, она сказала: рабочая группа через месяц. Я про тебя им тоже напомню. Ничего, работы навалом, надо только уметь искать.

Муравлеев стоял побитый и жалкий.

– Это только игра! – еще раз сказал ему Плюша, хотя очень хотелось домой.

– Наверно, гастрит...., – извинился Муравлеев. – В эскимосские палочки – трудно.

– Эскимосские палочки? Что это? – все же не выдержал Плюша.

– Это... – Муравлеев и сам не сразу вспомнил, откуда взялось названье игры, но, подумав, все объяснил: – Эскимосский способ охоты на белых медведей: струну смазать салом и свернуть на морозе в колечко, колечки потом разбросать, а в животе у медведя такое «колечко» оттает и развернется.

Еще какие-то правила он позабыл, кункен в голове смешался с куканом...

– Нет, постой... Не медведя, а утки. Значит, сало на ниточке, утка проглотит, а оно проскочит насквозь, проглотит другая, оно снова проскочит, проглотит еще кто-нибудь...

– И что?

– Ничего. Общаются люди, играют.

– Ты, Муравлеев, иди лучше спать.

– Но с гастритом нельзя. Это сало, когда в животе развернется... Как пуля в кишках.

Стоя под душем, он вспомнил смятенье в начале игры, когда его повторно отправили на лестничную клетку для решения пограничного вопроса: где именно пролегает середина алфавита. «Не было никакого преступления!» Если бы это был кто-то другой, Муравлеев обиделся бы на розыгрыш. Но в случае Плюши все было понятно. Однажды – и только однажды – надравшийся Плюша сказал ему «вот как тебя».

– Как меня?

– Видел их.

Муравлеев тактично смолчал, но плотина в стареющем Плюше сломалась:

– Я жил при дворе Халисси Ласси!

И Муравлеев, дурак, успокоился: ну, как обычно, начнётся хуйня про карьеру, про спорткомитет и про бывшего тестя, про самое интенсивное жизненное переживание – как два года был невыездной, потом поправил, но это было ужасно, ужасно, и, главное, непонятно за что, и ни с кем это было нельзя обсудить, хуже сифилиса, он метался, готовый лечиться, отмыться, но что отмывать?!!

– Ты хоть знаешь? Такой император.

Муравлеев устало кивнул.

– И поставили всех под ружьё.

– Под какое ружьё?

– Я их видел вот так, как тебя, и я даже не понял, какие-то бабы с детьми, они то ли тогда голодали, а, может, уже Эритрею хотели, но были они без оружия, бабы, ребята...

Его вечный конъюнктивит, одноглазые право-сторонние слёзы вскипают на солнце, от ветра, езды, телевизора, острой еды, Муравлеев и внимание обращать перестал, как порою сверкает в засахарившейся глазнице...

– Понимаешь, в упор. Я был двадцатипятилетний мальчишка, переводчик на практике.

Всё. Что же Плюше еще оставалось (т о г д а ничего не успел, не запомнил, не видел, теперь, на досуге, который придвинулся ближе, – успеет), как не затвердить себе, это игра, просто по алфавиту. Много раз Муравлеев пытался вернуться и выяснить... глупые, в сущности, вещи: попал ли (в упор-то из калаша), сколько раз и в котором году (в энциклопедии посмотри, идиот), но Плюша умело сворачивал на спорткомитет, хвалил Африку: «Ты прикинь, на стайерские дистанции он может не есть, не пить, а бежать и бежать!», охотно делился другими, геройскими, случаями про тарелки: сидим в олимпийской столовой, я, Валентин Лукич Сыч, комсомолец, обычно они шли в ЦК, в отдел пропаганды, а его слили в спорткомитет, это был страшный отстойник, но Сыч дорвался до хоккея, а это уже были бабки, убили его, но тогда я сижу, а меня, между прочим, в Лейк Плэсид оформили поваром, выпил для храбрости и захуячил им в стену тарелку с какой-то жратвой, завопил им: «Я вам не водила, не мальчик, не повар! Я вам переводчик!», сбежалась охрана, полиция... Вообрази, через несколько дней наградили. За что? Нас отправили в банк. Витя Высоцкий... его потом тоже убили, когда Павлова убрали, он был у него хозяйственником, но Витя был классный парень, и мы посчитали, там лишних семь штук – и вернули. Ну, думаю, нас бы нашли всё равно по купюрам. И Павлов дал нам премию по пятьсот долларов. Ну чего ты от меня хочешь? Чего?!! Вывезли в район, разместили, это было не очень долго... недели две.

Если выпадет снег, то они с Филькенштейном будут гулять по хрустящим, расчищенным снежным аллеям, как в Горках. Филькенштейн сказал бы:

– Вы скорее готовы считать себя вором, насильником и убийцей, чем ничтожеством. Гляньте же правде в глаза! Ведь от вас ничего не зависит.

– Удобно! – согласился бы Муравлеев. – Как там Плюша учил: positive thinking? Аутотренинг? Где-нибудь в парке культуры все думают, что я вот так просто стою, а с каждой минутой вот так стоянья мне капают деньги. Дядя Сэм не злодей, а скорей утешитель-Лука: при пересчете каждой минуты на деньги человек всегда находится в выигрыше. Все у меня в голове. Преступление? Я его просто придумал. Как с тем подвигом, в жизни всегда есть место и преступлению... Ущемленное эго последней в обществе шестеренки, от которой ничего не зависит.

– Есть время переводить и время занимать гражданскую позицию. Делайте что вы умеете. Делайте то, зачем вас позвали, и поменьше волнуйтесь об остальном. От этого у вас внимание рассеивается, память становится избирательной, как абсурдно запрашивающая -... Вы не находите, что девок – память, внимание, интеллект – вообще нельзя баловать выбором? Я нахожу, что они обязаны включиться, когда бы мне ни заблагорассудилось вставить ключ в зажигание. Мне не нужны тормоза, которые будут рассуждать, сейчас или позже: *мне надо сейчас*. Особенно не могу потерпеть капризного «я», с капризным «я» лучше вообще не садиться за руль, это опасно и непорядочно, ты не один на дороге.

– Откуда возникла тема дороги?

– А как же! Ваш Стенли Милгрем открыл – правила уличного движения. Вообразите таксиста, который, вместо того чтоб везти, спросит сначала, с какой вы едете целью, а там он еще подумает, везти вас или нет. Помните встречу в департаменте здравоохранения? А вы, говорят, пишете в этих своих «ланцетах», что корень зла – проституция и наркомания? Нет, говорят, только методы экспресс-диагностики. Долг врача – их лечить. Проповедовать будет кто-то другой. Вы тогда, помнится, очень обрадовались. Перевели с таким удовольствием, что члены думы на вас потом накатали телегу, какая вы высокомерная сволочь. Помните?

– Помню, – сказал бы польщенный Муравлеев.

– А то, что те человек триста, которым вы перевели за год, оказались ни в чем не виноваты, может быть и простым совпадением. Такое же совпадение в «Воскресении», целый обоз на каторгу – и никто не виноват. А они его обвели вокруг пальца. Пока он смотрел, прикинулись паиньками. Народом. Стоило отвернуться, и вы сами знаете, что началось. Себя же ставите в прекомичнейшее положение – что дальше, нанять извозчика и уехать в Сибирь?

Он встрепенулся под душем, извившись как женщина или как червь перед зеркалом, заводящий руку за лопатку, чтобы пощупать новое крыло – и не достающий, но неужели зеркало врет? Это я уже... меняюсь? Что со мной? Вот я и отчуждаюсь от продуктов собственного труда, как было обещано в идеологическом вузе. Действовать в пределах инструкции, а не лезть с гражданской позицией. Это моя новая мораль. Есть пресса, правозащитники, литераторы, малохольные барышни – давайте каждый будет делать свое, а? Давайте не будем устраивать бардака. На следующее утро он нанял извозчика и уехал в Сибирь.

8

Там все было по-старому.

Ветер дул непрерывно, когда-нибудь он устанет и выпустит дом из когтей, но за тысячи лет и за тысячи миль отсюда. Rip Van Winkle or Jack the Ripper, этот ветер that rips and winks, так что стакан на столе трясется, как когда стюардесса побежит вдруг с мешком и завоет: «Пристегните ремни!». (Стюардесса с мешком, пятясь задом в проходе, как старьевщик, заученно, нудно твердила: «Garbage? Garbage?», и он, никогда не видавший старьевщика, зато тысячу раз – стюардессу, озадачился вдруг: почему как старьевщик? Скорее, старьевщик – как стюардесса? Шарманка – как стюардесса? И не его заоконный старик идет за своим турникетом, как за плугом – вернее бы было сказать, что за плугом, видимо, ходят приблизительно так, как передвигается этот старик? И не чтение книг на работе – как coitus interruptus, а... как что это было? Как апельсин?) Он еще делал вид, что это во сне, но сам уже понял – нет, не во сне. Звонил телефон. Муравлеев перебросился телом на другой край кровати и взял трубку. В доме для престарелых кончалась старушка, они просят их извинить и надеются на понимание. Они догадались, кому позвонить – человеку, который со своего понимания кормится. Он даже растрогался – знают, что надо кончаться на родном языке. В темноте найти их оказалось непросто, ни одного указателя не рассмотрел, ни на Стокгольм, ни на Амстердам, помогло только то, что дорога ими кончалась, а остальные еще дальше куда-то вели. Коридор блестел ночью еще ярче, чем днем (с вечера, что ли, моют?). Что лифт по ночам громыхает, факт известный, но тут был даже не лифт, а грузовой подъемник. И только войдя в полутемную комнату (горела лампа), он впервые подумал, а чего, собственно, от него хотят. «Поговорите с ней», – сказала сиделка, встретившая его внизу, он присел и добросовестно произнес:

– Здравствуйте, Валентина.

Старуха не отвечала. Он повторил погромче и назвал свое имя. Старуха беспокойно зашевелилась и что-то сказала. Что, Муравлеев не понял, зато поняла сиделка и объяснила, что он пришел с ней поговорить на ее родном языке. Задним числом он угадал, что старуха спросила: «Who is this?»

Старуха взяла его за руку. Сиделка тихонько направилась к выходу.

– Вы откуда? – спросил он, как принято спрашивать.

Старуха молчала и равнодушно выпустила его руку, как только закрылась дверь.

– Давно вы здесь? – снова спросил он, как принято спрашивать.

Здесь у каждого три таких даты: зная за ними попытку к побегу в пространстве, время фиксирует их для верности третьей булавкой в коллекции бабочек. Лицо старушки казалось уполовиненным, скулы да сморщенный лобик. Но и с ним (а, может быть, благодаря), в нехарактерной пижамке (здесь все было чисто, не пахло, от кошмара только линолеум и грузовой лифт), она все же была... то ли школьная нянечка, то ли кассирша из булочной, то ли фимина теща, от линии жидких волос коромыслом до руки под лампой, цвета и вида дрожжевого теста. И ему мучительно не хватило пол-имени – какая она ему «Валентина»?!

– Как вас по отчеству? Мне иначе неловко...

Валентина молчала. Может, она хочет, чтоб он поговорил, а она послушает?

– Я здесь живу, в получасе езды, но мой Китеж-град... Знаете? Третий Рим? Белокаменный? Может, бывали? – сказал он, придавая голосу тот слегка восторженный тон, каким говорила сиделка.

Валентина молчала.

– КАК ВАС ЗОВУТ? – почему-то решив, что непременно должен добиться от этой старушки толку, после того как его подняли средь ночи, и он час проплутал в темноте. Тогда старушка в него плюнула. То есть, она, может, плюнула и не в него, но попало в него.

– Вы не хотите со мной разговаривать?

Старушка всхлипнула и забормотала. Он не сумел разобрать ни единого слова, но слышал, что бормочет она по-местному. Муравлеев встревожился, но вообще-то... начинало надоедать. Он тихо поднялся и вышел из комнаты. За дверью жутко блестел коридор. После комнаты понял, что он не мокрый. Он блестел от нестерпимой яркости электрических ламп. Никого не было. Он пробежался сначала в одну, потом в другую сторону. Все было заперто. Громыхать лифтом совсем не хотелось, почему-то делалось страшно, что изо всех дверей повысыпают такие старушки. Лестницы он не нашел, наверно по технике безопасности. Заглянул в комнату Валентины, она по-прежнему тихо плакала и что-то бубнила, и на секунду ему показалось, что она грязно ругается все на том же, неродном языке, но неотчетливо, так что поручиться он бы не смог. Тогда он решился и подошел к лифту. Кнопок там не было, только замочная скважина. Он вернулся к двери и сел на линолеум. Там же стоял и диван, но садиться на этот диван было противней, чем на пол. Он ждал сиделку и злился. С чего они взяли, что она умирает? Тогда почему, вместо того чтоб оказывать помощь... И почему нет дежурной по этажу... и почему нет хода на лестницу... а если, допустим, пожар... отблески яркого, режущего огня на полу, как в огромной блестящей луже… где же пути эвакуации…. От шагов он вздрогнул и вскочил, так что сиделка, может, еще и не заметила, что он задремал у старушкиной двери.

– Она не понимает, кто я, – нажаловался Муравлеев. – Она даже не понимает, на каком я говорю языке.

Сиделка сочувственно посмотрела на него и открыла дверь.

– У них надо спрашивать, что было на ужин, – сказала она, поправляя подушку.

Перестав бормотать, Валентина посмотрела на нее почти с интересом.

Сиделка дотронулась до пижамы.

– Какая красивая рубашечка! – Валентина проследила глазами за движением ее пальца, и лицо ее сделалось покойно-равнодушным, утеряв ту горечь, как когда она плевалась и всхлипывала. – Сегодня был вкусный ужин?

Валентина кивнула.

– Что было на ужин?

– Meat loaf, – сказала старушка и, подумав, добавила. – Mashed potatoes.

Сиделка обернулась к Муравлееву, как будто говоря – вот видите, как просто, и стоило ли сидеть на холодном полу.

– Who is this? – спросила старушка, расправляя лобик с характерным рисунком морщин, простым и внятным, как хохлома.

Но больше сиделка не стала объяснять. Погладив старушку по ноздреватой руке и пообещав скоро вернуться, она вывела Муравлеева в коридор.

Домой он не поехал: взглянув на себя, он увидел, что с переполоху надел ночью костюм. Начинало светать.

Он собрал свои ручки, тетрадки, презентацию, где надписал массу слов, вроде бы и знакомых, но сегодня ведущих себя как-то странно – «мы объясняем отсутствие эффекта каннибализации низким уровнем проникновения», – и вдруг ему на бумаги легла волосатая лапа.

– Никуда это не выносите.

– Но это готовый глоссарий!

– Я вынужден вас огорчить: это не столько глоссарий, сколько новейшие незапатентованные технологии.

Он пожал плечами и вышел, за ним покурить увязался и Анатолий. После трех контрольных вопросов – вы откуда? давно вы здесь? по родине не скучаете? – у обоих еще оставалось по полсигареты, но Анатолий нашелся:

– Как тут у вас с работой? – и, тут же исправив бестактность, добавил: – Такой специалист, как вы, наверное, нарасхват?

– Бывает и посреди ночи поднимают, – туманно ответил Муравлеев и вдруг заметил, что, как бы там ни было, искренне гордится собой. Своим соучастием в жизни страны и ее граждан. Тут бы Анатолию и замолчать. Затоптать окурок об урну и, хлопотливо вздохнув, вступить вместе с Муравлеевым в волны вечно бегущих дверей голубого стекла. Но Анатолий не унялся:

– Раскаиваетесь, что не сделались вовремя программистом? Им-то, наверное, платят побольше? – он кивнул в сторону вечнобегущих дверей. – Да и правильно – все же работа-то творческая.

Интересно, – подумал Муравлеев, взглянув ему прямо в лицо, – ты меня не боишься? Напрасно. Сейчас так тебя... изображу. И, поигрывая языком за щекой, как кастетом, как... кистью, вошел в комнату, сел, придвинул бумаги...

– Почему эта – то вот, что вы сегодня сказали – привлекла такое внимание к ней? Почему потому генеральный сказал поезжай посмотри. Сейчас многие рассуждают о том что. Хотя мне, с моим жизненным, в общем, балансом, это, в принципе, как говорится.

Нет, нельзя поддаваться столь мелкому чувству. Even though not of immediate business interest, this technology, nevertheless – and I am sure I am speaking for our CEO – justifies every bit of attention given to it by all who closely follow…Спекаться Муравлеев начал после обеда. И все же делал усилие не говорить «отдельные заявления презентации – вперед смотрящие заявления, субъекты рисков и других факторов, в силу чего актуальные результаты могут материально отличаться от тех, что выражаются в наших, вперед смотрящих…», чтоб Анатолий не подумал, что он ему мстит. Проситься в туалет не решился, а там бы:

– Вот вернусь домой, засяду за язык, – сказал бы Анатолий мечтательно, – выучу же я пару сотен слов, потребных для общения?

– Да слова вы и так все знаете, – сказал бы Муравлеев, – префы, оферты, хеджинги. Сесть на бомбе втемную. Главная проблема у вас будет с этими, знаете, параллельными системами времен, настоящее и ненастоящее, то, которое только мнится, мерещится, плюс-ке-парфе, более чем совершенное. Это и специалисты не всегда различают.

– Да, – грустно подтвердил бы Анатолий, – грамматику я ненавижу со школы.

И это еще из тактичности он умолчал об абсолютно превосходной степени прилагательного, с чем и сам хронически не справлялся. «Ну как вам живется у нас в стране?» – спрашивала принимающая сторона, и Муравлеев чувствовал, что по грамматике требуется именно эта степень, но образовать ее не мог (optissimum? optimissimum?) и принимался ходить вокруг да около, так что принимающая сторона отходила обиженная. Муравлеев не раз себе клялся проштудировать эту главу повнимательней, заучить наизусть хоть самые распространенные формы, а меж тем не только не осваивал заковыристой темы, но и постепенно утрачивал обратный грамматический навык, свойственный его родному языку, степени абсолютно наихудшей (беда – прямо беда – совсем гроб), которой носители пользуются для описания зарплат, больниц, законов, известий...

– А, может быть, вы и правы, – говорил бы тем временем Анатолий. – А то иногда посмотришь по сторонам – и жить не хочется. Полярная ночь... Как тут у вас с климатом?

... А, войдя в раж, подпускают такие замысловатые морфологические образования, что собеседнику становится не по себе. Но язык языку не судья. И, во всяком случае, тема времен вдохновляла Муравлеева больше, чем тема пространств. Потому что сразу же за «Давно вы здесь?» у них всегда по сценарию реплика: не жалеете? А жалел он только о том, что у него готовой реплики – нету, и в этом месте по его вине всегда *ломался диалог и любой зритель, побежавший сдавать билет, был бы в своем праве. Но не до конца же его вина, оправдывался перед собой Муравлеев, раз по этой строке проходит линия сгиба: все исполнявшие эту роль таскали ее в кармане, и строка затерлась до неразличимости слов. Разве это моя вина? Так придумай что-нибудь!* – упрекал он себя. – *Нельзя же молчать! Люди деньги платили.* Но тут же виновато пожимал плечами: ну не могу придумать. Я же не Шекспир.

В ту минуту, когда нестерпимо хотелось домой (а сегодня еще же Сева!), он вспомнил про психиатрическое освидетельствование. Низкорослый, тщедушный гоблин в темной, зашторенной комнате, страдающий заиканием и нервным тиком (доходя до ключевого слова, изо всех сил стискивал глаза, и, невидящим лицом уставившись в Муравлеева, тужился глазами и пытался преодолеть преграду), на темени окуляр, очевидно, с закрытыми глазами он ориентировался при помощи окуляра, там не глаз (поскольку черный провал), а чувствилище. Летучая мышь, которая ловит вибрации, не выносит дневного света, не предложил ни сесть, ни раздеться, постепенно Муравлеев сделал все это по собственной инициативе. Он опоздал минут на пять, чуть заплутал, позвонил с дороги – ответил голос, Муравлеев стал объясняться и понял, что автомат, только когда его поставили ждать, включив классическую музыку. Классическая музыка была тоже автомат музыки. Пока ждал человеческого ответа, сам нашел и разъединился. На преувеличенные муравлеевские извинения врач не ответил преувеличенными ободрениями, что ничего страшного, пять минут, – вообще никак не ответил. Врач подгонял, не подгоняя, задавал вопросы, будто хватал чушки с конвейера – секунда, и чушка уплывет несхваченная, конвейер засорится, производство остановится, будет крах. И как будто каждая чушка еще и горячая, ее надо быстрей ухватить и перебросить на другой конвейер, каждый вопрос жег ему руки, и он старался избавиться от ответа после первого же слова, «да» или «нет». Муравлеев так и не решился попроситься в туалет. Впрочем, процедура продолжалась всего час. В закупоренном кабинете жужжал настольный вентилятор, и постепенно Муравлеев начал производить обратные действия – надел пальто, встал и, сначала украдкой, но все меньше и меньше стесняясь (врач вообще не производил впечатления одушевленного предмета) размялся, чтоб не замерзнуть. Минут десять ушло на общие вопросы: имя, фамилия, год рождения (отдельно спросил про возраст, так что Муравлеев восхитился психиатрической тонкостью), место рождения, место жительства, семейное положение, есть ли дети, с кем живет, в каком году приехал (и еще раз Муравлеев отметил, что в баньке с пауками тут каждому смывать с себя *три* даты) – и, наконец, про аварию. Груздь отвечал хорошо. И хоть пару вопросов, действительно, задали про сны и страхи (так, вскользь), Муравлеев понял, что в агентстве ошиблись: не психиатрическое освидетельствование, а общий осмотр, максимум невропатолог. Услышав про жалобы на онемение руки, поочередно колол руки острой палочкой, фантазии не хватало, колол одинаково, и пациент с закрытыми глазами выглядел, действительно, симулянтом, ипохондриком, приспособленцем со своими немотивированными выкриками: «Так же!», «По-разному!». Особенно завравшимся и запутавшимся он выглядел в момент, когда («Я левша: и вот левой рукой трудно».) на вопрос «Вам что трудно? Писать? Ручку-карандаш держать?» – «Ручку я держу правой рукой, – ответил он простодушно», и добавил, оправдываясь: «Нас же переучивали». Но врач не дал себе времени и труда озадачиться, как это. Муравлеев же вдруг осознал, что блоху подковал *переученный* левша. «Как вы больше теперь боитесь – за рулем или пассажиром?» – спросил врач и, отсекая полившийся бред, сам записал: «Пассажиром. Нет чувства контроля.» Совсем не психиатр – теперь, когда началось самое интересное... Муравлеев еще раз взглянул на бумажку с заданием, там по-прежнему четко и ясно: «психиатрическое освидетельствование». Что же это они так перепутали? И вдруг его озарило – не было никакой аварии! Все – фигмент воображения, фантом. Как он это ловко, этот гоблин! И, главное, быстро так, не думая...

Дома ринулся... А проверять автоответчик не стал, хоть тот и подмигивал. Он примерно догадывался, что там. Старушка так и скончалась. Без причастия. Пришлите счет. Не полез и за электронной почтой – там, тоже понятно, приглашение на гражданскую панихиду по переводчику «Сатанинских стихов» Салмана Рушди на японский язык.

Сева вышел из туалета с листком в руке.
– Это что?
– Где?
– Вот это.
– Слова, – смущенно сказал Муравлеев.
– Тебе такое приходится переводить?
– Пока не бывало, но вдруг...
– Зря ты... в туалет. Я, между прочим, купил в Эмиратах кинжал. С письменами по клинку. И этот узбек мне сказал: «Только в туалет с ним не входи». Понял?

– Нет, ну это так, слова...

– С этим надо очень осторожно, – таинственно сказал Сева, и Муравлеев впервые заметил у него на шее серебряную цепочку, ведущую под рубашку.

Сева взглянул на Муравлеевские липкие руки с приставшими к ним рисинками и подозрительно приблизился к столу.

– Это что у тебя?

– Это я делаю суши, – спокойно сказал Муравлеев, катая в пальцах рис и пытаясь звучать сибаритом насколько возможно в матильдином доме. – Японское блюдо. Так пристрастился, что сам теперь делаю дома. Крабные палочки. Это, хотя, не сырое. Да и горбушу подсаливаю: опасаюсь.

– Вы что все, сговорились?! – вдруг простонал Сева, закурил и отошел к окну, тоскливо посмотрел в темноту. Там ничего не было, кроме отражения муравлеевской же (матильдиной) лампочки и самого Муравлеева, старательно мусолящего севин ужин. На черном та кухня смотрелась лучше, чем эта.

– Не, ты убери это, – сказал Сева, не поворачиваясь, – холодно.

– Холодно? – засуетился Муравлеев. – Я могу отопление посильнее сделать. Ты извини, я привык...

– При чем тут? – сказал Сева. – Щас борща бы с водкой, а не холодный рис жевать, я вот о чем.

– Ну, борща у меня все равно нет, – смутился Муравлеев.

– Все равно. Давай что есть, а это убери.

«Бейгл с крим-чизом? – пронеслось в мозгу у Муравлеева, – как раз с красной рыбой», но решил не связываться, достал бледную, измученную колбасу.

– Ну, как там?..

– Воруют, – сказал Сева, без труда принимая тот сибаритский вид, который не удался Муравлееву. – Как некогда сказал Николай Алексеич Карамзин, чем и очертил весь круг нашей истории.

– Михалыч, – машинально заметил Муравлеев.

– Что? – с готовностью отозвался Сева.

– Ах да... Давай-ка мы с тобой выпьем, Михалыч.

Они выпили и помолчали.

– Как сам-то?

– Да все то же... Когнаты...

Сева поднял голову, припоминая...

– Помнишь, как ты сказал тогда: что нам fuckel, им торч.

– Это я так сказал?

– Ну да, когда Костин...

– Костин умер.

Они закурили. От молчанья и дыма кухня быстро наполнилась призраками. Сева рассматривал их без особого любопытства, иногда лишь отмахиваясь рукой.

– Барсуков все поет. Впрочем, я его редко вижу и, знаешь, особенно не стремлюсь. Я, кстати, давно заметил, мерзавцы любят музыку. Варя...

– Она защитила диплом-то?

– Варя?! Диплом?! Да ты шутишь.

– Ну как же. Она еще мыла гальку в ванной.

– А... эта дура... откуда же ты ее...? Сколько ты не был? Лет пять? Приезжай! Наконец-то я себе справил квартиру...

Еще помолчали.

– Ты не замечал, что с памятью что-то происходит?

Еще бы! Соскочила резьба, и ничто ни за что не цепляет. За последнее время ему двести раз рассказали один анекдот, который он двести раз перевел. Постоянно долбят: «Как дела? Что нового? Как поживаешь?» или «Откуда? Давно? Не скучаете?», хотя он точно помнит, что очень недавно уже эти вопросы ему задавали, и уже он на них отвечал. За последний, скажем так, год его ни разу никто не узнал (впрочем, Груздю позволительно – он же теперь сумасшедший), и, видимо, так и пойдет, вплоть до последнего недоразумения: много вас к нему «Господи! Господи!», а он взглянет и скажет: «Кто такой? Решительно не припоминаю». Как сегодня, когда, выходя за рамку, предупредил: «Вы меня запомните? Я покурю и вернусь», а сам испугался: а что, если он не запомнит? А что, если я выйду и изменюсь до неузнаваемости? Наверное, надо терпимее к людям, ведь не все же они переводчики, не все тренируются в памяти непрерывно, а Сева, в свою очередь, объяснил:

— В Монжуване, с Варей, тут встал на коньки и... поехал! Все семейство потом говорит: ты же в детстве катался! Даже бабушка вспомнила. А я, хоть убей, ни коньков, ни катка, ни старой квартиры...

— Сколько же лет Татьяне Юрьевне?

Сева обалдело смотрел на него.

Посуди сам, как я мог забыть прекрасное, классическое имя твоей бабушки, если ты сам, приведя меня в первый раз, отметил мнемическую его выгодность:

— «Татьяна Юрьевна? Я с нею незнаком».

— Как незнаком? — обалдев еще больше, спросил Сева. — Она тогда была, что ли, у тети в Воронеже?

И Муравлеев окончательно понял, что Сева теперь тоже по ту сторону тьмы, тоже обречен бродить в вечной ночи с севшим фонариком, натыкаясь на мебель, какой-то неизвестно откуда взявшийся Воронеж, который раньше здесь не стоял, сталкиваясь лбами с какими-то людьми, ни он их не узнает, ни они его, а между тем из них каждый второй он сам... Сева, внезапно мрачнея, заговорил про тетю «и весь зверинец», и, хотя в общих чертах все было понятно (какая-то дача, кого-то изводят), его страсти все эти детали все-таки не объясняли. И чем они ему так насолили? Наверное, просто устал от их подросткового бунта. Переходный возраст, ведь прежде чем стать как дети, старики должны стать как подростки, их тошнит от ординарности взрослых детей, от того, что он лысый, что шаркает тапочками, что он пошляк и бездельник. Им сейчас, конечно же, кажется, что жизнь можно прожить по-другому, что-то придумать, вооружившись примером – пусть отрицательным! если другие для него на этот пример затратили жизнь! – найти точку опоры и все как-то перевернуть. Начитавшись биографий – на старости лет стали падки на беллетризованные биографии – и увидев там «умер в бедности, но воспитание успел сообщить детям отличное», страшно расстраиваются: они тоже все время пытаются... сообщить, но он же перебивает! Ни разу еще до конца не дослушал. Вопрос в том, как можно не зря прожить жизнь. То есть, что должен был сделать Сева? Прославиться? Разбогатеть? Или им было б достаточно, если б он не развелся с женой?..

– Слушай, можно я позвоню?

Он вышел из кухни и через минуту до Муравлеева донеслось: чем и очертил весь круг нашей истории.

– А знаешь, я до сих пор иногда играю в твою игру.

– Какую игру? – подозрительно спросил Сева.

– Помнишь, как ты придумал альтернативно ходить?

– Как это «альтернативно ходить»? – отводя взгляд, без любопытства спросил Сева, и было видно, что все не нравится ему тут: сквозняк, разруха, колбаса, выживший из ума Муравлеев.

– Помнишь, в парке, когда мы курнули?

Но вспомнить Севе не дал, а торопливо, покрывая неловкое слово, принялся рассказывать сам (как машинально скажешь слепому «видите ли» и устыдишься).

– Помнишь, мы все сидели и спрашивали друг у друга: подействовало? не подействовало? А ты вдруг вскочил и принялся ходить. Ходил, как журавль, заплетал ногу за ногу, прыгал... Костин чуть со смеху не умер.

При слове «Костин» Сева поморщился.

– А ты сказал очень сердито: «Глупо каждый день ходить одинаково, когда можно по-разному». Ты заявил, что завтра у тебя будет другая нога толчковая, и что надо работать с центром тяжести, все ходил по-разному, и все тебе хотелось ставить ногу накрест...

– Во уторчался! – мотнул головой Сева, проникаясь чувством нежности к себе стройному, дурашливому...

– Мы тогда с тобой поклялись, как Герцен и Огарев, каждый день ходить по-другому, то диагонально, то прямо, пятка к носку, или навешивая ногу...., – Муравлеев осекся, вообразив, что Сева вообразит, что он его упрекает. – Вот я и подумал: зачем каждый день говорить словами, которые уже есть? Тем более сейчас так много опечаток, невольно сознаешь собственную ограниченность.

Скажем, прочел тут «она с благодраностью подала ему руку» и в этой благодраности, как при вспышке молнии, увидел женщину не первой молодости, потасканное пальто с меховым воротником, и с каким достоинством посреди помойки она подает ему руку, а он «взглянул на нее тускулыми глазами» – скука и тупость сутулых глаз, усталые мускулы, впалые щеки под скулами, и все в одном слове. Он хотел рассказать, как мысль н е у д е р и ж и м о рвалась наружу, мысль из тех, которыми не удирижируешь, про руки, с л о - е н н ы е на груди, как у покойника (покойник – наполеон?), про непоставленную п е ч а ь (глянул в бумажку, приготовляясь оттиснуть – да так и ахнул) и любимую свою (минуя плоское и пошлое про друзей, которые советовали герою бросить л и т е р а т у - т у) – ночь. Н о ч т ь – это ночь, в которой все учтено, померяно, просчитано, но Севе, изобретателю игры, было явно неинтересно.

– Как ты можешь здесь жить? – вдруг спросил он, вертя в руках зажигалку, и Муравлеев сник. – Как ты можешь здесь жить, Женька, вдали от родины?! Это же вот не еда, – Сева ткнул в колбасу. – Ты меня извини, конечно, но ты бы знал, какая у нас снова стала докторская! ...Слушай, можно я еще позвоню?

Муравлеев кивнул на дверь, Сева вышел, а он подцепил из бумажки полупрозрачный круг колбасы. Посмотрел сквозь него на свет. Сева прав, тонко здесь нарезают (вам послайсать или одним писом?) Он вскочил и бросился в туалет, чтобы в третий раз не услышать весь круг нашей истории. Круг, кольцо, колбаса, колодец. По ком звонит колокол. Что ж я думаю все об одном и том же? Половина моих мыслей – буквальные текстуальные заимствования того, что я думал вчера и что буду думать завтра... Ничего, повторение – мать учения. Круг, кольцо, колесо, колодец, по ком звонит колокол... Не повторяйся б на свете все, ни один гений не смог бы переводить. А зачем они, как заводные, спрашивают: «Ну как там?» Вот он им и отвечает, язык, как помело, описывает вокруг народа круги почета. Поискал глазами вокруг стульчака: журнала нет. Должно быть, Сева забрал, завернуть ботинки или бьющееся что-нибудь проложить. Там, на первой странице, звали его на собрание общества переводчиков. Даже жаль, что он не пойдет. Ведь вдруг, может же быть такое, пока все сидят на собрании, снаружи начнется чума, и тогда председатель предложит каждому рассказывать по истории в день, чтобы скоротать время.

Глядя в зеркало, заляпанное брызгами зубной пасты, Муравлеев увидел спешащих на коло коллег. Тут были все. И заморыши, переводящие точно и полно, но так тихо, что об этом никто никогда не узнает, и красавцы, переводящие громко и внятно, но при переводе засунув руку в карман и бренча там ключами, и одна просто хорошая женщина – как же Муравлеев любил читать ее переводы про финансовые инструменты, где все становилось понятно, по-доброму, по-человечески!, – и холодная дама, дисциплинированно переводившая официоз, но при каждой попытке делегатов «пообщаться с ними запросто» столь неспособная сменить стилистический регистр, что и на улице, в баре, в машине они у нее разговаривали, как набитые чучела. И другая – вот эта мыльная загогулина на зеркале – вечно перечисляющая еще целый синонимический ряд (в захламленном развале всегда попадалось и что-нибудь дельное, но рассмотреть, вытащить из-под груды...). Там был переводчик с особым талантом дразнить и томить говорящего, каждый раз на конце делая паузу, будто кончил и тому уже можно вступать, но когда тот открывал рот – добавлял «соответственно», или «в принципе», или еще что-нибудь, отчего тот терялся, захлопывал рот и забывал, что собирался сказать. Так они продвигались рывками, газ-тормоз, и делегации порядком укачивало. Ужас, какие дуры, и прелесть, какие дурочки (в зубной пасте у них неизменно оказывался phthorus), мрачные типы и бойкие молодцы из ларца, у которых вечно потом выясняли: «А что, он действительно так сказал? Прямо матом?», Муравлеев провел с ними в полуобнимку немеряное число часов, разделяя дыханье и память, структуры и смыслы, ручки, блокноты, произношение, почерк, все они знали друг друга по запаху в тесной кабине. Хотя и не всех узнавая в лицо, потому что каждый имел форму того, что переводил с утра (и вернувшиеся со слета венерологов остервенело чесались во всех местах, а с семинара по защите ядерных материалов шли с лицом, запломбированным под «матрешку»), он безошибочно видел, что тут все свои. Говорят, даже в зазеркалье отличают своих по ряду признаков – шрам, эдема, отверстие в виске, – так и Муравлеев заметил у каждого липкий квадратик испорченной ткани на груди и немножко левей. Такое пятно остается от ношения наклейки с именем и званием «переводчик» и не смывается ни водой, ни мылом, ни химчисткой, не отскребается щеткой ни с чистой шерсти, ни с кожаной куртки председателя.

Первую чумовую историю, для разгона, рассказывал сам председатель, маститый Гелиотропов.

– Надеюсь, мой рассказ поможет опровергнуть некоторые сложившиеся стереотипы. Что переводчик чванлив, надут и угрюм: обычно считается, что голос его не несет интонаций, лицо – выражения, сердце – никаких человеческих чувств, ибо никто никогда не видел, чтобы переводчик плакал во время прощального тоста или просто и от души, не кобенясь, перевел анекдот «а старшина говорит ей: сесть-встать». Поди попроси в самолете узнать у стюардессы, замужем она или нет. Попробуй выясни, давно ли он так насобачился, сколько имеет с нас в день и не скучает ли по родине. Или просто, по-человечески: слушай, давай ты мне каждую вещь называй, я так глядишь и язык выучу, тебе же легче будет. Лишнее слово клещами тащишь. Никакого контакта с людьми! Молчит, курит, смотрит в себя, злой как черт, чужой элемент в любой конференции: столько вокруг никому ничего не стоящих слов, а тут зимой снега не выпросишь!

Почтовые лошади слушали сочувственно.

– В самолете я оказался с Б. Многие здесь, верно, знают, что Б. – друг моей юности и говорить нам не о чем. А говорить хотелось! Черт его знает зачем, но хотелось... Как объяснить получше? Б. – друг моей юности, а не мне, и хоть говорится «друзья наших друзей», Б. друг моей юности, а я сам до конца не уверен, друг ли ей я. Безусловно, стремлюсь сохранить отношения, иногда ценой некоторого заискивания, но, положа руку на сердце, как я к ней отношусь? Не знаю. Не хочу анализировать. Нам нужна была тема на семь часов. Говорить с ним о том, как он превратил переводческое агентство в сыскное? Я и знал-то об этом лишь понаслышке и, дорожа последним сомнением, ни за что не рискнул бы спросить в глаза. Когда-то он увлекался съемкой и снял превосходные кадры. Я до сих пор помню цвет: оранжевые выбросы в Азовское море в районе Мариуполя-Жданова. И тогда на меня нашло вдохновение. Помнишь... какого цвета был Достоевский?

– Серый! – немедленно отозвались переводчики.

– Тургенев?

– Зеленый! – крикнули рядом с Муравлеевым.

– Ильф и Петров?

– Оранжевые.

– Бальзак?

– Ядовито-зеленый! – вместе со всеми кричал уже и Муравлеев.

Три мушкетера? Луи Буссенар? Библиотека приключений? Жизнь замечательных людей? – перечислял председатель. Публика неистовствовала.

– И так мы провели семь часов. Не могу передать того теплого чувства, которое.

Многие плакали. Стереотипы пусть остаются на совести общества, но ведь и сами считали, что так очерствели, что неспособны... просто общаться. Эта история в них растопила ледниковые залежи. Все здесь страдали одной и той же болезнью, от частой смены часовых поясов и беспорядочных деловых связей попеременно мучаясь то мутизмом, то логореей, боялись одних и тех же примет (ляпнет кто-нибудь «типун тебе на язык!» и сам не заметит оброненного проклятия), в личной жизни их преследовали одни и те же несчастья, вызванные неослабной дикцией и навязчивым расставлением знаков препинания в частном письме – привычки, неверно толкуемые окружающими как нехватка душевного тепла и нестерпимый дидактизм. «Вообще, – говорят про них близкие, – разве склонность до бесконечности редактировать текст, разве это не признак шизофрении? Я где-то читал, что вопрос «Что можно сделать с этим текстом?» ставит в тупик нормальных людей, в то время как шизофреники, не озадачившись ни на секунду, тут же начинают деятельно пересказывать его от первого лица, менять порядок слов, переставлять части предложений...» Что можно сделать с этим текстом? Ни у кого здесь этот вопрос не вызвал бы затруднений. С текстом можно делать только одно, зато всю жизнь.

И вот теперь эти люди, никакие не шизофреники (это только раньше, когда надо было водить ручкой по бумаге, тогда да, хороший стилист должен был быть маньяком – поди перепиши восемь раз! – а теперь, с текстовым редактором, достаточно самого легкого помешательства), улыбались сквозь слезы, вновь обретая веру в разорванные связи с человечеством. Всех хотелось прощать: а что, собственно, Б.? Начинал с переводческого бюро, там издательство, типография, пришлось бежать в маленький город. Там гулял, читал книги, открыл курсы, при курсах лингвистическое кафе, затем ресторан, а где ресторан – там охрана, надо дать ментам заработать, стал рассылать их по иностранным запросам «Найдите родственников!» Ездили по деревням, установили тарифы, очередь, возникла идея – гостиница, комплекс, продавать мощи через министерство культуры, согласовав с комитетом по религиям, но кто-то забоялся продешевить, пришлось бежать в Гонконг, а идея турбюро осталась, но тут выяснилось, надо секс-туры, иначе не имеет смысла – вот примерно последнее, что о нем слышали... А переводчик был первоклассный.

– Вы про Раису-то знаете?

Снова все загрустили. В половине восьмого Раиса подумала «еще одно слово... если кто-нибудь скажет еще одно слово...» и незаметно прикрыла глаза, как случается на концерте (нет-нет, ничего, я не сплю, слушать же можно и с закрытыми глазами... и следующее, что бывает – аплодисменты), слегка пошатнулась и генеральный остановил на ней взгляд: «Ваш муж – счастливый человек». Доброе слово – и кошке, – подумала Раиса и про себя добросовестно перевела, – every dog has its day, а генеральный продолжил: потому что мужчина в день произносит... ну, я не знаю, вам это виднее, скажем пятьсот тысяч слов, а женщина – скажем, восемьсот, и когда он приходит с работы домой, он свои пятьдесят уже израсходовал.

А в вашем случае... Счастливый человек. И продолжал про свои вертолеты. То есть, другими словами, была рысаком и Раиса, когда ей еще делали комплименты и давали доесть десерт, но времена эти давно прошли, и теперь Раиса, катя свой чемодан на колесиках, больше не цокала, а уже мягко ступала на каучуковых подошвах, и чемодан стал маленький-маленький (знаете, с годами я научилась паковаться универсально! – радовалась старушка-Раиса), но сегодня напарник почему-то смотрел раздраженно и выходил покурить чаще обыкновенного. То, что склеивалось всю жизнь, сегодня почему-то не склеивалось. «Нет смысла», – неожиданно ответил на ее мысли партисипант, и Раиса все поняла, уже не дослушивая («Нет смысла заезжать в гостиницу только чтоб переодеться», говорил этот партисипант). Фразы были, слова, получасовые смены с напарником, а смысла – не было. Когда-то, скинув туфли, чтоб лечь на диван (осчастливить кого-либо ей никогда не пришлось) и прибегнуть под знамя благоразумной тишины, она не могла усмирить в голове трескотни, будто стая диких обезьян со свиристеньем носилась по веткам, теперь это всё замолчало. Но... много нас еще живых, и нам причины нет... У нас зато отсутствует самая главная черта шизофреника – выхолощенность смысла.

Дети, детишки, подрастающее поколение, наша смена, мы же не популяризуем, не разъясняем, не ходим по школам, совершенно профориентацией не занимаемся, чего ж удивляться, что мы вымираем. Переводятся переводчики! – сетовал этот ходячий плеоназм. – Промысел надо передавать! Песни, пляски, фольклор, роль личности в истории (генеральный желал слышать богословское прение архиепископа упсальского с митрополитом, но переводчик, не разумея смысла важнейших слов, толковал оные столь нелепо, что генеральный велел прекратить бесполезный сей разговор и не глядя подмахнул контракт, а между тем de borde ha skaffat sig en tolk потолковей), чтоб на всю жизнь засело: вся история человечества – переводческая ошибка, недо-разумение (студентом семестр проболел ОРЗ, официант толкнул под руку, или все то же роковое несовпадение времен: спонсор клялся в приверженности идеалам во времени сиюминутном, столь характерном его языку, а переводчик был вынужден изобразить как единственно настоящее). ...Сказки, тот же «Калиф-аист» – что можно всех понимать, но нельзя смеяться... Из-за таких дур, как эта рассказчица, люди боятся навещать стариков. Хорошо известно, что носители темных, полузапретных ремесел не могут умереть, пока не передадут мастерства, что часто делается первым подвернувшимся предметом («На, держи!»), так что жертвой становится первый, кто зазевался...

Зачем он сюда явился? Влияние Севы? Стоило Севе подобрать с пола журнал и изумиться: «Ну ты даешь! Ну ты херню всякую читаешь!», – и Муравлеев уже побежал. Еще мама говорила: «Вот ты не слушаешь, а поступаешь, как я говорю. Поэтому ты не слушай, а я все равно скажу». Знал и Муравлеев за собой эту слабость – от слова, случайно подслушанного в троллейбусе, навсегда измениться, едва задев кого-то плечом, перетечь в чужое пальто, а из гостей всегда уходил побежденным – там-то остались при собственной правоте, а вот Муравлеев вернулся иным. Всегда боялся толпы – ведь целым отсюда не выйдешь, хорошо унесешь ноги, фамилию, адрес... Смешные, наивные, чего они ждали, раз в месяц вытаскивая из ящика «Ложный друг переводчика» с девизом общества: «Men of few words are the best men. (Shakespear)»? Неутомимые поставщики материала, неуемные препараторы пословиц и поговорок из тех, которыми кишит любой словарь, присылающие на консилиум убитых одним камнем синиц в небе, как внятно и кратко сказать «я сижу в цене вместе с вами», как во фразе «люди сидят на трубе» передать скрытую ссылку на А и Б (не из эстетства, а потому, что подобная ссылка меняет динамику переговоров, ведь ни А, ни Б, что ясно только носителю языка, долго на трубе не продержатся, а строить предположения на тему хорошо закамуфлированного И избавь нас Боже). Какие друзья могут быть у переводчика после Вавилонской башни? Слова, как известно любому, познаются только в беде, когда их уже надо произносить.

Как трогательно и бесполезно выглядела всегда доска объявлений «Подскажи товарищу!». Впрочем, может, я просто не знаю, может и в других профессиях есть такая доска: «Уважаемые коллеги! Как назвать одним словом, когда сидишь, а низ живота обрушивается, и прекрасно знаешь, что второй раз не встретить ее наяву, как не перестать поминутно видеть в чертах и жестах других людей, в снах, куда каждую ночь уходишь с подушкой, как в одну и ту же заколоченную комнату, и просыпаешься в ссадинах и занозах – опять отрывал доски, которыми заколочена дверь в бодрствование, – а жены приятелей спрашивают: «если он так ее любит, зачем же живет *там*?», и приезжие интересуются, не скучаешь ли ты по родине, и ты краснеешь – все же нескромно с их стороны спросить, «не скучаешь ли ты по мне?», как нескромно с твоей стороны ответить, «ты – то, что стоит между мной и ею», те доски, ставящие под сомнение искренность и адекватную половую ориентацию моего чувства к Даме без собачки на том основании, что я шляюсь по дорогам, портя платье и ввязываясь в теологические дискуссии с мельницами, вместо того чтоб спешить в Тобосо, где ждет меня прелестная донья Альдонса Кихот-Лоренсо, разящая потом и чесноком». Как – чтоб одним словом?

А они писали, писали. Статьи и очерки, впечатления и советы начинающим, не раз приглашали сотрудничать и Муравлеева, и не раз, что греха таить, он сам чуть не ввязывался в благотворительный лингвистический забег, весь сбор от которого, как всегда в таких случаях врут, должен был поступить в фонд по борьбе с ноогенными неврозами. Смысл не вычитаешь в словаре, не узнаешь в журнале, не расскажешь коллеге. Вызвать смысл можно только рассказав анекдот, а его каждый раз надо придумать заново. Известен случай не менее трагичный, чем с Раисой, когда один переводчик, взглянув через плечо партнерше, все что-то пишущей (за его полчаса она надеялась нахвататься терминов), прочитал «зияющие лакуны по части патронажных семей» и тут же, придя в нечеловеческий ужас, сорвался с крыши, как невовремя разбуженный лунатик. Эта история фигурировала во «Введении в специальность», в главе, где Кобылевин (в скобках сказать, не меньшая сволочь и оппортунист, чем Б. или тот же Гелиотропов) излагал основы построения этичных отношений с партнером. «Ночная песнь, – писал Кобылевин, – поется в беспамятстве. Слепая ласточка, – продолжал Кобылевин, – возвращается в чертог теней. Будьте бережны! Как бы он ни хорохорился, в этом потоке кипящей лавы он такая же слепая ласточка, залетевшая в цех, как и ты. Не дрейфь, не ной, не лезь к нему в перерыв с дурацкими выяснениями, чем «чушки» отличаются от «болванок», и не кажется ли ему, что «непрерывнолитейная сталеотливка» – это как-то... тавтологично».

Молодец все же тот, кому пришла мысль собраться без повода. Обычно двум переводчикам трудно поговорить, на вокализы коллеги срабатывает рефлекс скорее наесться, упиться, успеть покурить, у Плюши тут же трезвонят все телефоны, старенькие засыпают, ухватистая молодежь садится на интернет, а Муравлеев, заслышав поставленный голос коллеги, едва боролся с желанием взяться за книжку, заняться уже чем-нибудь интересным, зная, что стоит каких-нибудь пять минут провеландать, и чужая смена пролетит мгновенно и бесполезно. Здесь же Муравлеев с удовольствием слушал историю за историей, перестав задаваться вопросом, зачем он пришел. Ночь, луна, барабанит дождь, за окном чума, уютно светит зеленая лампа, по стенам тяжелые, масляные портреты: Святой Джером Леонардо да Винчи, Святой Джером Караваджо, с черепом, Сен-Жером из «Отрочества» Толстого, он же Альбрехта Дюрера в обнимку со львом, он же, прижавши палец к губам, блаженный Иероним Стридонский. Рядом устроились двое, молодцы из ларца, на всех конференциях играющие в типографию. «Ну, поехали!» – беззвучно, одними губами, показал один. «Орку и нерку не писать», – так же беззвучно, одними губами, предупредил другой. И оба они принялись кроить и строчить из какой-нибудь шифоньерки.

– Я помню свои слова, доверься мне и читай, – слышал Муравлеев безостановочное бормотанье соседа, но не сердился – привыкнув к постоянному раздвоению внимания, они, как и сам он, не могли уже делать что-то одно. Если б они просто сидели и слушали – то не поняли бы ни слова.

– Орка, афшор, франк, – и, уловив движенье Муравлеева, перегнулся и пояснил: – Когда ты увидишь, какие у него останутся слова, ты простишь мне афшор.

– Договорились орку и нерку не писать!

– Зачем же ты написал нерку?

– Я же знал, что ты напишешь орку.

– Норка? Вот же уже нора.

– Животное.

– Хорошо, тогда кенор, муж канарейки.

– Кенарь – муж канарейки. Франки были.

– Был франк. То деньги, а это народ.

– Нарок.

– Вот нарок.

– Какой еще нарок? – не выдержал Муравлеев.

– Ну, зарок, нарок…. Что я, не знал, что он напишет нарок?

Так же ладно у них получалось меняться у микрофона, безболезненно, ровно и плавно лился текст. Муравлеев внимательно слушал. В уголке, сбившись теплыми спинами, блестя очками, в лоснящихся пиджаках, шебурша стоптанными копытами по паркету, сидели бабки с бабками, оплывающими от колготок, тяжеловозы и холстомеры. Разве об этих, – вдруг усомнился Муравлеев, – сказано «почтовые лошади просвещения»? Я перепутал! Имелись ввиду какие-то... энциклопедисты. Серьезные люди, а не траченая клоунада – обрызгать водой первый ряд, насыпать на голову бумажек, лишь бы на пару-тройку секунд сорвать смысл. Да, конечно, в безлюдном и гулком амфитеатре они тоже упражняются ездить на одном языке, не хватаясь руками за кальки, зубрят наизусть тысячи маленьких аффектаций и манеризмов – и что с того? Что от этого остается? Тезисы конференции, ради которых надо бежать в редакционный отдел с бутылкой – кто здесь поймет, что к христову дню было дорого и такое яичко, но вот в стенограмму его не стоит. Почтовые лошади просвещения! Не высоко ли хватил, братец!

– И это всегда у вас так в ноябре? – спросил сосед.

– У них же роза ветров, – пояснил за Муравлеева его товарищ.

– У нас тоже роза ветров!

– Знаю я вашу розу ветров. После восьми из дома не выходи, хоть солнце, хоть что.

– Да и в два могут убить, – согласился первый.

Растирая грудь, Плюша рассказывал детективное:

– А он: «вы убили мой текст»!..

Муравлеев вежливо рассмеялся, так что некоторые обернулись. Любому известно, что текст живуч, как кошка. Как младенец. Ира когда-то боялась Ромы, так он был мелок, красен и уязвим, пока старенький педиатр без лицензии не сказал ей, в нем запаса жизни больше, чем в вас, это вранье про «заспали ребеночка», случайно его задавить невозможно, это вам не кукла тряпичная, чтобы под боком застрять: он орет как резаный. Друг судмедэксперт рассказывал в молодости, как на рельсах нашли младенца. Разыскали и мать.

Ехала в поезде, думала по-большому, понатужилась и родила в унитаз, а он возьми да и проскочи. Испугалась, решила пусть будет как выкидыш, никому не сказала. Мерили головку, кружок в унитазе мерили, что ж, может и так, головка-то у новорожденного мягкая. А ребеночек-то на рельсах живой был. Сколько лет прошло, а я с тех пор не могу в поезде облегчиться. Загляну в бидон и думаю: ехидна! Не пройдет головка!.. О том же писал и Кобылевин: рукописи не горят, не родился еще ни сосуд, ни переводчик, под которым можно укрыть. Если было. Димитрий говорил хорошо поставленным, певучим козлиным тенором. Не зря его три года держали в монастыре.

— А помнишь, как я у тебя выиграл три раза подряд?

— Во что? В шашки? В щелкунчики?

— Он не помнит! Ну давай налепим из мякиша шахмат и сыграем!

— «Налепим»? Да ты знаешь, сколько там фигур?

После этого, слава богу, наступила относительная тишина, нарушаемая только цифрами — молодцы из ларца занялись морским боем. О прошлом Димитрия знали, каким-то образом, все. Он был семнадцатилетним мальчишкой, когда они с матерью оказались в какой-то дыре, опекал их местный поп, у него в доме Димитрий впервые увидел Библию. Однажды попадья везла их в магазин, по радио передавали «Лестницу в небо», Димитрий вдруг решил ее поддразнить и сказал, что лестница-то — веревочная, снизу не приладишь. Приладишь, — терпеливо ответила попадья. — Есть такая молитва: господи, верую, помоги моему неверию. Повторив про себя от нечего делать, Димитрий успел лишь подумать, что вроде бы странно — помоги, значит, дальше не верить? — в оконную щель вдруг ворвался... А, может, Димитрий и преувеличивал. ...Все квитанции, чеки, салфетки, что там у нее еще было, принялись кружить по машине, Димитрий не столько услышал, сколько увидел, как мать, повернувшись, велит закрыть окно. Он закрыл, но было поздно. Они остановились, попадья (учившая мать выбирать подешевле продукты) увела ее в гипермаркет, а Димитрий вылез, свернул на шоссе и пошел. К концу третьего дня (как потом говорили) он сильно устал, лег, а утром проснулся. Перед ним стоял монастырь. Там два года он пробыл послушником, получив послушание мыть лестницу. Волосы, – Димитрий застенчиво усмехался и трепал себя за цыплячьи перья, там и сям покрывавшие голову: «В юности у меня, поверишь ли, были золотые кудри...», – за два года под скуфейкой от них ничего не осталось. Пора было постричься. Димитрий очень рвался, но настоятель откладывал. Один раз Димитрий собрался с духом спросить. Настоятель сказал, посмотри, как ты моешь лестницу. Димитрий удивился. Как велели, он мыл с молитвой, домывал до последней ступеньки и тут же начинал с начала, а мимо ходили монахи – сербы, греки, болгары, румыны, один эфиоп, и Димитрий понемногу от каждого нахватался, от пустячных фраз и отдельных слов до того, что как-то мог с каждым из них разговаривать, за два-то года, и ждал каждого с нетерпеньем, от них мытье лестницы приобретало какой-то... не такой безнадежный характер. Ты потратил время, отведенное тебе в монастыре, на то, чтобы научиться понимать – людей, – сказал настоятель. Я тебя не гоню. Сам уйдешь.

Заподозрить его в плагиате? Как общеизвестно, Димитрий никогда ничего не читал. Не имея формального образования, не обзавелся и тем призраком внеклассного чтения, что неотступно здесь шел по пятам за остальными, поглотившими целые тома, не поняв ни слова, кроме пятидесяти выписанных из словаря. Будем считать эти тома загубленным материалом молодого хирурга. Но вдруг, открывая обложку, узнаешь их как местность, где бывала твоя беременная мама. Эти томики, прочитанные в беспамятстве невладения языком, действуют как инъекция в кровь, минуя мышечные ткани слов и сразу входя в состав, вот почему удалось прожить жизнь в уверенности, что сам все это придумал. Тяжелейшая форма криптамнезии, профессиональное уродство всю жизнь говорить цитатами... Но хотелось думать, что к ней Димитрий совершенно иммунен, что никогда не пытался читать Джойса, тихий, кроткий, с выцветшими глазами, он переводил так, как моют лестницу, всегда, безответный, готов был смениться не в очередь, первым начать и последним кончить, безропотно выполнял поручения отфаксовать, отксерить, приходил пораньше и оставался подольше. Идти с ним по улице было пыткой: перед каждым бомжом он останавливался и виновато запускал руку в карман. Садиться за стол было пыткой: столь же виновато извлекал из того же кармана горсть семечек и сухофруктов, запивал водой, а любителям походя исповедаться или обсудить вопросы свободной воли все с тем же видом побитой собаки отвечал, что забыл, разучился и не ему теперь говорить о таких вещах, и такая тоска грехопадения светилась у него во взоре, что собеседнику ни с того ни с сего становилось стыдно.

— Почему льдины в Арктике пресные? Вопрос! — не унимался молодец из ларца.

— А они пресные?

— Пресные. Море соленое, а они пресные. Почему?

— Почему?

— Нет, вопрос.

— Но ты знаешь, почему?

— Я знаю. А ты как думаешь?

— Ну так скажи, почему.

— Соленая вода не замерзает. Испаряется с берега пресная, получается льдина.

— Как же из испарений получается льдина? Научи.

Муравлеев прислушивался с нежностью. Секунда пела на два голоса. Когда Кобылевин писал: «Хорошо иметь письменный текст. На него можно смотреть, сравнивать с тем, что произносится, а еще лучше – заранее перевести. Тогда можно смотреть на два текста, слушать, вставлять отступления, и – что занятно! – иногда под давлением момента производить лучшие обороты, чем вы подготовили. Если вы не успеваете перевести, пронумеруйте хотя бы по блокам, чтоб адекватно менять части предложений. А если вам дадут уже переведенный текст, не радуйтесь. Скорее всего, когда вы на него взглянете, вы обалдеете. Однако, правила приличия требуют, чтобы вы из него кое-что цитировали. Итак, положите перед собой три текста и блокнот, куда следует вписывать термины и удачные находки для себя и для партнера, хорошенько сконцентрируйтесь на том, что слышите...», – мы все думали: он издевается?!! И лишь много позже, увидев старушек, вяжущих за микрофоном чулок, или этих двоих, выступающих за права человека и режущихся в морской бой... «Неограниченный досуг, – писал Кобылевин, – вот за что ни один из нас не променяет свою профессию ни на одну другую». В сущности, и периодическое издание общества следовало бы назвать не «Ложный друг переводчика» (что, конечно, удачно отдает дань тому обстоятельству, что, проживая в мире когнатов, не следует думать, что они действительно значат «то же самое»), а «Досуг», с разделом для шахмат, для морского боя и общих рекомендаций, как полезно, разумно, культурно провести время в секунде.

Наконец, не выдержав нескончаемой болтовни, соседи выпихнули их рассказывать. Рассказывали, разумеется, вдвоем.

– Итак! – начал первый. – Как бы денег наворовать? – и обвел глазами аудиторию.

Немедленно установилась мертвая тишина. Вопрос пришелся по живому. И ведь, отметил Муравлеев, всегда они так: вроде мели Емеля, твоя неделя, а при этом в самую точку, любую сентенцию – ухватил за хвост и чпок! обглодал как селедку, нажал на паузу, выдохнул: «Вот ахинея!», снова включил микрофон и продолжил, – корректно, красиво.. Грамотно заменяя все poker faces на морду кирпичом...

– Можно организовать всемирный обмен зданиями, – начал второй. – Вот ты знаешь, какой высоты самое тут высокое здание?

– Не знаю.

– Все равно. Останкинская башня выше, а если ее еще позолотить.... Тысячи рабочих мест. А нам и надо-то тысяч по пятьсот.

– Нет, я тебе говорил давно, пятьсот мало. Если у тебя есть миллион, нужен дополнительный миллион, чтоб хотя бы тот первый миллион сохранить, уж не говоря приумножить.

Ну вот и получается, что Сева напрасно говорил. И здесь тоже обсуждаются важные вещи. Надо только уметь отобрать нужное...

Собрание приумолкло, не зная, что предложить. Со скудным, академическим жизненным опытом – депозиции, тюрьмы, дома для престарелых – много ли придумаешь? Попасть под машину миллионеру? Укуситься его собакой?

– Наоборот! – с энтузиазмом подхватил молодец из ларца.

– Что «наоборот»?

– Укусить миллионера.

– И что?

– А потом сказать, что ты ядовитый, и если он не купит у тебя сыворотку...

– Или вот еще профессия, – не слушая, грезил второй, – бортовой утешитель! Все же летают!

Аудитория согласно закивала головами.

– Тут в самолете сидел рядом с дамочкой, так она меня всего исцарапала. Турбулентность была большая. Оплата на аукционной основе. Когда страшно, то, как правило, страшно сразу человекам десяти, одному все же редко бывает страшно...

– Сделаем портретную галерею жителей города, – предложил первый. – Я надену эполеты...

– Почему это *ты* наденешь эполеты? – ревниво спросил второй.

В публике не выдержали:

– Какую портретную галерею?

– Словесных портретов, – пояснил молодец из ларца. – Материал заказчика.

– Галерея-транскрипт, – уточнил второй. – Но генеральный менеджер буду я.

Тот, что задал вопрос, успокоился: вот и все встало на место. Столько помпы, огня, так они все это... интерактивно. А метят всего лишь – на набережную. Обычно на набережных, среди портретистов, расставивших свой неказистый, но честный товар, бродят такие вот дикие, волосатые люди с пяльцами. Заглянешь в рамку, а там пусто: ни моря, ни кривой улочки, ни букета, ни даже какой завалящей абстракции. Что значат сии крестики-нолики, месье? Вдруг, огорошенный, сам понимаешь – бородатые вышивальщицы продают воздух набережной! И жалко их, дураков, пытающихся угнаться за братьями-художниками (чем я хуже? у него рассвет и у меня рассвет, ему за квартиру платить и мне за квартиру платить), не постигая главного: его рассвет можно взять в руки, а твой – куда его взять? зачем? Разве что Димитрий способен на набережной купить у поэта стихи в рамке, да и то по старинной поповской привычке не задаваться вопросом, на какой героин идет милостыня. Даже Муравлеев растрогался – вспомнил и своего поэта с набережной...

Конец безобразию положил Гелиотропов.

– Вы бы лучше не подписывали таких контрактов! – взвился старик, и пятно на кожаной куртке яростно блеснуло, – Да-да! Опуская рынок для нас для всех! И не надо рассказывать историй.

Близнецы-братья, уже раньше доставшие всех болтовней, легкомыслием и беспечностью, оказались перед лицом недовольной толпы, строй квадратиков на грудях ощетинился, как мальтийский крест (они всегда ходят свиньей, то есть клином, в панике вспомнил Муравлеев).

– Нет, это не мы подписали. Мы вообще ничего не подписывали, – испугался первый. – Я только фамилию свою проставил.

– А я свою, – подтвердил второй.

И умный первый тут же примирительно добавил:

– Надо, надо стать лучше. Надо становиться лучше, и это не каприз, а жизненная необходимость.

– А вспомни, что ты сделал с телефоном Б.? – не унимался второй.

– Он мне не понравился.

– Пойми, что другой будет точно такой же Б., только у него будет другая фамилия.

– Пусть будет другая фамилия, – уперся первый. – Я художник, я могу себе позволить этот каприз.

Второй, обращаясь к толпе, лишь развел руками – вы видите, с чем я имею дело? Почтовая лошадь, ведущая протокол, с веками, застревающими в глазницах, как у старой куклы, постучала карандашиком по стакану. Время вышло. И тут Муравлеев вспомнил подарки, которые так придирчиво отбирал в Китеж-граде, да так и не роздал. Он тут же потребовал слова.

Молодцы из ларца получили дератизацию. «Это что, про тарифы?» – попробовали отгадать азартные братья. «Нет, контекст такой, – скромно сказал Муравлеев, радуясь, что подарок удался. – На фургончике надпись: «Дезинфекция. Дезинсекция. Дератизация».

«Не дорог подарок, дорого внимание», – саркастически заметил Гелиотропов, получив в дар слово «пафосный».

Неожиданно встал в позу Плюша, которому досталось «залогиниться». «А как тогда сказать log out?» – капризно заявил он. «Ну, не знаю, – замялся Муравлеев, – наверное, выйти из системы». «Зачем я тогда буду говорить залогиниться? – задирался Плюша. – Когда я могу сказать "войти в систему"?»

Один Димитрий, кротко приняв аббревиатуру «РПЦ», с благодраностью притянул Муравлеева к себе и поцеловал три раза. Дело было не в слове, а в той специфической интонации, с которой оно произносится, подтверждая прогнозы Муравлеева, что язык скоро станет тональным. Он наскоро обучил этой интонации Димитрия (Димитрий доверчиво повторил, не ведая, что творит) и вдруг заторопился, вспомнив, что в кухне томится Сева.

Он совсем готов был шагнуть на линолеум ванной, но тут его придержали. Он обернулся. Это была Карина. Муравлеев пошарил на дне, что там еще осталось – везешь всегда вроде много, а к концу не хватает. Наверное, ей подойдут ч ё с а н к и, волосатые сапоги...

– Я хотела сказать спасибо!

– Да что там! Я ли, кто-то другой, тебе б обязательно все рассказали, – улыбнулся Муравлеев и высвободил рукав.

– Нет, правда, – сказала Карина. – Спасибо за наводку. Я разузнала, а там как раз был набор.

– Где? – спросил Муравлеев.

– Ну, на прослушивание. Помнишь, ты посоветовал?

Муравлеев прищурился. Опять он ее с кем-то путает. Она разве пела? Ну да! Еще бы! Сам чуть не повелся. Когда она пела, он сам становился Фет: все, что дышало вздымающейся грудью и опиралось о рояль, становилось ему дама без собачки.

– Платят там мало, но график работы, – щебетала Карина, – просто прелесть! Можно придти когда хочешь, хоть ночью! А по ночам вообще хорошо, по ночам вообще мало что происходит, сидишь себе, дремлешь, если невредный начальник смены. И нужно, фактически, только две фразы, «льется вода» и «работает телевизор», – Карина хихикнула. – Они ведь там тоже не дураки. Чтобы так болтать без заглушки...

– Ну что же, я очень рад, – сказал ей Муравлеев и очутился перед зеркалом, взмыленным брызгами пасты настолько, что там было почти не разобрать себя.

– Слушай, Муравлеев, вот ты здесь сидишь, как в берлоге, тебя что-нибудь интересует? Телевизор ты смотришь?

– Напрасно ты так! – вспыхнул Муравлеев. – Меня очень многое интересует. Сижу и пассивно наблюдаю, как «немеряно» пишут через «е», и как с этим бороться, не знаю.

– А как надо?

– Немеряно.

– Это еще почему?

Муравлеев не знал, почему. Прикидывал так и эдак: первое спряжение, второе, совершенный вид, несовершенный, прилагательные и причастия и, напротив, краткие прилагательные и наречия... Пытался и просто по аналогии. И никак не выходило.

– Я так чувствую. Мне эта «е» как кость в горле... Но куда об этом заявить, с какой трибуны?

– Ну, ты даешь, «второе спряжение», «первое» – с такой памятью в цирке выступать... *Ладно, фигня это все. Мы с Лариской тут в Турции...*

– С Варей, – поправил Муравлеев.

Сева невесело рассмеялся.

– Нет, та, с галькой, зато была очень красивая, – поторопился Муравлеев. – Чего ты? Женщин же надо собирать, как шестиклассник марки...

Сева оторопел.

– «А как шестиклассник собирает марки?» – продолжил Муравлеев канонический текст, но Сева его не узнал. – «Самозабвенно?» «Нет, – сказал Костин, – все подряд»...

– Костин умер, – с внезапной злостью сказал Сева, – Ельцин умер, Ростропович, артист Ульянов, Булат Окуджава, Миронов, Леонов, Илья Романыч Гальперин, Высоцкий, Джо Дассен, Франсуа де Соссюр, Жан-Франсуа Шампольон – ты скажи, когда остановиться...

А чего он, собственно, ждал? Пока они тут так уютно сидели, снаружи-то все же была чума...

Однажды, когда Муравлеев лежал на диване и учил зубы в порядке нумерации, раздался стук в дверь. Муравлеев охнул, спустил ноги с дивана и поплелся открывать, придерживая себя за поясницу. Свои блестящие надраенные бляхи они почему-то предъявляли от бедра, на уровне чресел, сверкнув ими буквально на несколько секунд и тут же упрятав в недра одежды в каком-то интимном жесте эксгибициониста, чтобы увидел и поразился лишь тот, кому этот жест предназначен, хотя на многие мили вокруг не было ни души, хоть стреляй в воздух и ори на всю ивановскую: «Попался, голубчик!». Муравлеев повесил голову и пригласил их войти.

– Мы хотели бы задать вам несколько вопросов.

Муравлеев обреченно кивнул. Вот и допрыгались: доосваивались бюджета, доказывались международной помощи... Или это львицыны гонители в азарте довели до перерасхода («такой гибкий график работы! можно слушать хоть по ночам! сидишь себе дремлешь!») – а богомол увидел? ...Впрочем, зачем он себя обманывает? Ведь ему прекрасно известно, за что. И в его безупречной, как зеркало, памяти тут же всплыл в мельчайших деталях один частный, «случайный», «незначащий» разговор после писательского заседания. Невзначай отстав от товарищей, в коридоре писатель предложил ему перевести свою книжку. Во рту у Муравлеева пересохло.

– А если нас поймают? – сразу же сказал ему тогда, надо отдать ему должное, Муравлеев.

– Как.... поймают? – спросил удивленный писатель.

Наивный! И вправду считает, что если Муравлеев срисует своей рукой, очень качественно срисует, сохранив светотень и всякую там композицию, то никто ничего не заметит, пройдет за оригинал.

– Нет, – решительно преодолев соблазн, заявил Муравлеев, – мне очень лестно, ей-богу, но я не пойду на подделку.

– Ну так, может, вы кого-то порекомендуете? – не унимался писатель, так что Муравлеев предпринял попытку одновременно и извиниться, и предостеречь:

– Не потому, что я такой честный! Просто уверен, что мы попадемся!

И все. И весь разговор. Но этого оказалось достаточно.

– Вам знакома компания «...»?

– А что? – удивился Муравлеев. Пустячный факс на полстранички, да и то все больше цифры: суммы, даты, номера счетов... Ну и содрал он с них тогда за срочность! – однако настойчивый голос агента немедленно вывел его из транса приятных воспоминаний. Что? Куда? Кому? Не сохранилась ли копия? А если хорошенько поискать в компьютере? Муравлеев заметался. Сколько раз, склоняясь в ночи над постылой люлькой, как героиня одноименного рассказа «Спать хочется», он призывал на их голову все несчастья, включая закон! Но теперь – он просто не мог их сдать. Проявить гражданственность – но какую? Которую из двух? Перебирая рецепты гражданственности, как старушка, которой одновременно прописали и слабительное, и закрепляющее, знал, что сейчас поведется на эстетические критерии – это на кухне, за чашкой чая, можно оспаривать художественные достоинства

«Архипелага ГУЛАГ», но в трудную минуту, при сравнении с параграфом 1956 статьи 95, Часть I, Титул 18, достоинства эти неоспоримы, взгляни хотя бы на их рожи, вместе с этой бляхой...

Ничего не подозревая, звякнул телефон. Звонила Ира. Услышав его напряженный голос, спросила:

– У тебя что, гости?

– Гости, – многозначительно подтвердил Муравлеев.

Она сразу же насторожилась. Он услышал, как она насторожилась. Здоровая, прямо-таки пышущая здоровьем паранойя. (Как-то он разболтался с начальником смены, и соседняя девочка не выдержала и шепнула: «Да не говори ты с ним!» «А что?» – удивился Муравлеев – невинный треп с детективом коротал ему срок отсидки. «А то! Вдруг он выясняет?» «Что выясняет?» «Ну так, вообще. Настроения в нашей среде». И опять прилежно уткнулась в экран.) ... Бедная Ира! Бедней, чем Лиза и Йорик, не выиграть ей этой битвы между... гражданственностями: одна улыбчивая, душа нараспашку, другая косая, хромая, пьяная, старуха-правда, ненависть к – любой – униформе, к любому непрошеному стуку в дверь...

– Ну как ты? – спросила Ира, прислушиваясь к чему-то в глубине квартиры, как человек, одержимый призраками или мышами. – Что делал сегодня? Интересное что-нибудь?

– Опять эта беременная хозяйка борделя. Просто черт знает что такое, с февраля идет разбирательство, а они все никак не разродятся. Ну, нет свидетелей – отпускайте.

– Да ты хоть знаешь, какой сейчас месяц? – страшно сказала Ира.

– Я на память не жалуюсь, – обиделся Муравлеев.

– И как же она у тебя все на сносях? Она толстая просто, и нехрен ее жалеть!

Бросовая работа, говорили все, что ты там ловишь в судах, адвокатских конторах! Занялся бы делом, переводил на одних конференциях! Как старорежимная учительница языка: ну что там хорошего они могут почерпнуть из песен «Битлз»? А, между тем, сколько он там выучил слов! Включая рецепт порядочности. Четко прописан, проверен миллионами:

ОТ ЧЕГО? Не знаю. Я не специалист.

КАК НАЗЫВАЛИСЬ? Не помню. Их было три или четыре.

ГДЕ РЕЦЕПТ? Не сохранился. Бутылочки выбросил, когда кончилось.

АДРЕС? Помню, что на углу МакДональдс.

– Нет, не толстая...

– Ты о чем?

– О хозяйке борделя. Просто время у нее...

Ира ждала.

– Как у Толстого.

– Что?!

– Ну помнишь, как пока маленькая княгиня была беременна, у остальных прошло два года.

Ира слушала, затаив дыханье.

– Но у нее-то не прошло два года! Это еще Толстой подметил.

Ира вздохнула, а мимо по коридору прошел Рома, молодой человек с усами. Она распрямилась – человек, неясно томимый призраками или мышами, наконец получивший явное доказательство – и взглянула на Рому со сверхъестественным страхом, с торжеством педанта, чьи дурные предчувствия все оправдались, с угрозой, со многим другим, неясно, во что эти сложные чувства, в какую фразу должны были вылиться.

– Ты уроки сделал?

Безучастно, Рома кивнул и проследовал в туалет, где-то там, в приоткрытую дверь, отдаленно стреляли, приглушенно вопили, взрывались фрагменты одной и той же мелодии, и с экрана брызгало кровью – к этому она и прислушивалась, – испытанный кинематографический прием, жизнь бытовой техники без хозяина: игрушечный луноход, жужжащий упершись в плинтус, включенный кухонный комбайн, сам с собой веселящийся телевизор, стучащее сердце стиральной машины, – как еще показать, что всех замочили, не уцелел никто?

Рома прошел обратно. Ну не с усами, с усиками, тенью над верхней губой, эта тень... не отца – сына Гамлета, вечнопрозрачная, мимоходящая мука. Съежилась Ира, Муравлееву стало душно: в этой комнате нас не двое, за левым плечом у каждого по толпе, и отец, и сын, отделенный стеной из ватного крика. Всех остальных мы можем потрогать, от них же отделены стеклянной перегородкой, вроде той, из-за которой по особому разрешению суда родственники потерпевших могут наблюдать приведение в исполнение. С остальными накоротке, на расстоянии вытянутой руки, тактильного контакта, и только две вещи, смерть отца и жизнь сына, не исправишь и не отомстишь.

– Покет-мани, – сказал из прихожей Рома. – Не получал за ласт-вик. Мне надо такую штуку, чтоб скачать на нее..., – бесполезно даже пытаться ей объяснить, подтянул спадающие штаны, выползающие сопли, взял деньги, хлопнул дверью, и в эту захлопнувшуюся перегородку она не выдержала, крикнула:
– Шнурки завяжи!

Милосердно, толпа побледнела, и Ира осталась одна, и Муравлеев остался один – на один с фэбээрешниками. Он безнаказанно плавал в секунде, отделяющей вопрос от ответа, он знал, что торопиться некуда, она будет длиться насколько хватит памяти и словарного запаса... Он с тоской оглянулся на свой диван. Как руду, добывать слова. Писать, лежа в кресле с открытым ртом – чертовски неудобно. «Резцы, клыки, моляры, – диктовала врачиха, и, увидев, как ручка его на мгновение дрогнула: – Не сомневайтесь, «моляры» – это слово. Ну, можно, конечно – большой коренной зуб, но можно и моляры». «А это что?» – дернув себя за трубку, криво спросил Муравлеев. «А это слюноотсос», – с улыбкой пояснила врачиха. «А это?» – следя за ее пальцами, не унимался Муравлеев. «А это... так. Никак не называется», – рассеянно сказала врачиха, вставляя ему между зубами деревянный клинышек вроде зубочистки. «Очень интересно! – про себя возмутился Муравлеев. – И как, в случае чего, я скажу? «Такой деревянный клинышек вроде зубочистки?» Клинышки были как стружки от свежеочиненного карандаша...

Опять позвонил телефон. На этот раз Филькенштейн. Что же они делают?! Эти животно чуткие люди, самые, в сущности, близкие (не хватало еще, чтоб ему позвонила дама без собачки!), вдруг отставляли посуду, дела и бежали звонить, как будто в грудину что-то толкнуло. Но последнее, чего он хотел, было подставить и их – скосив глаза, он проверил, смотрит агент, какой телефон высветился на трубке, или не смотрит... Какая чушь. Все это так легко... пеленгуется.

– Чем занимаетесь? – спросил Филькенштейн.
– Да как всегда... Досугом.
В словах Филькенштейна промелькнула недобрая тень: он полагал, что, имея досуг, можно и позвонить.
– Как я наблюдаю, вы все время работаете.
– Да, но...
Разве я ему не объяснял? Да и нужно ль такие-то вещи – объяснять?
– Одним словом, раз уж у вас досуг, приходите... хотя бы и завтра.
– Завтра? – Муравлеев беспомощно оглянулся на своих посетителей. – Тут так складываются обстоятельства, что я вообще не уверен...
– Ясно, – сухо сказал Филькенштейн.

– Ну так как же, вы вспомнили?

Память загоняла его, как зайца. Он ловчил – заяц тоже ловчит, заяц делает скидку, бежит-бежит и прыгает в сторону, чтобы прервать след, не оставить на снегу замкнутой цепи, в которой вспыхивает лампочка или отчетливо дребезжит электрический звонок – инстинктивно он делал все то же самое, иногда ощущая себя чемпионом в длину: на диване, в детстве, лежит и читает про мальчика с зубом; чтобы отвлечься от боли, мальчик бил головой об стенку и пел песни времен гражданской войны, и Муравлеев спел «Марсельезу». Но ни мальчик, ни зуб, ни «Марсельеза» не могли заслонить огромный, как снежное поле, факсовый лист, в котором читалась каждая точка над «и», от «уважаемый» до «скорой встречи». Ну куда тут бежать? Ведь не был он ни завербован, ни наемный убийца – все это так, мечты... Он даже теперь не почтовая лошадь уже просвещения. «А, может, лучшая победа над временем и тяготеньем...», по привычке начал Муравлеев, и тут же его укололо: Кобылевин умер! И как его угораздило? Несравненный скакун по полям времени и тяготенья, Кобылевин не потревожил праха и не оставил следов.... Проклятая память! И Муравлеев отчетливо произнес:

– Нет, это было давно, содержания я не помню, – и за деревьями через дорогу громко, разливисто крикнул петух.

Каменный, гость поднял бровь:

– Что-то у вас... в городской черте!

9

Аэропорт – единственный город, который он знал
досконально. Его окрестности – толпящиеся ста-
лагмиты, насквозь пронизанные огнем, нехоженые
поля застывшей лавы, девственно-голубые лебединые
перья, сверкающие льды, водовороты воронок, кремо-
вые скалы, окаменевшие моря, по которым не ступит
нога человека. Каждому, наверное, знакомо это чувство электрички: вот навсегда проносятся травы, по которым я никогда не пройду. И у каждого, наверное, раз
в жизни сдавали нервы: а вот и пройду! Выскакиваешь
на платформу на ненужной тебе незнакомой станции,
но как только поезд отходит, картина молниеносно
меняется. Пейзаж заполняется анахронизмами: запах
тифа, теплушки, угля, нечистот, разобщенных в давке
семей; тропинки, той, что видел в окне, нет и в помине;
под ногами хрустит стекло, ржавые банки, подметки;
сейчас отойду – там будет получше, а там болото или
проволочный забор, и надо в обход колючими зарос-
лями, крапивой, не отходя от путей до ближайшей
станции, где выяснится, что следующая электричка
через полтора часа. Но это все знают, все платили – а,
интересно, тут как? Неужели так же?

Ночью кто-то долго стучал по стеклу пятью отточенными коготками. Он проснулся и сел за компью-

тер, стучавший ушел, но, наверно, недавно – стекло все залито слезами. Посмотрел и увидел: другое сухое. Создание международного консенсуса по дискриминации проделало длинный путь, печатал Муравлеев, сомневаясь в том, что создание может проделать путь, что консенсус по дискриминации – это консенсус против дискриминации. ...Может быть, длинный путь проделало не создание, а консенсус? Долгая история у консенсуса. Нет, мрачновато, двусмысленно. Больших успехов удалось добиться на пути создания консенсуса. Больших – или некоторых? Дипломатично: ощутимых. Вопрос создания консенсуса сдвинулся с мертвой точки. Пришел в движение. И проделал длинный путь. Представлять интересы этнических, расовых и языковых меньшинств (ЭРЯМ), – лаял Муравлеев, а ветер носил. Бороться с дискриминацией против ЭРЯМ (ДЭРЯМ), – лаял Муравлеев, а ветер носил. Создать всемирную коалицию правозащитников (ВКП) с целью БДЭРЯМ. Не только ВКПБДЭРЯМ, но лучше – ВКПБДЭРЯМЖ: женщин тоже ущемляют. И эти новые критерии, – говорил выступающий, – эти параметры, эти факторы, эти подлые квоты и цифры, лицемерие, а не БДЭРЯМЖ, просто какая-то ложка дегтя... в банке меда, – и по кабинам несся легкий идиоматический сквозняк (verba volant, а ветер носит): муха в патоке, черное зернышко в горсти риса, негр в поленнице, чурка в строю, с затаенным сомненьем во всех мировых языках – а как быть с *банкой*? Сегодня, – навязчиво думал Муравлеев, – сегодня, СЕГОДНЯ, СЕГОДНЯ, – а многоязычное эхо в движении не убывало, а нарастало, как лавина: ad hoc, ad lib, ad absurdum, ad nauseam, – **СЕГОДНЯ** я приеду домой и лягу спать.

И практически следующее, что помнил, был фимин голос в телефоне:

– Ты что завтра делаешь?

– Да как всегда, ничего, – беззаботно признался Муравлеев.

– Отлично! – обрадовался Фима. – Ты не мог бы мне помочь? Дело в том, что завтра до двенадцати должны привезти столик, а я не могу, и Ирка не может.

– Какой столик? – с напускной тупостью переспросил Муравлеев – сам, однако, уже догадавшись, что во что-то впутывается.

– Да столик купил я! А привезут его завтра – сказали, что до двенадцати. Посидишь, а?

Муравлеев понял, что сейчас заплачет. В жизни каждого церебрального существа бывают такие моменты, когда все инстинкты катаются по полу и воют, надеясь привлечь к себе внимание, а холодный разум смотрит как бы сквозь них. «Приедешь и там поспишь, – уговаривали инстинкты, – в крайнем случае, лучше проспать звонок в дверь, чем вообще не поехать». «Столик? Столик?!!» – как заведенный, твердил неразумный разум. «Да какой тут столик! – истерично взвились инстинкты. – Не столик, а дружба!»

– А нельзя договориться, чтобы привезли в другой день? – сказал разум вслух.

– Наверное, можно, – кисло ответствовал Фима. – Но было бы лучше, если бы ты посидел. Понимаешь, они тоже не во все дни.

– Но как-то договориться, чтоб и тебе и им было удобно? А не может кто-нибудь другой посидеть со столиком? Или чтоб их впустили соседи? – даже в эту минуту бездарный разум отмечал не то, как оскорбленно дышит в трубку Фима, а что допущена риторическая ошибка: предлагая слишком много вариантов на выбор, предлагающий как бы расписывается в том, что единственно верного среди них нет. И тут же, циничный софист, утешился тем, что Фима отходчив и незлопамятен.

Однако проблема досуга решилась сама: на утро его пригласили в сумасшедший дом, на консилиум о продлении стационарного лечения.

Первое, что поразило приятно, он не смог найти парковку. Объехал по кругу все корпуса, просторные сосновые аллеи, приземистые хозслужбы, где, судя по запаху, то ли стирали, то ли готовили пищу. Это был огромный комплекс, занимавший множество гектаров и еще больше акров, но вдоль всех бордюров, поребриков, бровок стояли автомобили, и с каждым кругом Муравлеев успокаивался все больше и больше – он почему-то решил, что психушка будет похожа на окрестности матильдиного дома, где рано или поздно обнаруживаешь, что пустое и бесконечное пространство, на самом деле, совершенно герметично, а оказалось, там жизнь, тусовка. Пришлось взобраться машиной под сосны, на кучу хвои.

Пока Муравлеев сидел на скамейке с больными, уткнувшись в какую-то книжицу, его поминутно отвлекали – то дергали за рукав и заглядывали в лицо, то ободряюще хлопали по колену, порываясь выяснить, кто он такой. Внутри тоже пахло, будто здесь готовили или стирали. Муравлеев на все реагировал спокойно, от расспросов тактично уклонялся и подчеркнуто погружался в книгу, дожидаясь своей очереди. Наконец, когда особо навязчивый идиот, забежав сперва справа, а затем и слева и низко наклонив лицо, стал допытываться о муравлеевской фамилии, Муравлеев с достоинством захлопнул книгу и встал.

– Вы переводчик! – вдруг догадался тот, – Зачем же вы здесь, с... пациентами? Пойдемте, я вас провожу!

Дорогой он, отводя деликатно глаза, спросил: «Вы, видимо, первый раз?», и Муравлеев немного обиделся (подумаешь тоже, бином Ньютона: шизофрения, психопатия, раздвоение личности, какие еще там могут быть слова?), хотя, в сущности, атмосфера психушки ему не была неприятна. Нельзя сказать, чтоб там было лучше, чем в суде, но, безусловно, демократичнее. Нигде в коридорах здоровый, сытый и образованный человек не издевался над уродом. Не то чтобы даже они отличались чем-то между собой – те же шишки на черепе, та же воющая речь и постоянно оказывающиеся не у дел конечности, хотя некоторые были в халатах. «Ну ничего, – утешил его провожатый, вводя в небольшую комнату и усаживая на уютное место в уголке. – Когда придет время, обращайте поменьше внимания, а там он, может, и вообще не спустится». После мягкого намека на свою некомпетентность Муравлеев решил не выяснять, что значит «не спустится».

Дверь открылась, и в комнату вошел совершенно нормальный человек. Врачи немедленно подтвердили наблюдения Муравлеева:

– Ай, какой молодец! – сказал один, пролистывая бумаги. – Да вы садитесь, садитесь! Золотце, а не больной!

Муравлееву стало приятно за успехи современной медицины.

– Сам душ принимает, – с удовольствием рассказывал врач. – Сам ест. В сортир не спускает лекарств. Если так дальше пойдет...

Опустив глаза, Муравлеев увидел, что одна нога обсуждаемого стоит на месте, а другая непрерывно топчется, будто пытается раздавить окурок или вытереть пятнышко на полу. Естественно, нервничает человек, успокоил себя Муравлеев и по-местному, деликатно отвел глаза.

– Жаль только, по-прежнему наблюдается активное участие в мультипликационных фильмах, – вдруг мягко добавил врач.

Больной дернулся, и голова осталась приклеенной к плечу. Теперь он топтался ожесточеннее, чем раньше, сотрясаясь всей той половиной тела, где приклеилась голова. «Ну не надо, не надо, – подумал Муравлеев. – Они добрые, я уже чувствую, что отпустят, а мультики... взять хоть Рому, и тоже Ире не очень нравилось, когда ползают по полу с автоматом, но что поделаешь? Массовая культура», а педсовет крепчал:

– Считает, что он – герой мультфильма. Что все вокруг – мультфильм, – мрачнея, перечислял врач. – Поет, скачет, кричит на разные голоса, гоняется за санитарами, публично мочится в коридоре, ломает кровати и бегает нагишом.

– Вы не мультфильм, голубчик, – вмешался другой. – Мы вас подлечим.

– Переосвидетельствование через шесть месяцев, – холодно, жестко сказал первый, окончательно бросив ломать комедию.

– Но я не мультфильм! – вскричал несчастный и вскочил на ноги. Муравлеев увидел, что приговор раздавил его так, что от былой нормальности не осталось и следа. Выглядел он теперь как птенец, плохо вылупившийся из яйца – головка набок, ножку приволакивает, и в редких седых волосенках остатки скорлупы. – Но я не мультфильм! Со мной нельзя так!

Старый знакомый Муравлеева ласково обнял больного за плечи и стал выводить.

Следующей прорабатывали женщину. Она тоже вошла нормальная – рыхлая, бледная, но нормальная, хотя после первого же обвинения в *полидипсии* (Муравлеев начал держать ухо востро) принялась раскачиваться и шептать.

– Это неправда! Я пью нормально! – шептала она все быстрей и быстрей. – И *он* больше не мой врач!

– Как же неправда, когда пьете?

– Вы мне больше не врач!

– Результаты анализа натрия, – откашлялся тот.

– Я не пью, только душ принимаю! – с отчаянием крикнула она.

– Выписка представляется преждевременной, без контроля больная немедленно доведет себя до тяжелого состояния чрезмерным потреблением жидкости.

Женщина горестно раскачивалась и шептала, ее выводили, а Муравлеев сидел и думал, как это – пить и не мочь никогда напиться, как это – жаждать и знать, что за каждым глотком следят, и, наконец, встать в душ, под струю, открыть рот... Натрий какой-то придумали.

Люди как люди, дряблые, детренированные, они разваливались в хлам, как только на них возводили симптомы, синдромы, диагнозы и решения медкомиссии. Одни с головой уходили в себя, другой, прирожденный правозащитник, холодно бросил: «Двенадцатая поправка к конституции. О врачах-подлецах, заведомо ставящих ложный диагноз». Неприязнь Муравлеева к консилиуму росла. Любой будет нормальным, когда ему ничто не угрожает. Я вон тоже, когда один, сама норма.. И не мог решить, от чего же ему так скверно. И тут в дверь, приоткрывшуюся, чтобы выпустить правозащитника, скользнула струя коридорного воздуха. Не готовкой, не стиркой, Муравлеев вдруг *прочитал* этот запах, как открытую книгу, и сразу же понял, на каком это языке: виварий!

Там Муравлеев сразу понравился, и тон был взят доверительный.

– Я скажу откровенно, у нас седьмой проект и седьмой переводчик, – рассказывал ответственный коллаборатор. – Не буду кривить душой, в массе своей вы прекрасные ребята, и большую берцовую с малой никто не спутает, но... малохольные все какие-то, – он искоса взглянул на Муравлеева. – Что ни баба, то в обморок падает, а как мужик – острит не по делу. Я вас прошу убедительно...

– Да мне как-то, – пожал плечами Муравлеев. – Я все-таки профессионал.

– Ну и молодцом! – похвалил коллаборатор. – Надо, знаете ли, сработаться: и вам хорошо, и нам.

Можно представить, какие пассажи позволяли себе до него молодцы из ларца, и какие душистые слезы лила здесь Карина (одно дело охота на хитрую, наглую Львицу, другое – мучить маленьких беззащитных существ). Но спустя небольшое время он больше о них не думал, он ходил в защитном скафандре – халат, бахилы, душевой колпак на голову, очки, прилегающие к вискам наподобие водолазной маски, а в придачу к маске хотелось получить трубку, чтоб вставить загубник в рот и дышать, но трубки к костюму не полагалось, и Муравлеев задыхался, иногда снимая очки, чтобы вылить из них небольшую лужицу пота. Ближайший очаг курения располагался на расстоянии четырех миль, но даже если б Муравлеев туда дошел, его б ни за что не впустили обратно на КПП, и он постепенно привык к пустоте в месте солнечного сплетения, к невесомости и скафандру, к смотровым окошкам в дверях, подающихся только если навалиться всем телом, а уж захлопывающимся и вообще будто отсюда уже не выйти. К тому, что голос, машинально продолжающий переводить, оседает в колпаке и в очках, и к местным жителям с характерными этническими чертами – узкое лицо, втянутые щеки, безвольный подбородок, подслеповатые глаза темно-розового венецианского стекла, желтеющий с возрастом мех, голый хвост и голые лапы на решетке пола.

– А почему те лежат носом в угол, а эти бегают?

– Это самки, – охотно объяснил коллаборатор. – Они активней. Хотя если кто и укусит, то точно самец.

Верно! подумал Муравлеев.

В руках лаборантки раздался короткий возглас.

– Они не немые! – сказал восхищенный Муравлеев.

– Нет, но звуками между собой не общаются. Только от дискомфорта. Наверное, ему неудачно ввели зонд. Друг с другом они молчат – может, общаются запахами или ультразвуком. Они плохо видят, зато отлично ориентируются на запах. Реагируют даже на инсулин, если неопытный лаборант боится. Тогда и они начинают нервничать.

Большинство охотно взвешивалось, разевало рот навстречу зонду, позволяло осматривать уши, хвосты и пальцы, за время исследования они становились ручными. Лаборантка в фиолетовых резиновых перчатках поглаживала животик, проводила пальцем по спинке, машинально, как теребят кусочек меха, и они к ней тянулись, как дети из Дома малютки, изголодавшиеся не просто по человеческому прикосновению, а вообще по любой сенсорике. Они, вероятно, ждали этой минуты весь день, как человек ждет редких случаев вмешательства в свою жизнь провидения – достали из клетки, с решетчатого пола, кладут на ладонь, рассматривают, как ты, что ты (выделения из носа, рваные уши, облысение, дрожание, отеки, пилоэрекция – Муравлеев в восторге запоминал, это когда волосы стоят дыбом – или, вот еще, с т е р е о т и п и и, не путать со стереотипами, навязчивые действия вроде взад-вперед ходит по клетке, бегает кругами, переминается с ноги на ногу, подпрыгивает на месте, бьется головой об стенку, зевает или склонен к самонанесению травм) – и так приятно, так ободряет это внимание, что просто не хочется думать, что единственным мотивом провидения служит введение новой дозы того, с чем ведется эксперимент.

На другой день, на третий, на пятый Муравлеев совсем оправился, по-свойски заглядывал в клетки, прикидывая относительно собственных размеров тела – в длину в полтора раза больше, чем лечь, в ширину много места тратится на кормушку, в высоту нормально, но лучше не прыгать... Лично я предпочел бы лежать в опилках, – поворачиваясь, сообщил он своему верному Вергилию, и тот, оправдываясь, принялся рассказывать, что для чистоты эксперимента лучше б им не есть своих фекалий, потребляя двойную дозу, а пусть проваливаются через решетку. После этого эпизода Вергилий несколько похолодел – не зная, что наступает на больную мозоль (лежать на решетке уже объявлено негуманным в ряде стран, да и Муравлеев, при всей неподготовленности, усомнился, в двойной ли дозе все дело – уж конечно вынимать и выкидывать одноразовые поддоны из-под решетчатого пола было проще, чем чистить клетку), Муравлеев продолжал обсуждать жилищные условия. «В каждой стране устанавливаются национальные нормы, – стараясь не раздражаться, а использовать этот случай для работы с враждебной науке общественностью, сказал коллаборатор, – и у нас здесь, конечно, не Швейцария. Там в полтора раза больше».

Так, голым хвостом, мелькнул на секунду возможный ответ на частенько предъявляемый Муравлееву комплекс вопросов, где лучше, там или здесь. Везде, мог отныне бы отвечать Муравлеев, свои национальные нормы – здесь, например, в полтора раза больше, хотя тоже не так, как в Швейцарии. Однако Муравлеев в тот день был рассеян, плохо запоминал, и какое-то недоброе предчувствие гоняло его от клетки к клетке. С того раза, как он услыхал тот вопль, Муравлеев прислушивался и принюхивался – а вдруг что-нибудь пойму? Можно было бы стать ценнейшим специалистом. Наверняка эти запахи можно как-то выучить. И тогда... Что там стереотипии! Может, им просто скучно? Тут любой, в этой клетке, заходит кругами, займется хвостом, а то вообще ляжет да и подохнет. Интересно их мнение! И вот если бы все это с запахов перевести... Вот что должно представлять подлинный научный интерес. Но оставил эту затею – наверное, очень сложно, тем более начинать в таком возрасте, это с детства стоило, как балет.

Сегодня коллаборатор был особенно склонен к демонстрации последних достижений гуманизма: то ли Муравлеев окончательно его разочаровал, то ли этого требовала внутренняя, пока непонятная Муравлееву, логика исследования... Коллаборатор много рассказывал о новой программе обогащения жизни лабораторных животных, что прямого отношения к Муравлеевскому исследованию даже и не имело – исследование было таким коротким, что в нем особого обогащения не полагалось, раздадут иногда по кусочку марли из пачки, чтоб в клетке играть, и все. А вот в долгосрочных исследованиях... И коллаборатор сам зачем-то рассказал про кролика, в ходе обогащения удавившегося в цепи, на которой висела игрушка – сунул голову, бедняга, хорошо вовремя успели составить отклонение от протокола, а то, – и Муравлеев явственно ощутил, что все это рассказывается для передачи его невыловленным единомышленникам, – дня через два защитники прав животных пронюхали и готовы были уже раздуть целую историю! Норовя угодить, напоследок побаловать, по пути коллаборатор завел к обезьянам. В перерывах между получением дозы обезьяны ели поп-корн и смотрели телевизор, на колесиках вкаченный к ним в палату. И этот случай обогащения, надеялся коллаборатор, тоже будет передан на волю. Наконец, пришли.

Перевозной стеллаж с клетками, деликатно отвернутый от столика лаборанта, здесь тоже все делалось быстро, гуманно и ловко – в контейнер с газом, потом на столик, щипал за лапку, чтобы проверить, заснула ли, брал кровь в две крошечные пробирки и тут же совал в другой контейнер, с газом уже окончательным, а через пару минут закреплял на доске булавками за четыре лапки, выбривал живот, чтоб шерстинки не попадали внутрь, доску же нес прозектору в соседнюю комнату с приоткрытой дверью. Муравлеев взглянул на клетки. Где самки и где самцы, теперь было не разобрать: все лежали, как белые камни, носом уткнувшись в угол. На досках знакомые лица, впалые щеки, темнорозовые глаза, женский безвольный подбородок, но теперь они лежали полностью распрямившись, с булавками в розовых пальцах, в знакомой и узнаваемой позе прямохождения в смерть. Первое, что делал прозектор, это чик, ножницами отрезал неуместный теперь хвост.

Муравлеев резко повернулся к коллаборатору.

– Зачем же вы их разворачиваете? Чтобы не видели?

– Все по инструкции, – подтвердил коллаборатор.

– Вы же сами сказали, они не зреньем, не звуком, а так, что нам с вами не видно, не слышно.

Коллаборатор недовольно смотрел на него и, казалось, не понимал. Муравлеев вспомнил, что перед ним не специалист, и попробовал объяснить:

– Сигналы, для вас лишенные всякого смысла или вообще не воспринимаемые вашим ухом...

– Извините, нам пора продолжить работу, – сухо сказал коллаборатор.

– Погодите! Ведь это важно. Они читают судьбу, как раскрытую книгу. Представьте, что здесь происходит, если все это, с запахов, перевести.

Коллаборатор, не слушая, отстранил Муравлеева, и принялся демонстрировать зарубежным ученым взвешивание органов, в уме уже составляя текст: отмечая высокие профессиональные качества, прошу больше не присылать курящих, т.к. беганье по лабораториям с выпученными глазами производит неприятное впечатление на сотрудников, сказывается на процессе и противоречит политике отдела кадров в отношении здорового образа жизни. Про высокие профессиональные качества, это будет справедливо, как он там говорил? Перевод с сигналов, невнятных уму, а то и не слышных уху? С этим, верно, все было в порядке.

Так случилось, что больше Муравлеев туда не попал и их языка не выучил. И вот нежданно-негаданно, посреди психиатрической лечебницы, с ним случилось чудо из тех, в которые он не верил. Он, конечно, читал, как в шоке, во сне, в гипнозе люди болтают на языках, которых и не подозревали, но считал это все одним из беспочвенных светлых мечтаний человечества, как бы так, не уча падежей, устроить, вроде зуда своих клиентов *пообщаться с ними запросто*. Даже в те времена, когда на судьбоносный урок фонетики к нему валили толпы ночных цветочниц, времена, которые запомнились Муравлееву как эпоха сказочного богатства и беспорядочных половых связей, даже тогда Муравлеев говорил им всем: «Учите неправильные глаголы: никакое внушение, погружение и опрощение вам не помогут». А теперь вот случилось чудо. Без зубрежки, хлопот, словаря, без какой-либо подготовки он слушал запах, все в нем понимал и запахом мог ответить.

Он пришел в себя оттого, что его постучали по плечу. Над ним, с утроенной деликатностью, склонился старый знакомый. Со стыдом Муравлеев отметил, что сидит лицом в угол, а как и когда развернулся, не помнит. «Вы свободны, пришлите счет, – говорил знакомый. – Ваш больной отказался спуститься».

Муравлеев вышел из корпуса и двинулся по направлению к машине, думая о своем больном, с которым так и не познакомился, но уже заочно гордился: такого надо выписывать, вот один изо всех с головой на плечах (что там даже трудиться спускаться на первый этаж, когда ясно любому, что так, поболтают, унизят и оставят в больнице). Тех, кто ходит на эти консилиумы, на что-то такое надеясь, этих точно следует запирать. А его больного, порвавшего цепь не просто нелепых (опасных!) иллюзий, – такого могли бы и выпустить. Он втянул в ноздри запах хвои, он дышал полной грудью, но странно, что-то здесь ни души, одни пустые машины, а он бы вывел их всех на прогулку. Вот терапия! В аллеях, парами, врач-больной, а завтра наоборот, чтоб никому не обидно. Досада берет, такой парк, и запах вивария почти не слышен: только небо, земля и старая хвоя. Не пускают их, что ли? Или они не умеют выйти? Ведь голова – не клетка.

Счет он, конечно, пришлет, но что-то во всем этом явно не так. И вдруг понял, чего ему так одиноко: он привык по судам, что после решения за ним должны гнаться, умоляя составить прошение, объяснить, что же все-таки произошло, или немедленно позвонить по телефону, где знают, чья кошка собаку съела. Здесь же никто не гнался. Ни один политзаключенный с открытым письмом, ни один экстрасенс с романом-предупреждением, а между тем должна же здесь быть своя интеллигенция, палата, как принято выражаться, номер шесть (Муравлеев так выучен был, что в любом муравейнике, где солдаты, рабочие, фараон, должна быть интеллигенция). Как каждый раз, застав чужую профессию в халате, он убедился, что быть сумасшедшим нестрашно, небольно и неинтересно. Быть сумасшедшим, в первую очередь, скучно – каждый день, шаг за шагом, перебирая руками по одной и той же цепи рассуждений, упираться в единственный вывод, который – никуда не выводит, а просто кончается цепь.

Так, никем не преследуемый, он дошел до машины, завелся и съехал с хвои. Просыпаться утром и знать, что сейчас все будет по-старому. Депозиция, Павлик, транскрипт, поясница и шея по Рихтеру в десять баллов – а надо как-нибудь по-другому, перевернуть блокнот вверх ногами, писать справа налево и левой рукой, по диагонали, в зеркальном своем отражении, или выучиться стенографировать, чтоб триста раз, когда переводишь, не делать одни и те же пометки, или... да выучился он давно уже стенографировать! Вот это все может записать одним крючком. ...Или хотя бы давайте сменим цитатник. Что в истории слышно? Кто может – грабит, кто не может – крадет. Проблемы? Две. Дороги и дураки. Демократия? Есть плохая форма государственного устройства, только лучшей пока никто не придумал – бросать курить совсем не сложно, я сам это делал множество раз. Ну, выучили эти десять, давайте еще теперь какие-нибудь десять выучим. Следующие. И так, постепенно... Мы же все будем знать. Кто что сказал. Давайте сделаем ремонт – переклеим, перекрасим, самим же будет просторней, чище, светлей, мы тут все засалили, засрали, затерли... Впрочем, не ходи все живое предсказуемыми путями, как бы мы переводили? Как сбывали бы с рук этот фокус – не секундное отставание, как кажется со стороны, а надежное опережение чужой мысли и речи? Давайте сменим цитаты – и что? И я пойду по миру с рукой? Здесь у меня уж хозяйство налажено, заточен Киплинг на «восток дело тонкое», и вообще... С ходу-то и не сообразишь. А сколько других, видимо, есть профессий, столь же зависимых от повторяемости, как моя – и что, всем на свалку? Нет, не будет ремонта, в этой вонючей, пролежанной дыре нам всем придется помирать...

Фима резко вскочил, налил коньяку в два бокала и, прижав их фигушками к груди, как когда-то обозначал определенный тип девушек, пошел проталкиваться к дивану, туда же проталкивая Муравлеева. Он пронес бокалы нерасплесканными, но, сев на диван, забыл и о них, и о Муравлееве. Теперь он держал их в вытянутых руках, опустив на журнальный столик, и машинально поглаживал пальцем стекло. Склонив голову, он со странным оскалом рассматривал толпу беснующихся гостей. Были все те же: фимина теща и Ебаный-В-Рот (далее «ЁВР»), где-нибудь в ванной, подкрашивая съеденные поцелуями губы, до поры до времени притаилась ДБС, а судя по двум противням куриных ног, в гости ждали и Л: ее не прокормишь, такая... бой-баба. (Муравлеев всегда удивлялся, как слово бой-баба лишено голливудских и педофилических коннотаций, а Л, обглодав, всегда возмущалась, что косточка – черная: «Вспомните, какая у нас была косточка! Белая-белая!») Фима быстро очнулся и подал Муравлееву кровавый янтарь, успокоившийся в бокале, потеплевший от фиминых пальцев.

– На! – сказал он ворчливо. – Давай выпьем за нашу дружбу.

Они отпили по глотку.

– Поразительно, – с неприязнью сказал Фима. – В старении самое отвратительное – это чувствовать себя дураком. Ведь вот каждый из них знает про тебя нечто, чего ты сам о себе не знаешь.

Фима почти откровенно ткнул пальцем в очень молодого человека, пораженного той болезненной хилостью, когда лицо из последних сил на весу держит нос. Это был чей-то сын или внук, но никак не клон. Похож? Конечно, похож, и тысячу раз видан, но – методом минимальных, микроскопических, пар – не тот. Во-первых, намного моложе...

– Смотришь на себя в зеркало и думаешь: ни-чуточки не изменился. А между тем каждый из них – каждый! – *видит*. По-моему, чудовищно.

Тихий ангел пролетел. Тихий демон, скопленье теней, русалок, голосами серебряными, как колокольчик, пересмеивающихся по ветвям, комната вдруг наполнилась ими, Муравлеев услышал всплеск волос в отдаленном углу, у себя за спиной, под носом, они постоянно меняли место и тихо смеялись. Это напоминало игру в жмурки, то и дело русалки подставлялись под руки, но, хватая, гости зачерпывали воздух. Муравлеев видел, как неумолимо сближаются двое, и, зависнув над их головами, тут же являлась русалка. Чтобы схватить, достаточно протянуть руку, кончик ее хвоста щекотал ноздри, в предчувствии удачной охоты те двое, сходясь, улыбались, неловко краснея от счастья, но при первой же фразе: «Ну ты как вообще, чего?» русалка с тихим серебряным смехом, похожим на плач, снималась и отлетала. Мужественно стиснув зубы, они продирались сквозь дебри недавнего гриппа, плечом к плечу сквозь студеную скуку, и ни один не смел сказать: я говорил с тобой по ночам и там, во сне, ты отвечал другое.

Это тело моего друга, с которым я больше никогда не поговорю. Я сижу за блинами и оливье, опасаясь, как всегда в таких случаях, смотреть на ветчину, и отдаю последнюю дань, включая и то, что заваливается за подкладку, и готов отдавать еще лет двадцать-тридцать (дай нам всем Бог здоровья!) и лично возить в орду. Лить здесь слезы мне не по чину – за столом и мать, и жена, и любовница, держащиеся молодцом, потому голосить об утрате мне, человеку, лишь однажды видевшему юбиляра... собственно говоря, живым, было бы дерзко и непочтительно к чужому горю.

Они пили, кричали тосты, и теперь серебряный смех был почти и не слышен, заморили уже червячка, затравили тихого ангела, общались вовсю – бодрствующие рожи, смеющиеся рты, сознательные позы, разинутые глаза...

Но от одного слова «горе»... нет, не так по углам звенели русалки, вздымался сквозняк, поднимались торчком усики под носом самых красивых женщин, не так они пели, а по-другому – настолько, что Муравлеев секунду был сытым, счастливым и пьяным. Упоенным. Ведь все-таки было! Пусть лишь несколько раз, это все же не секс, который можно наладить два раза в неделю. Это редкое, уникальное явление природы, как какое-нибудь затмение, совпаденье сияний и дисков, астрономическое чудо – будь счастлив тому, что удачно родился. Есть музыка, о которой никогда не узнаешь ни названия, ни композитора. Пальмы, цветущие раз в семьдесят лет. Крепость, куда по несчастному совпадению попал во время отлива и не нашел ничего особенного. Книги, прочитать которые все равно что выучить новый язык, продираясь слово за словом, осваивая фрикативные и взрывные, и вот, когда этот язык ты почти уже выучил, можешь общаться, приблизительно понимаешь, книга тут же кончается, и говорить на этом с трудом освоенном языке уже не с кем. И дело не в том, что все они умерли (они не все давно умерли), но если встретиться с ними не в книжке, обнаруживаешь, что сами они этим языком не владеют, несвободно, и первые же удивятся, если ты вдруг залопочешь на том, фрикативном... И потому счастье хоть раз совпасть – это чудо. Поговорить на одном языке без несносного переводчика, без Муравлеева, пропускающего целые периоды оттого, что в уме умножал беседу на почасовую ставку, – это чудо, золотая удача, след которой, золотая пыльца, золотая печать, навсегда остается на лбу постороннего человека, которого с тех пор зовешь другом и с которым никогда больше не поговоришь.

И Муравлеев, растрогавшись, разыскал в этом зверинце Фиму, крепко чокнулся с ним и выпил, а Фима, кометой давно пронесшийся вдаль, посмотрел на него удивленно и покачал головой.

Сквозь толпу к Муравлееву продрался ЁВР.

– Ты все еще переводишь, – спросил он, прожевывая маковый рулет, – бабушек через дорогу? Слушай, давай организуем гастроли!

Муравлеев покраснел от удовольствия.

– На паях, – продолжал ЁВР. – Честное слово. Шоу-иллюзион.

– И что я должен делать? – с интересом спросил Муравлеев, воображая нечто из Вольфа Мессинга. (А ЁВР что? Музыкальная пауза? Будет ходить по канату с шестом?)

– Для начала – перевести сценарий, – снисходительно пояснил ЁВР, убеждаясь, что Муравлеев ни аза не смыслит в организации гастролей. – А потом надо будет куда-нибудь его пристроить. У тебя есть знакомые в шоу-бизнесе?

Тут Муравлеев слегка запнулся (представитель в Чечне по правам человека – это шоу-бизнес?), но было уже поздно.

– Жаль, – безжалостно резюмировал ЁВР. – А что ж Фима говорил... Ну да ладно, можно и с улицы. Настолько хорошее шоу, что можно и с улицы. Честное слово. Так вот, потом, значит, сделаешь синопсис, потому что у них не хватает терпенья читать. Знаешь, сконцентрированно все лучшее – но это, я думаю, ты умеешь. А дальше – звонить, рассылать...

– Я не умею звонить-рассылать, – сказал Муравлеев, мгновенно нащупав знакомое чувство, что вот на глазах рассыпается еще один шоу-иллюзион. И все почему? По тем же причинам, по которым большинство переводчиков отказывается выучить программу SDXL – им и демо-версии шлют, и саму программу предлагают со скидкой, и знакомые обещают показать, а воз по-прежнему находится в той точке, где переводчика с мару-мару найти гораздо проще, чем переводчика, способного работать в SDXL. Неманевренный, консервативный народ, в упор не желающий видеть, что достаточно минимального усовершенствования в механизме – дружелюбной улыбки, лишнего не-перехода через дорогу, лоб в лоб столкнувшись с кем-нибудь из влиятельных знакомых, или просто пыль протереть с монитора – и ржавая консервная ЭВМ, изготовленная в прошлом веке – да что там! в прошлом тысячелетии! – вполне сойдет за новехонький жизнеспособный лэптоп. Ему стало грустно, но вместе с тем и спокойнее – будто из блеска и грохота прибыльного иллюзиона снова попал в безмолвную мышеловку матильдиных апартаментов, где, хоть и давит на шею, никто не заставит ходить по канату с шестом.

– А я тебе помогу! Единственно, я без языка, – бойко соврал ЁВР, именно им снимая маковое зернышко с зуба. – Но с цифрами я тебе помогу. Смету расходов я дам, а что касается моих комиссионных, то их я могу назвать тебе прямо сейчас: я хочу получить с этого дела двести тысяч плюс пять процентов от каждого сбора. Ведь пять процентов – это по-божески? Честное слово!

Муравлеев не мог не отметить, что у ЁВРа появилась новая присказка и, хотя знал ЁВРа давно (Руслан, телефон с «Аидой», шведское гражданство), вдруг усомнился, что это тот же.

– Оборудование я перевезу сам, – распоряжался ЕВР. – У меня есть контакты. Но будет проблема с напряжением.

– Будет, – согласился Муравлеев.

– Надо двести двадцать вольт. И это тоже ты должен решить. Плюс шестьдесят герц.

Муравлеев расстроился, что это он тоже должен решить – но ничего, как-нибудь решу: пересчитаю со справочными таблицами. Хотя в футах было бы проще. И тут же спохватился:

– Оборудование можно достать где-нибудь здесь. Чего там: кабина, комплект наушников...

– Этого точно я не знаю, – сказал ЕВР. – Лучше пусть пляшут со своим. Держи!

И он тут же вручил Муравлееву два десятка страниц, прошитые скрепкой, нимало не сомневаясь, что Муравлеев тут же начнет их читать.

– Это золотая мина.

«При плохой игре», – подумал Муравлеев.

Выручила его фимина теща.

– Здравствуй, Женечка, – сказала она, неприязненно косясь на ЁВРа. – Я, наконец-то, нашла, чем тебе заниматься!

ЁВР обиженно отошел.

– Помнишь, тогда говорили – роман? Не роман, а что-нибудь интересное людям, что-нибудь действительно полезное... Фима, подай мою сумку!

И теща, порывшись в трех сумочках и поочередно извлекши из них запасной памперс, собачий поводок и плоскую жестянку от леденцов, служащую портсигаром, нашла, наконец, свою и выудила из нее много читанную и Муравлееву смутно знакомую книжку.

– Вот! – с торжеством сказала ФТ. – Вот если бы это перевести! Я специально, зная, что ты здесь будешь...

– Мне кажется, я уже это один раз переводил, – неуверенно проговорил Муравлеев, чувствуя, как от одного взгляда на обложку в комнате распространяется аммиачный запах.

– Исключено! – отрезала теща. – Тогда бы уже была революция в медицине. Если ты мне не веришь, спроси у доктора Львив. Знаешь, как она загорелась! Сама хотела перевести, но – ты знаешь.

– Знаю, – сказал Муравлеев. – Доктор Львив под судом.

– Под судом? – удивилась теща. – Ты, наверное, путаешь. Я другое хотела сказать: у нее две клиники, ей не до книжки. А вот ты бы как раз, на досуге...

Муравлеев с секунду поколебался, не сделать ли доброе дело. Предложить через тещу Львице слегка отредактировать текст. Можно же попросить Карину? Неудобно все ж на процессе, когда в транскрипте будут всякие эканья, беканья, незаконченные предложения, просто некрасиво выраженная мысль, да еще прокурор-мерзавец станет на каждом шагу уловлять: «Как вы «этого не говорили»? Страница восемь, строка двадцать третья...»

– Я понимаю, что это немалый труд, но он окупится с лихвой. Конечно, ты можешь найти себе спонсора, – брезгливо подобрала губы теща, – но, боюсь, что спонсор, как только увидит, в чем дело, сразу скажет....

Тут теща перешла на разные голоса.

– За перевод я вам заплачу сколько скажете, – вкрадчивым голосом ненавистного спонсора.

– Еще бы! – цинично, зло.

– Но вот после этого вы отказываетесь ото всех прав, – снова паскудным, любезным писком.

– И купоны стричь мы, так сказать, будем сами! – с ужасным нажимом в каждом слоге.

– Конечно, ты можешь поступить, как хочешь, – сказала теща нормальным голосом, обрывая инсценировку. – Я не запрещаю. Вот тебе книжка, я специально ее принесла. Если решишь искать спонсора, воля твоя. Но я бы рискнула. Что тебе? Перевести один раз, а дальше – проценты с продаж, с переизданий, ты, вообще, считай застолбил эту область – может, тебя, как специалиста, начнут вызывать в разные санатории, клиники... Переводить. ...Но раз ты сомневаешься, – вспыхнув сквозь пудру, вдруг заявила теща. – Я сама готова тебе оплатить! Потому что, в отличие от тебя, я в этой книге не сомневаюсь!

С содроганьем Муравлеев заметил, что на глазах у тещи заблистали упрямые слезы, а руки поехали рыться в сумочке, хорошо еще за платком, а то чуть не за оперным, в бисере, кошелечком (причем из недр сумочки вырвалась новая волна аммиачного запаха). Его выручил ИВИВ, как всегда чуть не падающий от смущения. Он передал какой-то конверт «от общих знакомых». Теща, обиженная, отошла.

ИВИВ мялся, но тоже, видно, считал, что Муравлеев, не отлагая, должен открыть конверт и, возможно, тут же черкнуть ответ. С этой сумкой своей на ремне он даже похож был на почтальона. Непревзойденные мастера социальных отношений, оба молчали в голос. Муравлеев сам был на грани предложить какую-нибудь petit jeu. В этой маленькой корзинке и наряды и ботинки, черный с белым не берите, да и нет не говорите, вы поедете на бал? И тут заметил, что предлагать поздно. Бал и так был в разгаре. Раскрасневшись от танцев, вина, духоты и тайных желаний, вальсировали нарядные пары, умело огибая мебель, таких мудаков, как Муравлеев с ИВИВом, и все встречающиеся на пути острые углы. Заприметив даму свою, без собачки, в руках ЕВРа, Муравлеев вспыхнул. Тысячей острых стрел ревность и боль пронзили сердце. Ему даже казалось, она сама жалобно смотрит из рук ЁВРа, словно просит Муравлеева «отбей! спаси!», но от одного воспоминания, сколько там правил, подкашивались ноги. Черный с белым? Да вы смеетесь! Не черный с белым, вообще ничего нельзя брать в руки, вам скажет любой адвокат!.. И сколько другого еще надо помнить! Середину алфавита, чтоб чувствовать грань между «да» и «нет», три креста, где по протоколу для очистки совести следует узнать, продолжается ли эксперимент... А сколько не помнить! – ужасное то, что увидел о них, о себе по судам, по психушкам, по тюрьмам, по овальным залам, вивариям, под крахмальной скатертью конференций, в домах престарелых, в крестовых походах, – он же все же не дипломат, как не смутиться, не отвести глаза, как сделать вид, что ничего этого не видел?

Впрочем, у страха глаза велики, общенье с людьми – как то преступление: чем чудовищнее, тем ты сам все это придумал. С другого конца комнаты жалобно смотрела на него ДБС, но он мог только ответить ей взглядом: «Я трус. В темноте шарахаюсь тени лифтера. Получаю багаж чужими руками, стоя всегда только там, где лучшие чемоданы уже разобрали. Но не мотаться же нам по мотелям. Мой удел – узнавать тебя в лицах и жестах посторонних людей. Ведь я никогда не вернусь». И подумал, что вот она смотрит, а перед глазами, по его волосам, рукавам, пляшет желтое это пятно, то, что он о себе никогда не узнает (только ль старение, Фима!), вот стоит перед ним ИВИВ – и видит, а он никогда не увидит... Бррр! Познаваться в социальных отношениях было больно и неприятно. Однажды он читал, зачем Робинзон Крузо завел себе обезьяну. Весь рассказ состоял строчек из двадцати, но Муравлеев прилежно читал его до конца рабочего дня. «Робинзон Крузо, – писалось в рассказе, – завел себе обезьяну для того, чтобы иметь перед глазами карикатуру на самого себя. Когда обезьяна кисло почесывала себе животик, с угрюмой гримасой вперившись в небо, Робинзон Крузо стоял рядом и покатывался от смеха».

Так вот для чего, догадался Муравлеев, завели всех нас, и вот для чего я завел себе «я», и задумался, безответственно так рассуждать или не безответственно: глядя со стороны, получалось, что он открещивается, дает карт-бланш, вместо того чтобы приструнить...

Ну да ладно. Вокруг все ревниво следили каждый за эволюциями собственной макаки на поводке – сейчас по горло залезет в варенье, заврется, или слишком уж скромненько держится, другие макаки затопчут, – краснели, бледнели, науськивали, тянули из каши-малы за хвост... Однажды такая макака, по обыкновению всюду суя свой нос, заглянет в магический кристалл. Сколько будет потом усилий засадить ее за работу, сколько разочарований – ничего из увиденного не запишет, просто не знает таких слов, все в размер ее убогому умишку, взглянешь – тошнит, какое-то зеркало, портрет обезьяны. Разве так? Разве т а к там все было, в магическом-то кристалле?! А мы-то, помнится, думали, что к кристаллам подпускают только самых достойных, мы-то, скажу откровенно, и не сомневались, что если кому покажут кристалл, то дело в шляпе: значит, готов. Дудки! Писать-то все – обезьяне. Да еще особо нельзя наезжать, а не то вдруг заявит, я больше не буду, устала, чаю хочу, обогащаться, как те другие макаки – поп-корн, телевизор... Что тогда? Встать перед ней на колени? Ну потерпи, ну хотя бы как можешь, гримасками слов... все, молчу, не мешаю.

По утрам Робинзон Крузо порол обезьяну.

И опять вспомнилось, шестнадцать умножить на два, тридцать два и еще по стольку, да если у каждого по макаке! – тесно мне, господа, здесь яблоку негде упасть, самый воздух слоится сотнями лиц, в социальных отношениях все б хорошо, но душно... Из угла за ним следила не только Дама без собачки, но и еще одна пара глаз. Филькенштейн! Муравлеев бросился к нему, чтобы сказать, как он благодарен, он все тогда так и сделал – когда по телефону они обсуждали гражданственность. Без колебаний отрёкся от самого дорогого. Но Филькенштейн встретил его как-то холодно, будто не было между ними ни прогулок в заснеженном парке, ни длинных ночных разговоров, будто Муравлеев – посторонний ему человек, с назойливой периодичностью встречаемый на чужих днях рождения, или будто Муравлеев – чем-то его обидел... Ну что ж, так – так так.

Его выручил зять старика Хоттабыча (что-о-о-о? изумился Муравлеев, но Фима ему объяснил: в старом фильме, ты помнишь?.. он сам, к сожалению, умер..)

– Да вы не бойтесь, – усмехнулся ЗСХ. – Я сам обеспечу охрану. Естественно, будут мешать, но я ведь не отступлюсь. Не такой человек. Издать эту книгу на всех языках – мой гражданский долг.

Муравлеев помялся.

– Это будет бомба! – сказал ЗСХ, потирая руки.

«Золотая мина», – подумал Муравлеев. До него доносились обрывки чужих разговоров: «Такой был словарный запас! Толстого читал!» – «Ничего, если вдруг пригодится, тогда жизнь научит».

– Когда вашу жену заставят надеть паранджу, – декламировал ЗСХ, – когда вас заставят завести гарем!...

По надрыву его не понять: ламентирует? бредит? мечтает?.. Жизнь научит? Мамлеев не разделял этой счастливой уверенности. Ведь как поставлен учебный процесс? Ходят все на головах, а поднимешь голову – читают. Но если вглядеться, то учебник у каждого на всю жизнь заложен на одной странице. Разве кто-нибудь видел, чтоб жизнь кого-то куда-то – переводила? Учителям трудно, мы все это знаем, и зарплаты низкие, и чернила в чернильницах замерзают, – но не может же быть стопроцентного поголовья тупиц? Значит, не такой уж хороший учитель. Перехвалили. Вокруг сплошные прорывы, в педагогике, в методологии, надо же сочетать каналы восприятия, нельзя же простым механическим повторением! Чья бы корова, конечно, мычала: сколько мамлеевских учеников, разбросанных по свету, сейчас, как жуки по стеблю, выкарабкиваются по контексту! Взглянуть на того же ИВИВа! Конечно бы он постеснялся в глаза обвинить жизнь в педагогической несостоятельности. Однако чутье подсказывало: в самом подходе учителя что-то не то, уже в равнодушном лице с выраженьем «вас много, а я одна». ...Впрочем, не надо впадать в пессимизм. Легко так огульно: «научить никого ничему не возможно» и все тут!... А можно иначе: скажем, жизнь неважный учитель, но где-то ведь есть и хорошие?..

– Из-за таких равнодушных, как вы, – уже полукричал ЗСХ. – К власти пришел...!

Из этой неприятной ситуации его выручил Фима.

– Я давно за тобой наблюдаю – ты зарываешься, брат. Я все понимаю, однако зачем ты обидел Елизавету Дмитриевну? Она тебе когда-нибудь хоть слово дурное сказала? Все «Женечка, Женечка»... Кстати, во всем этом может и быть зерно. Ты знаешь, как я к ней отношусь, но в смысле делового чутья...

Мамлеев машинально повел носом.

– Ну да Бог с ней, Петряку-то зачем отказал? С ума сошел связываться с таким человеком?

Фима постучал по собственной голове.

– Наживать такого врага! Ну, неохота тебе ввязываться, сказал бы: «Пришлите, я посмотрю, это очень интересно». А потом бы сказал: «Боюсь, не осилю, не хватит знания языка. Не хочу губить хорошую вещь». И все. Он бы понял. Ну ладно, поезд ушел..

Муравлеев обвел глазами комнату и увидел, что выручать его больше некому. Груздь на сборище не явился. (Злые языки успели нашептать Муравлееву, что Груздь лег в психбольницу, но Муравлеев, всегда неравнодушный к Груздю, не поверил ни на секунду, что тот симулянт – просто история с доктором Львив его подкосила. Как, в самом деле, не спятить от мысли, что за твое неношение ошейника человека посадят в тюрьму? Был бы ошейник и множество маленьких черненьких снимков, похожих на кадры из фильма «Орфей спускается в ад», не посадили бы, как не сажают сто тысяч других, с отменной, почти переводческой памятью. Ну никогда не собьются! Если их нанял истец, то покажут в суде, что подобное сплющиванье позвонков происходит от травм – а, точнее, конкретно от этой. А если их нанял ответчик – доложат присяжным, что если любого из них лет так в сорок раздеть и как следует щелкнуть, получится тот же Орфей. «Вы, конечно, не медики, но объясню на доступном примере: как «Дженерал Моторс» выискивает на помойках обломки своих творений, чтоб впредь не делать такими прочными части, пережившие мотор; вам все равно, а им экономия.» Они никогда не собьются и прибудут в «Дженерал Моторс» с чистейшей совестью – все сносил, все позвонки, все зубы, был рентабелен, разве что портил воздух и жрал бензин, но кто из нас без греха.) Расходились последние гости, и ЕВР (вот лживая сволочь!) на прекрасном уличном сленге, разя сабвеем, помоями и кокосовым маслом, прощался с Ромой, а Ира, бесстрашная птичка, грудью бросившись между ними, защищала птенца (кукушонка, должно быть, потому что ростом и весом птенец ровно вдвое превосходил мать):

– Прекрати! Он не говорит, но все понимает!

Он отвлекся лишь на минуту, но Фима окончательно разошелся:

– Ты всегда был мизантропом, но теперь ты стал еще и надменен и груб, а это уже похуже! – и Фима вдруг покрутил под носом Муравлеева пальцем. – Ты избаловался! «То я не буду переводить, это я не буду переводить!» – и палец, и аргументация по ролям, все манеры Фима вдруг перенял от тещи. – Ты что же, действительно вообразил, что можешь выбирать? Кто ты такой?! Я скажу тебе, кто ты такой! Ты тень чужих мечтаний о лучшем будущем! А ты вообразил, что можешь обойтись без оригинала! Черт знает что такое! Просто Андерсен какой-то!

Фима остановился, чтобы перевести дух, и как-то невольно обмяк, но продолжал ворчливо:

– Радуйся, что хоть что-то умеешь делать…Радоваться должен и благодарить. Ты на всех смотришь свысока, а эти люди срать бы с тобой не сели, если бы не язык… Подумаешь, цаца! Как тогда со столиком, – вдруг уточнил Фима.

– Фима, ты пьян, – просто сказала Ира, проводившая последних гостей.

– Радоваться и благодарить, – твердил Фима, икая и кланяясь и пятясь мелкими, то ли лакейскими, то ли конфуцианскими шажками. – Радоваться и благодарить!

И вдруг с грохотом упал на пол.

Одеваясь, Муравлеев смотрел на железную женщину с благоговейным ужасом – пусть опыт с Ромой не удался, все же нельзя не признать, что хотя бы частичная русификация семьи осуществилась успешно. Муравлеев впервые видел Фиму мертвецки пьяным.

10

Oн ехал домой и особый стыд ощущал перед тещей. Фима прав, в своей простоте она в тысячу раз интуитивней и чутче, чем хоть взять, например, Филькенштейна. Только в мыслях ему удалось произнести за нее тост, а теща уже уловила, растрогалась! ...Но что толку теперь бормотать, что он вовсе не хотел ее обидеть, в столь поздний час жалость к теще потихоньку мутировала в жалость к себе: он хотел объясниться с Фимой, что, напротив, предпринимает все возможное именно для того, чтобы эти чужие мечты о лучшем будущем сохранить, сберечь от грубого вмешательства языковой действительности, и, между прочим, наступая при этом на горло собственным (разве ему не хочется оплатить, наконец, телефонный счет? так ведь и отключить могут.) Но даже если бы он вовремя это придумал (а, может, моя несостоятельность в социальных отношениях называется одним простым словом «тугодум»? вдруг озарило его), даже и в этом случае он не решился бы высказать Фиме все, что наболело у него на душе: про опостылевший дом, бесконечные шоссе и холодную колбасу, ты вот ругаешь меня, а в то утро я правда не мог – сидел в сумасшедшем доме. Но нельзя, нельзя это высказывать. Все-таки у человека день рожденья...

И тогда в мозгу его созрело неожиданное решение – он действительно переведет поэму-то эту. Вот прямо сейчас прочитает и переведет. Он умирал в матильдином доме, умирал от его тишины, в которой даже кипение чайника и писк летучей мыши гремели, как симфония. Он вспоминал свою надменную иронию: она сказала, мой муж не умеет отдыхать, он сбегает из отпуска на работу! Какая дура, гордится, что муж не имеет самостоятельного существования, выпьет кофе и дальше не знает, что делать. Теперь он расплачивался за свой снобизм. Он знал, что делать дальше, но чувствовал, что если еще несколько недель – какое там! несколько дней! – его не позовут на работу в места, где запрещено курение, он проснется утром, зачерпнет ртом воздуха и не сможет протолкнуть его дальше горла. И на этом все кончится. Его самостоятельное существование кончится на том, что он неспособен не курить, если над ним, как дамоклов меч, не висит табличка. Его тошнило от запаха собственного свитера и, чтобы как-то перебить этот запах, он закуривал снова, запивал чаем и лез в словарь, в энциклопедию, в любую книгу – и все там было об одном, только об одном...

Иногда он садился систематизировать записи, доставал старые огрызки бумажек, которые все хранил (хотя «хранил», может быть, слишком сильное слово), вытаскивал их из карманов, мелочь, сдачу с сезонных работ, выгребал со дна портфеля и изо всех его отделений, потом шел и шарил на полу в машине – иногда слова мучили его в пробках и на светофорах, и он знал, что есть только один способ отделаться: записать это слово на прием, на когда-нибудь, и бросить бумажку на пол. Он смутно вспомнил, что что-то такое подчеркивал в журнале, который валяется на полу в туалете, и что какое-то слово, поразившее его воображение, надо списать с коробки молока. «Систематизировать» значило аккуратно вписать их все в блокнот под рубриками типа «туберкулез» или «идеологические манеризмы». Перенося все эти слова и словечки с одной бумаги на другую, он твердил себе, что у него механическая память – запишу и запомню – хотя сам прекрасно знал, что уроки, которые каждое из этих слов ему преподнесло, либо уже выучены (в ту самую секунду, как слово его поразило), либо не могут быть выучены никогда, потому что что-то у него в голове не складывалось, чтобы дать место этому слову. Память либо сразу же благодарно открывалась навстречу, либо запиралась – и тогда он ковырял ее ножом, как живого еще моллюска, и наталкивал туда всякий сор – бери, дура, делай жемчуг!

Он перестал ложиться спать, чтобы курить и читать словарь, и однажды, вспомнив спасенную хромоножку, достал ее с полки. И там, в дебрях посторонней грамматики, прочитал: «Корову найдешь на болоте, но в пути не срежь ни единой ветки: *буде ветку срежешь*, это ты рог у коровы срежешь, *буде на землю сядешь* – на корове сидишь, *буде нож в землю ткнешь* – в корову тычешь». Буду я еще учить всякие «буде»!, – возмутился бы на его месте Их-виль-инженьер-верден, но Муравлеев не возмутился. Шарк-шарк-звяк, и в окне, стариком с ходунками, появлялась фигурка из пражских часов и кивала, кивала... Бежать отсюда! На конференцию инвесторов, играть в преступление с Плюшей, пить с Фимой коньяк – а фигурка кивала и с дворницким звуком железа об асфальт скрывалась в окошке до следующего полудня.

Когда ищешь корову, то все корова, он беспомощно вышел к машине – собираясь задать ей сена? Ведь его никуда не звали, нигде не ждали, хоть садись и разруливай по проселочным дорогам, хохоча на виражах, как невостребованные обществом подростки. Посреди дороги стоял человек и шевелил губами. Завидев Муравлеева, он с отчаянием произнес:

– Что же это такое?! «Удалить!» Он не скот, он мой друг. Я что от него, яйца продавал?

– Простите? – переспросил Муравлеев.

– Петух! – со страданием в голосе пояснил тот. – Пришли и сказали: в черте города разведение скота и домашней птицы запрещается, петуха долой! И кому он помешал? Ведь чтоб они приехали, это надо, чтоб какая-то скотина нажаловалась! Из соседей!

И он подозрительно глянул на Муравлеева.

– Я не стучал! – отказался Муравлеев, залившись краской. – Он пел вовремя и по делу, мне даже нравилось. И, потом, я не вижу здесь ни одной черты города.

Он повернулся во двор, но, хотя никого не выдал, не заложил, не вспомнил, взбираясь по ступенькам, чувствовал себя так, будто украл, сварил и съел чужого петуха.

Но ведь не он же один виноват! Сама дура! Когда хотят получить перевод, назначают срок. Разве не ясно, что перевод, который не должен быть закончен к понедельнику, не может быть закончен никогда? Тем более начат... И тогда, раздраженными пальцами, в которых плясал огонек, он достал поэму, он сдался. Поэма называлась «Мои метаморфозы», и у Муравлеева на секунду шевельнулось подозрение, что однажды он уже это переводил, но после фиминой отповеди («ты тень чужих мечтаний о лучшем будущем и должен быть благодарен, что хоть тенью...» и далее по тексту) – после этой отповеди он стал осторожен. То, что ему всюду мерещатся аммиачные запахи, что подозрением он обижает хороших людей, особенно пожилых, что переводчики вечно слышат звон, а звенит в неисправных наушниках... Скромней надо быть. Поэтому он только вычеркнул «мои», из чисто просодийных соображений, и стал пролистывать дальше.

Все это было ему чуждо и невыразимо скучно, да и она, наверно, писала поэму давно, львиную долю

составляли *глаголы когнитивного восприятия*: почув-
ствовала, подумала, поняла, осознала, сообразила, на
минуту казалось что, и в голову приходило. Вот это
«почему-то пришло в голову», он всегда знал, что это
загадка, ребус, без приглашения в голову не приходят,
но чем больше гадал, тем сильней убеждался, что
матильдины «почему-то» расставляются без задней
мысли. Почему-то она решила считать поэму закон-
ченной именно сейчас, хотя всю предыдущую жизнь
не могла угнаться за ней. Текст, протекавший в реальном времени, устаревал как только случалось что-то
следующее. Что еще в прошлом году звучало величе-
ственно и строго, на глазах становилось нервно и зло,
да и просто… плохо. И она отчаивалась потихоньку,
так и не узнав никогда, что человек, забраковавший
вчерашний свой труд, просто вырос за ночь, и то, что
поэма ее, наконец, устроила (перечитывала и кивала:
«Как это верно!») было концом не только поэмы. Муравлеев размял все затекшие члены и подумал, что
боги превращают в деревья людей не в отместку, а на
зиму. Что бы при случае он ей сказал? Ну, конечно б,
пошел на попятный: все в целом нормально… только
«он» у тебя… не мужик. Он хоть раз бы… ну, скажем,
побрился. (Муравлеев полистал). Вот здесь, где «ветер
дул непрерывно», вполне мог бы он и побриться. А
«я» оставить два раза – в начале, прося снисхожденья
богов на сей труд, каторжный и ничтожный, и в конце,
извиняясь за ненамеренное – или уж, во всяком случае,
незлое – совпадение фамилий, городов, черт лица и
номеров паспорта.

Шел дождь, Муравлеев тоскливо смотрел из окна
своей скворешни на темную массу мульчи и гравия,
проплешивевшую шубу бывшей травы, густую щетку
пустого кустарника, и только масляное пятно асфаль-
та, сияющее в проеме кустов под светом соседского
фонаря, служило единственным напоминанием об
обетованной – одетой в бетон – земле, похоронившей
какие-то корешки и корни. Каждый раз, когда мимо

проезжала машина, приближающийся и удаляющийся шелест шин по лужам мучительно бередил в нем воспоминание, как он засыпал на первом этаже очень старого дома в точно такой же тьме, под такой же шелест. Отблеск фар в мокром асфальте напоминал гигантские дутые леденцы, их варили и продавали цыганки, а дома из гигиенических соображений запрещали покупать и есть. Он не собирался их есть, он хотел смотреть через них, они были как витражи. Через них можно было смотреть даже теперь, и он смотрел, грезя о каком-нибудь безумстве: широко переступая через лужи, явиться к Роме с охапкой леденцов. Выкарабкавшийся из мышиного подполья Дроссельмейер... И действительно, с усмешкой вспомнил Муравлеев, не сегодня-вчера Рождество, только Рома, кажется, уже отбыл.

Однажды он проснулся за столом, погасил лампу и увидел пронзительный лимонный свет у себя на руках и бумагах. Он поднял глаза. Поганый маленький двор, тачка-клумба, раздавленная лестница – ничего этого больше не было. Везде лежал снег. Он поднял раму, съел немного снега, подумал, и в голове у него зазвучало. В песни первой не было ничего. Только люди и их когнитивное восприятие. Они думали, осознавали, и в голову им приходило. Пустовато и мрачно, однако чуть позже одни стали ходить на чреве своем, другие стонать и гнуться от ветра, став мыслящим тростником, замелькали отдельные птицы – шагнул из окна и не умер, так с тех пор и пытается выйти из тела, но усилий хватает лишь перемещаться в пространстве, так глагол когнитивного восприятия, превратившись в нормальный, движенья и действия, выходит из черепной коробки и движется, действует. Зародилась и флора, и фауна, и интерьеры, мускулистый, спортивного вида кактус с бритым затылком, лампы в гостиницах, после трудного дня никак не желающие потухать (при каждом нажатии кнопки они вспыхивают только ярче в соперничестве двух воль, их рвения к службе и твоей тяги к сумеркам частной жизни), l'ombre des jeunes filles en fleur, вот во что играют на заседаниях жалюзи, отчего и экран, и бумаги, и руки, и стекла очков идут полосами света и тени, официанты, лифтеры, металлоискатели в аэропорту – может, и у них в жизни было иное предназначение, чем не дать мне покурить?

Песнь вторая, глаголы, обретшие руки и ноги, отправились строить – башню, писала Матильда, туннель, сделал сноску Муравлеев, в секунду, – и тут же Матильда разделила им речь, хозяин вселенной рассеял дары своей благости по языкам, чтобы народы и люди имели нужду друг в друге и, как леса, строили социальные отношения. За лесами башни давно уж не видно, никто, даже сам император Халисси, не знает, есть она там или нет, и много поколений талантливых инженеров сменилось, считая, что леса и есть башня, и много погибло, а много долезло до самого верха, овладев лишь искусством не делать faux pas. Песнь третья... Если так дальше пойдет, я действительно переведу эту поэму-то ее! И, внезапно испугавшись подозрительной легкости, с которой переводилась поэма... нет, лучше чуть-чуть притормозить, а то очень уж под уклон.

Страшись опознать сменившего облик, писала, похоже, Матильда. Олимпийцы наивны, жестоки, как дети, считают, что стоит надеть мамины туфли и вымазать губы ее же помадой, как все будут думать, что перед ними ужасно... совершеннолетний. Страшись испортить им хэловин! Месть их бывает ужасна. Заглянет к тебе нищий странник с твоим же лицом, омой ему ноги и дальше сиди себе типа все нормально. Разоблачи такое инкогнитце, и ты пропал!.. Да, подумал Муравлеев, отвлекшись, поэма не так глупа, как кажется – ведь вот и в жизни так же: никогда никому нельзя показывать, что ты его знаешь. Что ты с ним тысячу раз знакомился. Что ты с ним жизнь прожил.

А надо – чинно подать руку и выслушать, под каким именем он хочет быть здесь и сейчас. И ни намеком – иначе страшно оскорбится. (Почему одни и те же мужчины и женщины представлялись ему каждый раз в новых супружеских конфигурациях, в это тоже разумнее не вдаваться – то ли в прошлый раз он чего-то не понял, то ли с прошлого раза все изменилось). Никогда никому нельзя показывать, что он у тебя не первый. Смеется, ластится, а вот попробуй спроси у нее – девушка, мы с вами раньше не встречались? Разве вас не похоронили год назад? Не воспели в хрестоматии «Литература – 7 класс»? Он сумасшедший, уберите его, скажет девушка. И остальные бессмертные, тряся фальшивыми бородами, поддельной клюкой и бутафорским рубищем, выведут вас вон и будут правы – вы не умеете себя вести. Вы сейчас девушке намекнули, что таких, как она – миллионы, а словом, батенька, убить можно.

Матильда была неумехой, у нее не сходилась ни одна сюжетная линия: разлученные близнецы не находили друг друга, украденный принц забывался в цыганах, кто-нибудь дерзновенный вызывал богов на профпоединок, а пауком потом прял другой, не знакомый, не потомок, не родственник. Он заглянул в словарь поискать shibboleth. Шиболет, – нагло ответил словарь, не желая признаться, что и сам не знает. Немая, она соткала полотно и отправила почтой, но только сестра не смогла полотна прочитать, посмотрела и тут же велела убрать: «Я это носить не буду. У меня, слава богу, все дома». Сестра – дура? Отнюдь. Просто надо ясней выражаться.

– Где же ты? Я звоню-звоню... Тебе дозвониться невозможно. А ты не задумывался, что мне может быть плохо?

– Плохо? – отозвался Муравлеев, как эхо.

– Я имею в виду с сердцем. А тебе не дозвонишься. Ты вообще не задумывался, что я могу умереть?

Вот вопрос, на который не скажешь ни да, ни нет.

– Подохнешь, прежде чем он подойдет. Ему звонишь-звонишь... Я звоню-звоню...

Муравлееву представились раскачивающиеся колокола.

– Как дела?

– Да так же.

– Как вообще все?

– Нормально.

– Что слышно?

Добьет. Заставит придумать тему и говорить на нее. Да так, с ходу, разве придумаешь?

– Да ничего особенного.

– Работа есть?

– Ну так себе, средне.

– И у меня средне... Раньше зимой мы всегда работали письменно. Ты заметил, что письменный перевод весь уходит туда?

Тон такой похоронный, что Муравлеев чуть не испугался: куда?! Но тут же сообразил – в Китай, куда же еще?

– Поживем – увидим.

– А что скучный такой? Чем занимаешься?

– Да так, как обычно.

... А правда, интереса ради – чем я занимался, когда он позвонил? Уже не помню. Похоже, так и есть, что ничем. А собирался послать счет, болван... Вот окурки. Страшно, сколько их. И страшно, как я провонял весь дом. Вот чай, уже остыл, а кипятил только что. Позывные в паху, а ведь и в туалете был максимум назад минут пятнадцать. Я скучный. Вялый. Астеничный. И событий у меня не происходит. Мне ничего не слышно и не о чем поговорить с людьми. Жизнь, внешняя и внутренняя, хотя и просвечивает подо льдом и вот даже мне звонят, впала в перманентный анабиоз и даже плавниками не шевелит. Я могу, для отвода глаз, рассказать какой-нибудь смешной случай в трамвае, но лень. Да, я ленив и нелюбопытен.

Мог бы от оборонительных реплик перейти к наступательным (а у *тебя* как дела? как вообще жизнь? что слышно?) – но нелюбопытен. Зачем мне чужие случаи в трамвае? Я своих смотрю десятки – и не помогает... А он уже что-то рассказывал: вот сейчас поставлю чайник, сделаю себе бутерброд... и так час-другой. Какая муха его укусила? Бывает муха цеце, а бывает муха жеже...

– Нет, ну серьезно, чего ты такой? Что-нибудь случилось? Или ты спал?

Да! Вот оно!

– Спал.

– Ну извини. Я позвоню потом.

Кто это был? Плюша?

На чем он остановился?.. Когда тебя превращают, стой смирно, не мельтеши, во что бы ни превращали – в сорок сорок и галок, в пустынный остров, в черепаху Чапу, в фокстерьера Фоку – не противоречь, а жди, когда отвернется. Зарастай себе пухом, пером, коростой, кричи деревянно или по-птичьи, будто и вправду веришь, что человек познается в социальных отношениях – отвернется же когда-нибудь! И тогда, убедясь, что не смотрит, можешь спокойно встряхнуться и идти своей дорогой. Но горе тебе усомниться в истинности превращения.

Все это, конечно, не так хорошо, как в стихах. Но он ей и не обещал стихов, он обещал подстрочник. Кто-нибудь же сможет ей это сделать? Пусть профессиональный литератор, с визитной карточкой. Неизвестно, правда, возьмется ли сейчас кто-нибудь (он вспомнил, что в литературе сейчас свои проблемы, острый момент, той же рыночной экономики нет, что-то такое, как у Пушкина, «гордись, поэт, что для тебя условий нет»...) Ну ничего, как-нибудь обойдется. На худой конец заселит сюда следующего, срифмовать. Приуныл даже немного: в голове-то звучало иначе. Но, по крайней мере, передает дух оригинала несравненно лучше, чем сам оригинал. Не будьте мелочны. Vouloir dire, как учили в школе.

Он выключил компьютер и многоликая, разноязычная толпа схлынула с базарной площади, оставив после себя окурки, тронутые пастелью губной помады, полные теплые памперсы и плевки на асфальте цвета полирезистентных штаммов под микроскопом. Я теперь, Димитрий, как в монастыре живу. Как отшельник в пустыне. Мне удобней, когда я один, и никто не сбивает. С содроганием вспомнил фимин день рожденья, где путем социальных отношений за один вечер чуть не превратился в звезду шоу-бизнеса, народного целителя и антимусульманского террориста. Как испугался Димитрий! С какой укоризной закачал головой:

– К людям бы тебе, – маясь, мычал святой. – В город, в толпу, в давку, – голос Димитрия гудел гнусаво, как ветер в трубе: в толпу-у-у-у, в давку-у-у-у, – мороз драл по коже от одного воображенья *такой* толпы, *такой* давки, в пустой трубе. – Тебе нельзя без людей! Ведь празднословие меньший грех, чем праздномыслие – знаешь, тот путь, на котором удобно, кем начерчен? То-то же.

Димитрий слегка побледнел. Наперчен от слова перец, а тогда начерчен что? Димитрий тоже в своем роде поэт... Что это там за чпок? А, это плоды моей фантазии рубят сук, на котором висят. Димитрий, опомнись! Ведь ты самая надуманная изо всех моих фантазий.

Праздномыслие, милый грех,
Милый враг мой и спутник милый....
Эх, Кобылевин, старик Кобылевин, вновь траурно вспомнил Муравлеев.

На следующее утро Муравлеев выбрался на крыльцо в невидной бежевой шапочке, обнаруженной в носках, с грохотом разворачивая на лестнице лыжи.

Совладав, наконец, с лыжами, он глянул вниз – и обомлел. Природа глядела на него остекленевшими глазами. В вершинах деревьев что-то постукивало. Двор лежал, как бурное море, испещренное гребнями волн, но каменное и глазурованное. Это был тот самый прошлогодний снег, которым клянутся в быстротечности всего сущего и, как оказалось, напрасно. Вчерашний день плыл перед Муравлеевым твердый и крепкий, как доисторическая панцирная рыба в куске льда, блестя алмазной чешуей. Он смотрел в лед, как в витрину ювелирного магазина (палочки, камушки, мандаринные корки), проследил следы полозьев и понял, везли малыша на санках, но день, начавшийся славно, кончался слезами, дома ругали за варежку (вот она, под стеклом), под дерево приходила старушка с палочкой кормить птиц (налицо холодец хлебных крошек), и вот здесь, видно, ей надоело (никто не слетался украсить одинокую старость), старушка устала сеять и стряхнула крошки с ладони, все в одно место. Каллиграфически пересекла двор небольшая кошка, распустили по домам школьников, вот один волочит по краю дороги рюкзак, вот другой отбегает к сугробу, быстро лепит и осыпает товарища градом снежков, уклоняясь то вправо, то влево, тот твердит, что не хочет играть, теряет терпение и молча, зло, по-медвежьи, заваливает приставалу в сугроб. Бросив лыжи, Муравлеев согнулся и пробрался над следом сквозь звякнувший куст, чтоб досмотреть до конца эту драму. Две пары следов уходили себе в бесконечность, он развернулся и тут заметил, что сам он следов не оставляет. «Все правильно! – обрадовался Муравлеев. – Я же был на конференции по сексуальной эксплуатации женщин в развивающихся странах. Или это было позавчера? Или... когда?» Лыжные ботинки скользили по льду. Он преодолел крутолобую горку. Вот, все верно, его четыре попытки въехать во двор задом – устал, осоловел. Сейчас бы он въехал с первого раза, но вчерашних следов не убавить и не прибавить. Он под уклон подкатил к машине, подергал ручку двери. Пряничный домик с наличниками в бахроме, с окошками из непрозрачного, засахаренного леденца больше не открывался. Проверив четыре лунки у почтового ящика (все верно, все по часам), вернулся в дом по вчерашним следам почтальона, разбитым, просторным, как тапки. Почтальон пересек двор, с пожилой осторожностью взялся за перила, поднялся по лестнице, постучал, потоптался. Ушел. Надо сходить на почту – узнать, что приносили.

Освеженный лыжной прогулкой во двор, сияя румянцем и ничего не боясь, он принялся за поэму. До того, как стать кораблями, они были соснами Иды, священной рощи Венеры, и даже сожженные не погибали – жалея священные сосны, она превратила их в морских нимф, и нимфы плыли за уцелевшим единственным кораблем, то поднимаясь на гребне, то опускаясь под воду, долгое время не замечаемые никем. Наконец, одна из них, самая смелая, уцепилась рукой за корму, он взглянул ей в лицо и узнал свой любимый корабль. Он не зря любил его больше других – нимфа, умница, все рассмотрела, и сколько их было, и что при них, по отрывочным фразам ночных поджигателей все поняла: настроение в лагере, тактику и направление действий... Он догадался, что теперь ей запрещено служить ему так, как когда она была кораблем, что как нимфе ей ведомо многое, если не все, но ее откровенность и желанье помочь теперь связаны множеством разных условностей, налагаемых на все аспекты общения смертных и тех, кто живет в деревьях, в волнах, в куплетах. Она никогда не посмела бы дать ему карту, объяснить по звездам и разгласить совещанья богов, но, слишком долго служив ему кораблем, не умела и скрыть на лице, белеющем над кормой, ничего из того, что ему хотелось бы знать. И когда она с силой толкнула корабль на прощанье, придав направление, скорость, удачу (его сердце с мужским самолюбием екнуло, узнавая по самой силе толчка, до чего ей по-прежнему хочется быть его кораблем и нести его к цели), он был полностью вооружен всем, что нужно для битвы.

Удивил не сам факт превращения, а что узнал. Обыкновенно не узнают. Ведь она и потом приходила, и в очевиднейших формах – остров, облако, мысль, сосущее чувство тоски, – но ни в одном ремешке от сандалий он больше уж не разбирал ее черт и не слышал дыханья. Его часто тянуло на место расставания, но ведь ни город, ни сосну, ни нимфу уже не застанешь где оставил, движение – свойство живого; что толку, как должен, считается, делать убийца, возвращаться тайком и гадать: приезжала ли скорая помощь? или, может быть, вдруг – бывает же чудо! – просто встал и пошел?.. С того места, где он спускал свой корабль, утекла вся вода, а стоило только вглядеться в предметы, что знакомо ложатся в ладонь, словно сделанные по мерке, предметы, что окружают тебя каждый день в небе, в воздухе, в мысли, и в них ты узнал бы, что ни один волос не упал с головы сосен Иды, и снова шел дождь, под бронзовым небом стены набухли темно-желтым цветом гоголя-моголя, благоухали сырым мелом и всей эрогенной поверхностью распускались навстречу дождю – pourquoi suis-je si belle? parce'que mon maitre me lave – даже ноздри дрожали, а он говорил себе: дождь, просто дождь, я стою у окна и выходит оно в переулок, где-то, видимо, судя по запаху, тополь, вот и все совпадение, – очень сбивало, что город назывался иначе и был расположен иначе: на карте, в его воспоминаниях, – стало быть, только почудилось... Впрочем, и там, где он ходит по улицам тенью, взвизгивает половицей, которой наступили на хвост, где на желтой стене выступает силуэтом двери (давно перенесенной), – там его тоже никто никогда не узнает.

Звонил Сева, который опять пролетал где-то мимо, но заехать не успевал.

В глубине души он чувствовал, что сейчас не нужно туда ездить, хоть и не мог припомнить, почему... ах да, примерзла дверь. Он сидел взаперти, как узник поэмы, и помощи не приходило ни из муниципальных судов, ниоткуда. Эта поэма меня доконает. Удачно он вспомнил письмо, которое вручил ему Их-Виль-Инженьер-Верден, разыскал в шкафу тот карман, в кармане том – то письмо, развернул его с удовольствием (по крайней мере, пока занят письмом, не надо переводить поэму):

«Здравствуй Женя, – гласило письмо без особенных запятых. – Я сейчас являюсь директором малого предприятия-фирмы «Вика». Фирма занимается рекламой, посредническими коммерческими операциями и начинаем заниматься фермерством. Для этого сложились определенные условия. В Тульской области проживают ряд моих сотрудников, которым я полностью доверяю и которые хотели бы заняться фермерством. Сложились хорошие отношения с руководством района, сейчас практически решен вопрос о выделении нам земли 25-30 га в хорошем месте (рядом дорога, электроэнергия, вода, газ). Если все решится, то мы хотели бы заниматься производством кормов (комбикорма) для стимулирования частников, которых в округе довольно много, получать от них молоко, мясо. Все эти вопросы будут решены (или не решены) в ближайшее время, поэтому сейчас я не могу точно сказать какое оборудование мы хотели бы через тебя приобрести. Теоретически – это и молокозавод, и мясной цех, и, в перспективе, холодильное оборудование. Хотелось бы получить от тебя информацию (проспекты) о таком оборудование не очень большой мощности. Теперь о возможностях оплаты. На заводе «Москабель», при котором мы базируемся, есть СП с филиалами. Завод поставляет кабель, медь и получает валюту. Есть предварительная договоренность об оплате наших контрактов, с последующим расчетом с заводом продуктами питания. Есть и другие мысли по оплате. Хотелось бы услышать твои соображения по этому поводу. Связь давай пока держать через Кирилла, при необходимости сообшю все свои реквизиты и координаты».

Поначалу Муравлеев понял из письма только то, что Их-виль-инженьер-вердена зовут Кирилл. И это его почти не смутило, смущало скорее то, на какую букву искать в телефонном справочнике комбикорма – пожалуй, оборудование он закажет по глоссарию, должен же где-то сохраниться глоссарий по пищевой промышленности.... но вдруг вспомнил, что Фима не оговаривал, как именно, в какой форме, он, Муравлеев, должен способствовать общественному прогрессу, и воровато скосил глаза на рукопись. Конечно, поэма нудна и мучительна и прямо-таки выворачивает из него кишки, но при таком выборе, при такой постановке вопроса.... может быть, лучше поэму? Он опять увиливал от ответственности, хорошо понимая, что поэму эту никто читать не станет, а молоко может попасть к людям на стол, и хоть был преисполнен решимости как-то активней участвовать, на чем всегда настаивала принимающая сторона, молокозавод все же оставил на потом – надо активней участвовать, становиться лучше, и это не прихоть, а жизненная необходимость, но втягиваться постепенно: сначала поэму, а там пойдет, – и приступил к песни четвертой безо всякой горечи: вот и поэма на что-то сгодилась. Письмо он на всякий случай свернул и засунул в карман, чтоб ощупывать в те минуты, когда каторжный труд почему-либо станет опять не мил.

Фима позвонил сам, зазывал приехать. Муравлеев объяснил, что переводит поэму.

– Что это ты? – удивился Фима. – Она, наверно, давно забыла. Какой жареный петух тебя в жопу клюнул?

И так же, как тогда, на дне рожденья, Муравлеев подумал: как забавно, во всех перипетиях причинно-следственных связей, неясных тебе самому, другой видит тебя как на ладони... И немедленно согласился приехать.

11

А делать этого ни в коем случае было нельзя... По
дороге, в фимином магазине, встал в очередь за
колбасой, такой, как советовал Сева (вот и не надо
лететь в Китеж-град на путину), окорока «кому это
все помешало» висели в точности так же, как в ка-
ноническом тексте, качаясь, колбасы – бессарабские
черные (черствое сердце Земфиры), бледно-розовые
эстонские (кровь с молоком), серые достоевские
(ленинградская рубленая), копченое небо в алмазах,
севрюжина с хреном, по всем гурманским правилам
подаваемая к конституции. А ливерная у вас *обдирная*?
Того и гляди спросит, отечественные ли куры. В курах
отечественность предполагает наличие сердца, легких,
печени, желчи на своих законных местах, а в людях?
Гораздо удобней держать потроха в непромокаемом
гигиеничном мешочке. Шпроты как шпоры, золотое на черном, не рыбы – прарыбы, созвездие рыб,
печально плывущее в масле с улыбкой Джоконды.
Что там код да Винчи! Вот загадка! Шпроты -это вид?
Возраст? Способ копчения? И ведь никто никогда не
узнает. И еще оливье sans olives, от селедки шуба (не
путать с от жилетки рукава, как и птичье молоко – не
луна с неба, а собачья радость – вовсе не пирожки с
котятами), и все это на десятке квадратных метров,
энциклопедия канувшей цивилизации на зернышке

риса, на чипе памяти (память – черепичная крыша из чипов последовательного соединения, если перегорает один, падает вся елка), на лакированном коготке d'une jolie charcutiere (вам сырику?), любимой наложницы хозяина лавки, а вот и он сам – мохноногий, брюхатый, курчавый, увитый лозой алазанской долины, погоняющий в лотки стада кур, гусей, осетров в целлофане – скотий бог Велес... В очереди перед ним кто-то вдруг развернулся (кто, Муравлеев не понял, да и не особенно тщился):

– А, это вы! Давненько-давненько. Что ж вы не ходите к Филькенштейну на среды?

Да, с Филькенштейном ужасно неловко. В последний раз (старик и сам был, наверно, не рад, что обдал зачем-то Муравлеева холодом на дне рожденья у Фимы – Муравлеев давно уж забыл, а он все думал и думал о белой бешеной обезьяне) Филькенштейн, как всегда с подкупающей искренностью, разговорился с ним о мечтах своей юности. Как иной знакомиться с девушками или что-нибудь переплыть на Кон-Тики, Филькенштейн не хотел быть ни физически сильным, ни юморным, ни богатым, но с той же романтической подоплекой в молодости мечтал стать – воспитанным человеком. «В голове у меня толпились прекрасные, книжные образы: «воспитанный человек никого не может обидеть случайно», «воспитание не в том, чтобы не пролить на себя соус, а в том, чтобы не заметить, когда это сделает кто-то другой»... Я вот сказал «не физически сильным», но что-то... олимпийское тоже там было – научиться владеть своим телом, смеяться глазами, улыбаться одними губами, здороваться только рукой. Научиться владеть своим голосом. Без грациозности чисто телесной иная делается неубедительной – интеллектуальная, например. Тут вот у нас была международная конференция, где я два дня страстно общался с коллегами, а на третий они завоняли, и я, как Алеша – усомнился в святости старца. Вот Франциск Ассизский говорил, оттого и выбран, что не красив, не умен, не речист, и что в нем невозможно любить его самого, а только Отца. Отечество, Бога не меряют по деяньям и рожам их представителей, я это знаю, но я не святой, соблазняюсь. Но я отвлекся... Олимпийское и цирковое, как так, не устроив скандала, поставить на место, как, одними бровями, передать, что он мне симпатичен, или... чтоб он отошел? Всего-то навсего делать на людях лишь то, чего хочу я, а не то, что умеет и хочет моя... обезьяна. Я не давал ей команды ни скрючиться, ни развязно нести всякую чушь (ведь слушаю и содрогаюсь!), хохотать, когда мне не смешно, не давал никаких полномочий хвалить меня и продвигать (руками-то, господи, обезьяны!) или каяться в моих прегрешениях. У этого существа пошлейшие обо всем представления, и... мне ведь тоже не хочется, чтоб меня мерили по деяньям и рожам моего представителя. Я мечтал его облагородить или хотя бы выдрессировать, грустил, что воспитаться во взрослом возрасте поздно: пусть и овладеешь сложнейшей идиоматикой светской грации, а изо рта разит дохлой крысой акцента... А потом, многие годы спустя, перестал терзать обезьяну. Я понял: она никогда не станет моим близнецом. Ведь, как ни крути, она обезьяна. А я человек. Простите, голубчик – в тот раз обезьяна взяла надо мной верх».

По лицу Муравлеева пробежало выражение трепетной нежности, золотая печать, золотая пыльца...

– Макака на поводке... Да, вы правы... Я непременно заеду, как разгребусь с поэмой... Мне, – на что-то решившись, как в омут, с головой, дальше очень отчетливо, – п-о-л-п-а-у-н-д-а докторской, и, пожалуйста, не режьте.

Визит был ужасен. Ира тупо сидела, а все окружающие (словно мало им было того, что она без их помощи сможет казниться), все, и Фима, и фимина теща подливали масла в огонь: «Все твое воспитание!», так что даже Муравлеев стремглав пересмотрел свои взгляды и начал что-то бессвязное бормотать, что не мы одни виноваты, ну буквально в десятке-другом, но не во всех же земных преступлениях! Он пошел даже дальше: что битие себя в грудь чаще всего говорит о гордыне, претензиях на... – но увидел, что чуть не сбился, и вовремя затормозил. Постарался иначе: что люди не размножаются половым путем, что все мы в этом отношении... м-м-м... гомосексуалисты, однако куда-то же мы деваемся, как-то же мы продолжа-емся, глядишь... в каком-нибудь месте... твои гены и воспитательные усилия..., – так что Фима послушал, плюнул и вышел из кухни. Муравлеев же по инерции нес и нес: что требовать продолжения именно с Ромы неблагородно – должно быть, он продолжает кого-то еще, неполовым путем, отцов-основателей, бостонское чаепитие, билль о правах....

Сверху раздался придушенный голос:

– Женя, ты понимаешь, что в этом вопросе я не могу положиться на Фиму, а маме сказать это просто бестактно...

Муравлеев завязывал ботинки.

– Но я действительно очень хочу... для меня это важно... Я распорядилась Фиме при Роме, что меня похоронить на Ваганькове, рядом с бабушкой и дядей Колей. Идеально, конечно, прямо там захоронить, но если очень уж сложно, хотя бы урну.

Муравлеев упорно дергал шнурки.

– Не в том смысле, что Фима сознательно прене-брежет моей последней волей...

Поскольку и дальше возиться с завязанными шнурками было трусливо и неприлично, Муравлеев разогнулся и увидел, что Фима стоит тут же. Песнь двенадцатая. Прозерпина, гуляя по лугу (а сама, ко-нечно, уж знает, читала), собирает какие-то беленькие цветочки, а если вглядеться, то не собирает, а скорее разбрасывает. Покружившись, цветочки оседают в траву, и, еще раз вглядевшись, не только не собирает, но и не цветочки это вовсе. Она на ходу листает книгу, заложенную множеством узких белых бумажек, слегка пожелтевших и закрутившихся на концах. Пробежав глазами страницу, с досадой бросает бумажку, листает, бросает, ей стыдно сейчас не того, что когда-то читала – а как. Что казалось тогда примечательным, важным. Стереть ноты-бене сейчас, за минуту до... знаете сами, оказалось важнее, чем сжечь дневники или письма, которые, надо отдать ему должное, он все вернул. Избавляется тщательно – просто могла бы все вытряхнуть разом, чего же читать, да не может поверить, что в *каждой* закладке была такой дурой... Ладно. Приду запишу. Ну а с этим что делать? Тихий, придавленный Фима с седой грудью в оттянутом вырезе майки, в поношенных тапочках, отороченных мехом, с сальным пятном на животе, он стоял и смотрел на Муравлеева глазами доброй, виноватой собаки. Муравлеев на секунду дрогнул: закрыться от сумасшедшей бабы на кухне и выпить с Фимой водки. Молча.

– ...А в том, что, боюсь, он потеряется и растеряется, даст кому угодно себя уговорить, что это уже не важно... Что, в конце концов, ему будет просто лень куда-то лететь, – как ни в чем не бывало, продолжала Ира, не тяготясь фиминым присутствием. – Я заставила Рому мне пообещать, но ты сам понимаешь, Рома – ребенок...

Нет, бежать! Бежать и не сентиментальничать! И, гонимый невыразимой брезгливостью, а, может, уж просто не в силах остановиться, он холодно сказал:

– Хорошо, я прослежу, – и закрыл за собой дверь.

В ту ночь он, что называется, слег. То есть, не то чтобы буквально болел в постели, даже следующим же утром, весь в жару, изнемогая от слабости и поминутно впадая в дремоту, отправился на процесс. Но что бы ни делал, он ничего этого не понимал и не чувствовал, как будто процесс ему только снится. Заученно перемещаясь в пространстве, он сидел за рулем, подходил с микрофоном поближе, чтоб лучше слышать, выбегал из зала после объявления перерыва, курил на улице, дрожа от озноба, но все это как будто в переносной, индивидуальной коробке с ватой, как какая-то лягушонка в коробчонке, мокрая, потная, с дрожащими холодными лапками. Причем вата набивалась в уши, и сколько ни подходи ближе, он не слышал ни слова, но как-то машинально читал по лицам, по губам, по общему замешательству, и вообще как-то не помнил и не думал, как он это делает. Особенно не слышал самого себя. И в рот тоже набивалась вата: он еле шевелил языком и в кафетерии пережевывал только вату, что бы ни взял на обед. Хуже всего, от такого безвкусного курения он никак не мог удержать в памяти, что уже курил, и снова шел стоять под пронизывающим ветром, догадываясь, что, видно, курил только что, по мучительным приливам кашля, поочередно подносящего ко рту все внутренности.

Или, может, и вправду весь процесс ему только приснился? Может, он и вправду слег в самом прямом смысле слова? А жаль – процесс оказался интересный.

Ну, во-первых, он все никак не мог сосчитать присяжных – они бродили, пересаживались с места на место, загораживали друг друга, и получалось то двести двадцать один за оправдание, то двести восемьдесят против. Посыпая все вокруг пудрой, судья зачитал по бумажке присягу в старомодной, вычурной формуле: «or mon amy, contez moy de poinct en poinct vostre affaire, selon la verité, car, par le corps dieu si vous en mentes d'un mot, je vous osteray la teste de dessus les épaules et vous monstreray que en justice et jugement l'on ne doibt dire que verité». Подсудимый в каком-то халате, с шишковатым черепом, то ли фальшивомонетчик... Одним словом, в чем он обвинялся, Муравлеев не понял, хотя и вполне компетентно перевел обвинительное заключение («развращение юных умов подделкой под идеалы, изготовление коих является исключительной монополией государства»). В случаях, если законом не установлена мера наказания, – переводил Муравлеев и дальше, – присяжные ставят на голосование меру, предложенную обвинителем, против меры, предложенной осужденным.

Каждый день он входил в здание, где даже лифт являл собой аллегорию карьерного роста. Лифт приходил, к нему кидалась толпа, и лишь для того, чтобы в растерянности отпрянуть: лифт приходил на первый этаж битком набитый людьми. Требовалось несколько раундов, чтобы понять. Под первым этажом был подвальный. Чтобы попасть наверх, ехать надо было вовсе не вверх, а вниз. Этому отказывались верить. На площадку прибывал лифт, идущий вниз, и на него даже никто не смотрел, а через минуту он возвращался уже в восходящем движении, но полный до отказа. Каждое утро, стоя в толпе разинь, Муравлеев выстукивал глазами стены: ведь выход должен быть, всегда должен быть выход, альтернативный унизительной езде вниз, когда на самом деле тебе нужно вверх. Где-то здесь должна быть лестница! И где-то уже был такой лифт... Но где? Муравлеев не вспомнил.

Лестницу он не нашел, вместо чего случилось другое. В очередной раз пересчитывая присяжных... Но в эту минуту кто-то вошел в зал, и Муравлеева, машинально взглянувшего в сторону скрипнувшей двери, перестала волновать судьба подсудимого, а заволновала своя собственная. По залу, с импозантной деликатностью, не помешавшей потеснить десяток-другой зрителей, пробирался Гелиотропов. Это означало, что больной Муравлеев, который и здоровый слабо ориентировался, недооценил серьезность процесса. Усевшись, Гелиотропов метнул за барьер орлиный взгляд, вычленяя лицо за микрофоном, и, встретившись с Муравлеевым глазами, благосклонно кивнул.

Сердце у Муравлеева бешено заколотилось от радости и страха. Одна часть мыслей побежала в направлении «Накось выкуси!», другая – в направлении «Караул!». Микрофон побелел в его мертвой хватке.

Сам Гелиотропов! Когда-то его прославил процесс санкюлоток. Дело это в свое время очень нашумело. Эти добрые времена воспринимались теперь как золотой век, когда переводчик мог, призывая к порядку, стучать перстнем по микрофону, и ни у кого не было сотового телефона, и самое примитивное дело о нарушении визового режима могло так вольно, кроваво выйти из берегов. Высокий, прямой старик с янтарно-желтыми глазами и вьющейся голубой сединой важно входил в зал как помесь Артемона, Мальвины, Пьеро, напоминая, впрочем, не пуделя, а двух борзых, которые жили у него дома и которых он умел выводить одной рукой, так как в другой непременно держал трость. Разумеется, эта подробность, как и многие другие картины его быта, оставалась за кулисами, придавая Гелиотропову ледяное величие айсберга. Какой контраст с разрумянившимися от напраслины, черноглазыми санкюлотками! Многие знатоки кинематографа и до сих пор утверждают, что сумасшедший успех пленки (весь процесс был отснят с первого и до последнего дня) объясняется не столько неожиданным гибридом злободневного и пикантного, сколько необычайной фотогеничностью этого случайного контраста. Девицы ездили за реку в микроавтобусе, чтобы там в стриптиз-барах работать в трусах, а Гелиотропов переводил тусклым, ровным голосом. Визу, однако, они получали как санкюлотки, плюс местные бары – где надо раздеться совсем – не стерпели утечки. Заложенные санкюлотки опровергли предвзятое мнение о склонности лиц этой древней профессии к легкой наживе и черной неблагодарности, проявив способность к любви самоотверженной, искренней, страстной, к водителю микроавтобуса. Он их возил, собирал по домам, защищал (и физически, и интересы), ждал в микроавтобусе, сколько нужно, не бросал их в беде, был справедлив и спокоен, как танк (он, собственно, все это сам и придумал) – и этого Гену они на процессе защищали собственным телом, а Гелиотропов, дотошно переводя их слова, оставался бесстрастен, словно удав. С какой жадностью и восхищеньем смотрел и пересматривал пленку Муравлеев! Гелиотропов, конечно, был гений. Его переводы вошли в обиход, сделались классическими оборотами, вроде poker face (морда кирпичом). Материал открыл Гелиотропову небывалый простор. «Пособничать – есть ли такой глагол?» «Еще к вопросу о знаках препинания в письменных показаниях». Потом читающая публика устала. Звезда Гелиотропова закатилась.

– Молодой человек! Вы великолепно работаете! – сказал Гелиотропов в перерыве, и Муравлеев размяк с похвалы, как сухарь в теплом чае. Он буквально схватил за ворот собственную мысль, стартовавшую было в том направлении, что Гелиотропов даже не знает, как его зовут, что он скорее папаша, чем молодой человек, и – главное – что никому в зале не может быть слышно, что он бормочет в микрофон: слышно это только тем, кто в наушниках, а Гелиотропов наушников не надевал.

Машинально Муравлеев принялся пересчитывать снова присяжных, возвращающихся с перерыва. Но больше ему не считалось. Полчаса назад эти цифры, кто «за», кто «против», были вопросом жизни и смерти, но теперь невозможно было собраться, сосредоточиться, взять себя в руки, он плыл от озноба, от температуры, от кислородного голодания интенсивных социальных отношений в сравнительном небольшом помещении.

– Я хотел вот тут вам предложить, – продолжал Гелиотропов, доставая папку из дивного кожаного портфеля. – Тут надо посидеть ночь, а я, знаете ли, теперь совершенно не могу работать ночами. Раньше, бывало... – он элегантно рассмеялся, так что глаза его не помягчели, а ужесточились, предупреждая не делать выводов.

Муравлеев принялся пролистывать папку, с ужасом воображая, как он, и без того еле держащийся на ногах, притащится вечером, наварит чаю и станет придумывать все эти ужасные «великолепный образчик национальной культуры» и «символ стремления к грандиозному», а поставив последнюю точку, примет душ и отправится в суд. Картина эта имела перверсивную привлекательность, и Муравлеев нерешительно глянул на Гелиотропова. Тот истолковал взгляд по-своему:

– Как договоритесь, – легко, убедительно отреагировал он, – позвоните им. Я уже сказал, что сам не смогу, и порекомендовал вас.

«Значит, он рассчитывал меня здесь застать и специально привез папку?» – глупо подумал Муравлеев и машинально стал снова считать присяжных, он еще помнил, что почему-то, еще полчаса назад, это было жизненно важно, что-то от этого зависело... и поспешно прибавил то, что в таких случаях положено прибавлять: витиевато, невольно подражая манере самого Гелиотропова, заблагодарил.

Отель назывался «Гарун-аль-Рашид», он воспарил над основанием из полых перфорированных блоков, натянувшись на диагональные фермы парусиновыми стенами со слоем полиэфира на оптическом волокне и блистая на всю округу сантехникой триста семьдесят пятой пробы. Скоростные лифты (7 м/сек, или 25 км/час) доставляли гостей на дно морское, где не рыбы, а гости сидят в аквариуме, рыбы же с той стороны подплывают смотреть, как чудовища кушают устриц. По вечерам толпа высыпала любоваться компьютеризованной хореографией больших и малых струй.

...Впрочем, ему было хорошо: когда ты в секунде, не надо ни спать, ни есть, ни лежать в жару, ни думать о ерунде, часа через три Муравлеев понял, что автор проспекта тоже сочинил его за ночь. Было видно, как цинично, но трезво он мыслил, садясь за стол («со столь недалеким кочевым прошлым превратился в страну с самым высоким доходом на душу населения»), как начал спекаться к полуночи, а к утру заговариваться. К трем часам Муравлеев уверенно шел в голове колонны, так как в тексте пропали сказуемые, зато замелькали катр-энады для женщин и ма'самы общего пользования. Изо всех сил разувая глаза, Муравлеев впервые с самого детства читал столь бескорыстно, восхищаясь кессонами, ворсом ковровых покрытий, пролетом мозаик: какой изумительный разворот, столько картинок – и только три слова! В пятом часу он с безумной усмешкой вспомнил студенческую шутку – тому, кто дочитает до этого места, ставлю кружку пива. Здесь, на сорок восьмой странице, можно было поставить что угодно: мерседес, карибский круиз, Бруклинский мост или Домский собор. Белоснежный, в зеленую крапинку, стягивал площадь, как узел, улицы скатывались в воронку, Муравлеев дал скатиться себе и вошел. В полумраке он тут же заметил, что мир здесь стоит не на китах, не на слонах и даже (что ему было ближе всего) не на черепахе. Он, пожелтевший, жилистый мраморный шар, покоился на идущих по кругу львах, и у каждого льва в ногах трепетало по лани, и каждый лев на ходу терзал свою лань, не отрываясь от основного, держать на плечах своих мир. В микрофоны собора периодически объявляли: «Don't use flesh». Тут же стояли и книги, огромные, как платяные шкафы. Нет, нельзя, потом хрен выйдешь обратно, затопчут копыта горячих коней, замучают мудрецы, захлопнут, как муху, не значащуюся в тексте. Перед ними нельзя было даже сидеть, только стоять, и страж тишины, приставленный к книгам, выполнял свое дело ответственно, зная, что, стоит кому-нибудь хлопнуть в ладоши, со страниц бросятся врассыпную многоногие черные буквы, оставив потомству только пустые строчки нотного стана.

Пробираясь по улице вверх, от собора, он заметил углы, меченые гербами. Вот гусыня (набивка перин?), или рыба (ну, это понятно), или подкованная сороконожка – вековая, должно быть, мечта... сапожника? Или схоласта? Не слишком-то полагаясь на семиотическое чутье прохожих, здесь снабдили картинки еще и надписями, из которых следовало, что под драконом ссужали деньги, под цикутой лечили, под перечеркнутой Р стоянка запрещена, а роды принимали вот здесь, под звездою и топором. Миновав последний уютный квартал с гербом в виде кудрявого дерева (с городского вала открывались наивные, круглые, детской рукой нарисованные холмы, откуда кудрявое дерево – не иероглиф, а точный портрет – и угодило в тот герб), он увидел, что этот квартал не последний. Почти на песке, на насыпи вала, куда уже не добредали туристы, косо стоял еще один, герб здесь давненько не подновляли, и небольшая проплешина в надписи не позволяла с точностью установить, traditori или же traduttori, а картинка – легкая, полустершаяся змея с раздвоенным языком – идеально шла и тому, и другому.

Он опустился за столик, застеленный клетчатой красной клеенкой и припадавший на ножку, стоявшую ниже по склону. От двери отделился хозяин в неповоротливом фартуке, отогнал от стола стаю мух, протянул картонку меню, сработанную от руки, с ошибками. Кто же все же здесь жил? Понятно, и те, и другие внушали горожанам двойственные чувства. Одни – с растопыренным ртом, с некрасивой привычкой шептать на ухо, другие – полезная функция в эпоху мучительно-длинных осад, по ночам кто еще изнутри откроет город. Остальные с голоду сдохнут в гордыне. Полезная функция, но все равно неприятно. Вот их, двуязыких, двуличных, и держали почти что не в городе, так, на отлете. А хозяин-то, верно, их потомок! – вдруг догадался Муравлеев. Хозяин, лопоча, протирая, подкладывая под ножку салфетки, не хотел понимать, что Муравлеев желает только вина. Муравлеев выговаривал четко, раздельно, хозяин же, прыгая с языка на язык всех возможных варваров и гастарбайтеров, не понимал, почему же только вина, когда столько макаронных изделий, и в отчаянии от тупости заморского гостя перешел на пальцы, хотя Муравлеев говорил целыми периодами, понатужившись даже и с конъюнктивом. Внезапно его еще раз озарило: зачем же держать два змеиных народа, когда хватит и одного? Надпись не стерлась, точно такой же она и была здесь всегда. Жить на стене, выходить на переговоры, озабоченно возвращаться, отмахиваясь от расспросов, как прошло, и садиться листать словарь, чтобы кое-что уточнить к ночи... Он поднял палец и пальцем в меню указал, хрен с тобой, тащи макароны, и хозяин заулыбался, хлопнул его по плечу – вот видишь, а ты усложнял! Сыр растекся по блюдечку манной кашей, покрылся точками пыли, вино нагрелось, как чай. Под ногами бродили голуби с невероятно длинными, тонкими клювами – выковыривать крошки из местной брусчатки. Сдвинув два столика, пили вино старики, и еще один, в летней, в дырочку, шляпе подъехал на велосипеде, спешился, сел, отхлебнул, разговор продолжался:

– Pero il raccolto....

– Е-е-е... mangiare e basta!

Шатаясь с гербом в полуденном мареве, сюда инстинктивно тянулась змея и вытягивала язык: соприкасаясь с объектом сразу в двух точках контакта, «двумя языками», змея испытывает неведомое нам наслаждение, писал... ну, скажем, Дарвин, Пржевальский, Джейн Гудолл..., – не случайно познание с древних времен ассоциируется со змеей и ее вкусовыми стереоощущениями...

Наконец, ощупав проспект (в нем осталось всего две страницы, благодарности и контакты), Муравлеев опомнился. С экрана смотрел на него пустыми глазницами совершенно бессмысленный текст. С минуту Муравлеев оцепенело разглядывал самозародившиеся под его пальцами таинственные слова *глиноп мл амнит кжлюмьапит*, прикидывая, какая маленькая, но отважная б. народность решилась воспользоваться кириллицей для выражения своего ничем не выразимого клекота, измучившего, истерзавшего душу – без особой надежды на успех, лишь бы выпустить его из груди, почти на верную гибель, как канарейку в форточку. Он уже начинал улавливать в этой тарабарщине определенные грамматические закономерности, как вдруг все понял. Увлекшись мраморными ступенями лестницы, сходящей в бассейн, над водами которого любуются своим отражением апельсиновые деревья в цвету (к этому моменту автор окончательно перестал ему помогать и приходилось придумывать все самому), он принялся строчить вслепую, не глядя на руки, и где-то в процессе сдвинулся на одну клавишу. Вот! Вот здесь он и сдвинулся. Дальше шло семнадцать страниц текста на несуществующем языке. Подлое вдохновение несло его, как на крыльях, и он ни разу не взглянул на экран, чтобы сверить часы с остальным человечеством. На часы он взглянул только сейчас – и застонал от горя. Через два часа ему следовало выйти из дома. Небывалая уверенность в собственном слоге сыграла с ним злую шутку. Он строчил и строчил, ни разу не испытав позыва перечитать написанное. Муравлеев, обычно преследующий в себе каждую букву, каждую запятую, загоняющий их без ружья, без собак, без стрел – чистым измором, как редко он вступал в золотую страну, где невозможно ошибиться! Всю ночь он боялся оскорбить ее сомненьем, бездарно сунуться проверять, нет ли где обмана. А обман – был, хотя Муравлеев еще хорохорился и в раздраженной надежде нажимал на клавиши во всех возможных вариантах – должно же тут где-то храниться дешифровальное снаряжение! Наверняка это как-то делается, ведь это машина, а в машине все, что так просто и понятно произошло, обязано так же просто и понятно происходить обратно. Но чуда не наступало, и Муравлеев открыл свежую страницу.

Когда, поставив последнюю точку и опоздав часа на два, растерзанный, в полурасстегнутом пальто он ввалился в зал, на его месте сидел Гелиотропов, срочно вызванный на замену. Администратор любовался благородным стариком – надо снова начать с ним работать, вместо того чтобы слушать нелепые враки, что, якобы, уйдя в теорию, старик тронулся умом. Не может тронуться умом подрядчик, как штык прибывающий на задание через пять минут после того, как ему позвонили, словно заранее знал и дежурил где-нибудь за углом. Это признак высокого профессионализма – талант по периодическим изданиям не просвищешь. Сплетни, интриги, жуткий народ! И он неодобрительно покосился на запыхавшегося Муравлеева, как обезьяна скачущего за перегородкой с каким-то журналом в руке. Он хотел извиниться перед Гелиотроповым, что там пока без контактов и благодарностей, но Гелиотропов лишь мимолетно скользнул взглядом по Муравлееву, по рекламному проспекту, не переставая переводить, и, наконец, равнодушно отвернулся.

Дома Муравлеев впал в панику. Наученный горьким опытом, он поскорей распечатал поэму, быстро, по памяти, добавив в нее отель «Гарун-аль-Рашид». Пока все стоит на местах – а положение это, как он теперь убедился, непрочно – надо скорей избавляться от текста. Достаточно легкого, на палец, сдвига во внешнем мире, и никто уже эту поэму не прочитает, как бы логична она ни была внутри себя.

Вечером явилась Матильда с ореховым коржом. Она сидела на плешивом диване (Муравлеев чуть машинально не извинился за убогость обстановки), и ее круглые совиные глаза за стеклами очков, ничего не выражая, следили за Муравлеевской декламацией, как можно следить за ходиками на стене, отрываясь от стрелок в момент смены страницы, чтобы отметить изменившееся соотношение гирь. Когда вся пачка перекочевала на стол, и Муравлеев, наконец, замолчал, она благоговейно взяла ее на руки, но не прижала к себе, как он мысленно завершил этот жест, а взвесила на вытянутых руках.

– Я не могу передать, как я вам благодарна, – сказала Матильда. – Какой нечеловеческий труд! Если б я знала...

Если б знала что? Что получится так много бумаги?

– Ровно столько же, сколько у вас, – пробормотал Муравлеев, чтобы она не думала, что он напихал отсебятины.

– Да, но версификационный комментарий...

– Там пока без версификационного комментария, – скучно сказал Муравлеев и сам испугался, как униженно прозвучали эти слова, как будто он просил еще пока не выгонять его, но тут же и разозлился – кому нужен этот дом посреди зимы?!. – И вообще там многое еще нужно доработать, – дерзко добавил он.

– Нет-нет, никакой спешки! – вскричала Матильда. Видимо, та же мысль пришла в голову и ей. – Я же понимаю, что вам надо работать, и вы можете уделять моей поэме только час-другой по вечерам. – И, чтобы он уж окончательно понял, какой она совсем не такой человек: – Я очень рада, что вы у меня живете. Вы можете остаться, сколько хотите, перевод тут совершенно не при чем. В доме должен жить человек, без людей он разрушается.

Муравлеев воровато глянул на потолок, где прогрызлись термиты, не признавшие его за человека. Матильда тоже посмотрела на потолок, истолковав его взгляд иначе.

– Это красивый дом, – сказала она. – Было б жаль, если б он стоял пустой.

– Он не пустой, – глупо заметил Муравлеев. – В сельской местности...

– Да-да, как у Бродского, – подхватила Матильда. – Я знаю, о чем вы говорите.

Вряд ли, – подумал Муравлеев. – Иначе бы ты быстро вскинулась и нагнала сюда бригаду мастеров спасать свою недвижимую собственность.

Потом недели на две наступило полное затишье. Сначала он был слаб и равнодушен ко всему, только мрачно пил чай, завернувшись пледом. Потом забеспокоился и засуетился, но и это ничему не помогло. Он куда-то звонил, писал, напоминал о себе, как положено, но вокруг неприступной стеной стояла мертвая, белая, совершенно безмолвная зима. Сезонное что-то, думал Муравлеев, стараясь не отчаиваться. Денег за процесс не присылали, но поскольку он не был уверен, что этот процесс вообще был, звонить и напоминать стеснялся. Единственное материальное свидетельство этого процесса – рекламный проспект «Гарун-аль-Рашид» – он давно выбросил в мусор, на прощание перевернув обложку и взглянув на стандартный ярлык массовой рассылки, с адресом, но без имени: такие проспекты часто рассылают по почте, а Гелиотропов, должно быть, любит почитывать их и мечтать. Вот такой-то проспект завалялся в тот день в портфеле. И он продолжал слоняться, пить чай, курить. А потом, как снег на голову (Муравлеев очень этого боялся и в глубине души понимал, конечно, что нужно добыть в подвале какой-нибудь инструмент и сбить наросты хотя бы над крыльцом, где вход), свалился Нумитдинов. Он появился обычным путем – позвонил и попросил перевести водительские права, а потом сам не поленился приехать в такую даль за переводом, хотя Муравлеев и предлагал почтой. Нумитдинов вошел с мороза веселый, топоча и отряхиваясь, юмористически озираясь в Муравлеевском жилище, так что тот, неожиданно для себя, сам чуть не предложил Нумитдинову рюмку водки. Видно было, он явился не потому, что не доверял почте или так уж торопился подать на права, сколько в силу природной своей любознательности. То, что в такой глуши, как дятел, сидит человек и стучит по клавишам, видимо, задело его воображение. Он, вообще, был из тех, кто любит смотреть, как люди устраиваются, как всё, сколько комнат, где работаешь, как это вольнонаемный, ну ты даешь (он так же легко и естественно переходил на ты). Сначала он более серьезно подумал о Муравлееве, по телефону даже спросил: «А какие у вас часы работы?», чем поставил последнего в тупик. Но, опять-таки благодаря природной сообразительности, быстро понял все расклады и без особого приглашения, не снимая дубленки, плюхнулся на диван. Листок с переводом он довольно небрежно бросил на журнальный столик, как исчерпавший себя предлог делового общения. Он и Муравлееву показал рукой, чтобы тот сел.

– Вот я все думаю, как бы мне сдать на права? – начал Нумитдинов, и Муравлеев даже разочаровался: и это все? – Дело в том, что я без языка, – продолжал Нумитдинов противу очевидного, – и что они пишут тут в этой брошюре, я все равно не пойму.

Он достал из объемистого кармана непомятую, свеженькую, с морозца, книжонку с правилами вождения.

– Вот я и думаю, может, ты мне ее переведешь? Я заплачу сколько там положено.

На секунду у Муравлеева мелькнула шальная мысль согласиться и уплатить, наконец, за электричество, а особенно за телефон, который и отключить могут. Но сытый, уравновешенный вид Нумитдинова отрезвил его. Когда он услышит, во что ему обойдется эта ничтожная брошюрка мышиного цвета, дальше унизительного «сколько-сколько?» дело ведь все равно не пойдет. Люди вообще мало задумываются, сколько, скажем, в странице слов, а в книжке страниц, и объяснять это все сейчас, Нумитдинову... Поэтому он только сделал участливое, равнодушное лицо и сказал:

– А вы не узнавали в управлении транспортных средств – может, у них есть на разных языках? Я почти уверен, что должно быть. Вероятно, и экзамен можно сдавать на...

– Где? – коротко переспросил Нумитдинов. – В каком управлении? – и, догадавшись: – В ди-эм-ви что ли? Ничего у них нет, я спрашивал. Там вообще сидит такая биг-мама, у нее что спрашивай, что не спрашивай.

– И все же... Может быть, можно по почте заказать. Или найти в книжном магазине. У людей, в конце концов, поспрашивайте. Все такие вещи давно переведены, ведь ими все пользуются. Понимаете, если я сейчас начну вам переводить индивидуально...

Это последнее слово Нумитдинову не понравилось. Как-то не вольнонаемно, как будто Муравлеев обманул, сблефовал – а сам конторский.

А дальше уже каким-то образом так получилось, что Нумитдинов давно уехал, а Муравлеев сидит за столом перед развернутой брошюрой по вождению и заносит пальцы над клавиатурой. Как это вышло, тоже, видимо, у Нумитдинова от природы.

Дело шло с грехом пополам. Муравлеев решил начать сразу с самого полезного и перевести про вождение в нетрезвом состоянии. Дойдя до количества, почувствовал, что Нумитдинова следует дополнительно предостеречь, и сделал сноску: «Вина (sic). *Прим. переводчика*». Подумал и заменил sic на «не водки». Унции на граммы он, разумеется, пересчитал сразу же, но если уж делать совсем индивидуально (а за это ему, кажется, и платят), следовало бы прикинуть нумитдиновский вес и дать точную разбивку на вечер. Муравлеев вздохнул и притянул к себе калькулятор, одновременно гордясь и страдая своей добросовестностью. Наконец, он решил, что пора вознаградить себя чашкой чаю.

Отогревая на чашке ледяные пальцы, он подумал, что вот у него и получается, как хотел Фима – общеобразовательная брошюра «Как себя вести». Пошел и впечатал: *Аннотированное пособие по вождению*. «Особую бдительность следует проявлять на бензоколонках пустынных сельских дорог, так как оттуда особенно часто и охотно доносят в полицию, а развернуться уже негде», – вдохновенно аннотировал Муравлеев, – «Не спешите оставить побольше чаевых: именно это их настораживает». Однако, дальше дело не клеилось. Новые рекомендации становились все оскорбительнее по тону. Неловко все же пичкать человека беззубыми нравоучениями за его же деньги. Ну, допустим, то, что пьяный Нумитдинов водит лучше, чем трезвый Джон Смит, это можно еще в чистой теории, отбросив в сторону эмпирическое наполнение, оспаривать, но уж советовать Нумитдинову замедлить движение, чтобы более успешно дать себя обогнать – здесь они явно хватили через край. Стоило ли заваривать кашу и хлопотливо лететь на другой край земли, роняя налаженные связи и устоявшиеся схемы, как перья в океан, чтобы потом замедляться, предусмотрительно создавая удобства тем, кто почему-либо вообразил себя ловчее и прытче? Можно бесконечно тратить бумагу и чернила в принтере, но нельзя ожидать, что на опасных дорогах и перепутьях своей жизни Нумитдинов волей какой-то филькиной грамоты превратится в овцу, уступающую дорогу... овцам.

Или вот свежая концепция, что тебя могли и не заметить! А между тем Нумитдинов не мальчик и не малохольная барышня, чтобы все принимать на свой счет и обмирать от мысли, что о ней подумали. Любому нормальному человеку понятно: никто никогда не видит, не слышит, не знает, не помнит ни нас, ни наших сигнальных огней. Вперятся в лобовое стекло, максимум – косой взгляд в зеркальце, да и то чтобы поправить галстук. Он, конечно, перевел весь этот детский лепет про defensive driving, но про себя отметил, что параноидальным следовало бы скорее назвать вождение человека, убежденного, что кто-то следит за его сигналами и гудками... Что у нас там дальше? Поворот налево из правого ряда? Напишем, можно, но крайне осторожно, здесь лучше перестраховаться. И дальше, дальше... Для кого это? Для детского сада? Уж понятное дело, если попал на круг, надо ознакомиться со знаками, уяснить намерения других сторон, а уж потом переть, и заранее не брать в голову, у кого на что право. И это они учат опытного бизнесмена, искушенного в развязках, который, может, и обосрался один раз в час пик, да уж зато на всю жизнь зарубил на носу: на переправе за руль не суйся!

... Нет, и это не годится! С досады Муравлеев перестал переводить, а стал просто читать. Чем больше он читал, тем больше понимал, что Нумитдинову это все решительно не подходит. И вдруг пронзительный поэтический образ прервал его гневные мысли прямо на середине страницы, где был скромный маленький коан. «Когда следует остановиться?» – спрашивала книга. И тут же, рядом, давала ответ: «Когда слепой пешеход поднимет белую палочку». Вот это – то, что Нумитдинов всегда инстинктивно знал и полз, как Белый Клык, отвечая всем внешним и внутренним голосам: «Когда рак на горе свистнет! Когда слепой пешеход поднимет белую палочку! А до тех пор не надейтесь!» – вот это было дело. Муравлеев быстро вырезал и вопрос и ответ и вынес их в эпиграф. Теперь вся брошюра вошла в фокус как упражнение в отказе от страдания. На экране, в отраженном свете нового эпиграфа, мерцали четыре великие истины:

Если вы взвинчены и раздражены, постарайтесь сначала остыть. Прогуляйтесь.

Если вас что-то беспокоит, не думайте об этом. Послушайте радио.

Если вам не терпится, езжайте с запасом времени. Выходите пораньше.

Если вы не можете помешать расстроенному человеку сесть за руль, по крайней мере сами не садитесь к нему в машину.

В очередной раз терпение и труд у него на глазах перетерли все. В порошок, в черную пыль. Он очень устал. Плечи задеревенели, сигареты кончились. Муравлеев в изнеможении повалился на диван, но перевод был закончен.

С дивана он не вставал несколько недель. Он был не в состоянии ни двигать мебель, ни жить с женой, ни просидеть шесть часов за рулем, ни восемь перед компьютером, руки опускались, глаза не смотрели, денег не было – налицо все симптомы, кроме главного: аварии. Но ведь бывает так в медицине! Проявится позже, иначе, а он, убаюканный ложным клиническим непроявлением, проворонит, запустит... Так нельзя! Есть вещи, которыми не шутят. И Муравлеев дал себе слово когда-нибудь на досуге пролистать записную книжку и подобрать поприличнее адвоката, совершенно забыв, что записную книжку конфисковали там, где он переводил про новейшие технологии.

12

Ему снился ужаснейший сон о том, как он не может найти микрофона. Во сне, обшарив весь стол, он встал на колени, чтобы проверить, не завалился ли тот куда-нибудь на пол, но микрофона не было ни на полу, ни на стуле, ни в изолирующей драпировке, ни в портфеле и ни в одном из карманов. Все это время в наушники лился текст, он слышал каждое слово, но не во что было сказать, чтоб услышали все остальные. В зале начали оборачиваться. Проснувшись, от страха он начал звонить и писать, дошел до того, что чуть не позвал директора международных программ выпить где-нибудь кофе – этот директор даже не был ему неприятен, а он чуть не сделал из него полезного человека, в последнюю лишь секунду опомнился. Он даже прочел газету, раздел объявлений, и подумал, что вот, нестандартный подход к маркетингу, разослать бы свои резюме по парикмахерским и пиццериям – наверняка, до этого не додумался еще ни один переводчик. А тут масса возможностей скрыто. Если бывают одноязычные словари, должны быть и одноязычные переводчики. Смотрю и вижу: сам выразиться на может. Перевожу. Всем становится понятно. Адский труд и постоянная работа над собой. Конкуренция ужасная: всем кажется, что они тоже могут. Между тем, монолингвальный переводчик – это высший пилотаж, переводимый вставляет палки в колеса, ему вечно кажется, что его мысль недооценили, а добрые намерения передернули. Неудобство в том, что он сам часто не знает, что говорит. Иногда это катарсис – переводимый с рыданиями бросается целовать переводчику руки. Иногда – иски, претензии, обвинения в клевете и наговоре. Иногда сохраняет ледяное спокойствие (перевод для него вполне иностранный). Однако все было напрасно.

Почувствовав, что вокруг сгущаются какие-то интриги, решил позвонить Димитрию – уж этот, божий человек, скажет все, как есть: тебя, Муравлеев, не позовут, потому что там нужна красивая женщина, или тебя, Муравлеев, не позовут, зачем ты в прошлый раз надерзил Принимающей Стороне, или с тобой, Муравлеев, никто из наших не хочет работать, потому что ты не носишь часов и меняешься не в очередь. Димитрий не подошел, но Муравлеев оставил сообщение.

Муравлеев не знал, что Димитрия уже нет в городе. Димитрий, приняв обет исихии, ушел в неизвестном направлении, наспех позабыв о том, что голос его не умер. Столь долго пробыв в переводе, и он заразился той страшной болезнью, когда голос действует сам, вступает в социальные отношения независимо от того, где ты, что ты, и не впал ли ты в исихию: димитриев голос продолжал крутиться на автоответчике, и чем дальше он уходил сквозь стужу, отказавшись от самого дорогого, тем исступленней трезвонили абоненты, и голос, уже без пауз, твердил, как на паперти, все одно и то же, одно и то же – оставьте после сигнала! оставьте после сигнала! – все злее, все требовательней, все наглей.

С утра он лежал в продавленном диване, как Иона, подложив под голову руки, и смотрел в дыру, откуда когда-то давным-давно, прошлой осенью, прогрызлись термиты. Что они делают сейчас? Спят? Умерли? Улетели в теплые края? А, между тем, не стоило труда – ведь и здесь скоро будет тепло, вот почему так шарошит солнце и на крыльцо выйти невозможно, все обледенело и вспучилось, с крыши капает, как из носа. Да и зачем бы ему выходить на крыльцо... Он вспомнил встревоженные, бегающие глаза дамы без собачки, когда они отбились от группы в парке культуры. Он тогда вместо того, чтобы искать выход, тайно наслаждался возможностью остаться с ней наедине. Всего одну секунду, конечно – потом, когда он увидел, как она испугалась, он тоже засуетился и бросился было читать указатели, но тут погас свет и, будто бревном по голове ударили, наступила полная тишина, сменившаяся жужжанием в ухе. На небольшом расстоянии от него ойкнула дама без собачки. Жужжание в ухе приобрело более четкие звуковые очертания, но Муравлеев понял, что это только эхо, оттолкнувшееся от внутренних противопожарных перегородок черепа. Это слух его, перетруженный за день, продолжал носиться по двору, как петух с отрубленной головой. В кромешной тьме дама без собачки судорожно схватила его за руку.

– Кажется, вы дофантазировались!

Она нервно хихикнула. Уличенный в постыдных мечтах, Муравлеев вздрогнул и сжал ее руку крепче, чем следует. Однако, решил не сдаваться и не бросаться так просто к ее ногам, а отпустил руку и переспросил:

– В каком смысле?

– А кто говорил: «Представьте, как тут ночью! Представьте, как тут без электричества!»?

Главное, в темноте не свалиться в канал, по которому плыли на лодках, «Страну грез», так, кажется, называлось, Муравлеев еще подивился, какие несовременные, лоутековские грезы: алюминий и пластмасса. По берегам канала разевали рты белые вентиляторы, и из обнажающейся сердцевины бесстыдно орали вслед проплывающим разухабистые песни. В этой сердцевине – содрогнувшись узнаваньем, понял Муравлеев – у них установлен громкоговоритель. Мимо медленно проплывали осклизлые своды пещеры, и мысли Муравлеева вошли в фокус. Он деловито чиркнул зажигалкой и строго, по-учительски глянул в ее осветившееся лицо, принимая командование.

– Помните канал, по которому мы приплыли? Сейчас будем искать воду и по воде выйдем к своим. Там можно идти по краю, я смотрел, когда плыли. Где цветы.

И перевел свет зажигалки с нее на стены. Желтый полярный медведь на задних лапах, в свое время приглашавший в зал, остался в подобострастной позе с полуоткрытой пастью. Он не успел улечься поудобней. Много таких игрушек было в детстве у Муравлеева. Бесстрашная рок-н-ролльная команда, все они успевали умереть, прежде чем наскучить и состариться – от севшей батарейки, от потерянного ключа. Поросенок в колпаке не жарил больше яичницу, обезьяна не кувыркалась, выковырянная кукушка висела из ходиков...

– А если там заперто?

– Все может быть, – отрубил Муравлеев, выключая зажигалку. – Вы что-то другое можете предложить? Остаться сидеть на полу?

Она тяжело, безысходно вздохнула во тьме.

– Значит так. Сейчас мы на Крайнем Севере, – сказал Муравлеев, проникаясь к роли вожатого, – и в ту сторону мы не пойдем, потому что там Африка. Потому что там мы уже были. Мы пойдем вперед.

На самом деле, он не испытывал той уверенности, которая фальшиво рокотала у него в голосе. Почему, собственно, вперед? Не логичней ли было бы как раз двигаться назад, в строго обратном хронологическом порядке, и таким образом выйти к каналу, который уж наверняка...

– Почему вперед? – слабо возразила она. – Может, как раз лучше назад, где мы уже были...

Но по направлению голоса он почувствовал, что она послушно двигается туда, куда прикажут. Да и не только по направлению голоса – после зажигалочной вспышки, на минуту упорядочив пространство, они вообще стали как-то лучше ориентироваться в темноте. Он не только слышал, он довольно четко представлял себе сейчас, где она находится, и где у него под ногами дорожка. Она, очевидно, тоже запомнила, что где, и шаги ее звучали более-менее твердо. «Что ж, решение принято», – сказал себе Муравлеев и пошел за ней.

В следующем зале он опять засветил зажигалку, осмотрел притихший пиратский корабль и на всякий случай засек время. Во вновь наступившей тьме раздался ужасный вопль. Муравлеев торопливо чиркнул. Дама без собачки стояла в обнимку с одноногим, обеими туфельками взобравшись на его единственный, выставленный вперед башмак. Отцепиться от одноногого ей мешала пивная кружка – дама без собачки прочно застряла в изгибе его руки. Муравлеев приблизился и, погасив свет, на ощупь помог ей выбраться. Он погасил зажигалку не только потому, что неудобно было с зажигалкой вытаскивать даму без собачки, но и потому, что, с тех пор как засек время, какие-то очень тяжелые и мрачные настроения завладели им, диктуя экономить бензин. Ни с того ни с сего дама без собачки громко расхохоталась.

– Какой идиотизм, – приговаривала она, хохоча. – Подумать только, какой идиотизм! – и, всхлипывая от смеха, добавила. – Наши все будут рыдать!

И вдруг, игриво:

– А давайте слазим на корабль!

И Муравлеев подумал, что хотя это, конечно, хорошо, что она не теряет бодрости духа, он должен вести себя как настоящий мужчина, отдающий себе отчет. Впрочем, господи, как ему уже надоело играть в Тома Сойера! Мрачное настроение, если вдуматься и проанализировать, было прежде всего вызвано тем, как высасывающе хотелось есть, пить или хотя бы курить. Он пошарил в карманах, и тут где-то впереди послышалось шуршанье каких-то вроде бы шин и переговаривающиеся голоса.

– Хей! – крикнул Муравлеев, перестав теребить карманы.

Зашелестело ближе, голоса зазвучали оживленней, и вскоре после этого в пиратский зал въехал жук, в котором сидели два мальчика, почти подростки. На голове у каждого красовалась лампа наподобие шахтерской. Сбоку перевозки болталось ведро со шваброй. Один ловко соскочил с подножки на пол, пошарил рукой по стене и нажал на выключатель. Тут же вспыхнул красный фонарь с автономным питанием, вполне прилично осветивший помещение. Даму без собачки застукали с одной ногой, уже ступившей в заповедную зону, Муравлеев разве что чудом не успел закурить. В свете красного фонаря сундук слабо мерцал червонным золотом. Мальчики остолбенели не меньше и даже думали примерно то же: они соображали, что будет за это им. Особенно тот, который, глянув на монитор, равнодушно отметил, что за день на аттракцион вошло 1868 человек, а вышло – 1866, и подтвердил готовность вырубать. На чреслах мальчика ожила рация, он подхватил ее почти с облегчением, будь что будет, и принялся докладывать обстановку, другой же мальчик приблизился к Муравлееву с дамой и начал расспрашивать по инструкции. Не болит ли что, не тошнит ли, нет ли травм, не вызвать ли скорую, вообще как все, весь груздевый репертуар. Их усадили в перевозку, провинившийся мальчик с рацией встал на подножку, ловко отклоняясь от стен в узких местах, пока машинёнка, гремя ведром, мчалась к выходу. По дороге все несколько разговорились, и тот мальчик, что был за рулем, даже рассказал про египетский зал и несколько раз подряд изобразил, что было бы с ним и Джеком, если б заблудшие посетители обнаружились среди мумий. С тем и доехали. На выходе их ждал менеджер аттракциона, который, мельком глянув и задав два ничтожных вопроса, наметанным глазом определил, что эти ему неопасны.

– Администрация приносит искренние извинения за причиненные неудобства, – сказал он небрежно и кивнул одному из мальчиков. Мальчик принялся отпирать ключом какие-то ящики, долго рылся, извлек бумажку, – Приходите к нам еще!

С этим менеджер ушел, а мальчик застенчиво протянул Муравлееву и даме без собачки по голубой квитанции.

– Это купоны в сувенирный магазин, – сказал он, сияя улыбкой. – Что ж, раз медицинская помощь вам не нужна...

Дама без собачки и Муравлеев стояли и глупо улыбались. Она, действительно, обрадовалась купонам, а Муравлеев по привычке транслировал в окружающую среду чужие настроения, он даже открыл рот и принялся длинно, изощренно благодарить за спасение, за купоны, за дивный аттракцион и за технику безопасности...

– Бегите скорее, там через двадцать минут закроют! – сказал мальчик, впрочем не теряя улыбки.

И они побежали...

Вдруг зазвонил телефон. Муравлеев радостно встрепенулся и запыхавшееся лицо дамы без собачки с косящим карининым глазом моментально распалось. Как выяснилось, он не любил ее, а только коротал время в ожидании звонка. «Наверно, сейчас позовут! В сумасшедший дом, в деревню к тетке, в глушь, в Воронеж!» – с восторгом подумал он, сбрасывая ноги с дивана. Как тогда, бревном по голове, он ощутил не столько как стало тихо, сколько как до того было громко, как антисанитарно громко, хоть вставляй потом в счет вызов настройщика. (А как вы хотели? Бесплатно разбалтывать мой слуховой аппарат? С таким инструментом я вам, пожалуй, исполню!) Но это лишь блеф, без которого не обойдешься, это лишь блеф: его трясло от счастливого предвкушения. Сейчас-сейчас!

Включат электричество, и ужасный, притихший мир матильдиной халупы придет в движенье, завопит, заголосит, завоет, закрутится волчком! Как они там? Разродилась ли маленькая княгиня? Получил ли тот муж, с губами Каренина, за клевету? Прошли ли те двадцать пять лет, которые, кто-то у Плюши в гостях обещал, пройдут? И как сошла выставка доктора Львив? Бульдозером срыли? Или признали, что врачевание вправе быть абстрактным искусством?

Лил страшный дождь, я вот так вот притормозила (взглянув в сторону окна: что-то должно еще высвободиться в окаменевшей сердцевине природы, чтобы *полил страшный дождь,* но высвободится же когда-нибудь?), она покажет, как притормозила, а Муравлеев переведет: «пульсирующим движением, понимая, что резко в такую погоду не тормозят», в транскрипте стояла принцесса, но боже, что у нее был за вид! *Всю ночь я пыталась уснуть на перинах, но нестерпимая боль в пояснице и в шее, во всех позвонках...* И если звонят из агентства, что ж, пусть, радуйтесь, пейте мою кровь, сейчас он готов отправляться за длинным рублем, за средним, за очень коротким, и они несомненно почувствуют в голосе эту щекотку отрастающих перьев калифа: ничего еще не началось, а секунда длилась и длилась до бесконечности, обращая калифа не в аиста – в слух, в транскрипт накрик звучащего мира, состоящую сплошь из значков и крючков, что фонетически тщатся воспроизвести – визг тормозов и, немедленно, запах линолеума, вековые чаяния Груздя (неужели и из сумасшедшего дома выкинули без пособия?!) и боль его по шкале в десять баллов. Пусть сидеть, забившись в хвост самолета, пусть даже в двадцать шестом ряду (тройное несчастье вони, очереди, стюардессы, чем-то щелкающей над головой), пусть в стенном шкафу туалета ТРИ предупреждения: надпись на створках двери, сумма штрафа над раковиной и, для детей, перечеркнутая сигарета. На пепельнице. В терминале пусть пастор-конфераньсе, на обглоданных серых паласах, в полях спасения тела пусть мирно пасутся dappled его doppelgangers, не ощущая малейшей тяги к противоестественному греху («Ни одно животное, – писали когда-то в ромином учебнике по основам безопасности жизнедеятельности, – не станет добровольно вдыхать дым».), тебе одному, извращенцу, с назидательной ноткой садизма опять и опять объявляют, и тело наливается агонией скуки, – им мало, чтоб он не курил, им давай, чтоб он стал совершенным воином. Пусть. И уж в следующий раз он сосчитает, сколько было присяжных.

Не столько déjà vu, сколько finalement vu, он снова попал в тот день, где коварный Гелиотропов захватил его место за микрофоном, только теперь он позволил провалиться взгляду гораздо дальше, за Гелиотропова: из совещательной комнаты парами выходили присяжные. На ходу то хлопая крышками парт, то норовя ударить друг друга линейкой, – Муравлеев в тысячный раз наблюдал, что примета, на которую часто ссылаются (возвращаясь из совещательной комнаты с плохим вердиктом присяжные якобы избегают смотреть в глаза подсудимому), так вот эта примета – не работает. Они смотрели на что придется, упадет глаз на судью – на судью, упадет на подсудимого – на подсудимого, глазели и на Гелиотропова с известным любопытством к инженерным подробностям жизни ката (подвинчивает что-то в микрофоне, шнур что ли укорачивает?), и на лица в зале, и просто на потолок. Никакой выявляемой закономерности. А соотношение, если пересчитать, изменилось. За смертную казнь теперь оказалось триста шестьдесят против ста сорока одного, что включало и тех, кто раньше решил «невиновен». Как так? А, видимо, их раздражило, что мерой наказания самогонщик демонов и идеалов предложил штраф в размере ста драхм («больше нету»), и низкая сумма оскорбила их чувство справедливости, так что впаяли по полной, как ходатайствовал обвинитель. Не сто же драхм!

Надо их пересчитать. Понять и запомнить каждого. Ведь нас подстерегает опасность, – говорил подсудимый в наполовину приснившихся прениях (ведь Муравлеев был болен), – мизология (как мизантропия) – это болезнь. Тот, кто верил, что слово (человек) может все, что оно (или он) – свободно, бессмертно, прекрасно, тот непременно очнется туда, где люди как люди, слова – это только слова. И кто виноват, что любил их, как крот в туннеле, viel zu gut ist ungesund, как сказал бы (почему-то запомнивший это, и только это) Их-Виль-Инженьер-Верден, и вот ты пал, в сущности, ниже, чем тот, кто открывает рот просто так, машинально, и не рискует когда-либо сделаться мизантропом, так как ни разу и не обольщался божественным происхождением обезьяны. Муравлеев успел прожить жизнь за то время, что шел к телефону, вспомнить фимин день рожденья и молитвенно сложить на груди руки: «Радоваться и благодарить! Благодарить и радоваться! Честное слово!»

– Послушай, – печально сказал Фима в качестве краткого предисловия. – Послушай. Я ведь не читал эту поэму-то ее…

– Какую поэму?

– Ты что, перевел много поэм? – вдруг озлобился Фима, но тут же сменил тон на прежний, смиренный. – И, главное, у меня предчувствие было. Мне как что подсказывало – откажись, выкрутись как-то. Но я и так, и эдак, а она пристала, как с ножом к горлу – читай и все. Я говорю: «Да я тут половины слов не знаю!» Она: «Все равно, хотя бы в общих чертах».

Муравлеев еще пытался не отдаться волне разочарования весь, целиком, он еще уговаривал себя, что речь идет о каком-то неисполнимом Фимой переводе, а Фима уже вроде как и закончил:

– Ты не расстраивайся, приезжай давай сюда.

– Когда? – переспросил Муравлеев. – Сейчас? Сейчас я вряд ли куда поеду, я может на днях буду в городе.

– Ты не понял, – терпеливо, удрученно настаивал на чем-то непонятном Фима. – Она сказала, чтоб ты немедленно выехал. И ключ передал через меня.

– Куда выехал? – спросил Муравлеев, всем телом отдавшись панике, но из последних сил считая это ощущение типичным предрабочим возбуждением.

– У нас поживешь! – крикнул Фима. – Я тебя что, на улице оставлю?! Потом найдем что-нибудь! Да не расстраивайся ты так, в конце концов. Рано или поздно все равно пришлось бы съезжать. Мы тебя ждем, слышишь? Вещи собери! Дура и больше ничего. Сказала, что ты шарлатан.

На крыльце Муравлеев поскользнулся со стопкой словарей, сам удержался за перила, но словари выронил, причем один, как назло, раскрылся прямо в грязь. Во второй раз, неся на руке длинный свиток одежды, постарался перешагнуть через это место и упал с лестницы. В воздухе пахло весной. В такую погоду хорошо выпускать на волю слова, был когда-то обычай, подкормив их за зиму в клетках – такие слова выпирают и рвутся из текста, и сразу понятно, что ты переводишь их обратно, домой, что один раз их кто-то уже перевел (we welcome to participate all in these undertakings), и они там томятся, горюют и ждут, когда выйдет солнце и ты отодвинешь щеколду. Отодвигаешь... И сердце взлетает в облака вместе с ними. Хромая, вернулся в дом, с мясом выдернул факс, но в целом это несильно отличалось от сборов в командировки. Он ссыпал носки и трусы в полиэтиленовый мешок для мусора и отнес в машину. Как хорошо уезжать.

В дорогу он взял себе кофе и, резко затормозив, плеснул на себя кипятком. И в ту же минуту, что было б забавно, секретарша, обносившая участников распечатками перевода, вдруг запнулась, и распечатки слетели с локтя, участник нагнулся, подобрал страницу и машинально пробежал глазами... Во-первых, значимость, во-вторых, важность, в-третьих, полезность, в-четвертых релевантность критериев, перечисленных ниже... ты, тот, кто вдруг дочитает до этого места, прими мой декабристский постук. Пока можно, спешу сообщить: я жив. И ты, брат, значит, тоже.

Он ехал и ехал, не позволяя мелочам испортить лучший рабочий день в году, день приезда-день отъезда, оплаченный день чистой медитации по залам ожидания высоко над облаками, в пустой герметичной гостинице. О технических деталях нового задания он успеет подумать, когда оно начнется. С деньгами, главное, все в порядке, заплатит же ему Нумитдинов... А больше, действительно, ждать неоткуда: процесс он теперь окончательно решил считать паранойей, весь кусок текста от лифта до рекламного проспекта, – проще пожертвовать этим куском, чем перестраивать макротекст и отношения с коллегами, становиться... действительно, мизантропом, и фиг с ними с деньгами. Он подумает, как все это устроить, сейчас главное не потерять связь с людьми. Носителями дипломов, свидетельств о браке, водительских прав и филькиных грамот, где годы рождения становятся все нереальней (цифры, конечно, такие были, мелькали, но их порожденья, по самым щедрым расчетам, должны ходить сейчас в детский сад). В сущности добропорядочный бюргер, он еще восстановит весь жизненный распорядок: воскресная проповедь, пятничная игра в преступление, тоска по несбыточному в мотеле, всем необходимым он упакован, есть у него Китеж-град (и сыскать его можно разве что с аквалангом), во рту празднословный, лукавый, но язык, есть прекрасная дама (конечно, найдется какой-нибудь способ оповестить о перемене явки двоих с инвалидной металлоконструкцией, теперь он отчетливо понимал, что все это значило: *И каждый вечер, в час назначенный, в туманном движется окне*, -вот что это значило, а он поначалу и не разобрался, хоть и считал себя докой, поэму перевел – век живи век учись, не даром же оплачивают дорожные дни), есть друг, который его понимает (Филькенштейн)...

Часа через два он уже сидел, забившись в угол фиминой кухни. Ира, не поднимая головы, методично резала на дощечке лук. Впрочем, встретила она его вполне приветливо. Какая-то странная, несвойственная ей улыбка блуждала у нее по лицу, так что Муравлееву это показалось даже двусмысленным. Признаться, он ждал, что Ира будет его ругать и злиться, и мысленно он готовился к этим упрекам даже с некоторым удовольствием и заготовил отдельные ответы. В том, что его не стесняются шпынять, как Рому, как Фиму, всегда сквозило уютное домашнее признание, и хорошо было бы сейчас, после нелепых сборов, после долгой дороги в наступившей тьме, с комфортом расположиться в кухне и страстно, до изнеможения дискутировать на тему этических аспектов перевода. Но Ира молчала и резала лук.

– Долго еще? – спросил Фима, оттягивая начало разговора с Муравлеевым. – Я хочу есть.

«Ничего не боится!» – отметил Муравлеев.

– Съешь пока колбасы, – миролюбиво предложила Ира, и Муравлеев слегка удивился, что Фиме так просто все сходит с рук, – даже нахмурился: не оттого ли, что в доме покойник?

– Я не знаю, если я хочу колбасу, – раздумчиво заметил Фима.

Но тут-то она должна что-то предпринять?! Ничего! Только почувствовав его упорный взгляд, она подняла голову, и на секунду лицо ее приняло привычное ищущее, тревожно-вопрошающее выражение. Хрен его знает, какое выражение! Пессимист сказал бы, что выражение человека, который сам знает ответ, а все надеется услышать от других опровержение. Оптимист, напротив, заявит, что это взгляд человека, на пустом месте создающего проблемы – вот же, гляди, все нормально, все как всегда, и нет никаких оснований, но... скребется что-то у нее на дне глаз, тоскливое, опережающее, приглашающее беду. Но то ли свет так падал и никакого такого выражения не было вовсе, то ли оно мелькнуло и прошло – только в то же мгновенье этот взгляд сменился странной улыбкой. Так улыбаются небольшие собаки, если смотреть на их улыбку сверху, в перевернутом виде, когда сами они лежат на спине и подставляют для чесания брюхо. «Может, она беременная?» – озадачился Муравлеев.

Открыв холодильник и погрузившись в него по пояс, Фима перебирал какие-то сверточки, банки, негромко переговариваясь сам с собой, затем проявился с пакетом, который тут же брезгливо отправил в мусор, прежде чем опуститься на стул против Муравлеева.

– Как у тебя вообще-то с работой?

– В этом отношении я совершенно спокоен, – пожав плечами, отвечал Муравлеев. – Гелиотропов фактически отдал клиента, там еще много будет. И – у меня такое чувство – сам он будет работать все меньше, а он меня уважает, думаю мне будет отдавать... В суды меня зовут... Плюша обещал, насчет рабочей группы, где-то через месяц. Потом мне один мудак на букву «ч» много денег должен за одну брошюру...

И это уж не говоря о Филькенштейне и обещанных им конференциях (на одной он, помнится, был, два первых дня понравились, хоть потом все стало как-то... стухать).

– И потом, – грезил Муравлеев, сам удивляясь масштабу своих перспектив. – Забыл что ли? У меня вторая квалификация. После Львицы могу еще за кем-нибудь следить – за адвокатами, страховыми компаниями, судьями... За тобой могу следить. Только лучше, если выдадут личное оружие.

– Ну дай Бог, дай Бог... – рассеянно пробормотал Фима, потрепав по руке Иру, которая ставила перед ним рагу. «Что-то он здорово стал в последнее время сдавать», – несмотря на выходку с колбасой, подумал Муравлеев и привычно встретился взглядом с Ирой, чтобы проверить впечатление, обсудить глазами. Но из окна знакомого дома смотрел незнакомец, который никак его не поприветствовал.

– Что, несоленое? – по-своему проинтерпретировала она его взгляд и придвинула солонку.

Муравлеев помолчал, не зная, как проявить ответный интерес к их жизни.

– А как там все? Как зять старика Хоттабыча? Как Кирилл? Жив ли папа его, инженер? – и, столкнувшись с непонимающим взглядом Фимы, добавил: – Еще тот, у которого шведское гражданство, Руслан? – (Он помнил все, что когда-либо говорил ему Фима: «все время жует жвачку, чтоб не ругаться матом» или «его хлебом не корми, дай постесняться». Это я так сказал? – удивился бы Фима.) Фима поежился: ну как объяснить Муравлееву, что лучше бы он и не спрашивал, лучше б пил свой коньяк и сидел в уголке, а то эти болезненные приступы общительности... Вот уже доктор Львив (теща, что ли, говорила?) собирается подать на него то ли за клевету, то ли за разглашение (что, в сущности, одно и то же). Но, зная, что не объяснишь, Фима лишь терпеливо ответил:

– Руслана не знаю, а шведского гражданства не бывает. Для этого там надо или родиться, или прожить девяносто девять лет.

– Я пойду постелю, – сказала Ира и ушла.

– Что это с Ирой? – осторожно спросил Муравлеев.

– Ты заметил? – благодарно подхватил Фима. – Она у нас теперь на прозаке сидит!

Он с торжеством посмотрел на Муравлеева, вспомнив, видно, ту сцену в прихожей – так и хотелось назвать ее «немая сцена», хотя молчали в ней только Муравлеев с Фимой.

– И действительно! Правильно говорил Филькенштейн. В современном мире нет никакой необходимости страдать от депрессии...

И, торопясь договорить, чтобы Муравлеев как-нибудь не так не понял:

– ... потому что столько же создано действенных и безопасных средств!

Тут Фима, совершенно не умеющий скрывать своих мыслей, вдруг запнулся и замолчал. Муравлеев даже растрогался, насколько Фима ценит его мнение. И насколько он беззащитен и легковерен, этот Фима, бог знает в какой передаче цитируя человека, который ни разу с ним не разговаривал. На самом деле, Фима просто вспомнил, что сейчас не самый подходящий момент пинать Муравлеева Филькенштейном. И чем только, спрашивается, умудрился он восстановить против себя такого незлобивого, интеллигентного старика? За тем ледяным спокойствием, с которым Филькенштейн отчеканил: «Для меня он перестал существовать», все-таки было заметно, что другой Филькенштейн, там, внутри, буквально орал, багровея и брызжа слюной. Очень странно. Вроде так слаженно ворковали тогда у продуктового магазина на голубином своем языке...

Муравлеева положили в роминой комнате. Он хорошо помнил, как эта комната создавалась.
– Мы организовали для Ромы рабочее место, – однажды приветствовала его Ира.
До ужина он поперся смотреть рабочее место, слабо недоумевая, что они ему устроили на этот раз. Токарный станок, как у князя Болконского? Кьюбикл с лампой дневного света? Оказалось, дивный ореховый стол с ящиками, ручками, настольной лампой и ювелирно отточенными карандашами в стаканчике. Поверх столешницы стекло, чтоб не сразу загадил. Пустынно, торжественно, только замызганная коробка мокрых еще акварельных красок и незаконченный рисунок – человек-паук: лицо в сеточку, пальцы растопырены, согнутые ноги расставлены, действительно, по-паучьи. Над столом, в черной траурной раме, висели две каллиграфически выписанные чернилами строфы:

Два чувства дивно близки нам,
В них обретает сердце пищу:

Любовь к родному пепелищу,
Любовь к отеческим гробам.
На них основано от века,
По воле Бога самого
Самостоянье человека,
Залог величия его.

Ира стояла у стола, вертя в руках коробочку с красками, и чего-то ждала. Наверное, одобренья, может быть, даже восторга. Откровенностей, признаний, новой упоительной беседы о прелестях и препонах речевого воспитания. И повешены-то эти строфы были не Роме, а ему. Помнится, он разозлился. Он всего лишь ходил обедать и ужинать и приобщаться к роду человеческому с его дырявой памятью, где, если и забыл, как звали Ельмслева – простят. Из этой памяти, как из дырявого кармана, терять время, не скупясь, не считая, как делают все, утонуть в мутном омуте кресла, где ноги выше задницы, завязнуть, как в меду, в этом кресле, в одуряющей духоте натопленной *на убой* квартиры, погрузиться в картофельное пюре (эй, Муравлеев, где еще, когда поешь ты картофельного пюре?), приклеившись к месту не столько увлекательностью беседы, сколько мыслью о густоте окружающей ночи, о длинной дороге домой в клубах беспросветного дыма, снега, радиобреда – и в полный мрак и ледяной холод матильдиной халупы. Да, и греться ходил тоже! Представьте, и греться! Тут и не так запоешь о неустаревающих ценностях. Он почувствовал, что заливается краской – не девическим акварельным румянцем, нежным, как ромины пятки, а блядской плакатной гуашью стыда. Ему было б не так стыдно ириной нескромности, если бы она прямо, без обиняков, написала и повесила:

Ты помнишь чудное мгновенье?
Перед тобой явилась я.

С ножками на полях.

Он встал над знакомым рабочим местом. Здесь мало что изменилось: ящики, ручки, настольная лампа, стекло, отточенные карандаши, ничем суетным, хамским не загроможденная рабочая плоскость, только там, где когда-то лежал человек-паук, стояла ромина фотография – не парадная, а настоящая, полевая. Рома стоял, прислонясь к бетонной стене, в походном жилете с поднятым, наглухо застегнутым воротником, и небольшой видневшийся кончик приклада (фотография была обрезана по грудь) можно было принять за лямку рюкзака.

В чужой комнате долго что-то шевелилось и белело, и он не мог уснуть, хотя безумно устал от навязчивых, приходящих, уходящих и снова возвращающихся хозяйственных мыслей. Выключил ли он, уезжая, чайник? Не будет ли проблем с подсоединением принтера? Позволит ли Матильда оставить на автоответчике сообщение с новым телефоном, а то как же разыщут его клиенты со своими правами и свидетельствами о рождении? И, главное – с *каким* новым телефоном? Хотя, в сущности, перемена мест – это только к лучшему. Вот и повод обзвонить и напомнить всем о себе. Шутка ли, никто не звонил уже... два месяца! Или три? Но прочь эсхатологические настроения! Это, друзья мои, такая же ерунда, как мания пишущего, когда роман внезапно подходит к концу: кажется, что больше никогда ничего не напишешь, выпотрошен, опустошен... Но стоило ему понять в темноте, что лысый шар со звериным лицом, там, на верхней полке книжного шкафа – это только глобус, он понял также, что не все эти несущественные повседневные мелочи беспокоят его, а ужасное ожидание. Как знать, на что способна женщина, напичканная прозаком? Ему никогда не приходилось переводить про прозак, ни вкладышей, ни слайдовых презентаций, ни круглых столов. Теперь он мучительно пытался определить, что это, случайная лакуна или значимое отсутствие? Вся комнатная тьма устремилась к порогу и легла там черным пятном, как половик, в том самом месте, где должна была, скрипнув, приоткрыться дверь и – вряд ли голая – в халате или ночной рубашке, как привидение... Хотя, может быть, и нет. Может, напротив, действие прозака таково, что Ира спит сейчас, уткнувшись в фимину седую подмышку, успокоенная, блаженная, с расправленным лбом, за которым быстро вращается расписной зонтик. Может, у нее вообще все наладилось. Почему он, собственно, вообразил, что прозак должен высвободить в Ире неконтролируемое животное начало? И, главное, на завтра есть рубашка... рубашка... Хорошо, что он оказался у них не полностью голый и беззащитный, а все-таки завтра эта работа – хлебнет с утра кофе и уедет. (Проверить в кармане книжку. Нет, все в порядке, на месте: «Пособие по внеклассному чтению. К.Б.Левин».) Если б ему пришлось целый день сидеть здесь на телефоне, то к вечеру, предвидя их возвращение, жалость и понимание, он бы, наверно, сошел с ума...

Невольно отмахнувшись ладонью – у самого носа чиркнули в воздухе золотые сандалии... Крылатое выражение? Крылатый бог, тихий ангел торговли и обмана, обитающий на планете, ближе всех расположенной к солнцу и быстрее прочих вращающейся вокруг него, – он внимательно вслушивался. Время пошло. Началась секунда.

– Все мы люди, и общего у нас больше, чем разного. Все мы любим своих детей, все мы хотим есть, пить и спать спокойно...

– Нас объединяет инстинкт самосохранения, – взвешенно, как автомат, переводил Муравлеев.

– Несмотря на некоторые культурные и исторические различия....

– Он же разъединяет – на всех не хватит.

– Демократия – плохая форма государственного устройства.

– А жизнь – скверная форма существования белковых тел.

– Только лучшей – пока! – никто не придумал.

В зале хихикнули. Как хорошо пошло в свежей, неиспорченной аудитории, воодушевился оратор. Смотри как реагируют на затасканную остроту!

– Две наши проблемы – плохие дороги и дураки – ...

Муравлеев сейчас же нашелся:

– Криптамнезия и автореминисценция, заедающая, как пластинка...

– ... эта Сцилла и эта Харибда...

– Танатос и Эрос, – послушно перевел Муравлеев.

– ... нашего государственного устройства.

На секунду аудитория перестала обмахиваться программками, отгоняя от себя обморок социальных отношений. Он видел, как человек в первом ряду наклонился вперед с приоткрытым ртом, но как истинный профессионал, Муравлеев не обольщался больше: он знал, что изумление и живой интерес этого слушателя мотивированы чем-то находящимся далеко за пределами данного зала, данной дурацкой речи, а, может быть, и вообще по ту сторону ничтожной земной жизни. По мере того, как я старею, дни становятся все короче, а секунды бездоннее. Я больше не пытаюсь продлить день, втиснув в него занятия, которые ему несвойственны. Бывают дни, когда успеваешь только выпить чаю, и бывают секунды бессмертия. Пытаться продлить день, втиснуть в него то, для чего в дне нет места? Я давно оставил это пустое занятие. В насекомом мире секунды я все успеваю: split the nits, enculer les mouches. Одна моя знакомая, хозяйка борделя, умеет проделывать немыслимые штуки с досугом...

– Дороги в расширенном понимании этого слова – связи, коммуникации...

И в то время, как Муравлеев, мобилизовав в памяти фамилии и точные названия занимаемых постов, приуготовлялся выслушать и запомнить расширенное определение дураков, он почувствовал, что сбоку к нему подошел молодой человек в костюме от Ив

Сен-Лоран и встал рядом. Муравлеев покосился, но продолжал переводить, рот его был занят, и он не мог сказать молодому человеку, что страшно раздражает, когда вот так стоят за левым плечом. Снизу два других молодых человека в костюмах стали знаками показывать Муравлееву, что пришла смена, и чтоб Муравлеев потихоньку отползал. Муравлеев, однако, взглянул на мысленные часы и, увидев, что меняться еще не пора, подумал: «Да что они все, обалдели?» На мгновение он, правда, заволновался: «А вдруг мне звонят из дома, что там какое-нибудь несчастье?», но тут же вспомнил, что никакого «дома» у него нет, и стал переводить особенно хорошо, чувствуя, что что-то происходит, и он, Муравлеев, во всяком случае не должен терять головы. Давно уж он не желторотый – chicken-mouthed – мальчик, а yellow streak on a pitch-black card, тот трус, где дальше и голод, и пожар, и плохие дороги, и хорошие дураки, грех Стенли Милгрема и робинкрузовская обезьяна, – он переводил все это так хорошо, будто другого времени уже не будет, а два молодых человека уже стояли сзади и схватили Муравлеева за локти, третий же ловко выхватил микрофон и ободряюще улыбнулся оратору: дескать, продолжайте-продолжайте, вас это совершенно не касается. Они довольно грубо сводили Муравлеева со сцены, и внезапно его озарило. «Видимо, меня вызывают в редакцию журнала «Ложный друг переводчика»! – догадался он. – Ведь, кажется, именно сегодня у них вручение. Должно быть, меня номинировали лучшим переводчиком года!» У него даже перехватило дыхание – вроде ерунда, но как это, оказывается, приятно. ... Хотя удовольствие это наверняка отравят идиотской речью. Наверняка будут говорить все не то, хвалить муравлеевскую память, напирать на совершенно внешнее, поверхностное: великолепная эрудиция, неослабное внимание к детали, но – и тут Муравлеев совершенно успокоился – он же и сам там будет, он же еще живой, и эту нелепую речь он переведет примерно так:

АННА МАЗУРОВА

Мазурова Анна

Транскрипт

Технический редактор *А. Ильина*
Корректор *Н. Кондратьева*

Подписано в печать 24.03.14. Формат 84x108/32
Бумага офсетная. Гарнитура Палатино
Печать цифровая. Печ. л. 10,25. Заказ №

Издательство «Водолей»
127254, г. Москва, ул. Гончарова, 17-А, кор. 2, к. 23
Официальный сайт: http://www.vodoleybooks.ru
E-mail: info@vodoleybooks.ru

ФГУП Издательство «Известия» Управления делами
Президента Российской Федерации
127254, г. Москва, ул. Добролюбова, д. 6.
Контактные телефоны: 650-38-80
http://izv.ru

Книги издательства «Водолей»
можно приобрести в следующих магазинах Москвы:

ГУП «ОЦ»Московский Дом книги»
119019, Москва, ул. Н.Арбат,7
тел. (495) 789-35-91

ТД «Библио-Глобус»
101990, Москва, ул. Мясницкая, 6\3, стр. 1
тел. (495) 781-19-00

Дом книги «Молодая гвардия»
119180, Москва, ул. Б. Полянка, 28, стр. 1
тел. (495) 238-00-32

ТДК «Москва»
125009, Москва, ул. Тверская, 8, стр. 1
тел. (495) 629-73-55, (495) 629-64-83

Галерея книги «НИНА»
Москва, ул. Волхонка,18 / 2
тел. (495) 201-36-45

Книжный магазин «Русское зарубежье»
109240, Москва, ул. Н.Радищевская,2
тел. (495) 915-00-83, (495) 915-27-97

Книжный магазин «Фаланстер»
109012, Москва, М. Гнездниковский пер.,12\27
тел. (495) 749-57-21

Оптовая торговля: ООО «КнАрт»
E-mail: knarttd@mail.ru   тел. 8-916-119-67-20